별이 되다

# 별이 되다 ◆ 4

바람꽃잎 장편소설

초판 1쇄 찍은 날 2017년 11월 23일
초판 1쇄 펴낸 날 2017년 11월 30일

지은이 바람꽃잎
펴낸이 서경석

총괄팀장 최하나 | 편집책임 김경민
편집 이선근 신보라 이종식
디자인 신현아

펴낸곳 도서출판 청어람
등록번호 제387-1999-000006호
등록일자 1999. 5. 31
어람번호 제8-0101호

주소 경기도 부천시 부일로 483번길 40 서경B/D 3F (우) 14640
전화 032-656-4452 | 팩스 032-656-4453
http://www.chungeoram.com | E-mail chungeorambook@daum.net

ISBN 979-11-04-91543-7 04810
ISBN 979-11-04-91440-9 (SET)

# 별이 되다 · 4

바람꽃잎 장편소설

서출판
청어람

◆◆◆

# 낙장불입

## II

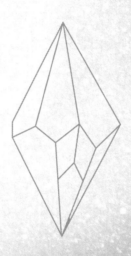

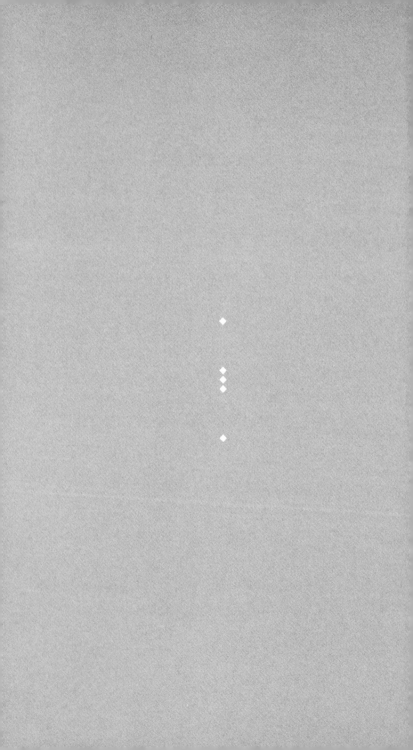

"우진아, 이제 시간 됐다."

김석형 대표와 전화를 끊자마자, 대기실로 들어온 강호수가 시간을 가리켰다. 어느새 기자회견 시간이 다 되어가고 있었다.

강호수 뒤를 따라 들어온 황이영이 우진의 옷차림과 메이크 업을 점검하며 주의 사항을 설명했다.

오늘 그는 평상시와 같은 스타일을 고수했다. 특별하게 힘을 주거나 수수하게 보일 필요는 없었다. 언제나처럼 모던하고 클 래식한 분위기를 만들기 위해 노력했다. 다만 작년에 우진이 과하다며 거절했던 제냐의 슈트를 입었다.

"회견장에 들어가면 자연스럽게 재킷의 단추를 여미면서 걸 어가. 기자들과 눈이 마주치면 웃지 말고 조금 화난 듯한 표정 으로 근엄하게! 알았지?"

확인 절차와 조율 없이 바로 이런 거짓 기사를 내버린 기자에게 화를 내지 않는다면 그건 호구였다. 덩달아 이에 동조한 기자들도 공범이었다. 함께 일을 벌인 같은 직업군에 속한 이들에게 적지 않은 실망감을 표현하는 건 중요했다.

평소 예의 바르고 잘 웃어주기로 소문난 채우진의 굳은 얼굴이 가지는 의미를 기자들도 알 때가 온 것이다.

회견장 문을 열기 전에 강호수는 괜찮겠냐는 시선을 보냈다. 지금까지 그에게 호의만 보여줬던 기자들의 날이 선 비난과 조롱을 마주할 시간이었다. 아무리 옆에 있어준다고 해도 그걸 감당하는 이는 오로지 채우진 혼자였다.

"저는 괜찮아요."

우진이 고개를 끄덕이자 강호수는 천천히 문을 열었다.

안으로 한 걸음 들어서기도 전에 쏟아지는 카메라 플래시에 반사적으로 눈이 감기려는 것을 우진은 꾹 참아냈다. 흔들리지 않게 시선을 고정한 우진은 재킷의 단추를 여미며 회견장으로 들어갔다.

채우진의 등장에 카메라가 그의 움직임을 따라갔고 기자들이 부산하게 움직이는 소리로 회견장이 시끌벅적했다.

오늘의 기자회견은 생방송이었다. 채우진이 스폰서 루머에 대한 해명을 하겠다고 하자 여러 방송국에서 생방송을 제안해 왔다. 원하던 일이라 장수환 대표는 지상파와 몇몇 케이블 방송사에 생방송 중계를 허용했다.

굳은 얼굴을 한 채로 회견장에 들어선 채우진은 긴장하거나 주눅이 든 모습은 아니었다. 그보다는 굉장히 서늘한 기운을 내뿜으며 기세가 당당했다.

기자들을 바라보는 눈빛에 환멸과 분노를 내보이는 모습이 고스란히 TV를 통해 중계되었다. 기대했던 것과 너무 다른 등장에 기자들은 잠시 멈칫하며 의아한 심정으로 채우진의 모습을 좇았다.

그들은 오늘 채우진이 내놓을 변명을 듣기 위해 이곳에 나와 있었다. 어떤 옷차림과 메이크업을 하고, 수척한 얼굴로 무슨 핑계를 댈지 서로 내기도 한 상태였다.

채우진의 팬들이 주장하는 것처럼, 연기 연습을 하면서 녹음한 것을 TM에서 편집한 거라는 변명이 가장 우세했다. 기자 대다수가 이를 선택해서 내기가 형성되지 않을 정도였다.

평소 채우진이란 배우에게 호의적이었던 몇 명을 제외하고, 나머지 기자들은 그가 스폰서를 등에 업고 연예계에 데뷔했다는 설을 그대로 믿고 있는 상태였다. 이는 채우진의 능력과 가치를 인정하는 것과는 별개의 문제였다. 그리고 증거가 나온 마당에 딱히 다른 판단을 내리는 것도 우스운 일이었다.

스폰서란 어디에도 있고 어디에도 없는 그런 존재였다. 들키느냐 아니냐의 문제일 뿐이었다. 채우진은 그저 운이 없어서 들킨 것이지 새삼스레 경악할 사건은 아니었다.

그만큼 연예계와 스폰 문제는 밀착된 관계이기도 했다. 다른 경우의 수를 의심하고 채우진의 편을 들기에는 정황이 너무 뻔해 보였다.

채우진이 자리에 앉자 다시 카메라 불빛들이 그의 얼굴에 쏟아졌다. 그러나 어느 때보다 평온해 보이는 그의 얼굴에 기자들은 속으로 감탄했다. 역시 연기 하나는 죽여주게 잘하는 배우라고 인정할 수밖에 없었다.

내심 안타깝기도 했다. 이제 탄탄대로만 남은 줄 알았던 배우의 몰락이 눈에 선했다. 스폰서가 있는 연예인이 그 하나뿐은 아닐 텐데 말이다.

이번 일로 사법시험 면접도 물 건너간 게 아니냐는 말이 많았다. 지금 채우진에게 쏟아지는 빛만큼 그의 미래는 어두워 보였다.

물론 연기력과 외모는 두말할 게 없으니 몇 년 자숙하고 나오면 재기는 할 수 있을 거다. 물론 이번 사건이 일어나지 않았을 경우 그가 얻었을 명성과 영광에는 한참 못 미치는 결과겠지만 아예 죽지는 않을 것이다.

그만큼 채우진이란 브랜드가 가지고 있는 가치는 높았다.

그런데 이 와중에 몇몇 기자들의 눈에 의아한 점이 보였다. 기자들 앞에 놓여 있는 음료와 생수가 채우진이 광고하는 태양식품의 제품이었다. 과연 이것이 태양식품에서 제공한 협찬인지, 채우진 측에서 자신의 건재함을 보여주기 위한 수로 이용한 것인지 순간 궁금증이 생겼다.

"월요일 아침부터 이런 일로 만나뵙게 돼서 유감입니다."

우진의 첫인사에 기자들 역시 마음이 복잡했다. 채우진을 인터뷰하기가 얼마나 어려웠던가. 몇몇 선택받은 이들이나 가졌던 기회가 오늘은 모두에게 공평하게 주어졌다. 그와 처음하게 된 인터뷰가 이런 주제라는 걸 기자로서 즐거워해야 하는지, 방송 문화계를 사랑하는 처지에서 속상해야 하는지 분간이 가지 않았다.

"제 생애 최초의 기자회견이 어제 나왔던 기사에 대한 반박 회견이라는 점도 유감입니다."

역시나 오늘 회견은 반박과 변명으로 이뤄진 해명인가 싶어서 기자들은 고개를 끄덕였다. 어쩌면 당연한 결과였다. 꿈틀거려 보지도 않고 바로 손을 들기엔 너무 잃을 게 많았다.

기자회견은 먼저 채우진의 입장 발표가 있고 나서, 기자들과 질의응답을 하는 순서로 짜졌다. 기자회견의 진행 과정을 이미 사회자에게 들은 기자들은 묻고 싶은 질문을 꾹꾹 눌러가며 채우진의 다음 말을 기다렸다.

"이쯤 되면 제가 무슨 이야기를 할지 모두 아시겠지만, 베스트데이의 강일로 기자님이 쓰신 기사는 사실과 다릅니다. 하지만 강 기자님이 공개했던 그 녹음 파일은 제가 TM에 나왔을 때 김석형 대표님과 나눈 마지막 대화는 맞습니다."

앞뒤 논리가 맞지 않은 말이었다. 이건 또 뭔 소리인가 싶어서 넓은 회견장이 순간 적막을 드리운 듯 조용해졌다.

"다만 그 내용이 제가 기억하는 것과 완전히 달라서 매우 당황스러웠습니다. 기억력이 잘못됐나 싶어서 저 역시 제가 가지고 있던 녹음 파일을 찾아서 틀어볼 정도였습니다."

그의 주장에 기자들의 눈이 반짝였다.

사실 강일로 기자가 공개한 녹음 파일 내용은 무척이나 짧은 편이었다. TM의 김석형 대표가 하는 이야기에 채우진이 짧게 대응하는 정도였다. 그런데 또 다른 파일이 있다니 흥미로울 수밖에 없었다.

채우진이 강호수에게 눈짓하자 그는 준비해 온 음향기의 버튼을 눌렀다.

―네 주제에 스폰서 없이 뜰 수 있을 것 같아?

―스폰서 없이도 뜬 선배님들 많이 봤습니다.

―그거야 네가 몰라서 그렇지. 그것들치고 뒤에서 몸 안 판 것들이 있는 줄 알아?

기자들은 듣자마자 대화를 나누는 사람이 TM의 김석형 대표와 채우진이라는 걸 알 수 있었다. 인터뷰를 자주 하는 편인 김석형의 목소리를 모르는 연예부 기자는 여기에 없었다.

―연예계에서 쉽고 빠르게 성공하기 위해선 스폰서가 있으면 좋죠. 그래서요? 제가 언제 쉽고 빠르게 성공하고 싶다고 했습니까?

―우진아, 그냥 눈 한번 딱 감으면 돼. 너 이렇게 계속 우기면 평생 연습생으로 그냥 둔다? 내가 널 데뷔시킬 것 같아?

―그럼 그렇게 하세요.

―뭐?

―그렇게 더럽게 해서 연예인 되느니 그냥 전 안 하겠습니다.

―이게 오냐오냐했더니 머리 위로 기어오르네! 야, 세상에 너처럼 백 없는 가난뱅이가 성공하는 방법은 하나밖에 없어. 그냥 기라면 기어! 힘들게 혼자서 자식들 키우는 네 어머니 생각도 해야지!

고래고래 소리 지르는 김석형의 목소리에 기자들의 안색이 점점 희게 질렸다.

─그게 대표님이 살아남는 방법인가 보죠? 그런데요. 대표님이 그렇게 살았다고 저보고 그렇게 살라는 건 아니죠.

채우진과 김석형의 대화는 한참을 이어갔다. 베스트데이의 강일로 기자가 공개했던 것과는 비교도 안 되는 내용과 길이였다. 덕분에 사이사이 채우진의 말이 어떻게 편집됐는지 대번에 알 수가 있었다.

그리고 채우진이 지금 대화를 녹음 중이라는 것을 밝히는 대목이 왔다. 당연히 김석형 대표가 소리를 질렀고 채우진은 차분하게 대답했다.

─녹음 좀 했다고 뭐가 문제가 됩니까? 대표님은 저에게 스폰서를 받으라고 압력을 주고 계시잖아요.

또렷하게 내뱉는 채우진의 말에 김석형은 제대로 분간이 가지 않는 목소리로 마구 소리를 질러댔다. 성미 급하고 물불 안 가리는 김석형의 성격이 고스란히 보이는 부분이었다.

이내 우진이 TM을 나가는 문제와 녹음 파일이 든 폰을 김석형에게 넘기는 것으로 내용이 끝났다.

"이게 그날 제가 김석형 대표님과 나눴던 대화의 전 내용입니다. 그리고 행여나 해서 말씀드리는데, TM의 김석형 대표님과 나눈 대화 녹음은 이것 말고도 여러 개 더 있습니다. 공개하라면 공개할 의사가 충분히 있습니다."

그리고 채우진은 서류 몇 장을 꺼내 기자들에게 잘 보이도록 세워서 보여줬다.

"파일 속 김석형 대표님 목소리의 진위에 대해서는 소리 음성 연구가이신 오명환 교수님께 의뢰한 결과, 동일 인물이라는 확인을 받았습니다."

서류들을 천천히 넘겨서 모두 보여준 채우진은 그것들을 정리해 한쪽에 치우고는 기자들을 향해 말했다.

"제가 할 말은 여기까지입니다. 질문 있으시면 뭐든지 물으셔도 됩니다."

녹음 파일을 틀어준 시간이 길어서 그렇지 채우진이 직접 이야기한 내용은 거의 없었다. 그래서 질문할 거리가 많은 기자들이 일제히 손을 들었다.

우진은 제일 먼저 눈이 마주친 앞쪽의 기자를 손으로 가리켰다.

"신화일보의 최민재 기자입니다."

"네, 최 기자님."

"녹음 파일이 오늘 공개한 것 말고도 여러 개라고 하셨는데요. 녹음까지 하게 된 정황이 궁금합니다. 그리고 폰을 김석형 대표에게 내줬는데 오늘 파일은 어떻게 된 겁니까?"

분명 오늘 공개한 내용에는 채우진이 폰을 김석형에게 넘기는 대가로 TM을 나오게 된 것까지 모두 담겨 있었다. 빼앗긴 파일을 어떻게 오늘 공개할 수 있었는지는 모두의 궁금증이었다.

"먼저 저는 김석형 대표님과 대화를 나눌 때는 폰을 포함해서 녹음기를 항상 두세 개는 소지하고 있었습니다."

채우진의 말에 순간 기자들은 당혹감을 감추지 못했다.

당시 채우진은 21살이었다. 그 나이의 청년이 녹음은 그렇다 치더라도 녹음기를 2~3개까지 준비한다는 것은 생각하기 힘든 일이었다. 이 치밀한 놈은 뭔가 하는 시선이 동시에 채우진에게 몰렸다.

"그리고 녹음하게 된 계기는 당시 스폰서 문제로 그분이 몇 달을 괴롭혔기 때문입니다. 하루 이틀의 일이 아니었다는 소리죠. 당시 블루핏과의 문제까지 겹쳐서 혹시나 하는 마음에 녹음을 하게 된 겁니다. 그리고 파일 마지막 부분을 들으셨다시피, 당시 무리 없이 TM에서 나오기 위해서는 그 방법밖에는 없다고 판단했기 때문입니다."

채우진의 대답이 끝나자 이번에는 TM과 깊은 관계를 맺고 있는, 데일리 투의 이지연 기자가 그에게 날이 선 질문을 던졌다.

"채우진 씨는 베스트데이의 강 기자가 공개한 것이 편집된 거라고 주장하셨는데요. 그렇다면 오늘 것도 편집된 파일이 아니라는 증거가 있습니까?"

"파일의 진본 여부는 재판 과정에서 밝혀지겠지요. 다만 강일로 기자님이 제 말에 반박하고 싶으면 저처럼 파일 전부를 공개하시면 되는 일입니다."

채우진은 이 파일이 진짜이며 그 이유에 대해 일일이 설명할 필요를 느끼지 못했다. 그런 것은 재판 과정에서 전문가들에 의해 분명하게 밝혀질 일이었다. 진실에 반박하고 싶으면 다른 자료로 언제든지 자신의 주장을 펼치면 된다.

"제가 뭐라 해도 과학이 설명하는 것보다는 못할 겁니다. 하지만 이것만은 꼭 말하고 싶군요. 파일에 나온 목소리가 김석형 대표님의 목소리임을 과학기술이 입증해 줬습니다. 그렇다면 제가 TM의 김석형 대표님께 대본 주면서 이렇게 녹음해 달라고 부탁했겠습니까?"

이지연 기자를 보는 우진의 눈빛은 다른 기자들을 대하는 것과는 차원이 다른 차가움이 있었다. 그러나 바로 이어지는 다른 기자들의 질문에 두 사람이 눈을 마주친 순간은 매우 짧았다.

"재판까지 가실 생각이신 겁니까?"

"당연한 걸 물으시는군요."

우진은 어리석은 소릴 들었다는 듯 대놓고 비웃었다. 오늘의 그는 이미지 관리와는 아주 먼 사람처럼 오만하고 강경한 태도를 줄곧 유지하고 있었다.

"그렇다면 소송 대상은 누굽니까?"

"그건 변호사와 상의하고 결정하겠지만, 기사의 소스를 제공한 TM의 모 관계자분은 빠지지 않을 겁니다. 물론 의도를 가지고 파일을 편집한 이도 포함되겠지요. 그리고 모 관계자가 누구인지 아는 강일로 기자님의 대처에 따라 그분에 대한 처우도 달라질 겁니다. 물론 그에 앞서 사실 여부를 확인하지 않고 바로 기사를 쓴 점에 대해서는 분명한 사과와 대가를 받을 생각입니다."

채우진은 조금의 관용도 보여주지 않았다. 협상의 여지는 있을지 몰라도 그들이 저지른 행동에 대한 대가는 꼭 받아낼 거라는 의지를 분명히 했다. 어느 때보다 강경한 그의 태도는 확실히 지금껏 그가 보여줬던 유연한 모습과는 매우 달랐다.

기자회견 시작부터 근접하기 어려운 분위기를 풍기던 그는 모두가 알고 있던 채우진이 아니었다.

"그렇다면 채우진 씨는, 강일로 기자가 공개한 녹음 파일을 편집했을 것으로 추측되는 인물이 따로 있습니까?"

멀쩡한 파일을 강일로 기자가 편집했을 수도 있고, 아니면 다른 의도를 가진 누군가가 일부러 편집해서 제보했을 수도 있다. 왠지 후자일 가능성이 컸고, 누구인지 어느 정도 예상이 되는 상황이었다.

그러나 누구라고 함부로 거론할 수는 없었다.

그만큼 민감한 문제였다. 뚜렷한 증거 없이 누군가를 콕 집어서 말하게 된다면 도리어 역풍을 받을 수가 있기 때문이다. 그래서 질문하는 기자 역시 굳이 대답을 바라는 건 아니었다.

그보다 채우진에게서 의심하는 인물이 있다는 대답을 끌어내기 위해 한 질문이었다. 그것만으로도 충분히 한 편의 막장극을 쓸 수 있는 소재였다.

"제보한 사람이 누구인지도 모르는데 제가 그걸 어떻게 알겠습니까."

"제보자에 대해 강일로 기자가 아무 말도 하지 않던가요?"

기사가 나오면 보통은 먼저 기자에게 항의 또는 사실관계를 따지는 게 먼저였다. 그래서 채우진 역시 당연히 그랬을 거라 모두들 생각했다.

제보자를 모른다는 채우진의 불만이 강일로에 대한 불편한 심정을 전하는 것이라 여겼다.

"기사를 낼 때 그분은 제게 진실 여부를 묻지도 않았는데 제가 왜 그분께 물어봅니까? 전 앞으로도 그분과는 어떠한 대화도 할 생각이 없습니다. 앞으로 그분이 상대할 저희 측 사람은 오로지 제 변호사일 겁니다."

제보자가 누구인지, 혹은 편집한 사람이 누구인지 강일로가 알고 있더라도 우진은 그에게서 어떤 말도 직접 들을 생각이 없었다. 그와는 아예 만날 계획도 없으며 상대할 시간도 아깝다는 뜻을 분명히 밝혔다.

그제야 기자들은 이 회견장에 베스트데이의 어떠한 기자도 초대되지 않았음을 깨달았다.

온갖 매체가 모여든 자리에 제법 이름 있는 언론인 베스트데이에서 한 명도 오지 않았다는 것은, 채우진과 DS가 앞으로 그들을 어떻게 상대할지를 암묵적으로 보여주는 행위와도 같았다. 강일로 하나 상대하고 말고의 문제가 아니었던 것이다.

순간 기자들의 간담이 서늘해졌다. 시작은 강일로였지만 이 자리에 있는 대다수가 어제 하루 동안 그에 맞장구치며 기사를 써 내려갔다.

그들이 막무가내로 굴 수 있었던 것은 평소 장수환 대표가 스폰서 문제에 얼마나 완강한 입장이었는지 알기 때문이었다. 먼저 DS에 문의하고 답변을 기다렸던 기자들을 제외한 다른 이들은 당연히 장수환이 채우진을 버렸을 것으로 생각했다. DS에게 버려진 채우진은 막 대해도 상관없는 일개 연예인일 뿐이었다.

그런데 일이 이렇게 전개되면 이제 난처해지는 것은 펜을 함부로 굴린 그들이었다.

"그래도 저도 사람이라서 파일을 편집한 사람이 누구인지 알고 싶었습니다. 저에겐 제보자보다 그게 더 중요한 문제니까요."

이 시점에서 중요한 것은 제보자가 누구이냐보다는 그의 의도가 무엇이냐일 것이다. 그리고 절대 놓쳐선 안 될 쟁점이 녹음 파일을 편집한 사람이 누구인가에 대한 문제였다.

상상은 한도 끝도 없지만, 언제나 진실 앞을 가로막는 것은 그에 준하는 증거였다. 증거가 없다면 진실은 한낱 상상에 불과한 루머에 지나지 않는다. 말 한마디도 신중해질 수밖에 없는 이유였다.

"그래서 TM의 김석형 대표님께 기자회견 전에 전화를 걸었습니다."

오늘 공개한 녹음 파일의 주인공이자, 또 다른 증거를 가지고 있던 사람인 김석형 대표가 언급되자 회견장이 술렁거렸다. 오늘 가장 큰 수확은 채우진이 누명을 벗었다는 것보다, TM의 대표가 소속 연예인에게 스폰서를 소개하고 강요했다는 점이다.

연예계에 만연하고 암암리에 퍼진 스폰서는 언제나 늘 있는 문제였다. 그러나 기획사 대표가 직접 스폰서를 언급하며 강요했단 증거가 나온 것은 사실상 이번이 처음이었다.

이건 채우진에게 스폰서가 있다는 루머는 아무것도 아니게 만드는 사건이었다. 전대미문의 사건이 터질 것이 확실시되는 증거는 급기야 생방송으로 전국에 중계되고 있었다. 중간에 어떻게 무마할 수도 없게 된 것이다.

이제는 채우진 사건이 아니라 TM 엔터테인먼트와 김석형 대표, 그리고 현재 그곳에 소속된 연예인들이 연루된 방대한 문제로 넘어가고 말았다.

분명 김석형 대표는 사태가 이렇게까지 될 줄 몰랐을 것이다. 그렇다면 과연 그가 채우진에게 어떤 대답을 했을지가 무척 흥미로웠다.

문제의 녹음 파일과 옛날 채우진의 폰이 강일로 기자에게 넘어간 과정의 주체가 누구인지, 이 자리에 있는 모두가 어느 정도 직감하고 있는 상태였다.

기자들은 현재 이 방송을 보고 있을 TM 김석형 대표의 얼굴이 어떨지 감히 상상이 되지 않았다. 이곳이 아닌 TM의 대표실에 있었어야 했다는 안타까움을 품고 채우진의 다음 말을 기다렸다.

"방금 녹음 파일을 들으셨다시피, 김석형 대표님으로선 어제 자 기사를 굳이 반박할 이유가 없으셨을 겁니다. 그래도 진실을 아는 분은 그분뿐이라 전화를 걸 수밖에 없었습니다. 한때 TM에 있었기 때문에 저 역시 그곳에 있는 다른 분들에게 피해가 갈 수 있는 파일을 공개한다는 것이, 썩 내키는 일은 아니었으니까요. 그래서 김석형 대표님과 적당히 타협할 의사도 충분히 있었습니다."

우진은 이번 사태를 팬들의 주장처럼 연기 연습을 했던 녹음 파일이라고 변명해 줄 의사가 있었음을 넌지시 언급했다. TM의 모든 연예인이 스폰서가 있는 게 아니었다. 따진다면 없는 사람이 더 많을 것이다.

하지만 오늘의 일로 TM 소속의 연예인들에게 하나의 굴레가 덧씌워지게 되었다. 그들 모두를 살리자고 우진이 희생할 이유는 없고 그럴 생각도 없었다.

하지만 우진은 이렇게 말함으로써 자칫 자신에게 몰릴 수 있는 원망을 김석형에게로 틀었다. 우진이 녹음 파일을 공개한 것은 전적으로 김석형의 아집과 잘못된 판단에서 벌어진 불행임을 크게 강조할 필요가 있었다.

"그런데 김석형 대표께선 당신이 기억하기론 기사에 나온 내용이 맞다고 우기시더군요. 그리고 당신이 잃어버린 폰과 녹음파일은 기사에 나온 그대로라고 말씀하셨습니다. 도리어 저에게 화를 내시는데 저도 어쩔 도리가 없더군요. 그분 말씀에 의하면 제보자는 적어도 편집 없이 강일로 기자님께 자료를 건넸다고 할 수 있을 겁니다. 물론 그렇다고 제보자가 아무런 잘못이 없다는 건 아닙니다. 허위 사실을 유포해서 제 명예는 물론 현재 상영 중인 영화와 제가 광고한 제품의 이미지에 막대한 손해를 끼친 것은 주지의 사실이라, 어떠한 배려도 고려하지 않을 생각입니다."

바쁘게 움직이던 기자들의 손이 잠시 멈췄다. 방금 채우진의 말은 여러 가지 의미를 내포했다. 이건 아예 대놓고 편집자는 김석형 대표라고 암시하는 것과 같았다.

"김석형 대표님에 관해서는 굉장히 신중하셔야 할 발언인 것 같습니다."

평소 DS와 채우진에게 호의적이었던 기자가 조심스레 지적했다. 혹시나 실수로 나온 말이라면 지금이라도 정정할 기회를 준 것이다. 평소 김석형의 성격으로 볼 때 무슨 건수만 있다면 개같이 물어뜯을 게 분명하기 때문이다.

"그건 김석형 대표님께 확인받았습니다. 오히려 제가 뉘우치지 않고 따진다고 하시더군요. 그분께선 기사에 어떠한 반박도 하실 생각이 없으며, 당신 책상에 있던 자료 그대로 기사가 난 거라고 저에게 확답하셨습니다. 물론 그것이 파일을 편집한 사람이 누구라고 의미하는 건 절대 아닙니다. 저는 단지 김석형 대표님의 말을 그대로 옮긴 것뿐입니다."

두 개의 자료가 각각 다른 이야기를 하고 있으니 그건 나중에 법정에서 확인해 보자고 우진은 덧붙였다.

"녹음 파일은 그렇다 치고, 그렇다면 채우진 씨가 사용했던 폰에 남아 있는 문자 내용은 어떻게 된 겁니까?"

이제는 누구도 채우진이 공개한 파일이 거짓이라 생각하는 이는 없었다. 그러나 채우진의 폰에 남아 있는 문자는 짚고 넘어가야만 했다. 폰이 김석형에게 넘어간 과정을 들은 이상, 그 문자 역시 어떻게 만들어진 것인지 대충 감은 왔다. 이런 질문을 하게 된 것은 지금 방송을 보고 이해를 못 하거나, 궁금증을 가진 이들에게 채우진이 해명할 기회를 주기 위함이었다.

"강일로 기자님이 고맙게도 제 폰에서 문자 내용을 캡처해 기사에 올리셨더군요. 거기에 날짜가 2월 11일, 오후 10시 25분이라고 나와 있는 걸 똑똑히 보셨을 겁니다. 그런데 공교롭게도 제가 TM과 계약을 만료한 날은 2월 11일이었습니다."

질문에 대답한 우진은 준비해 온 다른 문서를 기자들에게 보여줬다. 우진이 TM을 나오면서 사인했던 계약 만료 서류였다. 서류에는 분명하게 해당 연도와 2월 11일이라는 날짜가 적혀 있었다.

"제 기억으론 그날 오후 5시쯤에 이 서류를 작성한 걸로 기억합니다. 그런데 그 후에 이런 문자를 주고받을 의미가 무언지 저도 무척이나 궁금합니다."

계약이 만료됐는데 새삼스레 스폰서 문제로 저녁에 기획사 대표와 싸울 일이 뭐가 있으며, 설득할 일은 뭔가 싶었다. 특히 문자의 내용을 보면 그때까지 채우진은 분명 TM의 소속인 것처럼 문자를 주고받았다. 그 문자를 주고받은 후에 채우진이 TM과 계약 만료를 했다고 우기기엔 시간이 너무 공교로웠다.

문자를 주고받은 후에 채우진과 김석형이 만나서 녹음 파일 속 대화를 나누고 계약을 만료했다면, 시간이 훌쩍 지나 그날은 이미 2월 12일이 되었을 시간이다. 무엇보다 우진이 공개한 녹음 파일에는 변호사까지 부르는 장면이 있었고 계약 만료 확인서에는 변호사의 사인이 있었다. 자정이 다가오는 시간에 변호사를 부르고 서류를 작성했다는 것도 말이 안 되고, 시간도 여러모로 맞지 않았다.

이래저래 김석형 대표에게 유리한 증거는 하나도 없는 셈이었다.

"그런데 조금 전에 채우진 씨가 광고 모델로 있는 제품의 이미지 훼손에 대해 언급하셨는데요. 그에 대한 대처를 어떻게 하실지 묻고 싶습니다."

기자회견이 시작되기 전부터 태양식품의 음료들을 보며 궁금증을 가졌던 기자가 이에 관해 물었다. DS에서 이런 증거품을 가지고 광고주에게 가만히 있었을 것 같지는 않았다. 특히 장수환 대표라면 개인적으로도 광고주들과 친분이 있을 테니

발 빠르게 움직였을 게 분명했다.

일반적으로 이런 사태가 벌어지면 대체로 광고에서 잘리는 게 순리였다. 사실 여부도 중요하지만, 대부분 이미지가 상당히 훼손되어 광고주의 심기를 불편하게 만들기 때문이다.

그들에게 중요한 것은 진실보다는 자기네 회사 제품에 대한 이미지였다. 광고주들은 보통 싸움에 끼어들기보다는 그냥 조용히 모델을 교체하는 것으로 대응했다. 희소성 있는 모델을 구하는 건 어려운 일이지만 그렇다고 아예 불가능한 일은 아니었다.

광고주에게 있어 모델은 언제나 대체 가능한 소비품과도 같았다. 모델을 위해서 군이 소송에 관여하는 수고로움을 선택하는 광고주는 없었다.

하지만 지금 상황에서 장수환 대표가 중간에서 어떤 역할을 했는지는 미지수였다.

"그건 제 옆에 계신 변호사님께서 답변하실 겁니다."

우진은 기자회견 시작부터 그의 옆에 앉아 있는 중년의 남자를 가리켰다.

마침 의문의 남자에 관해 궁금해하던 기자들이 눈을 반짝이며 그에게 시선을 보냈다.

"채우진 씨의 변호를 맡게 된 Rome 법무법인의 이영환 변호사입니다. 이 문제에 대해서는 광고주들과 더 상의할 사항이 몇 가지 남아 있지만, 그분들은 이번 사태로 제품과 회사의 이미지에 훼손이 갔음을 분명하게 인지하고 계십니다. 이에 관한 손해배상을 강일로 기자와 제보자에게 분명하게 청구할 계획입니다. 이 과정에서 합의는 없으며 모든 게 법적인 절차에 의해서 진행될 것임을 밝히는 바입니다."

변호사의 대답을 들은 기자들은 처음엔 광고주들이 흔하지 않은 결정을 했음에 놀랐다. 그만큼 장수환 대표의 능력과 채우진에 대한 광고주들의 믿음과 확신이 분명하다는 것이 느껴졌다.

그러다 변호사가 소속된 로펌이 Rome이라는 것에 처음과는 다른 당황스러움이 밀려왔다. Rome이 연예인의 변호를 맡았던 적이 없었다는 걸 뒤늦게 깨달았기 때문이다.

Rome은 정재계와 사회적 이슈가 강한 굵직한 사건만으로도 늘 인력이 부족한 곳이었다. 과거 물의에 휘말렸던 몇몇 연예인들이 Rome에 의뢰한 적이 있지만 모두 거절을 당했다. 그런 자잘한 사건까지 맡을 여유가 없다는 답변을 들은 채로 말이다.

Rome에서 연예인의 변호를 맡은 적은 결단코 채우진이 처음이었다. 이런 이례적인 결과를 낳은 게 장수환의 힘인지, 아니면 채우진이 광고 모델로 활동하는 곳의 영향력인지는 아직 모르는 일이었다.

그렇지만 이 사건을 Rome이 맡았다는 것만으로도 상대가 느낄 압박감이 굉장할 것임은 분명했다.

"채우진 씨에 대한 모든 법적인 문제는 제가 맡기로 했습니다. 앞으로 채우진 씨가 연예 활동과 그 밖의 활동에 전념할 수 있도록 많은 배려 부탁드립니다."

그러니까 앞으로 귀찮게 하지 말라는 변호사의 말은 그냥 하는 엄포가 아니었다. Rome이라면 말만으로 끝낼 곳이 절대 아니라는 걸, 이곳에 있는 기자들은 이미 넘치게 들어서 알고 있었다.

"그렇다면 이번 스폰서 문제에 대해서는 어떻게 대처하실 작정입니까?"

한 기자의 질문에 이영환은 대놓고 미간을 찌푸렸다. 작은 행동 하나에도 위엄과 카리스마가 넘치는 변호사의 표정에 기자들은 마른침을 삼켰다. 이에 상관치 않고 이영환 변호사는 생방송을 중계하는 방송사의 카메라를 향해 분명하게 말했다.

"채우진 씨에게 스폰서라는 단어가 왜 따라오는지 모르겠습니다. 이는 허위 사실을 유포해서 한 사람의 명예와 그와 관련된 기업들에 손해를 입힌 악질적인 사건입니다. 스폰 문제는 경찰이든 검찰에서든 사회적으로 다뤄야 할 문제이지 채우진 씨와는 아무런 연관이 없는 별개의 사건입니다. 개입시키지 마십시오. 이 또한 분명한 명예훼손입니다."

이영환 변호사는 앞으로 채우진에 관한 기사를 낼 때의 가이드라인을 제시했다. 이는 스폰이 중요한 게 아니라, 허위 사실과 거짓 증거를 만들어낸 내막이 중요한 사건이었다. 연예계의 고질적인 스폰서 문제는 채우진과는 아무런 관계가 없음을 확실하게 선을 그은 셈이었다.

이렇게까지 분명하게 나눈 이유는 채우진의 이미지도 중요했지만, 바로 박이연 때문이기도 했다.

지금껏 비밀리에 연예계의 스폰 문제를 조사해 온 그였다. 11월쯤에 터뜨릴 사건이 이번 일로 갑자기 수면 위에 올라와서 그도 현재 굉장히 곤란한 처지였다. 한편으론, 시기는 빨라졌지만 자연스럽게 수사할 수 있는 근거가 제공돼서 다행인 측면도 없지 않았다.

정치인과 연예인의 스폰 관계를 터뜨리려면 그에 못지않은 물밑 작전이 있어야만 했다. 이번 일은 그런 수고를 덜어준 셈이었다.

그러나 하필 채우진과 박이연이 사촌 간이라는 게 문제였다. 수사에서 빠질 수 없는 박이연으로선 스폰서 문제에 채우진은 절대 개입되면 안 되는 조항이었다.

그래서 스폰서는 채우진과는 별개의 사회적인 문제라고 일부러 더욱 강조했다. 박이연의 수사 대상에 TM의 김석형이 들어가는 건 사실이지만, 그건 채우진과는 따로 놓고 봐야 했다.

이번 일은 채우진의 개인적인 사건이었다. 스폰서는 그와는 상관없는 사회문제인 것으로 대중에게 강제적으로 이입시킬 필요가 있었다.

"처음 약속했던 시간이 거의 다 돼가는 관계로 앞으로 두 개의 질문만 더 받기로 하겠습니다."

사회자는 시간을 확인하며 기자들에게 말했다. 녹음 파일을 공개하는 시간이 많이 차지해서 어느새 시간이 훌쩍 지나버렸다. 사회자는 서로 손을 들고 질문하려는 기자들 사이로 미리 약속해 둔 기자에게 질문의 기회를 줬다.

"녹음 파일도 그렇고 준비해 둔 자료들을 보면 마치 예전부터 철저하게 준비를 해둔 것 같습니다. 혹시 채우진 씨는 이런 일이 생길 줄 예상하셨습니까?"

기자는 회견장에 나오기 전에 국장에게 받았던 메모지를 그대로 읽었다. 처음 질문 내용을 봤을 때는 이게 무언가 싶었는데 이제는 알 수 있었다. 그리고 이게 얼마나 중요한 핵심 질문인지도 깨달았다. DS와 채우진이 밝히고 싶은 중요한 내용이 무언지도 말이다.

"네."

"아셨다고요? 어떻게 말입니까?"

"이상하게 TM을 나온 연예인 지망생치고 성공한 사람이 한 명도 없었기 때문입니다."

"무슨 말씀이십니까? 성공한 사람이 없다니요. 바로 채우진 씨부터 시작해서 이형진… 아……!"

그래, 성공한 사람은 있었다. 그런데 채우진을 빼고 모두가 끝이 안 좋았다는 게 그들의 공통점이었다. 아마 채우진에게 증거가 없었다면 몰락한 연예인 중에 그도 포함되었을 것이다.

진실을 덮은 내막이 자신들이 생각했던 것보다 더 거대할지도 모른다는 생각에, 기자들의 얼굴에 흥미가 돌았다. 어느 정도 짐작하고 있었던 몇몇 기자들은 역시나 하며 고개를 끄덕였다. 그리고 안색이 새파랗게 변한 몇몇은 고개를 들지 못하고 딴청을 피웠다.

"마지막 질문을 받겠습니다."

기자들의 반응에 상관없이 사회자는 차분하게 진행을 이어갔다. 그리고 역시나 마지막 질문자로 결정되어 있던 기자를 지목했다.

"아까 기자회견에 앞서 김석형 대표와 통화를 했다고 하셨는데요. 저희에게 말씀한 것 말고 다른 이야기는 없었습니까?"

기자의 질문에 채우진은 잠시 난처한 표정을 지었다. 그리고 웃음을 참는 건지 모호한 표정을 지으며 마이크를 잡고 대답했다.

"저에게 DS에서 쫓겨나면 TM으로 오라고 말씀하셨습니다."

간결하지만 이번 사태가 벌어진 원인이 무엇인지 분명하게 함축된 대답이었다.

만약 그에게 원본 파일이 없었다면 우진은 이번 일을 해명하고 무마시키기 위해 TM의 김석형과 거래를 할 수밖에 없었을 것이다. 장수환 대표의 평소 소신과 성격으로 보아, 채우진이 결백을 증명하지 못했다면 계약 해지는 당연한 미래였다. DS를 나온 채우진이 의지할 수 있는 곳은 TM뿐일 테니 김석형의 계산은 나쁘지 않았다.

아마도 김석형이 꿈꿨던 미래와 현실은 많은 괴리가 있을 것 같았다.

◆　　◆◆◆　　◆

"지금 저 새끼가 뭐라고 하는 거야! 내가 언제 그렇게 말했어!"

기자회견을 보던 김석형도 채우진의 대답에 내포된 의미가 무언지 너무도 잘 알고 있었다. 그래서 화를 주체하지 못하고 울분을 토해냈다.

불쌍해서 거둬주겠다는 소리를 어떻게 저렇게 와전시키냐고 열을 내는 것만이 그의 유일한 변명이 되었다.

"물에 빠진 새끼 구해주려고 했더니 고마움도 모르고, 뭐가 어째? 나도 명예훼손으로 고소하겠어!"

소파에 걸터앉아 머리를 쥐어뜯으며 소리쳤지만 그는 자신이 채우진을 고소할 수 없다는 걸 잘 알고 있었다. 하여튼 TM으로 오라는 소리를 했고, 만약 기자회견 전에 했던 통화 내용이 공개된다면 정말 빼도 박도 못하게 된다.

"잘하다가 막판에 이연이 이름이 나오는 바람에 흥분했어. 어떻게 하지?"

우진에게 원본이 따로 있을 줄은 꿈에도 상상 못 했다. 그런 걸 가지고 있으면서 여태껏 조용히 있었다는 게 이해가 되지 않았다. 저라면 벌써 협박이든 거래든 해서 이용했을 것이다. 저것들이 가만히 있는 바람에 자신이 잘못된 선택을 했다는 원망이 앞섰다.

"연기 연습하던 파일을 김 대리가 오해해서 제보한 거라고 우기는 게 최선일 것 같습니다."

여태 조용히 있던 권 실장은 힘이 빠진 목소리로 한 가지 방법을 제시했다. 아무리 머리를 굴려도 이것밖에는 나오지 않았다. 어차피 제보한 것은 김 대리니 말만 잘 맞추면 빠져나갈 구멍이 조금은 보였다.

"김 대리한테 재판이나, 나중 일은 우리가 잘 해결해 줄 테니까 걱정 말라고 해. 그런데 변호사가 왜 하필 롬이야!"

일전에 DS에서 내용증명을 보낼 때 Rome에서 작성한 것을 보내더니 이번에도 그곳을 이용하는 걸 보고 김석형은 치가 떨렸다. 돈 자랑도 이 정도면 지랄로 보였다.

"그런데 광고주들까지 고소하게 되면 규모가 장난이 아닐 텐데요."

"그건 아마……."

그냥 해본 소리일 거라고 하려다가 DS의 장수환을 생각하니 한숨만 나왔다. 아마도 그가 뒤에서 광고주들을 설득해 이 지경까지 끌고 온 게 아닌지 의심스러웠다. 하지만 광고주들도 장수환의 얼굴을 봐서 어쩔 수 없이 나서는 거지, 이런 일로 오래 시끄러워지는 걸 원치는 않을 것이다.

"고소한다는 회사 중에 우리와 연이 있는 임원들에게 연락부터 해봐."

채우진이 광고 모델로 있는 회사들의 고위직 임원 중에는 TM과 좋은 인연을 맺고 있는 이들이 몇 있었다. 지금으로선 그들에게 기대를 걸 수밖에 없었다.

"잘될 거야."

지금껏 그래왔던 것처럼 이번에도 잘 해결되리라 김석형은 자신했다. 돈은 제법 나가겠지만 잘못된 판단의 결과라 생각하기로 했다. 사업을 하다 보면 이런 일도 저런 일도 생기고, 리스크는 어디에나 존재하는 법이었다. 김 대표의 모습을 보던 권 실장은 이번 일로 그가 좀 더 신중해지고 배우는 게 있다면 좋겠다고 기대했다.

하지만 사람은 그리 쉽게 변하지 않는다. 지금껏 김석형이 기가 막히게 운이 좋았던 것은 여태 고만고만한 이들만 상대했던 점도 한몫했다. 계속된 성공은 자신감이 되고 오만이 돼서 그의 눈을 가리고 있었다. 그리고 이번 상대는 그들에겐 너무 거대해 보였다.

"대표님!!"

노크도 하지 않고 무작정 대표실 문을 열고 들어온 비서가 새파랗게 질린 얼굴로 김석형을 찾았다. 비서의 무례한 행동에 김석형은 대번에 버럭 화를 냈다.

"넌 손도 없냐!"

"그게 아니라… 방금 기사 하나가 떴는데……."

비서의 시선이 이제는 기자회견을 마무리 짓고 있는 TV 속의 채우진에게로 향했다. 비서가 말하는 새로운 기사가 채우진에 관한 내용이란 걸 예감한 김석형이 슬쩍 미간을 찌푸렸다.

기자회견 내용이 실시간으로 기사화되는 거야 당연하다. 당연한 일을 가지고 저렇게 놀라지는 않을 터였다.

"그게 뭔데?"

뭐 때문에 그러냐고 묻자 비서는 이제 울상이 되어서 방금 막 인터넷에 올라온 기사를 김석형에게 보여줬다.

◆　　◆◆◆　　◆

"거봐! 내가 뭐라고 했어. 우리 우진 오빠가 그럴 리가 없다고 했잖아."

채우라는 TV를 손가락질하며 베리로즈 멤버들에게 날카롭게 외쳤다. 채우라가 연예인 전형을 잘 받게 하기 위해 한창 활동 중인 베리로즈의 멤버들은, 동시에 어이없는 표정을 지으며 그녀를 보았다.

"뭔 소리야? 우리 중에 누가 채우진 씨에 대해 가타부타 말한 적이라도 있어? 너 혼자서 어제 날뛰면서 늙은 년들이 감히 우리 오빠한테 뭔 짓을 한 거냐고 소리쳤잖아."

연예인으로서 스폰서 문제는 늘 예민하고 조심스러운 문제였다. 그래서 어제 기사가 터지고 나서 누구도 채우진에 대해 이야기한 적이 없었다. 그들뿐만 아니라 연예인이라면 대부분 어제 하루 동안 숨죽이고 조용히 추이를 살폈을 것이다. 그 정도로 이 바닥에서는 민감한 문제였다.

베리로즈에게 채우라는 양날의 검과도 같았다. 채우라의 집안에서 지원을 해주기에 방송 스케줄이 끊이지 않았고 덕분에 개개인 모두 적당하게 인기를 얻고 있었다. 그룹 이미지 때문에 행사를 뛰지 않아 큰 수입원을 놓치고는 있지만, 그래도 그만한 보답을 받기에 채우라의 성격을 모두 받아주면서 그럭저럭 지내고 있었다.

채우라가 베리로즈에 속해 있는 한, 그녀들이 스폰서를 구할 필요는 없었다. 아니, 넓은 의미에서 보면 채우라의 집안이 그녀들에게 있어 스폰서였다. 몸 대신에 자존심을 파는 것만 다를 뿐이었다. 함부로 누군가를 비난하기엔 그들의 처지가 그리 당당하지 못했다.

그래서 베리로즈의 멤버들은 침묵한 반면, 채우라 혼자 흥분해서 난리를 피웠다. 채우진의 루머를 당연하게 기정사실로 하면서 스폰서였을 누군가에게 저주를 퍼부었다. 그런 의미에서 베리로즈 멤버 중 가장 채우진의 루머를 믿었던 사람이 채우라였다.

"내가 워낙에 순진해서 남의 말을 너무 쉽게 믿은 게 죄지. 그게 뭐가 잘못됐어? 순진한 것도 죄야?"

다영의 지적에 채우라는 오히려 당당했다. 어제의 일은 채우라가 기억하기엔 너무 오랜 옛날이었다.

"그래, 어련하시겠어."

이제는 일일이 따지는 것도 귀찮은 다영은 그냥 순순히 채우라의 말을 인정했다. 이번 일로 깨달은 게 계륵 같아도 채우라의 존재가 고맙다는 것이었다. 그깟 자존심만 버리면 순조롭게 연예계 활동을 할 수 있다는 것도 행운이라면 행운이었다.

"어머! 채우진 씨가 Rome 외손자래!"

채우라가 무슨 말을 하든 듣지 않고 구석에서 제 할 일만 하던 초희는 기사 하나를 발견하고 크게 외쳤다.

"뭐?"

다른 멤버들이 우르르 초희에게 몰려가서 그녀가 내민 기사를 읽기 시작했다.

내용은 토요일 Rome 법무법인 본사에 나타난 채우진의 목격담에서부터 시작했다. 로펌의 특성상 주말 없이 바쁘게 일하는 곳이라 토요일에도 출근하는 이들이 많은 건물이었다.

그곳에 나타난 채우진이 Rome을 찾자 많은 이들이 의아했다고 한다. 무슨 송사에라도 연루되었나 싶은 게 가장 처음에 들었던 의구심이었다. 하지만 그러기엔 붉은 장미 다발을 들고 나타난 그의 모습이 의아스러웠다.

기자가 제보로 받은 그날 찍힌 채우진의 사진을 보면 송사보다는 초대받아 찾아온 손님처럼 보였다.

"꽃을 든 남자는 정말 멋있구나."

어느 각도로 찍혀도 굴욕 사진이 없는 채우진의 모습을 보며 절로 감탄성이 나왔다. 잠시 넋 놓고 사진을 보고 나서야 서서히 기사 내용이 다시 눈에 들어왔다.

채우진의 등장이 많은 궁금증을 자아낸 만큼 그 후로 흘러나온 이야기는 많았다. 그중에 분명한 사실은 채우진이 Rome 법무법인의 대표인 박현만의 외손자라는 것이다. 그래서 사법시험 2차 합격자가 발표된 다음 날, 채우진이 외조부를 찾은 건 너무도 당연한 일이었다.

이로써 채우진이 사법시험을 치른 행보가 이해된다는 것과 이번 스폰서설이 얼마나 어이없는지로 기사는 끝을 맺었다.

"그렇지, Rome 대표 외손자가 뭐 하러 스폰서를 찾아?"

"미친, 아까 녹음 내용에선 TM 대표가 채우진 씨에게 백도 없는 놈이라고 비웃었잖아? 그럼 이 사실을 몰랐던 거야?"

"모르니까 그런 짓을 저질렀겠지."

알았으면 그렇게 막말을 하면서 채우진을 구석에 몰아붙이고 스폰서를 소개하는 짓은 못 했을 것이다. 하물며 오늘 같은 짓을 저지르지도 못했다.

"TM은 여러모로 멍청한 짓만 골라 했네."

채우진 하나만 봐도 가치가 높은데 그 뒤에 버티고 있는 것까지 더한다면 엄청난 것을 놓친 격이다.

베리로즈만 해도 채우라가 바른정식품의 외동딸이란 게 이렇게나 도움이 되는데 말이다.

"잠깐, 그런데 Rome이라고 하면… 우라, 아니, 아라 네 외할아버지가 Rome의 대표님이라고 하지 않았어?"

신문 기사로 난 적은 없었다. 그저 인터넷에서 암암리에 돌고 있는 소문이었다. 그도 그럴 게 채우라의 부친이 한때 Rome 대표의 사위였다는 사실은 조금만 검색해 봐도 금방 알 수 있는 사실이었다.

채우라의 나이로 보면 외조부가 누구인지는 자연스럽게 이어졌다. 인터넷에 올라온 정보와 이야기를 보고 멤버들이 채우라에게 직접 물은 적도 있었다.

"원래 상류층은 서로 끼리끼리 만나는 법이야. 그럼 내 외가가 아무나인 줄 알았어?"

당시 대놓고 시인하지는 않았어도 이 정도면 소문을 인정하는 것과 마찬가지였다. 그래서 베리로즈의 멤버들은 외가까지 든든한 채우라에게 더욱 기가 죽고 눈치를 볼 수밖에 없었다.

그런데 채우진이 Rome의 대표인 박현만의 외손자란 기사가 났다. 그럼 이 관계는 무엇이 되는가.

다영의 물음에 채우라의 안색이 점점 희게 질렸다. 아무 대답도 못 하고 얼어 있는 채우라를 보며 다른 멤버가 안타까운 듯 중얼거렸다.

"그럼 넌 여태 진짜 오빠인 줄도 모르고 있었던 거야?"

채우라가 얼마나 채우진을 좋아했는지 잘 알던 멤버들은 이런 사연도 있구나 싶어서 안타까워했다. 채우라가 하도 난리를 피우는 바람에 베리로즈의 누구도 채우진에게 '오빠'라는 호칭을 사용하지 못했다. 그렇게나 좋아하던 오빠가 친오빠라니 이거야말로 이산가족이 따로 없지 싶었다.

하지만 다영만은 멤버들과 함께 감정의 교류에 휘말리지 않았다.

"채우진 씨에겐 아라 너와 동갑내기인 여동생이 따로 있잖아. 너희들 쌍둥이였니?"

채우라의 아버지가 예전에 이혼했으니 어린 시절 헤어졌다면 이도 이해는 간다. 기자회견 중에 어머니가 재혼했다는 이야기를 채우진이 넌지시 꺼냈던 걸 보면 이복형제가 있을 가능성을 배제할 수가 없었다.

하지만 예전 골든볼에 나왔던 채우진의 여동생을 보면 서로가 너무 닮았었기에 의붓남매란 생각은 들지 않았다.

그렇다면 이 동갑내기 자매의 정체는 무엇인가. 우선은 쌍둥이란 추측이 먼저 들었다.

그리고 다영의 물음에 채우라의 얼굴에 씌워졌던 얼음이 파사삭 깨지기 시작했다.

◆　　◆◆◆　　◆

채우진이 데뷔한 이후 이렇게 집중적으로 언론의 관심을 받으며 실시간으로 뉴스와 기사가 쏟아진 적은 처음이었다. 며칠 전 사법시험 2차 합격에 연이어서 연타석 홈런을 날린 셈이었다.

사회에 물의를 일으킨 연예인 못지않은 파장에 그를 중심으로 태풍이 불기 시작했다. 이번에 터진 게 한두 개가 아니라 사람들은 사실관계를 정리하기에도 바빴다.

　나름 빠르게 상황을 파악하고 정리한 소원바라기에선 서둘러 여론 몰이에 나섰다. 기자회견에서 변호사가 채우진과 스폰서 연루설을 두고 강하게 비난했던 의도를 이해한 팬이 다른 이들을 이해시켜 주기도 했다.

　〈그러니까 '스폰서'라는 단어를 연관 검색어에 뜨지 않게 만들어야 한다는 거죠. 아무리 거짓이래도 자칫하면 지니에게 평생 따라올 관련 단어가 될 수 있거든요. 사람은 세월이 지나면서 남의 일에 관해서는 망각을 하게 됩니다. 그래서 연결되어 남아 있는 단어로만 상황을 기억하려는 경향이 있어요.

　그래서 아예 그 재수 없는 단어와 우리 지니와는 아무런 관계가 없는 것으로 만들어야 합니다. 이번 일은 스폰서 의혹을 받은 게 아니라, TM의 김석형에게 악질적으로 당한 사건이라는 걸 명심하세요.

　자기가 가질 수 없는 것에 대한 집착과 욕심이 만들어낸 범죄지요. 그래서 발악 님들도 다른 곳에서 스폰서란 단어는 최대한 쓰지 마시길 바랍니다. 그리고 이 일로 TM 소속의 다른 연예인에게 괜한 오해나 억측은 하지 말기로 해요. 그건 굳이 우리가 하지 않아도 되는 일입니다.

　우리 지니만 생각하기에도 하루 24시간이 부족한 나날이잖아요.〉

　―발악 님, 상황 정리 감사합니다. 어제 놀라서 정신없던 저희를 안심시켜 주고 이렇게 중요한 요점도 잡아주셔서 고마워요.

　―발악 님 거짓말! 일전에 묘하게 지니를 닮은 동기랑 연애하신다

면서요. 24시간 중에 애인 생각도 조금은 하시겠죠.

└글쓴이// 이름만 빼면 완벽한 우리 자기는 직장에서 매일 얼굴을 볼 수 있어서 따로 생각할 필요 없이 그냥 눈앞에 있거든요.

전날 혼란에 빠졌던 소원바라기를 평정시킨 공로자 중에 한 명이 쓴 글은 현 상황을 이해하기 쉽게 풀이해 주었다.

그래서 많은 발악이들이 고마워하기도 하고, 기자회견을 보면서 실시간으로 울분을 토하기도 했다.

─기자회견 보면서 하마터면 뚜껑 열릴 뻔했네요. 꽃길 잘 가는 지니의 앞길에 이게 무슨 똥물인가요? 그렇게 욕심나면 애초에 애지중지 보호하면서 키웠어야지! 이십 대 초반인 애 보고 뭐? ㅅXX? 녹음 파일 들으면서 눈물 나서 혼났어요.

└우리 그 똥물은 거름이라고 생각하자고요. 이번에 21살의 지니가 얼마나 야무지고 단호한지 세상 사람들에게 알려준 것만으로도 큰 수확이잖아요. 어떤 유혹에도 흔들리지 않고 자기 갈 길 열심히 가고, 절대 손해 안 보는 모습에 또 한 번 반했어요.

└그렇죠? 21살이 회사 사장님(이라고 썼지만 개놈이라고 읽으세요)한테 그렇게 할 말 다하고 무사히(?) 빠져나오기 힘들 텐데요. 그 어려운 걸 우리 지니는 어린 나이에 해냈네요. 아, 눈물 좀 닦을게요.

─이번 기회에 TM에서 나왔다가 루머에 휩싸인 다른 분들에 대해서도 조사해야 하지 않나 싶어요. 지니 오빠가 괜히 이형진보고 '내 가수'라고 했을 리가 없잖아요.

└맞아요. 저 완전히 소름 끼치는 게 지니가 이런 일 일어날 줄 알

고 미리 준비해 놓았다는 대목에서요. 이래서 이형진에게 그랬구나 싶더라고요. 지니는 뭔가 알고 있는 것 맞죠?

채우진의 증언과 이형진의 이야기가 더해지자 등줄기에 싸하게 퍼지는 한 가지 가정이 성립됐다. 작년에 이형진의 루머가 퍼지자, 그는 끝까지 결백을 주장했고 자살한 이의 가족들까지 그의 편을 들어주었다.

그런데도 사람들은 그의 주장을 믿지 않았다. 언론이 워낙에 이형진을 범인으로 몰아갔고 그의 편을 들어주는 이들이 없어서였다. 모두가 한 소리로 외치는데 그 사이를 비집고 나와서 다른 말을 할 수가 없었다. 혹시라도 다른 의견을 내면 그 사람은 이성도 인정도 없는 광팬으로 취급당하는 바람에 점점 입을 다물 수밖에 없었다.

그렇게 그들은 침묵했고 이형진은 몰락했다. 당시만 해도 그게 정의라고 생각해서 대중은 무척이나 통쾌해했다.

─저 갑자기 TM이 굉장히 무서워졌어요. 우리 지니 괜찮겠죠?
└DS도 있고, 광고주들도 소송을 건다고 하는 데다가 변호사가 Rome 소속이잖아요. 찾아보니까 승률이 어마무시한 분이더라고요. 걱정하지 마세요. 김 사장의 힘이 무서운 게 아니라 그의 야비함이 무서운 거지만, 정의는 언제나 승리한답니다!
─가만히 있는 지니를 건든 것부터가 잘못이죠. 대체 TM 그 개새끼는 무슨 생각으로 이런 일을 저질렀대요?
└지니가 사법시험에 합격할까 봐 혼자 찔린 거죠. 제 생각엔 지니

를 면접에서 떨어뜨리기 위해 이번 기사를 낸 것 같아요.

의외로 이번 사건의 핵심을 이해한 이들이 많았다. 김석형 대표가 놓친 물고기가 아까워서 이번 일을 저질렀다기보다는, 그 물고기에 잡혀 먹힐까 봐 지레 겁을 먹은 게 아닌가 하는 합리적인 사고였다.

—어제 진희엄마 님이 기자회견 때 모두 밝혀질 거니까 걱정하지 말라고 글 써주셔서 전 정말 걱정 하나도 안 했어요.
└그렇죠. 우리에게는 오피셜인 강매 님과 황코 님뿐만 아니라, 사적 라인인 진희엄마 님이 계시니까요.

루머가 터졌을 때 강호수와 황이영이 먼저 소원바라기에 글을 남겼지만 불안이 완전히 해소되지는 않았다. 채우진을 믿지 못하는 게 아니라 아무런 반박 증거 없이 그대로 당하면 어쩌나 하는 걱정이 컸다.

그 와중에 채우진과 사적으로 관계가 있는 것으로 알려진 진희엄마가 흥분한 발악이들에게 걱정하지 않아도 된다는 글을 남겼다. 기자회견을 보면 안다면서, 실시간으로 일요일 낮에 여유롭게 우사와 놀고 있는 채우진의 사진을 게시판에 올려주기도 했다.

근심 없이 여유롭게 오후를 즐기는 한가로운 채우진의 모습에서 많은 팬이 적잖게 안심했다. 혹시나 이 일로 그가 상처받지는 않았을까 많은 걱정을 했기 때문이다.

DS와 채우진의 주변인들까지 모두 자신 있어 하는 태도가 자연스럽게 팬들에게도 전해졌다. 믿음이 가고 안심이 되는 게 사실이었다.

그리고 기자회견이 끝나기도 전에 바로 터진 또 하나의 뉴스에, 이제는 웬만한 사건엔 만성이 생겼다 싶었던 발악이들도 놀라고 말았다.

〈채우진, 알고 보니 Rome 법무법인 박현만 대표의 외손자〉

—저… 아까 공개된 파일에서 TM의 멍멍이가 우리 지니보고 홀어머니와 어렵게 산다고 비웃지 않았나요? 기자회견에서 어머니가 작년에 재혼하셔서 지금은 부모님과 함께 산다고 하긴 했는데… 이 기사는 뭐죠?

—추가로 올라온 다른 기사에 박현만 대표의 외동딸이 이혼하고 나서 친정 도움 없이 혼자 힘으로 자식들 키우며 살았대요. 그래서 지니도 외가에 대해 굳이 말하고 다니지 않았나 봐요.

ㄴ지니 어머니가 재혼한 분이 브리싱가멘 대표님이래요! 지니가 광고 모델로 있는 가온이 그곳 브랜드잖아요. 우와~! 뭔가 이제야 하나씩 퍼즐이 맞춰지는 것 같아요.

—법알못인데도 Rome에 대해서는 들은 게 많아서 처음엔 우리 지니 변호해 준다니 그저 고마웠는데, 알고 보니 그게 당연한 일이었어요. 아우 꼬셔~! 보통 이런 일 생기면 아무리 루머로 밝혀져도 광고주들이 나서서 고소하지 않잖아요. 그런데 광고주 중에 한 명은 아버지고, 찾아보니 아버님이 태양식품 대표와 굉장히 친하신가 봐요.

그러니 가만히 있을 리가 없죠.

ㄴ주어 없는 누구는 완전히 주옥 됐죠. 어제 그렇게 어그로 끌고 다니던 것들 지금 한 명도 안 보이는 거 보세요.

ㅡ저 지금 완전 멘붕이에요……;;

ㄴ헉! 그러고 보니 발악 님 가온의 디자이너셨죠. 발악 님도 브리싱가멘 대표님과 지니의 관계 정말 모르셨어요?

부러움과 호기심으로 묻는 회원들에게 돌아온 대답은 그들마저 충격에 빠뜨리는 정보였다.

ㅡ저희 팀장님이 대표님 부인이세요…….

이런 걸 두고 팬들은 성공한 덕후라고 불렀다.

◆　　◆◆◆　　◆

바른정식품의 채무석은 오전에 올라온 서류들을 검토하고 있었다. 이번에 새로 발표하는 조미료 라인의 광고에 관한 최종안을 읽고 있는데, 비서가 조용히 대표실로 들어왔다. 힐끔 시선을 주자, 비서는 결재판 하나를 그의 책상에 올려놓았다.

"뭐지?"

보고할 서류들은 이미 모두 받은 줄 알았는데 서류 하나가 빠졌나 싶어서 채무석은 미간을 찌푸렸다.

"꼭 읽으셔야 할 것 같아서 방금 막 올라온 기사 하나를 출력했습니다."

비서의 보고에 채무석은 그제야 결재판을 들어 안을 보았다. 기사 내용을 담은 A4용지 한 장과 함께 첨부된 한 남자의 사진이 전부였다.

무심하게 기사를 읽던 채무석의 눈빛에 이채가 깃드는 데는 그리 오랜 시간이 걸리지 않았다.

"그렇단 말이지."

그러나 차갑게 흘러나오는 목소리에서 온기는 찾을 수가 없었다.

변하지 않는 것들에 대해서

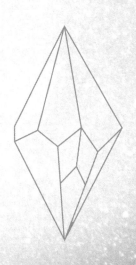

높고 푸름의 대명사인 가을 하늘답지 않게 아침부터 날이 어두침침하고 공기가 흐렸다. 날씨가 안 좋은 게 아니라 미세먼지가 구름처럼 하늘을 덮어버렸기 때문이다. 희뿌연 공기층이 당장에라도 비를 뿌릴 것 같아 괜히 마음마저 울적해지는 날이다.

기자회견을 끝내고 나오는 우진의 마음은 평온했지만, 그렇다고 마냥 기분 좋은 건 아니었다. 잿빛 하늘처럼 그의 가슴에는 미세한 찌꺼기들로 가득했다. 아마도 그건 슬픔과 비슷한 모양을 지닌 것들인 듯했다.

기자회견을 했던 호텔을 나와 차에 타기 전, 그의 얼굴에 떠오른 표정은 승리자의 그것이 아니었다. 그저 허망하고 조금은 슬픈 미묘한 것들이었다.

마침 자리를 잘 잡은 촬영 기자가 재빨리 잡아낸 그의 얼굴은 기자회견 내내 오만하고 냉정했던 채우진이 아니었다. 그것은 24세의 상처받은 젊은이의 모습을 그대로 보여준 표정이었다.

강인하다고 해서 아프지 않은 건 아니다. 기자회견 동안 누구보다 당당하고 굳건했던 청년은 한순간 쓸쓸하고 허무한 듯 멍하니 앞을 바라보고 있었다.

여전히 누구보다 아름다운 얼굴이었지만, 아니, 그래서 더욱 이 젊은 청년의 마음이 아파 보였다.

〈상처 입히지 못한 명성과 상처 입은 마음〉

운 좋게 채우진의 모습을 포착한 사진과 함께 올라온 기사의 타이틀이었다.

생방송에서 보여줬던, 평소와는 너무 다른 채우진의 모습에 사람들은 그가 얼마나 화가 났는지 알 수 있었다. 그러나 이 한 장의 사진으로 대중은 그의 상처가 어느 정도인지 대충 가늠할 수가 있었다. 진실을 규명한 것은 증거지만 사람의 마음을 울린 것은 이 한 장의 사진이었다.

"이러다가 정말 우진 오빠 연예계 떠나는 거 아니야?"

"그러게. 이 사진 보기만 해도 왠지 너무 짠하다."

대놓고 슬퍼하거나 분노하는 게 아닌, 말로 허용하기 어려운 감정이 묻어나는 표정이었다. 통쾌해해도 그를 탓할 사람은 아무도 없는데 생각이 많은 듯 일그러진 채우진의 얼굴은 보는 것만으로 애잔하다.

"떠난다고 해도 할 말이 없지. 그 어린 나이에 별꼴을 다 당했으니까. 사실 채우진 입장에선 연예계 떠나도 아쉬울 게 없을 거 아냐. 부족한 게 없잖아, 부족한 게."

"이게 다 TM 때문이야!"

기자회견과 더불어 곧바로 채우진의 배경까지 알려지면서 전날 터진 기사는 어처구니없는 해프닝이 되고 말았다. 명백한 증거만으로도 충분한데, 채우진이 스폰서를 찾을 이유가 없음이 다시 한번 증명되었기 때문이다.

연달아 올라오는 기사에는 Rome의 대표가 사별한 부인을 닮은 외손주들을 특별히 예뻐했다는 이야기가 빠지지 않았다. 부모님의 이혼으로 아무리 연을 끊고 살았다 해도 스폰서를 구할 정성으로 외조부에게 매달렸다면 그게 더 효과적이었다.

더욱이 현재는 서로 화해해서 도탑게 지내고 있다고 한다. 시기의 문제이지 조손 간의 애정은 견고하단 의미였다.

막말로 채우진이 자기 외가가 어디인지 말하고만 다녔어도 주위에서 알아서 챙겨줬을 것이다. 스폰서를 구하는 이유가 뭔가. 더 쉬운 성공을 위해서인데, 이를 위해 수단을 가리지 않는 사람이 자기에게 유리한 정보를 숨겼다?

말도 되지 않은 상황에 사람들은 어이가 없었다.

"그러고 보면 채우진도 굉장하다. 아까 공개한 녹음 파일 들어보면 TM 사장이 백도 없다고 그렇게 무시해도 아무 말 안 했잖아. 나 같으면 '우리 할아버지가 누구거든요!' 라고 당장 말했다."

"그러니까. 아마 이번 일 아니었으면 최대한 숨겼을걸."

"에잇, 그건 아니지. 어차피 이렇게 기사로 났잖아."

Rome 법무법인 본사를 찾은 채우진의 모습이 사진에 찍히고 소문이 돌아서 바로 이렇게 기사까지 났다. 아무리 그가 감추려고 했어도 결국은 기사가 났을 거라는 의견에 바로 반론이 나왔다.

"너, 이런 곳에서 자기네 가족사를 아무렇게나 기사로 나오게 하는 줄 알아? 언론사에서 먼저 기사로 내도 되냐고 허락받고 내보낼걸. 봐봐, 다른 언론사에선 어제 채우진에 관한 기사를 내보냈는데 여긴 전혀 안 썼잖아. 이게 뭘 의미하겠어? 이미 알고 있었다는 거잖아, 채우진이 누구네 손자였다는 걸. 그런데도 어제 바로 이 기사를 안 냈다는 건 눈치를 보고 허락을 기다렸다는 의미잖아."

채우진의 외조부가 누구인지 가장 먼저 기사를 낸 언론사는 다른 곳과 달리 어제 채우진 관련 기사를 하나도 쓰지 않았다. 다른 언론사들이 눈치를 보며 전날 내보냈던 스캔들 기사를 하나씩 지우거나 수정하는 것과는 상황이 달랐다.

언론사 입장에선 어제 이 기사를 썼다면 분명 대박을 쳤을 터였다. 오늘과는 다른 충격을 주었을 테고, 분명 채우진에게 유리한 기사일 테니 눈치 볼 것도 없는 일이었다.

그런데도 언론사는 시기를 따졌고 눈치를 보았다.

"아마도 이런 일이 생기지 않았다면 채우진 측에선 될 수 있는 한 최대한 감췄을 거야. 그걸 보면 정말 채우진이란 사람이 달리 보이지 않냐?"

스캔들이 터지지 않았어도 어차피 올라왔을 기사였지만, 사정을 모르는 사람들은 다르게 오해했다. 자신에게 플러스가 되는 요소라면 모두 다 끌어와서 스스로 광고하는 게 바로 연예인이었다. 그래서 예전에 우연히 채우진이 슬리퍼 청년이라는 게 알려졌을 때도 일부는 그걸 마케팅의 수단으로 여겼다.

우연인 척 일부러 연출해서 방송을 타게 한 거라고 믿는 이들이 제법 많았다. 그가 슬리퍼 청년이 된 것은 우연일지라도, 그렇게 기막히게 방송 카메라가 있는 곳에서 다시 만나는 건 너무 작위적이라 여긴 것이다. 그래서 홍보 수단으로, 채우진 혹은 소속사에서 그가 슬리퍼 청년이라는 걸 그런 식으로 알렸다고 추측했다.

누구처럼 나쁜 과거가 알려진 게 아니라서, 의심은 있더라도 웃으며 넘어갔다. 연예인들은 어떻게든 주목을 받고 싶어 하니 노이즈 마케팅보다는 더 낫다고 여겼다.

그런데 오늘 보니까 그게 정말 우연이었을 거라는 생각이 들었다. 더욱 주목받을 수 있는 화젯거리도 감춰왔던 사람이 굳이 단물이 빠져가던 슬리퍼 청년 이야기를 꺼낼 필요가 없었기 때문이다.

그래서 사람이 다시 보이기 시작했다. 무엇보다 공개한 녹음파일에서 21살의 채우진은 강단 있고 자기주장이 확고했다. 기획사 대표를 상대로 그렇게 분명하게 자기 의사를 밝히고 빠져나올 수 있는 연습생이 얼마나 될까. 그것도 주위의 도움 없이 혼자 힘으로 말이다.

이런 사람이라면 믿을 수 있다는 신뢰가 자연스럽게 생겨났다. 분명한 자기주장과 신념을 가진 이는 언제나 아름다운 법이었다. 무엇보다 기자회견을 끝내고 나오면서 채우진이 보여주었던 슬픈 무상함은 그의 성격을 쉬이 짐작하게 했다.

누구라도 승리에 도취할 순간에 그는 이 모든 상황을 꿰뚫고 씁쓸한 현실에 슬퍼하고 있었다.

이날의 승리자는 우아하면서 올곧았다.

◆   ◆◆◆   ◆

"사진 잘 찍혔네. 의도한 거야?"

장수환을 찾아온 G&C 엔터의 대표인 최원희는 실시간으로 올라온 기사와 우진의 사진을 보며 물었다. 자주색의 비즈니스 슈트를 입은 그녀는 당당하고 카리스마 넘치는 모습이었다. 이곳이 자기 사무실인 양 소파에 편안하게 앉은 자세부터가 남달랐다.

손을 움직일 때마다 그녀의 붉은 손톱에 붙은 파츠들이 화려하게 반짝였다. 쇼트 머리와 붉은 립스틱이 유난히 잘 어울려서 강렬한 인상을 주기도 했다.

"우린 너 같은 사업가가 아니야."

최원희의 의문에 화를 내던 장수환은 우진의 사진을 보고 덩달아 침울해지고 말았다. 속상할 만하지, 한때나마 믿고 따랐을 어른의 배신은 가슴에 비수가 꽂히는 아픔일 터였다.

"아니면 아닌 거지. 왜 날 걸고넘어지나. 그런데 이 친군 이런 표정도 참 멋있네. 역시 내가 안목이 좋아, 그렇지?"

자화자찬하며 동의를 구하는 최원희에게 장수환은 인상을 구기는 것으로 대답을 대신했다. 차마 네 눈이 낮은 거 모르는 사람이 없다는 소릴 할 수가 없었다. 후환이 무서워서.

"여긴 웬일이야?"

대신 그녀의 방문 목적을 물었다. 최원희를 통해 로지 화학과 이야기는 다 끝난 상태였다. 로지 화장품 광고 건은 며칠 이내로 실무자들이 만나 계약할 계획이었다.

최원희를 통해 전후 상황을 전해 들은 로지 화장품 측은 이번 일에 별다른 의사를 표시하지 않았다. 즉, 변화 없이 기획대로 일을 추진하겠다는 뜻이다.

이번 일은 중간에서 최원희가 열심히 해주어서 잡음 없이 수월히 진행되었다. 굳이 그녀가 아니었어도 해결될 문제였지만, 구차한 설명 없이 편하게 넘어간 것은 인정한다.

그런데 모든 게 잘 마무리된 이 시점에서 최원희가 장수환을 찾아올 이유는 없었다.

"내가 못 올 곳을 왔나? 우리 우진이한테 부탁할 일도 있어서 겸사겸사 왔지."

"우리 우진이? 언제부터 우리 우진이가 네 우진이가 되었는데?"

"은수 아들이라며? 나 예전에 은수하고 언니 동생 한 사이야."

정확히는 서로 예의를 갖추고 상대한 지인 수준이었지만, 상대에 대한 호칭이 언니 동생이었던 건 맞았다.

"그냥 얼굴만 아는 주제에."

"그것보단 좀 더 친했어!"

"네, 네, 그러시겠죠."

그렇게 따지면 자신도 박은수와 전혀 모르는 사이는 아니었다. 샐쭉거리며 어련하겠냐고 말하던 장수환은 순간 최원희가 말했던 '부탁'이 거슬렸다.

　"뭐지, 이 기시감은? 언젠가 꼭 있었던 익숙한 상황 같은데……."

　최원희가 갑자기 쳐들어와서 부탁이란 걸 했던 적이 있었다. 먼 과거도 아닌 바로 작년 초였다. 그녀는 불쑥 찾아와서 송재희를 'Glooming day'에 캐스팅하고 싶다고 선언했던 그날에도 '부탁'이란 단어를 썼다.

　"안 돼!"

　"나 아직 말도 안 꺼냈어."

　"안 들어도 뻔하지. 네가 멀쩡한 영화 캐스팅이면 직접 와서 부탁이란 말을 했겠냐? 그러니까 안 돼. 우리 우진이는 이미 계약해서 12월부터 촬영 들어간단 말이야."

　정확히는 내년 1월부터지만 미국은 12월에 가야 하니 틀린 말은 아니었다.

　"영화 찍어? 그런 소린 못 들었는데?"

　12월에 크랭크인 하는 영화 중에 채우진과 계약했다는 정보는 없었다. 최원희가 영화판의 모든 정보를 아는 건 아니래도 채우진의 차기작 정도는 모르려야 모를 수가 없었다. 들은 것이 없는데 장수환이 촬영을 이유로 거절부터 하니 수상했다.

　"곧 알게 될 거야."

　게슴츠레한 눈으로 바라보는 최원희에게 고소를 날리며, 장수환은 천천히 다리를 꼬고 앉아 거만하게 대답했다. 우진의 할리우드 진출은 사법시험 결과가 나온 후에야 알릴 예정이라 최원희에게도 비밀이었다.

한껏 우월감을 드러내는 장수환의 모습에 최원희는 이내 같잖다는 반응을 보였다.

"됐고! 내가 부탁하려는 건 우진이한테지 당신이 아니야."

"내 말을 어디로 들은 거야? 12월에 촬영 들어간다니까."

"누가 뭐래? 12월이라면 아직 멀었잖아. 그리고 내가 언제 영화 찍자고 했나? 한 달이면 끝나는 거야."

"뭐래도 안 돼!"

최원희가 직접 찾아와서 부탁한 것치고 정상적인 게 없었다. 이건 확실해서 장수환은 분명하게 대처했다. 안 되면 우진의 외조부라도 끌고 올 작정으로 마음을 강하게 잡았다.

"당신이 뭘 예상하는지 짐작은 가는데 이번은 아니야."

"'Glooming day' 때도 그렇게 말했지."

"그래서 그 영화 망했어? 송재희 그 후로 아역 이미지 벗고 지금 한창 잘나가는 줄 아는데, 어떤 영화 덕분에!"

"……."

이건 반박할 수 없어서 장수환은 괜히 헛기침을 했다. 하지만 그건 기적에 가까운 변수였다.

"최이건 감독과 우진이가 만들어낸 기적이었지, 네 안목이 좋은 건 아니었잖아."

"부정하지는 않겠어. 그런 의미에서 우진이는 다큐를 좋아하려나?"

취향은 취향이고, 최원희는 자신이 추진했던 순정 로맨스 영화들의 비극적인 결말들을 부정하지는 않았다. 그렇기에 유일한 성공작인 'Glooming day'에 대한 애정이 남달랐다. 더불어 채우진에 대한 관심과 편애도 지극했다.

"안 된다고 했어."

"내가 뭔 말을 할 줄 알고 다짜고짜 안 된다는 거야?"

"설마 내가 요즘 너희 케이블 방송에서 준비 중인 예능에 대해 모를 줄 알았어?"

처음에는 목적이 영화인가 싶었다. 하지만 최원희가 직접 찾아와 캐스팅을 부탁할 만한 영화는 현재 G&C 엔터에 없었다. 최원희 취향의 순정 로맨스 영화도 작년에 찍었으니 몇 년은 잠잠할 터였다.

그렇다면 남은 것은 하나. G&C 엔터가 소유한 케이블 방송사가 최근에 준비 중인 예능 프로그램이었다.

"다큐? 다큐 좋아하네. 연예인 사생활 공개가 무슨 다큐야?"

"사생활 공개야 원하면 하는 것이고 싫으면 안 해도 돼. 그건 오로지 출연자의 뜻대로 진행하는 다큐니까. 우진이가 원한다면 하루 내내 방에서 자는 것만 찍어도 되는 프로거든."

G&C 엔터의 케이블 방송사인 GCTV가 현재 준비하는 '삶, 그리다'라는 방송은 다큐멘터리를 표방하는 예능이었다. 연출가와 작가의 개입 없이 오로지 출연자가 기획하고 원하는 대로 그의 삶과 생활을 그대로 보여주는 게 내용이었다. 재미가 없으면 없는 대로, 그야말로 오로지 출연자의 의지와 뜻에 따라 진행할 계획이었다.

원한다면 그냥 온종일 넋 놓고 가만히 있는 걸로 시간을 채워도 아무 간섭이 없을 거라는 전제가 깔려 있었다. 예능이라고 꼭 웃기고 재미있어야만 한다는 강박관념에서 벗어나 양념 없이 천연 재료로만 만드는 게 콘셉트였다.

하지만 말이 좋아 자극적이지 않은 방송을 추구한다고 포장했지, 면밀히 따지면 결국은 출연자의 화제성 하나만 가지고 만드는 예능이었다.

"앞으로 시끄러워질 것 많잖아."

"그러니까!"

"그러니까, 이미지 메이킹을 해야지. 솔직히 우진이는 명성에 비해 너무 노출도가 떨어져. 요즘은 신비주의가 통하던 시대가 아니야. 작품으로만 말하는 시절은 갔다고. 작품으로만 채우진을 접한 사람들에게 그는 배우로선 완벽할지 몰라도 인간 채우진에 대한 믿음은 없잖아. 그가 어떤 사람인지 대중들은 알고 싶어 하고, 지금이 가장 시기적절할 때지."

누명은 벗어났지만 이제부터가 시작이었다. 채우진의 학벌, 집안 배경, 가정사 등등이 그를 대표하는 이미지로 만들어선 안 된다는 건 장수환도 동의하는 바였다.

새로운 계기가 필요했고 그게 꼭 배우로서의 활동만이 답이란 보장은 없었다.

"하지만 지상파도 아니고……."

장수환을 잘 아는 최원희는 슬쩍 미소를 지었다. 가려운 데만 잘 긁어주면 넘어오게 생겼다.

"화제성은 우리가 더 많아. 동시간대에 우리 방송이 시청률 1위 한 적도 여러 번 있었잖아."

"대신 망하면 본전도 못 뽑지. 그래도 지상파는 기본이라도 있는데."

"망하면 채우진의 한계가 거기까지라는 뜻이겠지."

케이블 방송이라고 폄하했지만, 유명 작가와 PD를 영입함으로써 GCTV가 만들어내는 드라마와 예능의 수준이 굉장히 높았다. 더불어 시청률과 화제성까지 좋아서 웬만한 지상파 방송을 압도하는 프로도 제법 있었다. 이만하면 최원희가 자신만만할 만했다.

최원희는 최고의 제작진과 시스템을 갖추고 채우진을 위해 모든 것을 맞출 수 있다 자신했다. 그런데도 시청률이 나오지 않는다면 원인은 출연자에게 있다고 딱 잘라 말했다. 방송의 특성상 오로지 채우진 하나만 보고 진행하는 것이라 아예 틀린 소린 아니었다.

"지금 이게 부탁하러 온 사람의 태도야?"

"그래서 예의를 갖추고, 정중하게, 내가 직접 왔잖아."

"섭외가 어려워서 어쩔 수 없이 이러는 거겠지."

다큐멘터리를 표방한 예능이다. 그 때문에 대본도 없고 자극적인 요소도 없이 오로지 출연자가 자기 역량으로 방송을 끌어가야만 한다. 최고의 제작진이라고 최원희가 자랑해 봤자 그건 장비와 편집에 관한 장담뿐이었다. 그녀가 조금 전 말한 것처럼 실패는 오로지 출연자의 몫으로 떨어질 수밖에 없었다. 한계가 거기까지라는 소릴 들으면서 말이다.

이런 건 전문 예능인이라도 힘들 판이었다.

최원희가 화제성을 운운하는 것도 출연자의 인기 하나만 믿고 가려는 속셈이 여실해서 한편으론 괘씸했다. 망할 프로에 감히 우리 우진이를 넣으려고 한다고 장수환은 화를 냈다.

"무슨 소리! 기획하던 세 명 중에 이미 두 명은 섭외가 끝났어. 우진이가 마지막 타자야."

'삶, 그리다' 는 세 명의 출연자가 각각 따로 촬영해서 그들의 모습을 번갈아 보여주는 것으로 총 9편을 기획했다. 섭외에 어려움은 있었으나 얼마 전에 두 명은 성공적으로 캐스팅했고 이제 마지막 타자로 채우진만 남은 상태였다.

"왠지 캐스팅 과정이 훤하게 보이는 것 같군."

"인기는 모르겠지만 이름값만 따지면 우진이가 가장 낮아. 그들과 함께 거론되고 같은 프로를 찍는다는 건 그리 나쁜 선택은 아닐걸."

이미 캐스팅된 두 사람은 물론 채우진까지, 모두 대중에게 모습을 잘 비추지 않는 것으로 유명한 이들이었다. 캐스팅 과정이야 어쨌든 앞서 두 사람이 이 제안을 수락한 이유는 이번에 신비주의를 벗어나, 대중과 소통하고 싶다는 뜻이 컸기 때문이다.

웃기고 재미있게 진행해야 한다는 부담을 벗고 소소한 자신의 일상을 다큐멘터리처럼 보여줄 수 있는 프로가 요즘엔 없었다. 대중에게 다가가는 첫걸음으로 무난한 시작이고 선택일 수 있었다.

하지만 실패 시 리스크가 커서 아무나 도전할 수 없다는 단점이 있었다.

"섭외한 두 사람은 누군데?"

"윤성환과 박미현."

"으음, 나쁘지 않네."

"나쁜 정도가 아니잖아."

윤성환과 박미현이라면 각각 50대와 30대를 대표하는 최고의 배우들이었다.

배우관이 뚜렷하고 자기주장이 강하기로 유명한 윤성환은 영화에서나 만날 수 있는 이였다. 그를 브라운관에서 볼 수 있다는 점만도 굉장한 화젯거리가 될 게 분명했다. 한때 DS에 있었지만 장수환의 과보호를 거부하고 뛰쳐나간 아티스트 중 하나였다.

그리고 삼십 대 후반인 박미현은 집순이로 유명했다. 내성적이고 낯을 가리는 그녀는 일이 없을 때는 아예 집 밖으로 나오지를 않았다. 작품 이외에 인터뷰나 예능에 나오는 것을 극도로 싫어해서 얼굴 보기가 무척이나 힘든 연예인이었다.

우진은 이들과 비교하면 차라리 활발하게 얼굴을 내보이는 편이었다. 현재 인기는 두 사람보다 훨씬 많을지 모르나, 경력은 물론 이름값으로 치자면 이들의 명성에는 조금 못 미쳤다.

함께 촬영하는 것은 아니어도 이들과 같은 프로에 나가는 건 분명 우진에게는 좋은 기회이며 득이었다.

"노력 많이 했네?"

"내가 직접 움직여서 안 된 것이 있던가."

즉, 윤성환과 박미현을 섭외하기 위해 오늘처럼 최원희가 직접 그들의 기획사를 찾아갔다는 뜻이다.

"네가 직접? 왜?"

콘셉트가 어쨌든 겨우 예능이었다. 예능 하나 찍자고 최원희가 직접 배우를 섭외하기 위해 기획사에 찾아갔다는 게 장수환은 이해가 가지 않았다. 이곳이야 친구인 장수환이 있으니 가벼운 마음으로 방문했다 쳐도, 다른 곳을 저 최고 마녀가 직접 찾아다녔을 모습이 상상되지 않았다.

"설마 그 프로, 네 취향인 거냐?"

"아니."

"그럼 왜?"

"세 사람이 내 취향이라."

혹시나 최원희의 취향에 맞는 프로라면 절대 우진을 출연시키지 않을 작정이었다. 그런데 그녀의 대답은 장수환을 더욱 심란하게 만들었다.

"그러니까 네가 좋아하는 배우들을 모아놓고 그들의 일상을 보고 싶다는 욕심에……."

말을 하던 장수환은 자신을 빤히 노려보고 있는 최원희와 눈이 마주치자 입을 다물었다. 세상에는 종종 침묵을 지켜야 할 때가 있었다. 가령 지금이 그때인 것 같았다.

"윤성환과 박미현이 선택한 프로야. 우진한테도 나쁠 건 없을 거야. 기획사 대표로서 현명한 선택을 하길 바랍니다."

"부탁한다며! 이 태도는 협박 같은데?"

"우리 G&C 엔터에선 앞으로 채우진에게 윤성환, 박미현과 같은 대우를 해줄 거야. 참고로 우리 회사에서 두 사람을 S++등급으로 분류하고 있어. 이게 무얼 의미하는지 알지?"

제작사와 광고사 같은 기획사들은 연예인을 등급으로 나눠 그에 맞춰 개런티와 대우를 달리한다. 현재 채우진은 회사마다 다르지만 대개가 S에서 S+ 사이의 등급에 머물러 있었다. 데뷔 2년 차인 배우로선 굉장히 높은 등급을 받는 셈이었다.

그런데 G&C 엔터와 같은 대형 기획사가 S++로 채우진을 분류해 놓으면 상황이 달라진다. 이건 유례없는 경우이자 최고의 대우였다. 결국은 다른 회사에까지 영향을 끼치게 되고, 그들도 자연히 등급을 상향할 수밖에 없게 된다.

장수환에게 있어 이건 뿌리칠 수 없는 조건이었다.

등급의 상향 조절은 단순히 개런티만 올라가는 게 아니었다. 등급에 따라 대우와 업계에서 인정하는 시선의 온도가 다르다. 예능 한 편 출연하는 대가치고는 엄청난 혜택임이 분명했다.

그러고 보면 우진의 등급을 맨 처음 S등급으로 올려준 게 바로 G&C 엔터였다. 'Glooming day'에 출연한 대가였는데, 그때도 곧바로 다른 기획사들이 우진의 등급을 따라 올렸었다.

"뭘 고민해. 이럴 땐 그냥 고개만 끄덕이면 되는 거야."

잠시 머뭇거리는 장수환에게 최원희는 명쾌한 해답을 제시했다.

"그래도 우진이 의견을 들어야지."

"마음대로 해. 우리 G&C 엔터는 문화 중심, 인간 중심을 사훈으로 내세우는 아름다운 기업이니까. 그 정돈 기다려 줄 수 있어."

최고 마녀는 너그러운 태도로 호쾌하게 웃었다. 그녀는 부탁에 대한 대가만큼은 언제나 공정하고 후하게 제시했다. 그러나 부탁하는 태도가 거만하고 당당해서 비위에 맞지 않았다.

"재수 없게."

무심코 나온 속마음을 장수환은 굳이 정정하지 않았다.

"쪼잔하긴. 그리고 살 좀 빼라, 배 나왔다."

그리고 최고 마녀는 바로 받아쳤다. 저 멀리, 더 힘차게.

그래서 다이어트 1개월에 들어선 어떤 이에게는 적당히 폭력적인 팩트 공격이었다.

◆　　◆◆◆　　◆

기자회견은 종결이 아닌 시작을 의미했다.

채우진의 기자회견이 끝나고 TM은 공식적으로 그의 주장을 반박했다. 그가 공개한 녹음 파일은 김석형 대표와 연기 연습을 하면서 녹음된 거라고 주장했다. 하루 사이에 처지가 바뀌어 전날 채우진의 팬들이 내놓은 변명을 가져다 쓴 것이다.

이러라고 내놓은 변명이 아니었기에 채우진의 팬들로선 황당하기 그지없는 일이었다.

반면 스캔들 기사가 났을 때 바로 반박하지 않은 이유는 혹시나 하는 욕심이 생겼기 때문이라고 사과했다. 채우진과 전화하면서 그보고 TM으로 오라고 했다는 말을 인정한 셈이었다.

하지만 그 밖의 사실은 철저하게 부인하며 선을 그었다. 그러면서도 TM은 채우진에게 명예훼손과 관련된 어떠한 소송도 걸지 않았다. 그저 계속된 반박 기사만 내놓을 뿐, 주장을 뒷받침할 증거는 어느 것도 내놓지 못했다.

TM의 입장과 상관없이 법적인 절차는 차근차근 진행되었다. 강일로 기자에게 제보했다는 이는 TM의 홍보팀 소속이었다.

그는 처음엔 우연히 김석형 대표의 책상에서 취득한 녹취 파일과 채우진의 폰을 가지고 의협심에 벌인 일이라고 주장했다.

그러나 자신이 상대해야 할 기업들과 배상 소송에 관해 전해 듣자 태도를 달리했다. 모두가 예상했듯이 그는 배후로 김석형 대표를 지목했다. 그러자 이제는 제보자와 김석형 대표와의 싸움으로 변질하였다.

한두 달 사이에 해결될 일이 아니라 우진은 느긋하게 이 상황을 관망하기로 했다. 사실 이 시점부터는 그가 할 수 있는 일이란 없었다. 게다가 현재 그의 관심사는 다른 곳에 있었기에 신경 쓸 여유도 없었다.

그리고 드디어 어느 비리 검사에 관한 기사가 터진 날, 우진은 웃으며 콧노래를 불렀다.

"좋아?"

목을 보호하기 위해 따뜻한 배즙을 마시던 우진은 퀭한 눈으로 말을 거는 우희를 보고 화들짝 놀라 뒤로 물러섰다.

"고3 수험생이 있는 집 안에서 콧노래라니……."

"그러고 보니 수능이 한 달가량 남았네. 시간 참 빠르다."

"훗~! 원래 남의 일은 빠르게 흘러가는 것처럼 느껴지지."

"동생 님, 나도 시험을 앞둔 고시생이거든."

11월 초에 있을 사법시험 면접을 준비 중인 우진은 수험생 동생에게 자신의 피로를 강조했다. 너나 나나 시험 준비생인 건 다르지 않다고 말이다.

"흥, 사시 면접 날 온 나라가 출근 시간을 늦춰주면 인정해 줄게."

까칠한 고3은 이 세상의 모든 시험이 수능보다 중요하지 않다고 여겼다. 그리고 우희가 이렇게까지 까칠해진 이유를 알고 있는 우진은 아무런 반박 없이 동생의 눈치를 보았다. 대신 따뜻하게 데운 배즙을 잔에 따라 동생 앞에 내려놓았다.

"올해 수능이 물이든 불이든 기필코 만점을 받을 거야!"

잔을 받아 입김을 후후 불며 우희는 당찬 결심을 내뱉었다. 의욕이 능력치를 높일 수 있다면 현재 우희의 스탯 게이지는 가득 채워진 상태였다.

우희가 이렇게 된 데에는 수험생으로서의 의욕보다는 경쟁심에 자극을 받은 이유가 컸다. 그리고 우희의 경쟁심을 자극해 전투력을 상승시킨 상대는 바로 '채우라'였다.

부모님의 이혼 사유를 알고 있었던 우희는 '채우라'의 존재를 예전부터 알고 있었다. 다만 관심이 없어서 의식 자체를 하지 않았다. 우진이 그랬듯 우희에게도 남보다 못한 존재가 바로 이복 자매인 채우라였다.

그러다 우진이 'TV스타'에 출연하면서 베리로즈의 아라가 채우라인 것을 알았을 때, 우희도 진실을 알게 되었다. 가족들은 우희에게 사실을 숨길 필요를 느끼지 못했다. 오히려 숨기다가 나중에 타인에 의해 알게 되는 것보다 낫다는 판단에서였다.

채우라에 대해 아예 몰랐다면 모를까, 그게 누구인지 알았다고 해서 달라지는 건 없었다. 그저 쟤는 저렇게 생겼구나, 우리와는 닮지 않았구나, 오빠도 그렇고 연예인이 되었다는 건 친가의 기질인가 하는 호기심 정도만 가졌다.

그렇다고 해서 우희에 대해 아예 걱정이 없었던 건 아니다.

이번에 외가에 대해 알려지면 불가피하게 채우라와의 관계도 밝혀질 걸 고려했을 때, 가장 걱정이었던 게 우희의 반응이었다. 수능을 앞둔 민감한 시기에 혹여나 상처받을 일이 생기지 않을까 싶었다.

여러모로 시기가 모호했다. 외조부는 우진이 면접을 보기 전에 그가 박현만의 외손자라는 걸 알리는 게 유리하다고 여겼다. 그래도 우희를 고려해서 미리 사정을 설명한 후 시간을 두고 이 상황에 대해 차근차근 이해시키려 했다.

그런데 TM에서 갑자기 기사를 터뜨리면서 사태가 급작스럽게 흘러갔다. 원래 계획보다 이르게 박현만과 채우진의 관계를 알릴 수밖에 없게 된 것이다.

며칠 되지 않아 채우진과 베리로즈 아라와의 관계에 대한 추측 글이 인터넷에 올라오기 시작했다. 그도 그럴 게, 기사로 난 적은 없어도 아라가 Rome 법무법인 대표의 외손녀라는 소문이 암암리에 있어서 당연한 결과였다.

급작스러운 전개였지만 우희는 상황을 이해하고 받아들였다. 그리고 기자회견이 있던 날만 해도 우희는 기분이 좋았다. 친구들이 위로해 주고 대신 화를 내주었고, 새아버지와 외할아버지 이야기가 더해지자 어깨를 으쓱이기도 했다.

"그럼 베리로즈의 아라도 우진 오빠 동생인 거야?"

"얼굴은 안 닮았는데 연예인이 된 걸 보면 확실히 남매는 남매인가 보다."

그런데 아라와의 관계에 대해 궁금증을 가진 친구들이 무심코 던진 말들에 우희는 충격을 받고 말았다.

우희에게 있어 채우라는 친부의 딸이었다. 이복 자매라는 단어가 그들의 관계를 설명하지만, 어차피 남이라고 생각하던 사람이었다.

그랬는데 세상 사람들에게는 아니었다.

반쪽 피가 흘러도 결국 채우라는 채우진의 동생이라는 걸 부정할 수가 없었다. 관계의 깊이를 떠나 생물학적인 정의가 그랬다.

자신의 오빠가 왜 생판 남이나 마찬가지인 여자애의 오빠라 불리는지, 하필 같은 연예계에 있어서 남매가 닮은 데가 있다는 소릴 들어야만 하는지, 우희는 점점 불만이 생기기 시작했다.

'내가 더 오빠랑 많이 닮았거든!'

아무도 부정하지 않는 사실을 외치며 우희는 혼자서 채우라에게 경쟁심을 불태우게 되었다.

연예계에 관심이 없으니 새삼 그쪽으로 진로를 바꿀 계획은 없었다. 대신 우진이 걸었던 길을 고스란히 걸어감으로써, 누가 더 많이 닮았는지 확연히 보여주겠다고 각오를 다졌다.

'연예계? 그게 뭐? 난 수능 만점에, 한국대 경영학과 들어갈 건데.'

진로는 이미 정했지만 수능 만점까지는 욕심내지 않았던 우희였다. 덕분에 조금은 만만하게 여기던 수능에 임하는 자세가 진지하게 변한 건 좋은 현상이었으나, 대신 엄청 까칠해졌다. 퀭하고 초췌하게 변해서 누가 봐도 모범적인 수험생의 모습으로 변모했다.

의외인 건 어머니였다. 걱정하실 줄 알았던 어머닌 비로소 우리 집에 고3 수험생이 있다는 게 느껴진다면서 은근히 좋아하셨다. 아들이 고3이었을 때도 느껴보지 못한 긴장감에 이제야 학부모가 된 것 같다면서 말이다.

더불어 아버지까지 덩달아 수험생 부모로서 잔뜩 긴장하며 행동을 조심했다. 우진이 보기에 두 분은 현재 고3 학부모 코스프레에 푹 빠진 분위기였다.

"그런데 오빠 그 다큐인지 뭔지는 집에서 찍을 거야?"

"수험생이 있는 집에 어떻게 카메라를 들이냐."

"흠… 몇 시간 정도는 괜찮은데."

"응?"

"이미 오빠 동생으로 얼굴 다 팔렸는데 그깟 것, 뭐."

우희는 가볍게 고개를 끄덕이며 자기는 신경 쓰지 말라고 우진의 어깨를 토닥여 주었다. 왠지 의도가 가득한 발언이었지만 우진은 웃을 수가 없었다.

"미안하다. 조용히 넘어갈 것도 나 때문에 세상 사람들한테 다 알려지고."

"그 대신 인기와 부가 따라오잖아. 오빠가 광고 찍어서 아빠 회사에도 도움이 되고 나쁜 것보다 좋은 게 더 많으니까 됐어."

브리싱가멘은 원래도 잘나가는 회사였다. 주얼리 회사로서 국내외 브랜드 가치가 높아 우진이 광고 모델이 아니었다고 해도 가온이 실패할 일은 없었다. 그렇지만 예측보다 빠르게 성장하고 인지도가 높아진 점은 우진의 공이 확실했다.

게다가 이번에 우진과의 관계까지 알려지면서 긍정적인 효과가 높아졌다. 회사 직원들조차 몰랐던 사실이었기에, 현재 대표에 대한 원망이 자자하다는 에피소드는 사람들을 미소 짓게 했다.

우희는 이 모든 게 나쁘지 않았다. 사생활이 조심스럽다는 약간의 불편 말고는 오빠가 유명한 배우라는 게 단점보다는 장점이 훨씬 많다고 여겼다. 괜히 우쭐해지는 기분이 들 때가 있어서 혼자 머쓱할 만큼 좋았다.

"나도 오빠 '닮아서' 관심종자인 것 같으니까."

우진이 종종 자기 자신을 평가했던 말을 이번에는 우희가 써먹었다. 특히 닮았다는 단어에 힘을 주며 우희는 배즙을 들고 방으로 돌아갔다.

고3 여동생은 내내 까칠하다가 어느 순간에는 굉장히 긍정적으로 발랄해서 종잡을 수가 없었다.

◆　◆◆◆　◆

불행하게도 우진에게는 종잡을 수 없는 고3 여동생이 또 하나 있었다.

우진이 박현만의 외손자라는 게 알려진 그날, 베리로즈는 바로 활동을 접었다. 고3인 아라가 수능 준비를 해야 한다는 게 이유였다.

이미 잡힌 스케줄까지 돌연히 취소한 게 이상했지만, 워낙 채우진의 뉴스가 커서 그들의 이상행동은 크게 주목받지 못했다. 수능 준비라는 핑계도 어느 정도 이해 타당했고 말이다. 다만 며칠 후에 진실한 사연이 알려지면서 사람들을 경악하게 만들었을 따름이었다.

아라가 Rome 법무법인 박현만 대표의 외손녀라는 인터넷 글들이 지워졌다고 해서, 그 사실을 아는 이들의 기억까지 삭제할 수는 없었기 때문이다.

인터넷선 그로 인해 난무한 가십들이 득실거렸다. 아직은 박현만의 눈치를 보면서 시기만을 점치는 언론사들이 기사만 내지 않을 뿐이었다.

"쉬운 게 하나도 없네."

이제는 적당히 식어버린 커피를 마시며 우진은 한숨을 내쉬었다. 친부와 그의 아내, 그리고 그들의 딸. 누구도 만만한 이들이 없었다.

특이점이 온 우희를 보면 채우라 역시 어떻게 돌변할지 몰랐다. 그리고 딸의 변화에 그쪽 부모들이 어떻게 대응할지 몰라 우진은 늘 긴장하고 있었다. 특히 채우라의 생모는 이미 우진에게 칼날을 겨눈 경험이 있었기에 더욱 조심해야만 했다.

신경 써야 할 것이 하나둘이 아닌데 이에 골칫덩어리 하나가 더해져서 우진은 삶이 참 피곤했다.

'삶, 그리다' 라는 프로에 섭외가 된 것까진 우진도 불만은 없었다. 하지만 작가의 도움 없이 일주일마다 2박 3일씩, 네 차례로 잡힌 촬영 일정을 보면 그저 막막하기만 했다.

그 시간 동안 혼자서 기획하고 주도해서 찍어야 한다는 게 여간 부담스럽지가 않았다. 일단 첫 촬영은 이번 목요일부터 토요일로 정해놓은 상태였다.

목요일 촬영은 이미 학교와 교수님께 양해를 구하고 허락도 받았다. 같이 수업을 듣는 친구들에게도 미리 말은 해두었다. 카메라에 잡히기 싫으면 알아서 떨어져 있으라고 말이다.

이렇게 목요일은 학교생활을 조금 보여주는 식으로 시간을 채운다지만 문제는 다음 날이다. 금요일은 수업이 없어서 그야말로 채우진의 여가 생활을 고스란히 보여주는 방법밖에는 없었다.

나름대로 기획이라고 짜봤지만, 자기가 봐도 정말 재미가 없어서 찢어버린 종이만도 벌써 여러 장이었다. 답답한 마음에 PD에게 연락해서 다른 분들은 어떻게 촬영했냐고 묻기까지 했다.

지난주에 먼저 촬영에 들어간 윤성환은 최근 연극을 준비 중이기에 그 과정과 극단 배우들과의 관계를 중점으로 찍었다고 한다. 연극 연습을 하고 나서 동료 배우들과 저녁에 가진 술자리에선 연기에 관한 대화가 주 내용이었단다. 후배들에게 멘토 역할을 하는 게 방송의 주제인 듯했다.

그리고 며칠 전에 촬영한 박미현은 집순이로 유명한 사람답게 집에서 재미있게 노는 모습을 고스란히 보여주었다고 한다. 집에 있으면서 매 순간 어떻게 놀아야 재미있고, 무얼 해 먹고, 어떻게 시간을 보내는가를 보여주었다는 것이다.

공간의 제한이 있었음에도 상상도 못 했던 것들이 줄줄이 나와, 제작진도 놀랄 정도로 내용이 알찼다는 대답에 우진은 부담감을 가진 채로 전화를 끊었다.

다행이라면 우진과는 콘텐츠가 겹칠 일이 없다는 점이다. 이제 2년 차인 배우로선 연기에 대해 깊이 있게 논할 주제가 안

됐고, 우진은 집에서 노는 방법을 잘 몰랐다.

어차피 그로선 시도조차 못 할 내용이라 차별성은 있을 것 같았다. 대신 두 사람과 다른 새로운 시도가 필요하다는 부담 감이 그를 짓눌렀다.

"요즘 너를 바라보는 사람들의 시선이 달라졌어."

현민의 은근한 말에 우진은 고민에서 빠져나와 주위를 둘러보았다. 시선이 부딪치는 이들의 반응은 모두 제각각이었지만 우진은 전과 크게 달라진 점을 찾지 못했다.

"뭐가 달라졌는데? 예전에도 저 정도는 되었던 것 같은데."

"탐욕이 더해졌지."

교내에서 채우진에 대한 평가는 늘 좋은 편이었다. 연예인이 되기 전부터 교수님과 학생들 사이에선 그를 모르는 사람은 있어도, 그를 알고도 싫어하는 이를 찾기는 드물었다. 사교성이 부족하다는 것을 제외하면 모난 구석 없이 바른 이미지의 그를 무턱대고 싫어할 이유가 없었다.

그건 채우진이 배우가 되고서도 마찬가지였다. 오히려 호감에 애정까지 더해져서 그를 둘러싼 분위기는 온화하고 달콤했다.

"배우 채우진, 사시에 합격할 가능성이 큰 채우진에 더해 외가는 Rome이고 새아버지는 브리싱가멘, 친가는 바른정식품과 가람인데 탐이 안 나게 생겼냐?"

채우라와의 관계가 드러난 마당에 그의 친가에 대해 알려지지 않으면 이상한 일이었다.

바른정식품은 친부가 창립한 회사로 최근 들어 성장세가 크지만, 친가의 바탕은 역시 가람이었다. 가람은 국내외로 수십 개의 호텔과 리조트를 운영하는 호텔 체인이었다. 지사별로 전문 경영인이 맡고 있지만, 총괄 대표가 우진의 친부이고 가람의 지분을 53%나 소유하고 있었다.

우진에게는 그저 남의 이야기에 불과한 사정인데도 다른 이들은 그렇게 받아들이지 않았다.

"어젠 이소현한테 전화가 왔었어."

"걔가 너한테?"

이소현은 평소 대놓고 자신을 싫어하는 현민을 불편해했다. 아닌 척해도 마주치지 않으려고 피해 다니는 게 눈에 보일 정도였다. 그런 사람이 현민에게 직접 전화를 걸 일이 무언가 싶었다.

"너에 대해 알고 있었냐고 묻기에 나야 예전부터 알았다고 했더니 화내더라. 우리가 자길 가지고 놀았단다."

"뭐?"

"자길 시험했다나? 네가 그 집안 아들이란 걸 알았으면 절대 헤어질 이유가 없었다고 하더라."

현민은 이소현에게 더한 말도 많이 들었지만 간략하게 핵심만 요약해서 전해주었다. 가난한 연예인 지망생에겐 없었던 미래가 지금의 우진에게는 보인 모양이라면서.

그가 배우로서 성공했어도, 사시에 합격할 가능성이 커도 반짝이는 돌멩이 취급하던 그녀였다. 그런데 돌멩이라 생각하고 애써 버렸던 게 알고 보니 보석이라서, 그녀는 사기를 당했다고 주장하고 있었다.

"……."

"부끄럽지?"

한때 사랑했던 사람의 바닥을 매번 새롭게 확인하는 것도 곤란한 일이었다. 우진은 친구의 물음에 대답 대신 고개를 끄덕이며 손으로 얼굴을 쓸어내렸다.

　"걔는 그런 말을 하면서도 아주 당당하더라. 자기라면 무슨 짓을 해도 다 용서받고 사랑받아 마땅하다고 여기는 건지. 이만하면 자존감이 높은 걸 떠나서 골수 에고이스트인 게 분명해."

　절레절레 고개를 젓는 현민을 따라 우진은 고개를 끄덕였다. 왠지 그녀를 그렇게 만든 게 전생의 자신 같았지만, 아니, 그게 진실이라 쳐도 현생의 우진은 이 상황이 부끄러웠다. 모든 게 한심하고 허무해서 어이가 없었다.

　"어떤 사랑도 부끄러우면 안 되는 건데……."

　"부끄러운 사랑도 있지, 불륜!"

　"그건 사랑이 아니지. 우리 사랑을 그런 더러운 거와 동급 취급하지 마."

　현민이 무심코 내뱉은 말에 우진은 과잉 반응을 보였다. 불륜이란 단어는 그에게 여러 가지 감상을 불러일으켰다. 전생의 자신에게 던지는 경고와 부끄러움임과 동시에 친부에 대한 혐오감을 동반했다.

　그렇지 않아도 우진의 친가가 알려지면서 부모 세대의 이야기도 슬슬 나오기 시작했다. 예상했듯이 'TV스타'에서 우진이 보였던 반응은 뒤늦게 화제가 되었다.

　그가 '아라'의 본명을 듣고 넋 나간 표정을 지었던 이유는 곧바로 출생의 비밀로 이어졌다. 채우라가 채우진의 여동생인 것은 맞으나 동복이 아니라는 건 너무도 자명했다. 채우진에게 있어 채우라는 이름만 알고 얼굴도 모르던 동생이었다면, 채우라에게는 이름조차 모르던 오빠가 바로 채우진이었다. 그 짧은 장면만으로도 그들의 사연이 고스란히 내비치는 것 같아 쓸쓸함을 자아냈다.

그러나 두 사람을 바라보는 대중의 시선에는 온도 차가 존재했다.

채우진의 동생 채우희와 겨우 3개월 차이밖에 안 나는 동년배의 자매란 굳이 설명하지 않아도 내용은 뻔한 일이다. 더욱이 얼마 전에 채우라가 Rome 박현만 대표의 외손녀라는 루머 비슷한 게 떠돌아서 더욱 그랬다. 이건 무슨 드라마에서나 나오는 가짜 손녀 이야기 같아서 흥미로운 동시에 미운털이 박힐 수밖에 없는 상황이었다.

악역은 자동으로 정해져 버렸다. 평소에 금수저라며 남다른 생활수준을 보여주던 채우라였다.

그런데 그녀의 이복형제는 전혀 다른 삶을 살았다.

실력이 좋다는 이유로 집단 괴롭힘을 당했고, 든든한 배경이 없다면서 소속사 대표에게 스폰을 받으라고 강요받았다. 유복하고 순탄하기만 한 채우라와는 전혀 다른 역경을 겪고 여기까지 온 채우진이었다. 서로 비교하지 않으려야 안 할 수가 없었다.

특히나 채우라가 12년 동안 키우다 죽었다고 했던 '땅콩이'가 채우진의 '우사'와 동일한 고양이란 의견은 반박조차 할 수 없는 진실이었다. 'TV스타'와 자신의 SNS에다 채우라는 이미 많은 이야기를 늘어놓은 상태였다. 주워 담기에는 너무 많은 자료들이 증거가 되어 그녀의 행적을 증명하고 있었다.

"우희는 괜찮아?"

둘 다 친구의 동생인 건 마찬가지라도 추가 기울어지는 것은 어쩔 수가 없었다. 현민이 당장 걱정하는 건 우희였다.

"의외로 이 상황을 즐기고 있어."

우희라고 친부에 대한 원망이 없는 게 아니었다. 우리와는 상관없는 사람이라고 주장하면서도 표현하지 않은 앙금이 가슴속에선 차곡차곡 쌓였던 모양이다. 그리고 채우라에게 가지는 경쟁심은 정정당당한 것만 있는 게 아니었다.

"경쟁심은 공부에 쏟고, 저쪽 집 가십과 사람들 반응으로 스트레스를 풀고 있어. 인과응보가 있어 세상은 아름답다며… 내 동생이… 우리 우희가."

깔깔거리며 웃고 다닌다고 우진은 한숨을 내쉬었다.

정의로운 검사가 되는 게 꿈인 우희는 혈육의 죄에도 가차가 없었다. 아니, 본인이 피해자라 그런지 더욱 날카롭고 용서가 없었다. 친가에 대해선 무심함과 냉정함만 있을 거라 여겼던 동생이 조용히 품고 있던 분노를 발견하고 우진은 솔직히 충격을 받았다.

"이런 식으로 터져서 오히려 다행인가 싶기도 하고."

자각하지 못한 분노를 계속 가슴에 품고 있는 것보다 이렇게라도 겉으로 드러난 게 다행인가 싶으면서 걱정이 되었다.

"다행인 거지. 한 번쯤은 털고 가야 했을 문제야. 시기가 시기라서 걱정했는데 긍정 에너지로 소화했다니 다행이네."

"부모님이 많이 신경을 쓰고 있으니까."

분노는 분노고, 우희가 정서적으로 공허함이나 상처를 받지 않도록 가족들이 함께 노력하고 있었다. 다행히 동생은 넘치도록 사랑받고 충분히 사랑을 줄 줄 아는 사람으로 자랐다. 그리고 부모님은 우희의 분노가 올바르게 해소되기를 옆에서 많이 살피며 돌보고 계셨다.

"다만⋯⋯."

"다만?"

"내일모레 있을 촬영이 바로 발등을 찍게 생겼다."

우희는 부모님이 챙긴다지만 며칠 후에 있을 '삶, 그리다'는 오로지 우진이 책임져야 할 문제였다. 촬영 날이 잡힌 지금까지도 우진은 아무런 계획도 세우지 못한 채 손으로 펜만 굴리고 있었다. 펜처럼 머릿속도 이렇게 휙휙 잘 돌아갔으면 좋겠다는 바람이었다.

"다른 두 사람은 어떻게 촬영했는지 안 알려줘?"

다음 주 금요일이 첫 방영일이라 더는 뒤로 미룰 수도 없었다. 답이 없는 상황에서 현민은 은근슬쩍 커닝이라도 하라고 조언했다.

"그래서 나도 물어봤지. 윤성환 선배는 경력을 살려 연기에 관한 고찰과 인생관에 대해서, 박미현 선배는 일이 없는 배우가 집에서 재미있게 놀 수 있는 모든 것을 알려주겠다고 했다나 봐."

"다행히 너랑 겹치는 캐릭터는 없구나."

"안 겹치면 뭐 해. 내가 할 게 없는데."

"그냥 귤이나 까먹어."

우스갯소리로 채우진이 방송에 나와서 귤만 까먹어도 시청률이 나올 거라는 말이 있었다. 현민은 이번 기회에 한번 실험해 보라고 친구를 부추겼다.

"요즘 굴 비싸."

우진의 대답에 현민은 기가 막혀서 헛웃음을 짓고 말았다. 어이없는 소리 하지 말라는 핀잔 대신 돌아온 대답이 굴이 비싸다니. 그 말인즉슨 한 번쯤은 저런 생각을 했다는 뜻이었다.

"돈도 잘 벌면서 죽는시늉은."

"왠지 까칠하다?"

"나 TM 주식은 이제 완전히 포기하기로 했다."

예전에 블루핏 사태로 TM의 주식이 내려갈 거라 희망했던 현민은 기대대로 되지 않은 상황에 실망한 적이 있었다. 그러나 이번에는 다를 거라며 똑같은 기대를 품고 설레발을 쳤다. 그랬던 현민이 TM의 주식을 포기한다면 이유는 하나였다.

"이번에도 안 내렸어?"

"매수가 많아서 내릴 기미가 없어. 아무래도 조만간 TM 대표가 바뀔 것 같다."

저번에는 그러려니 했는데 오늘에 와서 보니 누군가가 작정하고 TM의 주식을 사들이고 있었다. 차익을 계산 않고 리스크를 껴안고도 이렇게 무작정으로 주식을 사 모으는 것은 작전 세력이 개입했기보단, 경영권 공격을 목표로 삼은 게 분명해 보였다.

"굉장히 조직적으로 나와서 우리 같은 개미들은 끼어들 틈이 없어."

푸념하는 현민을 보며 우진은 오래전부터 궁금해하던 것을 물어보았다.

"그런데 너 주식으로 돈은 좀 버냐?"

정확히는 벌었던 적이 있는지가 궁금했다. 주식에 관심이 많은 현민이 물어다 주는 투자 관련 정보는 많이 들어본 반면, 결과에 대해서는 피드백이 전혀 없었다.

"지금은 우선 공부하는 처지라서. 내가 멘토로 여기는 분이 있는데 어느 날 혜성처럼 나타난 그분은……."

"석철이는 이번에 주식으로 꽤 벌었다던데."

"너 지금 친구들끼리 비교하는 거야? 세상에 그것만큼 사람한테 상처 주는 거 없다."

"결국은 번 게 없다는 소리구나."

우진은 조용히 현민의 어깨를 토닥여 줬다.

끝까지 아무런 반박도 부정도 못 하는 친구에게 우진이 해 줄 수 있는 건 없었다. 그저 앞으로 현민이 말하는 주식 정보는 그냥 무시하는 게 정답이라는 것만 확인했다.

"나도 벌 기회는 있었어! 하지만 그냥 넘어갔던 거지."

억울하다는 현민의 호소에 우진은 갸륵하다는 눈빛을 보냈다. 그게 더욱 현민을 욱하게 하고야 말았다.

"야! 나도 가람하고 바른정 주식 샀으면 돈 벌었어."

"그건 또 뭔 소리야?"

"네가 거기 아들이란 거 알려지고 그곳 주식이 얼마나 올랐는지 알아?"

"거기랑 내가 뭔 상관이 있다고?"

"그거야 네 생각이고. 사람들은 그렇게 생각하지 않는다니깐."

매번 강조하는 거지만 사람들은 너와 생각이 다르다고 현민은 열변을 토했다. 세상이 변했다지만 우리나라의 혈족 중심의 사고방식은 쉽게 변하는 것이 아니었다.

"네가 그냥 연예인은 아니잖아. 어쨌든 경영학과에 사시까지 봤으니 기본적인 스펙은 겸비한 데다가 외가가 Rome이니 더없이 좋지. 물론 네가 경영에 참여 안 한다고 해도 너란 브랜드 가치를 봐서 손해 볼 것은 없다는 주장이 많아."

광고 모델에 따라 매출이 상승하는 효과가 있듯이, 채우진이 대표의 아들이란 점에서 가람과 바른정의 주식이 오른 것은 어쩌면 당연한 일이었다.

"그런 의미에서 브리싱가멘도 이번에 상당히 올랐지만."

현민은 이 모든 것을 예상했지만 자신은 친구의 가정사를 이용해서 돈을 벌고 싶지 않았다고 변론했다.

"멍청하긴! 이제는 터질 것도 없지만 만약 다음에 또 기회가 있으면 그때는 사라. 내가 허하마."

우진은 자신을 가지고 장사하는 이들보다는 차라리 현민이 돈을 버는 게 더 나았다. 앞으로 그런 것에 구애받지 말라는 우진의 허락에 현민은 시큰둥한 반응을 보였다.

"난 그렇게 궁한 사람이 아니야."

그러나 친구의 개인사를 돈벌이 수단으로 삼지 않음은 자신의 원칙이라는 현민의 대답은 감동보다는 우진의 비웃음을 샀다.

"그런 녀석이 TM 주식에는 그렇게 목을 맸냐?"

"그거야 내 멘토께서 엔터 종목에 관심이 많은 것 같아서… 그런데 요즘은 네 가수가 공연하는 곳엔 안 가는 것 같다?"

할 말이 없는지 현민은 다른 대화 주제를 꺼냈다. 우진에 대해 아주 작은 사소한 것까지 알고 있다 보니 이렇듯 말을 돌리는 게 쉬웠다.

"요즘은 안 가는 게 도와주는 거야."

"왜? 네 기자회견으로 이형진에 관한 이야기도 심심치 않게 올라오던데, 좋은 쪽으로. 이럴 때 네가 가서 팍팍 밀어주면 좋지 않아?"

"누가 좋아? 내가, 아니면 형진이 형이?"

채우진이 믿고 지지해 주는 이형진, 이런 이미지가 좋을 수는 있다. 아무도 믿어주지 않을 때 누군가 손을 내밀어주고 믿는다고 말해주면 당사자에게는 힘이 될 것이다. 그리고 대중에게 한 번 정도 진실을 되짚어보게끔 상기시킬 수 있었다.

"내 몫은 딱 여기까지야. 이후로는 형이 알아서 나와야지. 그래야 이형진이란 가수가 대중들에게 오로지 새겨질 거 아니야. 나와는 별개로."

"너 정말 이형진, 그 형님을 많이 생각해 주는구나."

"내 가수라니까."

우진은 자기가 나서서 이형진의 구세주가 되고 싶지 않았다. 그는 그저 사람들이 진실이라고 알고 있던 것에 의문을 던지고 빠져나왔다.

앞으로 하나씩 밝혀질 사실들 속에서 이형진은 스스로 해야 할 몫이 있었다. 그걸 옆에서 대놓고 도와주고 싶지는 않았다. 그건 채우진에게만 좋을 뿐이지, 장기적으로 보았을 땐 이형진에게 부채를 안겨주는 것밖에 되지 않는다.

우진은 그와의 관계를 그렇게 형성하고 싶지 않았다.

"그 형이 가지고 있는 반짝거림을 사람들이 알아보기 위해선, 아쉽지만 나는 당분간 빠져줘야지."

"그거 대단히 오만한 발언이라는 거 알아? 네가 옆에 있으면 그 형님이 묻힐까 봐?"

"네가 아까 말했잖아. 사람들이 나를 보는 시선에서 탐욕이 묻어난다고. 사실 나란 사람이 변한 건 하나도 없는데도 말이야. 소현이가 너한테 했다는 말들도 그렇고."

채우진이 변한 것은 하나도 없었다. 그는 배우였고 현재 사시 면접을 준비 중인 고시생일 뿐이었다. 그런데 외가와 친가의 사정이 알려지면서 사람들은 그를 이전과는 다른 이로 평가하고 가치를 부여하고 있었다.

외가와 친가의 명성과 권력, 그리고 부는 우진이 아닌 그분들의 소유였다. 우진이 그것들을 물려받을 것도 아닌데 사람들은 잠깐의 오해로 착각들을 하고 있었다.

물론 외가의 존재가 힘이 되고 든든한 것은 사실이지만, 절대적인 건 아니다. 반짝이지만 돌멩이에 불과해서 이소현이 버렸던 채우진은 그때나 지금이나 변하지 않았다.

단지 그를 보는 시선들이 달라졌을 뿐이다. 그의 주변 환경이 조금 변했다는 이유로 말이다.

"다이아몬드도 처음에는 그냥 반짝이는 돌멩이였을 텐데."

변하지 않는 건 본질이다. 변하는 것은 본질에 가치를 부여하는 사람들의 평가였다. 우진은 자신이 다이아몬드라고 여기지는 않지만, 반짝이는 돌멩이가 앞으로 뭐가 될지는 누구도 모르는 일이라고 말하고 싶었다.

그리고 지금 이형진의 옆에 선다면 주목받는 건 우진이 될 터였다. 그를 통해 이형진이란 사람의 가치를 판단하고 정하려고 할 것이다. 그의 빛나는 속성을 우진에게서 나오는 것이라고 착각하면서 말이다.

아끼고 좋아하는 사람에게 그런 민폐를 끼칠 수는 없었다.

우진은 타인을 생각하는 마음, 그를 위해 행동하는 게 무언지 조금씩 알아가고 있었다. 그러다 문득 옆에 있는 현민을 새삼스러운 시선으로 바라봤다.

예전부터 친구였기에, 친구라서 현민의 모든 행동과 배려에 고마워하면서도 당연하게 받아들였다. 반대의 경우가 되면 자신도 그렇게 할 것이라 의심이나 계산은 없었다.

자신과 친구의 마음이 같았기에 한 번도 깊게 자각하지 않았지만, 어쩌면 이건 매우 소중하고 빛나는 순간이란 생각이 들었다.

이런 믿음과 마음은 어쩌면 많은 사람이 놓치고 사는 부분이었다. 전생만 해도 우진 역시 그렇게 살았었다.

우진은 자신이 흙 속에 묻혀 있던 작은 돌멩이였을 때부터 옆에 있어준 현민에게 새삼스럽게 고마움을 느꼈다. 작은 자갈이든 반짝이는 보석이 되든 한결같이 곁을 지켜준 친구는 언제나 변함없는 눈빛으로 그를 봐주었다.

"왜 그런 눈으로 날 봐."

잠시 혼자만의 생각에 빠져 있던 우진이 그윽한 눈으로 자신을 바라보자 현민이 두 팔로 자신을 감싸며 뒤로 물러섰다.

"새삼 너한테 고마워서."

"굴 사줄까?"

갑자기 왜 그러냐는 의심의 눈총을 보내며 현민은 지갑을 여는 척했다. 머쓱해하는 현민의 반응에 우진은 진심으로 웃었다. 그의 성격에, 현민의 노력과 인내가 아니었다면 이런 친구는 얻지 못했을 것이다.

"왠지 내가 뭘 해야 할지 알겠다."

변한 게 없다면 그 변하지 않은 자신의 모습을 고스란히 보여주면 된다. 아직 보석이 되지 못한 자신의 반짝거림을 그대로 봐줄 줄 아는 누군가를 위해서.

현민이 우진이란 돌멩이를 처음 만났을 때 보여주었던 노력과 신뢰를, 이제 그가 사람들에게 보여줄 차례였다.

우진은 비로소 '삶, 그리다'의 방향을 잡을 수 있었다.

곰을 춤추게 하는 것은

'삶, 그리다' 가 첫 방송이 나간 날 시청률은 5%대로 나왔다.

윤성환, 박미현, 채우진이 나오는데 지상파라면 상상도 못할 시청률이었지만, 케이블 방송이라는 점에선 상당한 선방이었다. 방송 콘셉트 자체가 애초에 시청률이 나오기 힘든 내용이었다.

이는 방송 전부터 여러 곳에서 지적을 받았다. 예고편을 보면 프로의 성향이 다큐멘터리와 가깝다는 걸 강조하는 것 같아서 그만큼 기대치를 낮게 만들었다. 우스갯소리로 처음부터 시청자들의 기대를 꺾고 시작하기 위한 전략이란 평마저 나올 정도였다.

그래도 브라운관에서 보기 드문 인물들이 나오기에 화제성만큼은 높았다. 그에 비해 첫 화의 시청률이 낮은 것은 나중에 반응을 보고 다시 보기를 할 것인지 선택하기 위해서였다.

첫 화는 섭외가 끝나고 출연자들이 처음으로 참석한 기획 회의 장면부터 보여주었다.

유감스럽게도 세 명의 출연자가 함께 만나는 자리는 없었다. 그들은 각자 담당 PD와 제작진과 만나 회의를 했다.

—정말 아무것도 없어요? 대본까진 바라지 않으니까 제발 시놉시스가 있다고 말해주세요!

대본과 시놉시스가 없다는 PD의 말에 박미현이 흥분해서 보인 반응이었다. 살짝 미간을 찌푸리며 편하네, 라고 카리스마를 내뿜던 윤성환과 너무도 대조적인 반응이었다.

그리고 채우진은 이미 이야기를 듣고 왔다면서 무덤덤하게 제작진의 설명을 들었다. 너무도 심상한 반응을 보이는 그에게 제작진이 도리어 괜찮으냐고 물었다.

다큐멘터리를 표방하는 방송이라지만 결국 '삶, 그리다'는 예능 프로였다. 그리고 아무리 리얼을 강조한다고 해도 예능에서 대본이 빠질 수는 없었다. 예능에 출연은 안 한다 해도 이건 기본적으로 깔고 가는 상식이었다. 그래서 박미현이 그렇게 흥분을 했던 거고 말이다.

—계약할 때 다 들었습니다. 제가 다 알아서 해야 한다면서요?

채우진은 사기당하기 딱 좋은 표정으로 제작진을 보았다. 전해 들은 상황에 한 점 의심도 하지 않는 무구한 표정이었다. 그게 사실이긴 하지만 그래도 일말의 의심 정도는 하지 않았느냐고 다시 물으니 그제야 채우진은 아차 하는 반응을 보였다.

―그럼 대본이 따로 있습니까?

채우진은 회의가 시작한 이래 가장 생기 어린 표정과 빛나는 눈으로 제작진을 보았다. 어서 대본을 내놓으라는 듯 기대 어린 눈을 마주한 PD는 그냥 해본 소리라고 머쓱하게 대답했다.

PD의 대답에 삽시간 변하는 채우진의 표정이 슬로우 모션으로 처리되어 나왔다. 밝게 빛나던 눈빛의 불꽃이 사르르 식고, 살짝 올라가 있던 입꼬리가 축 처지는 변화가 매우 극적이었다. 회의를 시작할 때 담담해 보이던 게 결코 진심이 아니었음을 입증하는 순간이었다.

기획 회의 동안 출연자들은 여러 고민을 보였지만 해결 방안은 각기 달랐다. 캐스팅도 빨랐지만 대중이 원하는 것이 무언지 제대로 알고 있던 두 사람은 무리 없이 촬영 일정을 잡을 수 있었다.

이들과 달리 채우진은 도통 감을 잡지 못했다. 먼저 촬영한 두 사람이 어떤 내용으로 진행했는지 물어보고 제작진에게 여러 의견을 묻기도 했다. 방송 날짜가 잡히고 더는 촬영을 미룰 수 없는 처지가 된 채우진은 촬영이 며칠 남지 않은 시점에 콘텐츠를 정했다.

―저는 그냥 일상을 그대로 보여줄 테니 촬영하면서 궁금한 게 있으시면 저한테 뭐든 물어보세요.

그동안 작품 홍보를 제외하고 개인적인 인터뷰를 거의 하지 않았던 우진은 이번 기회에 가감 없이 질문을 받고 답하겠다는 의견을 냈다.

어쩌면 별거 없는 내용일 수 있고, 이와 비슷한 방송도 여럿 있었기에 신선한 재미는 떨어질 수 있었다. 하지만 주인공이 채우진인데 다른 건 중요하지 않았다.

―뭐든지 물어도 되나요?

의미심장하게 묻는 PD에게 채우진은 고개를 끄덕이며 대답했다.

―묻는 건 자유고 대답하는 건 제 선택이죠.

숙제 하나를 해결한 듯 채우진은 그제야 비로소 밝게 웃었다.

◆　◆◆◆　◆

'삶, 그리다'는 출연자들이 아침을 맞이하는 각자의 모습부터 시작했다.

저혈압인 윤성환은 아침에 일어나 한동안 아무것도 하지 못했다. 일어나서 한참 동안을 멍하니 앉아 있고서야 겨우 자리를 털고 일어날 수 있었다. 평소 보여줬던 꼿꼿한 이미지와는 달라도 너무도 달랐다.

하지만 하루도 빼지 않고 한다는 발성 연습과 운동으로 아침을 시작하는 그에게서 철저한 자기 관리의 면모가 엿보였다. 정확한 발음과 시원시원한 목소리의 근원은 이런 부지런함과 성실함에서 오는 것일 터였다. 그래서 힘든 연극 연습 중에도 누구보다 활기차고 정력적이었다.

무대 위에선 그토록 카리스마 넘치던 그는 후배에게는 자상하고 훌륭한 조언자로서 많은 시간을 배려하기도 했다. 평소 강인한 인상 때문에 다소 강압적인 선배일 것이라는 편견을 일소에 날리는 소탈하고 격의 없는 모습을 보여주었다.

─그냥 동료지. 연기는 뭐 나 혼자 하나. 그런데 이것들이 날 선배도 아니고 선생님이라고 불러!

윤성환은 연기에 대해 자문하는 어린 후배들이 자기를 선생님이라고 부르는 것에 불만이 많았다. 그에게 있어 이 어린 배우들은 함께 일하는 동료인데 말이다. 그저 어느 순간 돌아서 보니 나이가 들어버린 걸 어쩌란 말이냐고 억울해했다.

박미현의 아침은 다른 이들보다 늦게 시작했다. 최근에 영화를 끝내고 쉬는 중이라 기상 시간이 불규칙했다. 오전이라고 말하기도 어려운 시간에 겨우 일어났는데 그마저도 촬영을 의식하고 억지로 깬 것이었다.

그러나 그녀를 힘들게 하는 것은 불규칙한 생활 리듬이 아닌, 아직 벗어나지 못한 배역의 여운이었다.

─내가 원래 이래요. 배역에 빠지면 얼마 동안 쉽게 나오지 못하거든요.

제작진이 아무것도 묻지 않았는데 그녀는 혼자 중얼거렸다. 그 어투와 행동들이 얼마 전에 끝난 배역의 성격이 고스란히 묻어 있어서, 박미현은 속상한 듯 또 혼잣말로 이래선 안 된다고 내씹었다.

촬영 내내 박미현은 부스스하고 화장도 하지 않은 민낯을 그대로 내보였다. 집에 있을 때는 원래 메이크업을 하지 않는다면서 옷차림도 굉장히 편안했다. 늦은 오전에 일어나 점심을 겸해서 푸짐한 한 끼를 차리는데 요리 솜씨가 수준급이었다.

　—다 먹고살자고 하는 일이잖아요.

　그녀는 혼자 먹는 식사라도 예쁜 접시에 음식 하나하나 정성스레 담아 멋지게 데커레이션 하고 격식에 맞췄다. 물 한 잔도 아무런 컵에 대충 마시는 법이 없었다.

　직접 집 안을 청소하고 세탁기를 돌리고 나서 소화가 된 후에는 운동을 했다. 작품이 끝났다고 조금이라도 방심하다간 바로 살이 찐다고 투덜거리는 것도 잊지 않았다.

　정말이지 박미현은 잠시도 쉬지 않고 계속 몸을 움직이며 무언가를 끊임없이 했다. 꼼지락거리면서 쉴 새 없이 활동하는 모습을 빠르게 돌린 화면을 보면 경악스러울 정도의 운동량이었다. 운동도 운동이지만, 그녀의 활동량을 보면 살이 찌지 않는 이유를 가늠할 수 있었다.

　출연자 중에 가장 어린 채우진은 배우이면서 학생이란 또하나의 신분을 가지고 있었다. 그래서 누구보다 기상 시간이 가장 빨랐다. 오전 6시에 알람이 울리자 채우진은 기계처럼 일어났다. 몸에 밴 익숙한 동작으로 알람을 끄고 손바닥으로 얼굴을 쓸어내렸지만 표정은 여전히 멍했다.

　그러다 방에 설치한 카메라를 발견하고 화들짝 놀라는 모습을 보였다. 잠시 '이게 뭐지?' 하는 얼굴로 있다가 촬영을 위해 방에 설치한 무인 카메라라는 걸 깨닫고 고개를 끄덕였다.

　까치집이 된 머리를 하고 볼을 긁적이는 모습에선 그냥 그나이 또래의 젊은이처럼 풋풋함이 묻어났다. 평소 무게감 있는 배역을 하면서 보여주었던 진중함보다는 싱그럽고 경쾌한 분위기가 흘렀다.

"화장품에 번호가 쓰여 있네요?"

욕실에서 씻고 나온 채우진이 거울을 보며 얼굴에 기초 화장품을 바르려 하자 PD가 질문했다. 녹화를 시작하고 처음 듣는 질문이 화장품 관련이라 우진은 피식 웃고 말았다. 며칠 전에 로지 화장품 광고를 찍은 관계로 지금 그가 바르고 있는 모든 제품이 그 회사 제품이었다.

의도치 않게 이런 식으로 광고하는가 싶다가도, 어차피 로지 화장품도 이번 방송에 PPL로 들어가기 때문에 문제 될 것은 없어서 편안하게 대답했다.

"코디 누나가 적어준 거예요. 제가 화장품에 대해선 잘 몰라서 처음에 실수한 적이 있거든요. 그 뒤로는 저를 믿지 못해요."

대답에 전념하던 우진은 무의식중에 1번이라고 쓰인 스킨을 손바닥에 덜어서 얼굴에 발랐다.

"윽!"

면도한 다음엔 스킨은 바르면 안 된다는 걸 잠시 잊은 우진은 따가움에 얼굴을 찌푸리며 카메라를 보고 말했다.

"주로 이런 실수를 하죠."

분명 스킨 병에 '면도 후 X'라고 쓰여 있는데도 조금만 부주의하면 이런 실수를 저질렀다.

덕분에 완전히 잠에서 깬 우진은 1층에 있는 부엌으로 갔다. 그는 능숙한 듯 계란 프라이를 하고, 과일을 깎고, 구운 식빵에 잼을 바른 메뉴로 아침을 준비했는데 어째서인지 2인분을 준비했다.

"이건 동생 거예요. 곧 일어나서 아침 먹을 시간이거든요."

"많이 해본 솜씨네요."

이왕 준비하는 김에 동생 것까지 차린다는 채우진의 대답에 PD는 의아한 듯 물었다. 생긴 것은 곱게 자란 도련님 같아 이런 일은 절대 하지 않을 것처럼 보여서다.

"뭐, 그렇죠. 직장 다니고 집안 살림까지 하시면 어머니가 너무 힘드시잖아요. 웬만한 건 직접 하자는 생각에 조금씩 도왔는데 하다 보니 어렵지 않더라고요."

지금은 집안일을 돕는 아주머니가 계시지만 오랜 시간 몸에 밴 생활 방식은 쉬이 변하지 않았다. 무엇보다 직장을 다니시는 어머니가 다 큰 자식들 아침까지 차리기 위해 일찍 일어나는 건 우진이 바라지 않았다. 웬만한 재료 손질은 전날 아주머니가 해놓고 우진은 이렇게 동생 몫까지 아침을 차리면 끝이었다. 예전에 비하면 매우 편해져서 일도 아니었다.

우진이 아침 식사를 하고 있을 때, 아직 잠에서 덜 깬 우희가 식탁에 와 앉았다. 기지개를 켜던 우희는 자신을 향한 카메라와 눈이 마주치자 몇 번 눈을 깜박였다. 이게 뭔가 하는 생각이 표정에 고스란히 묻어났다.

그리고 오늘 아침부터 있을 촬영 때문에 전날 손님용 방에 머물렀던 제작진을 떠올리고 그제야 고개를 끄덕였다.

"아침부터 고생이 많으시네요. 오늘 같은 날은 좀 늦게 일어나지."

우진 때문에 덩달아 빨리 일어났을 제작진을 보며 우희가 오빠의 무심함을 지적했다.

"이런 거로라도 내용을 채워야지."

"빨리 일어나면 그만큼 내용을 채울 시간도 많아지는 거 아니야?"

"아……."

그건 생각 못 했다며 우진은 대신 오늘 저녁은 그냥 빨리 자 버릴까 하는, 가벼운 대화가 오누이 사이가 오갔다. 아침을 먹은 후에 그는 도로 방으로 돌아와 책상에 앉았다.

"도서관에 안 가세요?"

다음 주면 중간고사가 있기에 우진이 빨리 일어난 이유가 도서관에 가기 위함이라 예상했던 것이다.

"이 시간에 가면 자리 구하기도 어렵고 다른 사람들 방해만 되거든요."

학생들이 아무리 채우진에게 익숙해졌다고 해도 그의 등장은 작든 크든 언제나 소란을 몰고 왔다. 모든 학생이 그의 팬이 아니기에 조심할 것은 알아서 챙겨야 했다. 오전 수업에 맞춰 집을 나올 때까지 그는 조용히 공부만 했다.

"직접 운전하세요?"

우진이 운전석에 앉자 뒷좌석에 앉은 PD가 물었다.

"네, 매일 매니저 형보고 학교까지 데려다 달라고 하는 것도 일이고 해서 얼마 전에 면허 땄어요."

"그럼 초보 운전이겠네요……."

자동차 뒷유리에 붙은 '초보 운전'이라고 쓰인 스티커를 그제야 발견한 PD의 눈동자가 가볍게 떨렸다.

"아직 사고는 안 났어요."

PD의 걱정과 달리 채우진은 굉장히 능숙하게 운전을 했다. 이제 겨우 자가운전을 시작한 지 1개월밖에 안 된 초보답지 않게 막힌 도로의 차선 변경이 유연했다. 그제야 PD와 VJ에게서 안도의 한숨이 흘러나오는 걸 들으며 우진은 가볍게 미소 지었다.

"예전에는 대중교통을 많이 이용하셨죠?"

데뷔 초 인터뷰에서도 그렇고, 지난겨울만 해도 대중교통을 이용하는 채우진의 모습과 그와 관련한 에피소드가 많았다.

"그랬죠. 그런데 올해 초부터 알아보시는 분들이 많아서요. 저는 괜찮은데 다른 분들이 불편해하시더라고요."

대중교통을 이용하지 못하는 건 도서관에 가지 못하는 이유와 같았다. 그 때문에 생기는 소음과 번잡함을 싫어하는 이들이 있어서 더는 대중교통을 이용할 수가 없었다. 그리고 많은 사람이 이용하는 만큼 사고의 위험성도 컸기에 어쩔 도리가 없었다.

조용히 듣고 있던 PD는 문득 채우진이 지하철에서 자신을 욕했던 사람과 직접 만났던 일화가 생각나서 물었다. 대중교통을 이용하지 못하는 것은 그때의 일도 영향이 있었냐고 말이다.

"없었다고 말할 수는 없겠죠. 지금 고백하지만 제가 '가면의 가왕'에 출연하게 된 이유에 그때의 일이 많은 영향을 끼쳤죠. 실력을 의심하고, 제 성공이 스폰서 때문이라고 대놓고 말하는 걸 들으니 순간 열이 확 오르더라고요."

'가면의 가왕'에 출연한 이유는 처음 하는 고백이었다. 많은 이들이 당시 가왕이었던 민시후에게 복수하기 위해서였을 거라는 의견으로 분분했지만, 채우진이 그에 대해 직접 의사를 밝힌 것은 이번이 처음이었다.

"열이 올랐다고 하기엔 굉장히 매너가 좋았다는 의견이 많던 데요."

PD의 말에 우진은 멋쩍게 웃었다. 신호 대기 중에 차가 잠시 멈춘 틈을 타서 그는 카메라를 향해 말했다.

"그때 처음 깨달았던 것 같아요. 내가 연예인이 되긴 했구나 하고요. 하고 싶은 말과 할 수 있는 말의 차이가 있다는 걸 알게 됐거든요. 감정에 겨워 토해내 봤자 그건 가십이지 저를 위한 해명이 아니더라고요."

그때 우진이 감정대로 행동했다면 그날의 일은 두고두고 그의 흑역사로 남았을 것이다. 자리에 없을 때는 나라님 욕도 한다는데 운 나쁘게 채우진이 앞에 있는 줄 모르고 욕 좀 했다고 봉변을 당했다면 누구의 잘못일까.

사람들은 감정적으로 약자의 편을 든다. 그리고 대중은 일단 연예인과 일반 시민을 두고 보았을 때 전자를 강자로 평가하고 그에 맞는 행동을 강요한다. 하지만 연예인으로선 그런 대중의 강요와 평가가 도리어 강자의 강압으로 보일 때가 있다.

각자의 처지에 따라 강자와 약자를 나누는 기준이 다른 것이다. 재미있는 현상이었다.

그리고 만약 연예인이 스스로 강자라고 여기게 된다면 오만해지고, 자신을 약자라 여긴다면 예민한 신경쇠약에 걸리기 쉬웠다.

우진은 대중에게 강자는 물론 약자가 될 생각은 없었다. 그저 그들에게 인정받고 싶고 사랑받고 싶은 마음이 가장 컸다.

신호가 바뀌고 다시 출발하면서 채우진은 솔직하게 말했다.

"억울하면 출세하라는 말이 있잖아요. 별로 좋아하는 말은 아닌데, 그 당시에는 그것 말고는 저 자신을 변명할 기회가 딱히 없다고 생각했어요. '가가'에 나가기로 하면서 너무 치졸한 게 아닌지 고민도 많이 했었죠."

"덕분에 한량 도령이 탄생한 거라면 지하철의 그분께 고맙다고 인사해야겠군요."

왠지 쓸쓸함이 깃든 우진의 목소리에서 블루핏과 관련한 그의 복잡한 심정을 느낄 수 있었다. 그래서 PD는 일부러 가볍게 농을 던졌다.

"나중에 생각해 보니 딱히 그분 잘못도 아니더라고요. 오해가 있었다는 건 그만큼 제가 대중에게 저를 알리지 않았다는 이유도 있었으니까요."

"그래서 우리 프로에 출연하기로 결심하신 건가요?"

"그건 아니고요. 아시면서 왜 그러세요."

'삶, 그리다'에 세 명의 배우를 섭외하기 위해 최원희 대표가 직접 기획사를 찾아다녔다는 이야기는 이미 기사로 난 상태였다. 출연 동기를 두고 다르게 미화하기엔 이미 늦어버렸다는 이야기다. PD 역시 멋쩍은 듯 헛기침하는 소리가 카메라 너머로 들렸다.

◆　◆◆◆　◆

채우진의 학교생활에 많은 기대를 걸었던 제작진은 오후가 되자 기가 질린 듯 고개를 저었다. 캠퍼스의 낭만과 또래 친구들과 어울리는 채우진의 일상을 카메라에 담을 수 있을 거란 희망은 산산이 부서지고 먼지가 되어 바람에 흩어졌다.

오전 수업부터 시작해서 중간에 공강도 없이 빡빡한 수업표로 인해, 채우진이 점심을 먹을 때는 오후 2시가 넘어서였다. 그리고 잠시 쉬는 시간도 없이 바로 빈 강의실로 들어가 짬을 이용해 공부를 했다. 대망의 중간고사와 사법고시 면접을 준비 중인 채우진은 제작진이 바라는 그림을 그려줄 여유가 없었다.

"왜 이렇게 열심히 하세요?"

보다 못한 PD가 결국 두꺼운 전공 서적을 읽고 있는 채우진에게 물었다. 공부 중이라지만 뭐든지 물어보라고 했으니 잠시의 방해는 괜찮다 싶었다. 다행히 고개를 든 채우진의 얼굴엔 공부를 방해받았다는 불쾌한 기색은 없었다.

"뭐가요?"

"조금은 여유를 누려도 되지 않나요?"

아직 나이가 어리고 앞으로 성장할 여지는 많아도 채우진이라면 충분히 성공한 배우에 속했다. 사법시험의 결과 역시 아직 확신할 수는 없지만 2차까지 합격했으니 결과는 낙관적이었다. 그가 어느 길을 선택할지 모르나 조금은 쉬엄쉬엄해도 괜찮지 않을까 PD는 생각했다.

"글쎄요. 주위를 보면 아시겠지만 딱히 저만 힘든 것도 아니고 저만 특별할 것도 없는 것 같은데요."

우진은 강의실에서 공부 중인 다른 이들을 가리켰다. 이 또래의 젊은이들은 원하는 삶의 방향은 각각 달라도 결국 걸어가는 길은 똑같았다. 이 땅에 사는 대다수는 거의가 똑같은 재료로 비슷한 그림을 그릴 수밖에 없는 구조적인 모순을 가지고 있었다.

"종착지는 달라도 그곳에 다다르기까지 모두 같은 길을 갈 수밖에 없는 게 우리의 현실이잖아요. 성공을 위해서든, 자신이 원하는 삶을 위해서든."

"채우진 씨의 경우 절반은 성공하지 않았나요?"

"제 나이가 몇인데 벌써 성공을 이야기해요."

우진은 아직도 먼 이야기라며 손을 내저었다. 수많은 죽음을 맞이했던 우진은 성공이 주는 무의미함을 알고 있었다.

눈을 감는 마지막 순간까지 이번 삶은 실패했다고 여겼던 생이 얼마나 많았던가. 한데 그랬던 삶들이 지금에 와서는 높은 평가와 함께 대가(大家)라 칭송받고 있었다. 반면 사회적인 성공과 높은 지위를 가지고 이만하면 되었다 여겼던 삶은 역사의 한 페이지조차 남아 있지 않은 경우가 많았다.

무엇이 성공이고 무엇이 만족스러운 삶인가에 대한 평가와 기준은 참으로 모호했다.

"그저 순간순간 최선을 다해 사는 거죠. 저 자신을 위해서."

무엇인가 더 물으려는 PD를 보고 우진은 서둘러 손가락을 입에 가져다 댔다. 자신은 괜찮지만 시험을 앞둔 이들에게 두 사람의 대화는 그저 소음이었다. 가장 큰 이해자인 현민조차 옆에서 가시눈으로 우진을 노려보고 있었다. 시험이란 게 이렇게 사람을 초조하고 속 좁게 만드는 괴물이었다.

하루의 수업이 다 끝나고 채우진이 피트니스 센터에서 집으로 돌아오는 길에서야 PD는 아까 묻지 못한 질문을 꺼냈다.

"자신을 위해 산다는 게 무슨 의미인가요?"

"말 그대로죠. 딱히 다른 의미가 있을까요?"

"많은 사람이 자기를 위해 산다고 말하지만 그들 삶의 모습은 각기 다르잖아요. 자신을 위한다는 것이 채우진 씨에게는 어떤 방식인지 궁금해서요."

성공의 기준이 다르듯 자신을 위한다는 의미 역시 같을 수가 없었다. PD는 채우진이 '자신'을 위한다면서 바라보는 시선의 범주가 어디까지인지 궁금했다.

"이번에는 결석이 거의 없었으니 성적이 잘 나와서 장학금 좀 받았으면 좋겠고, 사시에 합격해서 부모님이 기뻐하는 모습을 보고 싶고, 영화가 지금처럼 쭉 계속 흥행했으면 좋겠다는 바람 등등. 그런 게 저를 위한 것들이죠. 소소한 일상에서 꾸는 작은 꿈들을 이루고 싶은 삶."

뜻밖에도 자신을 위한다는 채우진이 생각하는 범위는 생각보다 좁고 사소했다.

"그런데 하나같이 평범한 듯 아닌 듯 어려운 것들이네요."

이들 중에 하나쯤은 누구나 품고 있음 직한 소원들이라 흔하게 접할 수 있는 꿈인 것은 맞았다. 그런데 이루자면 이 중에 하나라도 제대로 성공하기가 어려운 것도 사실이었다.

"누구나 꾸는 일상이죠."

"하지만 이룰 수 있는 사람은 한정되어 있잖아요."

"그래서 소중하고 아름답죠."

"어떤 것이요?"

"가족과 친구, 그들과 함께 이루는 삶이요. 이루기 힘들어서 가치 있는 게 아니라, 제가 성공했을 때 진심으로 기뻐해 줄 사람들이 옆에 있는 현재가 참 좋아요. 함께 기뻐해 주는 이들에게 느끼는 감사함이 소중하고 혼자가 아니라서 아름답죠."

그러면서 채우진은 이번에 있었던 사건을 예로 들었다. 조심스럽고 쑥스러운 이야기지만 이번 일로 그는 중요한 것을 깨달을 수 있었다.

"문제의 기사가 났을 때요. 가족은 물론 주위 분들이 모두 절 믿어주고 걱정하고 함께 화를 내주셨거든요. 제가 그분들께 어떤 믿음도 주지 않았는데도 말이죠. 그때 생각했거든요. 앞으로 정말 잘 살아야겠다고요."

잘 살아왔구나, 하는 안심보다 미래에 대한 다짐이 먼저였다.

그들이 채우진의 편에 선 것은 어떠한 증거나 굳건한 믿음이 있어서가 아니었다. 그저 채우진이란 사람을 좋아하는 마음이 앞서서 무조건 그를 믿고 싶기 때문이었다. 혹여 채우진이 잘못했더라도 실망과 꾸지람을 할지언정 그에 대한 애정을 저버리지 않을 사람들이었다.

그들의 마음을 엿본 것 같아서 우진은 책임감을 느끼게 되었다. 우진이 잘못된 길을 가게 되면 그들은 어쩔 수 없이 그의 편을 들 것이다. 그를 좋아한다는 마음 하나로 부정을 정당화하고, 진실을 왜곡하면서 말이다.

"무섭더라고요. 그래서 과거의 저에게, 그리고 미래의 저에게 위로와 칭찬을 보내며 경고했어요. 앞으로도 잘 살아라. 가족과 친구들, 사람들과 함께 오래오래 함께 행복해지자고요.

그리고 그 첫 번째가 저 자신을 위해 사는 것이었어요. 제가 절 사랑하면 절 망칠 일은 없을 테니까요. 그러면 당연히 제가 사랑하는 사람들을 실망시킬 일도 하지 않을 테고요."

그렇게 생각하니 문득 세상이, 삶이, 참 아름답다는 생각이 들었다.

전생의 그에게 있어 삶은 그저 살아가는 것이었다. 자신의 꿈을 이루기 위한 시간의 개념 그 이상도 없었다. 그랬던 그가 요즘은 자신이 이루고자 하는 최종 목적지에 대해 계속 생각하게 되었다.

꿈을 이루기 위해 살아가는 것과 무엇을 위해 꿈을 꾸는지에 대한 고민을 하다 보니 결론은 자연스럽게 나왔다. 그가 사랑하는 이들과 함께 살아가는 삶 속에서 같이 공유하고 싶은 꿈을 꾸는 것이다. 언젠가 보았던 '내가 사랑하는 사람들'이란 주제의 사진전처럼, 가족과 친구들로부터 시작하는 마음의 공유가 점점 넓어지고 많아지기를 바랐다.

이것이 PD가 보았던 필요 없이 열심히 사는 채우진의 진심이었다.

"이번 일로 많은 고민이 있었던 듯싶네요. 그렇다면 오늘 마지막 질문을 드려도 될까요?"

PD의 질문에 우진은 고개를 끄덕였다.

"그렇다면 만약 사법시험에 최종 합격하면 어떻게 하실 계획인가요?"

채우진은 사법시험을 보게 된 계기가, 연예인이 되고자 하는 자신을 반대하지 않고 묵묵히 지켜봐 준 어머니에 대한 고마움 때문이라고 했다. 연예인이 돼서 기쁜 일도 있었지만 그만큼 고통도 따랐다. 블루핏 사건과 이번 루머로 인해 채우진의 부모가 어떤 심정이었을지는 남이라도 가늠이 되는 일이었다.

그렇기에 그가 사법시험에 합격하기 위해 노력하는 것은 당연해 보였다. 그리고 그의 마음이 어디까지 결심이 섰는지 많은 사람이 궁금해하고 있었다.

조심스러운 PD의 질문에 채우진은 오늘 그 어느 때보다 진지한 얼굴을 하며 카메라를 바라봤다.

"저는……."

잠시 고민하던 채우진이 천천히 입을 떼는 순간, '삶, 그리다'의 1화는 여기서 끝났다.

◆　◆◆◆　◆

사람 참 궁금하게 속을 태우면서 다음 편을 기대하라는 낚시질이 참으로 뻔뻔했다. 하지만 더욱 사람들 속을 애태우게 한 것은, 다음 편에서 그 대답에 대한 부분이 교묘히 편집되어 그냥 넘어갔다는 것이다.

"왜 말을 해주지 않는 거야!"

"대답은 했지. 다만 방송에서 보여주지 않은 것뿐이잖아."

채우진의 팬들은 다음 편을 보고도 풀리지 않은 숙제 때문에 속이 탔다.

그렇지만 아직 사법시험의 결과도 나오지 않은 시기에 변수가 될 수 있는 일은 방송에서 조심했을 수도 있었다. 나중에 결과와 함께 채우진의 대답을 듣는 것도 의미가 클 것 같아서 겨우 참고 있었다. 그러나 채우진의 대답이 어떤 것이든 그의 팬들은 받아들일 준비를 하고 있었다.

"우리 우진이 며칠 전에 면접 봤는데 잘 봤으려나."

"다음 주 금요일에 결과 나온다니 조금만 기다려 봐."

배려 때문인지, 아니면 채우진의 배경 때문에 눈치를 보는 것인지 언론은 그의 사법시험 면접에 관해서 보도를 자제했다. 짧게 언급만 하고 그냥 넘어가는 수준이라 정보를 얻을 곳이 없었다. '삶, 그리다'의 제작진도 그날은 피해서 녹화 일정을 잡았다니 방송으로 알 길은 영영 없었다.

"방송이 영 재미없을 줄 알았는데 그래도 꽤 볼만하더라. 시청률도 점점 오르는 걸 보니 다음 주에는 10% 찍을 것 같아."

"그렇지? 난 우진이만 보고 다른 두 사람 것은 안 보려고 했는데 보다 보니까 계속 보고 있더라니까. 윤성환은 확실히 카리스마가 있고 연륜이 있어서 보고 있으면 빠져들고, 박미현은 부지런한 것만 빼면 마치 내가 사찰당하고 있는 것 같아."

커다란 재미는 없지만 스타가 아닌 그저 한 사람으로서 소소하게 살아가는 그들의 일상은 평범하면서 치열했다. 나이가 많거나 어리거나, 자기 분야에서 어떤 평가를 듣고 있든 그들은 멈추지 않고 앞으로 나아가기 위해 노력하고 있었다.

그런데 그것이 고통스럽고 힘들어 보이기보단 무척 즐겁고 활기차 보였다. 보고 있는 사람을 괜히 기운 나게 하고 무언가를 하고 싶게 만들었다.

"아 참! 너 블루핏의 이연이 그저께 교통사고 난 거 알고 있어?"

"정말? 격세지감이 느껴진다. 예전이라면 온 나라가 들썩였을 텐데 며칠 지났는데도 네가 말하기 전까지 전혀 몰랐어."

작년까지만 해도 타고 가던 밴이 작은 접촉 사고가 나자 속보까지 났던 블루핏이었다. 그런데 이틀 전에 났던 교통사고 소식을 이제야 들었다는 게 놀라웠다.

"새벽까지 술 마시다가 아침에 주택가에서 남의 집 벽에다 박았단다. 최대한 숨기려고 하다가 오늘에야 터진 거야. 블루핏이 한물가긴 했지만 요즘 TM도 정신없어서 케어 못 하고 있다나 봐."

블루핏의 인기가 사그라졌다고 해도 사건 사고에 관련한 뉴스는 언제나 흥미로운 법이었다. 매니저가 어떻게든 기사가 나는 것만은 막아보려고 노력했지만 TM 전체가 어수선한 마당이라 역부족이었다.

"TM은 정말 가지가지 한다! 이번에 우리 우진이 악플러들 잡았는데 알고 보니 TM 직원이었잖아. 회사에서 아예 팀을 만들었다면서?"

"그 자식도 이제 끝이야. 곧 있으면 이사회 소집한다더라. 이번에 최대 주주가 바뀌었는데 대표이사 해임 건이 올라왔대. 게다가 채우진 광고주들과 합의 본다고 주식을 대량으로 팔았다는 말도 있더라고."

"정말? 김 사장 꼴좋다."

"사장은 무슨! 나 정말 이형진 팬이었는데……."

지난 1년 동안 어디 가서 이형진 팬이라는 말도 못 하고 속으로 끙끙 앓았던 것을 생각하면 지금도 열불이 터졌다. 미워하기도 하고, 왜 그랬느냐고 원망하면서도 이형진에 대한 팬심을 버리지 못했던 이들은 요즘 터지는 뉴스에 경악하고 있었다.

시작은 전혀 상관도 없는 사회면에서 터졌다. 사단법인과 엮여서 비리를 저지른 검사를 조사하는 과정에서 어이없게도 이형진의 이야기가 나온 것이다. 검사의 조카가 왕따를 주도해 피해자가 자살했는데 그걸 덮기 위해 영향력을 행사한 것이 조사 과정에서 밝혀졌다.

그런데 이 일이 이형진이 가해자로 알려졌던 사건으로 이어졌다. 부정한 검사와 부패한 언론인이 만나 만들어낸 한 편의 소설에 대중이 속아 넘어간 것이다. 거기에 TM의 김석형 대표까지 가세해서 여론을 조장한 정황까지 밝혀지면서 이형진의 누명이 벗겨졌다.

정확히는 TM의 김 대표가 이형진에 대한 루머를 만들어 먼저 퍼뜨렸다는 게 팩트였다.

"이제라도 밝혀진 게 어디야."

"그러니까! 채우진 기자회견을 보고 나서 설마설마했거든. 만약 그놈의 검사가 안 잡혔으면 아직도 누명 쓰고, 사람들한테 욕 듣고 있었을 거 아니야."

"진짜 인간도 아니야! 이번에 제발 TM 사장이 바뀌었으면 좋겠다. 정화수 놓고 빌어야 하나."

"그러기 전에 감옥 갈 가능성이 더 클걸. 허위 사실 유포는 최대가 7년 이하의 징역이란다."

최고가 겨우 7년밖에 안 된다는 말에 채우진의 팬은 분통을 터뜨렸다. 남의 인생 망쳐놓고 그것밖에 안 되냐고 답답해했다.

"최근 다른 피해자들도 소송 준비한다는 말이 있으니까 또 모르지."

김석형에게 당한 사람은 채우진과 이형진만이 아니었다. 예전에 TM을 나왔다가 루머에 휩싸여 강제로 연예계를 은퇴했던 이들이 김석형을 대상으로 소송을 걸 움직임을 보였다. 시간이 지나서 증거를 모으는 게 여의치 않지만 깨진 그릇에선 결국 물이 새게 마련이었다. 서로 좋아하는 연예인은 다르지만 공동의 적이 생긴 이상 두 친구의 마음은 하나였다.

이런저런 이야기를 하다 보니 그들은 어느덧 목적지에 다다랐다.

"우리 우진이 단골 가게다!"

채우진이 자주 가는 곳으로 유명해졌지만, 커피 자체가 맛있어서 그와는 별개로 단골이 된 이들이 많은 카페였다. 두 사람도 그에 속했다.

그런데 오늘은 평소와 다르게 카페 앞 테라스에 가판대가 하나 있었다. 먼저 그들의 시선을 잡아끈 것은 귀여운 곰 인형 탈을 쓴 사람이었다.

"어? 저 곰 어디서 많이 본 것 같은데……."

"그 이모티콘으로 유명한 캐릭터 있잖아. 그것 같다."

"봐봐! 귀에 꽃도 달았어."

귀에다 장미꽃을 단 동글동글한 인상의 귀여운 곰 인형은 마치 춤을 추듯 두 손으로 가판대를 가리키고 있었다. 그제야 눈에 들어오는 것은 가판대에 있는 천연 비누들과 그것들을 판매하고 있는 한 남자였다.

"어, 저 남자 채우진 친구 아니야?"

'삶, 그리다'에 나온, 채우진이 학교에서 자주 어울리는 친구의 얼굴은 자연스레 팬들에게도 익숙해졌다. 굳이 팬이 아니어도 방송을 본 사람에게는 어느 사이 친숙한 얼굴이 되어버린 정현민이었다.

"혹시 방송에 나왔던 채우진의 친구 아니세요?"

"제 친구가 채우진인 건 맞습니다."

현민은 영업용 미소를 흘리며 잠재적 고객의 물음에 대답했다.

"여기서 아르바이트하는 거예요?"

"아르바이트는 아니고 별도의 장사 비슷한 겁니다. 이거 직접 만든 천연 비누인데 한번 보실래요?"

현민은 매대 위에 하나씩 포장된 비누들을 내밀어 보여주었다. 포장지마다 원료와 효능에 대해 적어놓은 스티커가 붙어 있어서 고르는 데 도움을 주었다.

"이렇게 예쁜 걸 어떻게 써!"

카페 앞에서 판매하는 것인 만큼 비누들은 마카롱과 화과자에서부터 컵케이크까지 모양들이 다양하고 예뻤다. 하나씩 번갈아 보던 두 사람은 문득 현민을 보며 물었다.

"그런데 오늘은 혼자세요?"

방송에서 보다 보니 그의 옆자리에는 늘 채우진이 있을 것만 같았다.

"아니요. 여기 재주 부리는 곰과 함께입니다. 저는 곰을 착

취하는 왕 서방이고요."

현민이 옆에서 열심히 예쁜 짓을 하는 곰 인형을 가리키며 웃었다. 곰은 누가 보든 말든 열심히 호객 행위를 하며 사람들의 이목을 가판대로 끌어모으려 노력하고 있었다.

곰 인형은 척 봐도 꽤 퀄리티가 높은 탈과 옷을 입고 있었다. 대충 만든 싸구려 인형 탈의 경우 귀엽지도 않고 더럽기까지 한데 이 인형은 달랐다. 탈을 쓴 사람이 키가 커서 위압감이 조금 들지만, 인형 탈 자체는 굉장히 귀여웠고 보여주는 동작 하나하나가 깜찍했다.

"귀여워~!"

자기를 보자마자 코맹맹이 소리를 내는 손님을 보고 용기를 얻었는지 곰 인형은 온갖 귀여운 동작을 해 보였다. 그 모습을 보던 현민의 표정이 순간 썩어 들어갔지만, 그는 재빨리 표정 관리를 하며 손뼉을 쳤다.

"자자, 언제나 오는 기회가 아닙니다. 비누를 사시는 분들께는 저 곰 새… 아니, 곰 아가, 하여튼 곰돌이와 사진 찍을 기회를 드립니다."

고작 인형 탈 알바와 사진을 찍는 게 뭐 대수라고 마치 생색을 내듯 말하는 현민이었지만, 손님들은 그걸 눈치채지 못했다.

가장 싼 작은 마카롱 비누 하나를 계산한 손님 한 명이 먼저 곰 인형 옆에 서서 친구에게 사진을 찍어달라고 부탁했다. 예쁜 카페 앞에서 귀여운 곰 인형과 찍는 사진은 나쁘지 않았다.

키가 작은 손님의 뒤에 선 곰 인형은 두 다리를 벌려 키를 낮추고 두 손으로 머리 위에 하트를 만들었다.

그걸 보던 다른 친구도 비누를 사며 곰 인형에게 원하는 동작을 주문했다. 마치 뛰는 것처럼 자세를 취하게 한 다음, 자신은 곰을 잡기 위해 그 뒤를 쫓아가는 모습을 연출했다.

"곰 잡아라~!"

재미난 설정 샷에 지나가던 이들이 관심을 보이며 하나씩 카페 앞의 가판대에 모이기 시작했다.

이에 비누를 팔던 현민의 목소리가 흥이 나면서 점점 커졌다. 수제 비누의 장점과 원료들에 관해 설명하며 피부 상담을 듣고 그에 맞는 비누를 추천해 주기도 했다.

그러는 사이에 곰 인형은 비누를 산 손님들과 함께 여러 설정 사진을 함께 찍었다. 말하는 것마다 원하는 동작들을 척척 해주니 구경하는 이들은 더욱 신이 날 수밖에 없었다.

"그런데 이거 무슨 촬영이에요?"

손님 중에 한 명이 뒤늦게야 한쪽에 있는 카메라를 발견하고 현민에게 물었다.

"네, 어느 한 청년의 고군분투기를 살펴보기 위한 프로라지요."

"오빠도 방송 진출하려는 거예요?"

채우진 때문에 현민의 얼굴을 아는 손님이 궁금해 묻자 그는 손으로 머리카락을 쓸어 넘기며 말했다.

"뭐, 그런 말은 자주 듣지만 한국의 워런 버핏을 꿈꾸는 저에겐 가능성이 없는 일입니다."

"그럼 여기서 뭐 하세요?"

"그러게요. 제가 여기서 뭘 하는 걸까요?"

현민은 울적하게 중얼거리며 손님에게 모공 관리와 미백에 좋은 율피 비누를 권했다.

"그럼 지금 찍는 건 어디서 언제 방송해요?"

"몇 주 후에 나가는 거라 그냥 잊고 계시면 나올 거예요. 어차피 시청률 낮고 재미없는 방송이니까 관심 두지 마세요."

현민의 말에 옆에서 재주 부리던 곰이 주먹으로 그의 머리를 통통 쳤다. 전혀 아파 보이지 않는 주먹이었다. 현민은 등을 내보이며, 이왕 치는 거 어깨나 주무르라고 손으로 탁탁 쳤다. 어깨를 들썩이며 크게 한숨을 내쉰 곰 인형이 처량하게 현민의 어깨를 주물렀다.

그래도 영업력 좋은 현민의 말재간과 곰 인형의 활약으로 오늘 준비한 비누는 다 팔 수 있었다. 장소가 유명한 카페 앞이기도 하고 유동 인구가 많은 것도 한몫했다.

◆　　◆◆◆　　◆

판매가 끝나고 현민 일행은 사장님의 배려로 카페 휴게실에서 쉬면서 뒷정리를 하였다.

"그러니까 오늘의 매출이 얼마냐~!"

자리에 앉자마자 돈을 세는 현민의 옆에서 우진은 인형 탈을 벗으며 의자에 흘러내리듯 앉았다.

"11월이라 괜찮을 줄 알았는데 이거 무지 덥다."

탈을 벗은 머리에서 땀이 흘러내려 얼굴과 이마에 착 달라붙었다. 입고 있던 인형 옷을 마저 벗으니 훅 하고 더운 기가 나가면서 차가운 공기에 부르르 몸이 떨렸다. 자칫하면 감기에 걸릴 수 있어서 현민은 돈을 세는 와중에도 커다란 타월을 우진에게 던져줬다.

보송보송한 타월로 얼굴을 닦으며 우진은 힘겹게 물었다.

"얼마야?"

"원료와 자릿세를 빼고 우리한테 떨어진 게 각자 2만 6천 원."

"젠장!"

거의 4시간을 일한 보람이 2만 6천 원이란 말에 우진의 손이 저절로 떨렸다. 초반에 너무 기운을 뺀 나머지, 막판에는 힘이 빠져서 테라스 계단에 앉아 손님들을 상대한 우진이었다.

그리고 드디어 판매가 끝났다는 현민의 말에 그 자리에서 픽 쓰러져 구경하던 이들에게 큰 웃음을 선사하기도 했다. 하지만 그 노력의 대가를 들으니 왠지 맥이 빠졌다.

두 사람이 오늘 비누 장사를 한 것은 모두 학과 과제 때문이었다. 전공과목 교수님이 각자 10만 원을 원금으로 투자 혹은 장사로만 이윤을 창출해야만 하는 과제를 내준 것이다.

개인이든 동업을 하든 그것은 상관이 없었다. 대신 과정과 재정 보고서를 내고 이윤을 가장 많이 낸 순서대로 점수를 주는 과제였다.

적자를 내더라도 그 과정 자체가 공부이니 부담 가지지 말라는 교수님의 조언이 있었지만 그게 어디 가능한가. 결국은 상대평가다 보니 이윤을 많이 내는 순서로 점수를 받기 때문에 학생 입장에선 도저히 초연해질 수가 없었다.

"이걸 며칠을 해야 한다는 소린가."

우진은 벗어놓은 인형 탈을 노려보며 중얼거렸다.

"그러니까 내가 주식 투자를 하자고 했잖아."

"해서? 하면 뭐가 있고?"

주식에 관해서는 현민의 능력을 믿지 않게 된 우진의 결단은 단호했다. 무엇보다 현재 그들 주위에는 주식으로 벌써 원금까지 까먹은 이들이 솔솔 나오기 시작했다. 그에 비하면 오늘 두 사람은 액수는 적어도 손해는 보지 않았다.

"게다가 네가 추천한 거 요즘 팍팍 떨어지고 있더라?"

현민이 장담했던 게임 회사는 이번에 내놓은 모바일 게임의 실패로 연일 하한가를 달리고 있었다. 우진은 그것만 생각하면 아직도 간담이 서늘했다. 그의 의심은 굉장히 합리적이었고 시기적절했다.

"그건……."

운이 안 좋았다고 말하기엔 언제나 운이 없었던 현민이라 이내 입을 다물었다. 그래도 조금은 억울한지 우진에게 토를 달았다.

"이건 네가 얼굴만 내밀고 서 있어도 쉽게 할 수 있는 일이었잖아."

우진이 힘들었다는 건 알지만 그가 인형 탈만 벗었다면 비누 판매는 매우 쉽고 빨리 끝났을 것이다. 하지만 우진은 그것을 거부하고 스스로 인형 탈을 썼다.

"그래서 재주 부리고 있잖아. 그런데 우리 이 정도면 괜찮은 수준인 거냐?"

오늘의 수익이 만족스러운 결과는 아니라도 상대평가로 하면 어느 정도인지 궁금했다.

"김이선이 오십만 원 이상 벌었다는 소문이 있고, 팀으로 투자금 모아서 장사한 녀석들도 개인당 십은 벌었다고 하더라."

아무래도 학과 정보에 약한 우진은 현민에게 전해 들은 이야기에 기함하고 말았다.

"진짜? 정말 오십을 벌었대? 어떻게 열흘 만에 그렇게 많이 벌 수 있어?"

"걔가 손재주가 좋잖아. 비즈로 장식품 만들어서 SNS에서 팔았대. 원래 팔로워가 많아서 홍보도 쉬웠고, 평소에도 취미로 만들어서 올린 것들 팔지 않겠냐는 제안도 많이 받았다나봐. 홍보와 고객이 이미 준비돼 있었던 거지."

현민의 설명에 우진은 절로 한숨을 내쉬었다.

처음 이번 과제를 받았을 때, 우진에게 동업 제안을 한 이들은 많았다. 투자로 가지 않는 이상, 채우진을 내세워서 장사하면 성공은 보장되기 때문이다.

그래서 우진은 모든 제안을 거절했다. 대놓고 그의 이미지를 판매하려는 잇속에 한숨도 나왔고 재주 부리는 곰은 되고 싶지 않아서다. 그래도 믿을 수 있는 친구는 현민밖에 없다는 생각에 우진이 먼저 동업을 제안했다.

반면 주식 투자를 계획하고 있었던 현민은 우진의 제안에 시큰둥했다. 그놈의 주식에 미련을 못 버리는 현민을 설득해서 하게 된 장사가 바로 비누 장사였다.

현민의 여자 친구가 수제 비누를 만드는데, 취미라고 하기엔 꽤 전문적이었다. 일전에 천연 비누를 여러 개 선물 받아 직접 써본 결과, 우진은 물론 가족들 반응도 좋았던 것을 떠올리고 구상한 사업이었다. 그렇게 해서 원료값과 수고비를 주고 납품을 받아 오늘 이렇게 처음으로 판매하게 되었다.

예상보다 판매는 좋았지만 고생한 보람에 비하면 턱없이 적은 액수라 힘이 빠졌다.

"그런데 몸은 정말 괜찮은 거지?"

"아… 뭐."

현민의 물음에 우진은 슬쩍 제작진의 눈치를 보며 대답했다. 그저께 우진은 사법시험 면접을 보았다. 그런데 집 밖을 나서는 순간 자신을 향해 돌진하는 자동차와 가벼운 접촉 사고가 났다.

상대 차량이 조수석 쪽으로 돌진했지만 우진이 재빨리 피한 덕분에 다행히 후미만 약간 부딪친 사고였다. 반면 상대편은 우진의 차와 충돌 직전에 핸들을 꺾었지만 속도를 줄이지 못해 담벼락을 박고 말았다.

자동차와 담이 부딪친 굉음에 놀란 가족들이 집 밖에 나오고 나서야 우진도 정신을 차릴 만큼 사고는 한순간에 벌어졌다. 우진이 천천히 차 밖으로 나오자 가족들은 그의 무사함에 안심하면서 일단 사고 신고부터 했다.

"어디 다친 곳은 없고?"

어머니가 몸을 살피며 걱정하자 우진은 고개를 저으며 시간을 확인했다. 넉넉하게 시간을 두고 집에서 나왔기에 경찰이 올 때까지는 여유가 있었다. 어머니는 이런 상황에 무슨 면접이냐고 가지 말라고 했지만 우진은 정말 괜찮았다. 놀라기는 했어도 시험을 포기할 정도는 아니었다.

경찰이 오자 아버지가 나서서 블랙박스와 집 앞에 설치한 CCTV가 있으니 우선 우진을 보내면 안 되겠냐고 경찰에게 먼저 이야기를 꺼냈다. 혹시나 있을 가능성을 대비해 음주 측정을 하고서야, 우진은 아버지가 내준 운전기사를 대동한 차를 타고 면접장으로 갈 수 있었다.

면접을 보고 집에 와서야 우진은 자신에게 돌진했던 차량의 운전자가 블루핏의 멤버인 이연이었다는 걸 알게 되었다. 그는 담과 부딪치고 머리를 다쳐 의식을 잃었는데, 구급차가 와서 차 문을 열자 차 안은 물론 그에게서 술 냄새가 진동했다고 한다.

구급차가 도착했을 때 우진이 사고 차량 가까이에 가지 못하도록 아버지가 말렸던 이유가 이연을 알아보았기 때문이었다. 상대 운전자가 이연이라는 걸 알면 우진의 마음이 편치 않을 거라는 걸 예상한 일 처리였던 것이다.

"많이 다쳤나요?"
"다친 건 이마 조금 찢어진 게 전부고, 그보다는 술에 취해서 정신을 못 차린다고 하더라."

이연이 그런 극단적인 행동을 저지른 이유를 우진은 이해했다. 사과 기자회견을 하고 조금만 시간이 흐르면 은근슬쩍 다시 활동을 재개하려고 했으나 그러지 못했다. 특히나 우진의 인기가 점점 높아질수록 대중들에게 블루핏이 설 자리는 줄어들고 있었다.

그런데 이번 스폰서 루머 때문에 현재 블루핏의 이민수가 오해를 받고 있었다. 우진이 마다한 자리를 받아들이면서 이민수가 블루핏에 들어갈 수 있었던 게 아닌가 하고 말이다.

비록 자신을 향한 의심이 아니더라도 이연은 점점 목이 죄어오는 기분을 느꼈을 것이다. 이번 사건을 계기로 검찰에서도 연예계의 뿌리 깊은 문제를 조사한다니 얼마나 초조했을까.

불안한 마음에 마신 술이, 그에게 분노의 대상을 채우진으로 삼게 했을 것이다.

그것까지는 이해하고 충분히 동정해 줄 수도 있었다.


"미쳤네요."


다만 용서는 하고 싶지 않았다. 만약 우진이 조금만 반응이 늦었다면 누구라도 크게 다쳤을 사고였다. 이걸 용서해 준다면 같이 미친놈이 되자는 것과 매한가지였다.

다행히 몸에는 아무런 이상이 없었고, 매일같이 해온 오륜심법 덕분에 어혈이 생기거나 근육이 뭉치지는 않았다. 다시 하루가 지나니 몸이 개운해지며 가벼워졌다. 혹시나 해서 병원에 가 검사한 결과도 아무 이상이 없었다.

현민은 그래도 걱정이 되니 그냥 얼굴 까고 옆에서 가만히 앉아 있거나, 오늘은 그냥 쉬라고 했다. 정말 아무렇지도 않았던 우진은 원래 계획대로 인형 탈을 쓰고 판매를 도왔다. 날이 선선해도 인형 탈과 옷이 워낙에 두꺼워서 더위에 지친 것인데, 현민은 교통사고 후유증이 아닌지 걱정하고 있었다.

"하여튼 당최 말을 안 듣는다니까."

아직 사고 소식을 모르는 제작진의 눈치를 살피며 현민은 불퉁거렸다. 그래도 혈색이 좋고 어디 아픈 데는 없는 듯해서 일단은 안심이었다.

"그러고 보니 면접은 잘 보셨어요?"

두 사람의 대화를 조용히 듣던 PD가 냉큼 우진에게 질문했다. 무슨 내용인지는 모르나 대충 그저께 보았던 시험 이야기인 것 같아서 중간에 끼어든 것이다.

"그럭저럭요. 생각보다 분위기도 좋고 편안했어요."

사전 조사서에 법조인이 되려는 이유를 적을 때 잠시 고민했던 것만 빼면 모두가 무난했다. 집단토론의 주제도 예상한 문제들이었고, 개인 면접 역시 집요하거나 날카로운 질문이 없었다. 자신만 그랬던 걸까 싶었지만, 나중에 다른 이들에게 물으니 모두가 비슷했다는 의견을 들었다. 떨어뜨리기 위해 보는 면접이라기보다는 통상적으로 거치는 마지막 절차란 느낌이 강했다.

커다란 산 하나를 넘은 기분이었지만 눈앞에 있는 과제가 길을 막는 듯 갑갑했다.

현민이 먼저 새로운 사업을 제안했다.

"이렇게는 너무 소모적이고 이윤이 별로 없어. 새로운 사업을 고려할 때야."

"무슨 사업?"

"사람 많은 곳에 가서 너와 한번 포옹하는 데 얼마, 사인 한 장에 얼마 하는 식으로! 내가 옆에서 손님을 모으고 계산할게."

"……."

"어때, 좋지?"

친구의 물음에 우진은 가만히 냉수가 든 컵을 꽉 쥐며 말했다.

"그래도 봉이 김선달은 물이라도 팔았다!"

"나는 물 대신 사람들에게 너와의 추억을 팔려고 그랬지. 너라는 곰, 재주 부리는 곰. 나는 돈 버는 왕 서방. 누이 좋고 매부 좋은… 미안하다."

물컵을 쥐고 빤히 노려보는 우진의 눈빛에 현민은 결국 새로운 사업은 접기로 하고 친구에게 사과했다. 진심은 한 스푼만 섞인 사업 계획이었기에 현민도 그리 아쉬워하지는 않았다.

내일도 비누를 판매할 계획이었지만 이틀 동안 벌어봤자 겨우 오만 원이 조금 넘을 정도밖에 안 될 것이었다. 물론 적자에 허덕이는 친구들도 있지만, 현민과 우진의 눈에는 이미 저 멀리 달리고 있는 이들의 등만 보였다.

"너 포토북 낼 생각은 없냐?"

"포토북?"

"화보 같은 사진집 말이야. 한 권에 이천 원만 남아도 백 권이면 이십만 원이잖아."

"이십……."

팬과의 프리허그와 사인은 마다하던 우진이 이십만 원이란 소리에 고개를 번쩍 들었다. 이 경우에는 돈보다는 학점에 눈이 돌아간 경우라는 게 맞을 것이다.

흔들리는 우진의 눈동자를 마주 보며 현민은 빠르게 계획을 세워봤다. 무심결에 생각나서 해본 말이었는데 나쁘지 않을 것 같았다. 사진 찍기를 좋아하고 소질도 있는 현민은 동호회 활동으로 포토북을 만든 경험이 있었다. 그가 직접 사진을 찍고 편집하고, 우진이 모델이 된다면 홍보와 판매는 어렵지 않을 것이다.

"예전에 내가 너 찍어준 사진 중에 잘 나온 것들을 추리고 이번에 새로 찍어서 한 권 만드는 거야. 그래서 다음 주에 오늘처럼 판매하면……."

이백 권만 팔아도 그들은 이번 과제에 중간은 하지 싶었다.

"그건 내가 하고 싶다고 해서 할 수 있는 게 아니라서. 먼저 회사에 물어봐야 해."

우진이 학을 뗄 거라 예상했는데 뜻밖에도 회사를 핑계로 미적지근한 반응을 보이자, 현민이 의아한 듯 눈썹을 치켜떴다.

"탈 쓰는 거, 생각보다 힘들어……."

"그래, 사람은 특기를 살려야지."

사진 찍는 거라면 인형 탈을 쓴 채 몇 시간 동안 춤추고 호객 행위 하는 것보다는 나을 것 같아서 우진은 우물거리며 시선을 피했다.

친구의 반응에 현민이 애절한 표정으로 강호수를 보았다. 현민은 단순히 학과 과제를 수행 중이었지만, 우진은 방송 촬영도 함께하는 시간이라 강호수와 황이영도 함께 있었다.

"호수 형!"

소속사의 허락을 받아야 한다면 일단 물어보는 게 상책이었

다. 속으로 끙끙거리는 것보다 직통 라인에게 먼저 묻고 답을
받으면 되었다. 계속 옆에서 지켜보았기에 지금 그들의 사정을
누구보다 잘 알고 있는 강호수에게 매달리는 게 먼저였다.

현민의 부름에 그는 속으로 앓은 소리를 내며 우진을 보았
다. 현재 우진은 학점을 받기 위해 많은 돈을 벌고 싶다는 욕
심 반, 사진 찍는 게 인형 탈 쓰는 것보다는 쉽겠지 하는 마음
이 절반이었다. 우진은 강호수의 시선을 살짝 피하고 지금껏
꽉 쥐고 있던 컵을 입에 가져다 냉수를 홀짝홀짝 마셨다.

현민은 더욱 적극적으로 자신의 블로그를 강호수에게 보여
주며 실력을 자랑했다. 아마추어치고 현민의 블로그는 사진 마
니아들에게 제법 유명하고 인기도 많았다. 동호회에서 낸 포토
북에서도 현민의 작품은 평이 좋았다.

"상업용이 아닌 학교 과제와 이벤트를 겸하는 거로 생각하
면 간단한 문제잖아요. 방송에 내놓기도 좋은 콘텐츠기도 하
고요."

'삶, 그리다'의 촬영 날만 가까워지면 몸부림을 치며 소재
를 찾는 우진에게도 이번 기회가 좋은 일이기도 했다. 과제로
포토북을 만드는 과정과 판매하는 걸 찍고 방송으로 내보내는
것도 재미있는 내용이 될 것 같았다. 많은 수량이 아닌, 학교
과제용으로 만든 것이니 우진의 팬들에게는 어쩌면 재미난 이
벤트가 될 수 있는 일이었다. 나중에 이 모든 과정이 방송으로
나갈 테니 포토북에 대해 따로 해명할 필요도 없고 말이다.

초롱초롱한 눈동자로 바라보는 두 사람을 보며 강호수는 가
볍게 한숨을 내쉬었다. 아무렇지 않다고는 하지만 그저께 사고

가 난 우진이 몇 시간이나 인형 탈을 쓰는 걸 보는 것도 마음이 좋지 않았다.

강호수는 결국 폰을 흔들어 보인 후에 휴게실을 나갔다. 일단은 장 대표님께 이 상황을 보고하고 의견을 묻기 위해서다.

십여 분이 지나서 휴게실로 돌아온 강호수는 가볍게 고개를 끄덕였다.

"단, 판매할 때 우진이는 앞에 나서면 안 되고 우리 도움 없이 두 사람만의 힘으로 포토북을 만들 것. 학생들의 과제이니만큼 미리 샘플을 확인하지는 않겠지만, 어느 정도 수준 이상으로 만들기를 기대한다고 하셨어. 그리고 첫 번째 고객은 장 대표님이라는 전언."

뜻밖에도 장수환 대표는 깊이 고민할 것도 없이 쉽게 허락해 줬다. 그는 전문가가 아닌 친구가 찍어서 만든 포토북이라는 희소성과 재미에 주목했다. 작가가 피사체를 바라보는 시선과 친구의 관점에서 우진을 바라보는 관점의 차이가 궁금하기도 했다. 그리고 이 모든 과정이 나중에 방송으로 나가면, 우연히 우진의 포토북을 산 이들의 반응도 흥미로울 게 분명했다.

물론 나중에 프리미엄이 붙는 사태가 생길 가능성이 크지만 그건 회사가 관여할 문제는 아니었다. 아이돌의 경우 홈페이지 마스터들이 개인적으로 찍은 사진들로 상품을 만들어 파는 일이 만연했다. 그들을 일일이 통제할 수 없듯이 팬들의 소비 욕구까지 회사가 막을 수는 없는 일이었다.

"그럼 시작하자!"

"벌써?"

"누가 시험 본다고 해서 기다리는 바람에 우린 남들보다 열흘이나 늦었다는 거 알지?"

이번 과제는 3주간의 시간이 주어졌다. 그런데 우진이 면접 시험을 준비하는 바람에 십여 일은 그냥 보낸 상태였다.

그들에게 남은 시일은 이제 이 주일도 남지 않았다. 사진을 찍는 것도 일이지만 그걸 수정하고 편집하는 것도 쉬운 일은 아니었다.

의욕이 넘친 현민이 자리를 정리하고 일어서자 우진은 얼떨결에 일어나며 말했다.

"그래도 목욕은 해야 할 거 아니야."

온몸이 땀으로 축축하게 젖은 상태에서 그대로 마른 바람에, 씻지 않고는 찝찝해서 아무것도 할 수가 없었다. 우진의 말에 무언가를 깨달은 현민의 눈이 순간 번들거렸다.

"설마 목욕하는 걸 찍자는 건 아니지?"

서로에 대해 너무나 많은 것을 알고 있는 우진이 친구의 시선을 간파하고 소리쳤다.

"설마, 내가 아무리 학점에 눈이 어두워도 도리를 아는 인간이다."

"도리를 아는 인간이 아닌 것 같은데."

우진이 뒤로 주춤거리며 현민과 거리를 두었다.

"그냥 포토북의 주제가 떠올랐던 것뿐이야. 너의 내추럴한 모습을 주제로 찍어보는 건 어때?"

"내추럴……."

변명이 오히려 추측에 힘을 실어주는 것 같아서 우진은 더욱 몸을 사렸다. 쉬운 길을 가려다가 이거 똥밭을 걷는 게 아닌지 불안하기까지 했다.

"찜질방을 생각했다! 양 머리 한 채우진, 식혜와 구운 달걀 먹는 채우진을 사진에 담는 것도 괜찮겠다고! 내가 얼마나 순수한 영혼인데 날 뭐로 보고 말이야."

"아아, 그런데 나 이젠 찜질방 못 가. 가면 난리 날 텐데?"

우진은 평소에도 찜질방을 그리 좋아하지 않았다. 느긋하게 찜질방에서 시간을 보낼 여유도 없었고, 더위를 잘 타서 후덥지근한 곳 자체를 좋아하지도 않았다. 그래도 예전엔 자주는 아니더라도 친구들과 가긴 했는데 이제는 갈 수 없는 장소 중의 하나가 되었다.

사람들이 알아보는 것을 떠나서 목욕하다가 어떤 사진이 찍힐지도 모르는 게 더 무서워졌기 때문이다.

"양 머리, 식혜, 달걀은 너무 아까운데……."

콘셉트가 아까운지 몇 번 중얼거리던 현민은 다시 야릇하게 웃으며 손가락을 튕겼다.

"사진은 사실을 찍지만 그 안에 꼭 진실을 담으라는 법은 없지."

현민은 아직 영문을 몰라 하는 우진에게 먼저 집에 가서 씻고 있으라고 했다. 자기는 사진기와 준비할 물건들이 많다면서 서둘러 자리를 떴다. 신이 난 현민을 보며 우진은 점점 불안해지기 시작했다. 학점에 눈이 돌아가면 학생들이 어떻게 변하는지 그 자신만 봐도 너무 잘 알기 때문이었다.

잠시 비누나 계속 팔까 싶었지만 커다란 곰 인형 탈을 보니 보는 것만으로도 숨이 탁탁 막혔다.

인형 탈을 손으로 툭 치며 우진은 자리에서 일어섰다. 더위
와 답답함에 시달리느니 차라리 학점에 눈이 돌아가는 게 나
았다.

◆　　◆◆◆　　◆

현민의 준비물은 일명 대포라 불리는 사진기와 찜질방 느낌
이 나는 옷과 식혜 등이었다. 실내 난로가 있는 자리 앞에 수건
으로 만든 양 머리와 찜질방에서 흔하게 볼 수 있는 먹거리를
벌이고 우진은 자리에 앉았다.

"이건 사실도 아니잖아!"

"그렇다고 해서 거짓도 아니잖아. 찜질방에 가지 못하는 한
청년의 애환이라 치고 식혜나 마셔! 얼굴은… 목욕해서 뽀송뽀
송하니 좋군."

말을 하면서 현민은 우진의 턱을 붙잡고 좌우로 돌려봤다.
우진의 말간 피부가 찜질방을 찾은 설정과 어울려 따로 메이크
업을 하지 않아도 괜찮을 듯싶었다.

장 대표의 지시가 있어서 황이영에게 메이크업을 부탁할 수도
없으니 그들에겐 따로 선택지도 없었다. 찜질방을 상징하는 음
식들과 양 머리를 하고 난로 앞에 앉으니 느낌만은 그럴싸했다.

편하게 자리에 앉아 구운 달걀을 까먹고 식혜를 마시던 우
진은 오늘의 피곤이 차츰 풀리는 것 같아서 눈가가 사르르 풀
렸다.

"됐어! 옷 갈아입어."

"응? 뭘?"

"찜질방은 끝났다고. 그러니까 옷 갈아입고 다른 거 찍자."

시간이 없으니 빨리 서두르라고 재촉하는 바람에 우진은 얼떨결에 옷을 갈아입고 이번에는 부엌으로 갔다.

"요리하는 모습은 몇 번 보여준 것 같은데……."

'삶, 그리다'를 찍으면서 몇 번 요리하는 모습을 녹화한 적이 있었다.

지금까지 방송에서도 두 번이나 나와서 이런 건 이제 새롭지 않다며 우진이 시큰둥한 반응을 보였다.

"이건 화보잖아. 어떠한 모습조차도 순간의 예술로 승화시키는 너의 능력을 보여줘."

"나는 왠지 소재가 없으니까 무작정 아무거나 찍자는 소리로 들린다?"

우진의 물음에 현민은 대답 없이 카메라를 들이밀며 요리를 하라고 재촉했다.

냉장고 문을 연 우진은 샐러드를 만들 요량으로 재료들을 꺼냈다. 양상추와 삶은 브로콜리를 볼에 넣고 베이컨을 구웠다. 아무리 샐러드라고 해도 고기가 들어가지 않으면 먹을 맛이 나지 않는 법이었다.

키친타월로 구운 베이컨의 기름을 제거하고, 소스는 양파와 오이피클을 가늘게 다져서 마요네즈와 섞은 다음에 레몬즙을 넣고 소금과 후추로 마무리했다.

채소와 베이컨 위에 소스를 뿌리고 잘 버무린 다음에 한입

먹어보려는 순간, 현민이 됐다며 다음 촬영으로 넘어가자고 외쳤다. 하도 시간이 없다고 서두르는 바람에 우진은 다시 방으로 들어가 옷을 갈아입어야만 했다.

집에서 하는 촬영이었지만 콘셉트가 다른 만큼 옷을 계속 바꿔 입고 헤어스타일도 조금씩 바꿔야만 했다.

우진은 메이크업은 아예 포기하고 머리만 조금씩 손을 봤다. 이번에는 남색 계열의 체크 셔츠와 편안한 청바지를 입고 나왔다. 그리고 자신이 만든 샐러드를 다 먹어버린 현민이 소파에 앉아서 한 손에는 식혜를 든 채로 느긋하게 배를 문지르고 있는 걸 보았다.

우진이 눈을 가늘게 뜨고 노려보자 현민이 벌떡 일어나서 카메라를 들이댔다.

"왠지 이제는 그게 무기 같다?"

"이놈 별명이 대포니 틀린 소린 아니지."

카메라 없이 살 수 없는 게 연예인이지만 그들에게 가장 무서운 무기 역시 카메라였다. 우진도 이 범주에서 크게 벗어나지 않았다. 카메라 렌즈가 자신을 향하면 무언가 자세를 잡아야 하고 행동을 조심하게 되었다.

"흐음, 이번에는 우사랑 같이 찍을래?"

"우사 힘들어서 안 돼."

공간의 한계로 인해 점점 소재가 떨어지는 와중에 현민이 우사를 거론했다. 애완묘와 함께 찍은 사진이라니 그림이 좋을 것 같아서 의견을 냈는데, 우진이 바로 고개를 저었다.

그렇지 않아도 우사 때문에 채우라가 욕을 먹고 있는 상황에서 우진이 우사와 사진을 찍을 수는 없었다. 그건 마치 나는 이렇게 네가 버린 고양이와 잘 지내고 있다고 선포하는 것 같아서 입맛이 썼다.

아무리 동생이란 느낌이 없다고 해도, 아무것도 아닌 타인이라고 해도, 그건 도리가 아니고 반칙이라 여겼다. 무엇보다 낯선 사람이 많은 곳에서 우사가 스트레스를 받는 것도 걱정이 되었다.

친구의 심정을 눈치챈 현민은 길게 묻지 않고 다른 소재를 찾기 시작했다. 그리고 이내 거실 한쪽에 있는 피아노를 가리켰다.

"그럼 이번에는 피아노나 치자. 늦잠 자고 일어나서 조금은 풀어진 차림으로 고요하게, 콜?"

"저렇게 달이 떴는데 아침?"

몇 시간째 집 안 곳곳을 돌아다니고 옷을 갈아입으면서 사진을 찍은 우진은 슬슬 짜증이 올라오기 시작했다. 포토북의 주제가 일상 속에 녹아든 채 우진의 모습을 고스란히 보여주자는 것이라 굳이 연기할 필요는 없었다.

그래서 정신적 피로는 없었지만 정오부터 지금까지 이어온 행위들에 대한 피곤함은 어쩔 수가 없었다. 차라리 밤새 연기하고 탈진하는 게 재밌고 보람차단 생각이 들 정도로 오늘 하루가 길게 느껴졌다.

짜증을 내며 머리카락을 흩뜨리는 우진을 보고 현민은 연신 '굿~!'을 외치며 열심히 셔터를 눌렀다. 흐트러진 앞머리 사이로 보이는 우진의 눈동자에 떠오른 것은 어이없음이었다. 이런 것도 좋다고 찍는 친구의 모습에 결국은 헛웃음이 나오고야 말았다.

어쩔 도리 없이 피아노 앞에 앉으며 우진은 잠시 거실 창밖을 보았다. 현민이 바라던 아침 분위기는 도저히 만들 수 없는 저녁 밤이었다.

이 또한 지나갈 것이며, 이 또한 운명이로다.

"대중적인 곡으로 가겠습니다. 그리고 현재 제 심경을 가장 잘 표현할 수 있는……."

베토벤의 교향곡 5번, 우진은 운명이라는 제목으로 더 유명한 곡을 치기 시작했다. 웅장하고 힘찬 도입부에 제작진은 순간 어깨를 움츠렸다.

역동적인 시작은 이내 조급하면서 초조함으로 변하며 듣는 사람을 불안하게 만들었다. 한 치 앞도 모를 것 같은 불안함을 조장하며 우진은 너무도 격렬하게 피아노를 치고 있었다. 호흡조차 잊어버린 듯 신들린 손가락들이 만들어낸 선율은 듣는 이들의 운명이 아닌 그들의 심장을 두드렸다.

소리를 사진에 담을 수 없는 걸 안타까워하며 현민은 그 모습을 열심히 찍었다. 그가 원한 것은 늦은 오전의 늘어진 분위기였지만 이도 나쁘지 않았다. 거실 창가에 드리워진 저녁은 피아노 선율과 어우러져 우울하면서 고적했다.

이렇게 그들의 1차 사진 작업이 끝났다. 집 안에서 찍을 수 있는 것은 다 얻었으니 내일은 외부 촬영을 하자는 계획을 짰다.

"우선 내일 오전부터 사진 촬영하고 점심때 비누 팔고……."

"비누를 팔아?"

우진은 순간 못 들을 걸 들은 사람처럼 얼굴을 일그러뜨렸다.

"그래야지. 아직 못 판 비누가 남아 있잖아. 그럼 그걸 버려?"

현민은 되레 뭔 소리냐며 대답했다. 하여튼 주문해서 만들어놓은 비누가 아직 남아 있었고, 처음 계획은 이번 주에 팔아보고 괜찮으면 다음 주말에도 팔기로 했었다.

"그럼 나 내일도 인형 탈 써야 해?"

"그렇게 싫으면 내일은 나 혼자 팔아볼게."

현민이 이렇게까지 말하는데 도저히 싫다는 소릴 할 수가 없었다. 어찌하든 두 사람이 동업으로 하는 과제인데 힘들다고 판매를 돕지 않는 건 반칙이었다. 우진이 자기 얼굴을 내놓지 않는 이상, 아무래도 인형 탈을 쓰고 판촉을 돕는 게 큰 최선이었다.

"그럼 우리 포토북은 왜 만드는 거냐?"

인형 탈 쓰기 싫어서 포토북 만들기에 가담했는데 벗어날 수 없는 굴레에 빠진 느낌이었다.

"포토북 만들면 비누 팔 일이 없으니까?"

이미 만들어놓은 제품은 어쩔 수 없지만, 포토북을 제작한다면 굳이 다음 주에 새로 비누를 만들어 판매할 필요가 없었다.

"그럼 포토북은 어떻게 판매할 건데?"

"그거야 비누처럼……."

말을 하다가 현민이 슬슬 우진의 눈치를 보았다. 장 대표님은 포토북을 판매할 때 우진이 앞에 나서는 걸 금지한 상태였다. 그렇다면 현민이 혼자 판매하든가, 오늘처럼 우진이 인형 탈이라도 쓰고 호객 행위를 하는 것 말고는 방법이 없었다.

현민은 조용히 일어나서 카메라와 짐을 챙기기 시작했다. 그리고 아직 현실을 자각하지 못한 우진을 '삶, 그리다'의 제작진에게 맡기고 재빨리 집을 빠져나갔다.

우진이 점점 상황을 깨닫고 광란의 춤을 추기 전에, 황이영은 조용히 포장해 둔 곰 인형 탈과 옷을 꺼냈다.

이제는 필요 없을 것 같다며 챙겨가려고 했는데 너무 이른 결정인 듯싶었다.

# 군상(群像)

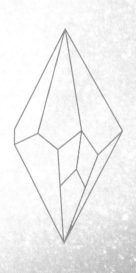

이형진의 노래에선 쓸쓸한 가을 냄새가 났다.

이제는 저 처연함이 조금은 나아질 줄 알았는데 그에게서 흘러나오는 분위기는 여전했다.

그는 지금도 슬픔에 젖은 채로 힘들어하고 있었다. 기름 덮인 호수 위를 빠져나오기 위해 몸부림치는 새의 날갯짓과 닮아 있어서 속이 상하기도 했다.

노래를 부를 때는 그 속에 담긴 의미와 내용을 이해하고 리듬에 따라 이야기하듯 가수의 마음을 자연스럽게 담게 된다. 거기에 직접 작사 작곡까지 했으니, 이형진의 노래는 그의 생각과 감정이 고스란히 내비치는 것 같아서 듣는 이의 마음도 함께 절절해졌다.

그래도 예전처럼 야유하거나 쓰레기를 던지는 사람이 더는 없었다. 이형진이 노래를 부르는 동안 저희끼리 소곤거리던 모습도 이젠 보이지 않았다. 모두가 조용히 그가 부르짖는 소리를 가만히 듣고만 있었다.

이형진은 별반 다를 게 없는데 이곳을 찾은 이들의 마음은 변해 있었다. 작은 행동들 하나하나에 그들의 마음이 읽혔다. 공연이 끝나고 자리를 정리하는 이형진을 도우려는 이들도 종종 보였다.

그러나 이형진은 그들의 도움을 웃음으로 거절했다. 웃고는 있지만 그것은 당혹함과 어색함으로 범벅이 되어 불편하기 짝이 없는 미소였다. 공연의 주인을 위해 뒤쪽에 머물러 있었던 우진은 그제야 앞으로 걸어갔다.

그때야 사람들은 오늘 채우진이 이곳을 찾은 것을 알아차렸다. 그가 오랜만에 찾아와서 생각도 못 한 경우도 있겠지만, 그만큼 주위를 둘러볼 여유 없이 이형진의 노래에 빠져 있었다는 방증이기도 했다.

"도와줄게요."

일전에도 도운 적이 있어서 우진은 척척 음향 기기들을 정리했다.

"오랜만이다."

우진을 힐끔 보더니 이형진은 거절하지 않고 오히려 아는 척을 해주었다. 다른 이들에게 보여주었던 어색한 웃음 대신에 조금은 편안해 보이는 얼굴이었다.

"요즘 많이 바빴어요. 그런데 저 오늘 카메라 대동하고 왔는데 괜찮겠어요?"

카메라라는 말에 이형진은 흠칫 어깨를 움츠렸다. 한때 누구보다 카메라 앞에 서는 걸 즐기고 당당했던 그의 손끝이 떨리는 걸 감추지 못했다. 선뜻 대답을 못 하고 눈동자만 흔들리는 이형진에게 우진은 심상하게 말했다.

"형이 아닌 저 찍으러 따라온 거예요."

"알아, 방송 봤어."

TV를 아예 안 보고 사는 건 아니었다.

그러나 뉴스나 연예 관련 방송은 거의 보지 않았다. 다양한 정보를 접하지 않은 채로 살다 보니 자신을 둘러싸고 변화한 여론조차 알지 못했다.

어느 날 갑자기 공연을 찾은 이들이 많아지고 기자들이 찾아왔다. 또 무슨 말과 글로 난도질하러 찾아왔나 경계했는데 그들의 입에서 나온 소리는 의외의 내용이었다.

그래서 오랜만에 뉴스를 찾아보고 기사를 뒤지면서 그가 외면했던 세상 속 이야기들을 알게 되었다.

채우진의 루머에서부터 시작한 의문들, 어느 비리 검사의 혐의, 그리고 TM의 김석형 대표와 한편이었던 연예부 기자들의 이야기.

이형진은 자신을 둘러싸던 거짓의 원인은 알고 있었지만, 사실은 그 절반만 알고 있었음을 깨달았다. 김석형 대표의 이야기는 정말 상상조차 못 했던 일이었다. 그래서 더욱 충격적이고 그를 두려움에 휩싸이게 하였다.

그래도 여태껏 외면했던 세상을 바라볼 수 있는 용기가 생긴 것은 사실이었다. 그는 여전히 힘들고 두려웠지만 그렇다고 완전히 절망한 것은 아니었다.

차츰 세상에 관해 관심을 가지다가 우진이 나오는 '삶, 그리다'도 챙겨 보게 되었다.

방송은 뭐라고 포장을 해도 결국은 성공한 이들의 이야기였다. 각자의 고생과 어려움은 있겠지만, 어찌 됐든 성공한 배우들의 삶은 대중과 그 길을 꿈꾸는 이들에게는 선망의 대상이었다.

시기심이 생길 만도 한데 그들의 하루하루를 엿보면 엿볼수록 숨이 차올랐다. 끊임없이 꿈을 꾸고 치열하게 삶을 살아가고 있는 그들의 모습에서 자신을 대입해 보지 않았다면 거짓말일 것이다. 특별하게 자괴감이 들 것도 없고, 반성할 이유도 없었지만 부러웠고 욕심이 났다.

저들과 똑같이 적용되는 나의 하루. 24시간이란 건 공평한데, 내일이면 다시 찾아오는 그 시간을 그렇게 소중하게 생각하지 않았던 것 같다.

일 초, 일 분, 한 시간, 똑딱거리며 지나가는 시간 속에서 매 순간 그들이 빛난 것은 그들이 성공해서가 아니었다.

방송을 보면 알 수가 있었다. 그들은 성공을 향해 걸어가는 것보다는 그저 행복해지는 길을 향해 가고 있었다. 자신이 원하는 게 무엇인지 알고 어떻게 하면 행복해지는지 아는 자들의 절실함과 치열함이, 보는 이들의 가슴을 두근거리게 하였다.

가장 부러웠던 게 그것이었다. 자신의 행복을 향해 열심히 달려가는 그들의 뒷모습이 너무 멀리 있는 것 같아 초조하기도 했다.

"그런데 저기서 오두방정을 떨며 사진을 찍고 있는 사람은… 아, 알겠다."

이형진은 조금 떨어진 곳에서 온갖 포즈를 다 취하며 폼 나게 사진을 찍고 있는 현민을 발견하고 이내 고개를 끄덕였다. 방송에서 우진의 친구로 나왔던 얼굴을 얼핏 알아본 것이다.

"친구구나."

친구, 이제 이형진에게 남아 있는 친구는 없었다. 아니, 얼마 전부터 예전 친구였던 이들에게서 다시 연락이 오기 시작했지만 모두 무시하고 있었다.

"제가 오늘은 굉장히 사연이 많아요."

이른 아침부터 현민에게 끌려다니며 사진을 찍다가 낮에는 인형 탈을 쓰고 비누를 팔았다. 겨우 한숨 돌리고 이제는 어디를 갈까 고민하는 와중에 나온 게 이곳이었다.

처음 이야기를 꺼낸 것은 현민이었다.

"너 요즘 이형진 씨 공연 안 갔지?"
"정확히는 못 갔지."

예전에도 이야기했지만 우진은 새로운 도약이 필요한 이형진에게 자신이란 이미지를 덧씌우기 싫었다. 오로지 본인의 정체성을 가진 가수로서 홀로 빛나기를 바랐다.

"네 마음도 모르는 건 아니지만 내가 이형진 씨라면 요즘 굉장히 외로울 것 같다."

현민의 말에 우진은 의아한 듯 눈썹을 치켜떴다. 진실이 밝혀지면서 떠났던 팬들도 다시 돌아오기 시작했고, 그를 오해한 주변 사람들도 손을 내밀고 있었다. 힘들 수는 있겠지만 외로울 것 같지는 않았다.

"그런 말이 있잖아. 슬퍼할 때 같이 울어주는 건 쉽지만, 행복할 때 함께 웃어주는 게 진짜 친구라고. 그런데 또 다르게 보면 성공할 때는 옆에 있어주는 친구가 많거든. 하지만 실패해서 바닥에 떨어지고 난 후에도 함께 있어주는 사람은 얼마나 될까."

슬픔과 행복을 함께 나누는 것은 감정적인 교류이다. 감정적인 소비가 있을지언정 본인에게는 큰 피해나 득이 없기에 주위에 있는 친구들은 크게 변하지 않는다. 감정의 교류와 소통으로 인해 사람 간의 거리가 가까워지고 멀어질 수는 있겠지만 말이다.

그러나 성공과 실패의 경우에는 주변의 사람들이 모이거나 아예 사라지는 경험을 하게 된다. 실패한 사람의 옆에 있어주는 것은 상대의 행복을 진심으로 축하해 주는 것보다 더 어려운 일이었다.

"나라면 떠난 사람이 돌아왔다고 해서 기쁘지는 않을 것 같다. 그보다는 무섭고 허망하지 않을까?"

"맞는 이야기지만 나라고 뭐 다를까?"

"다르지. 넌 팬이잖아. 그것도 샤이 이형진들에게는 모범이 되고 힘을 준 진정한 팬. 연예인에게 자기를 잊지 않고 찾아주는 팬만큼 힘이 되는 존재가 어디 있냐."

누구보다 네가 더 잘 알지 않으냐는 현민의 말에 우진은 찬찬히 고개를 끄덕였다. 팬은 가족과 친구와는 다른 의미로 그에게 힘을 주는 존재들이었다.

언제나 자신을 좋아하고 믿어줄 것 같지만 언제라도 등을 돌릴 수 있는 사람들이기도 했다. 그래서 고맙고 소중하며 무섭다.

"나라도 괜찮을까?"

"안 될 건 뭐가 있어. 애초에 넌 떠난 적도 없잖아."

그러니 이형진이 우진에게 배신감이나 인간관계의 허망함을 느낄 이유가 없었다. 사태가 변했다고 해서 갑자기 돌변한 옛 친구들보다는 우진이 도리어 정겹고 편할 수가 있었다.

"요즘 이형진 씨를 취재하려는 기자들이나 방송사가 얼마나 많은지 알아? 그런데 모두 안 받아준다고 하더라. 하도 당한 게 많아서 보면 반가운 게 아니라 무서운 거지. 하지만 이쯤에서 이형진 씨도 언론에 얼굴을 내보이기는 해야 할 거 아냐. 그래야 새로운 시작이라는 것도 하지."

그러니 네가 카메라를 동반해서 자연스럽게 방송을 타게 하라고 현민이 조언을 했다.

"전 무조건 현민 씨 의견에 찬성합니다."

조용히 듣고 있던 PD가 손을 들어 그의 의견에 힘을 실어주었다.

우진이 가볍게 눈을 흘기자, PD는 민망해하면서도 이형진이 원한다면 나중에 편집하겠다고 약속해 주었다. 그러면서 이형진에게는 메인보다 이런 보조 출연부터 천천히 시작하는 것도 나쁘지 않다는 의견을 내놓았다.

그렇게 시작한 이야기가 결국은 이렇게 카메라와 제작진들을 주렁주렁 달고 염치없이 찾아오는 것으로 변한 것이다.

"저녁 좀 사주라. 배고프다."

음향 기기를 다 정리하고 카메라들을 쓱 둘러본 이형진은 아무렇지 않게 우진에게 말을 걸었다.

오랜만에 카메라 앞에 서는 건 무섭지만 다행히 '삶, 그리다'는 형진도 좋아하는 방송이었다. 담백하니 오해를 불러일으킬 요소 없이 깔끔한 편집이 마음에 들었다. 그래서 거부감 없이 받아들일 수가 있었다. 한쪽에서 별의별 자세를 취하며 멋있는 척 사진을 찍고 있는 우진의 친구도 나쁘지 않았다.

무엇보다 사람과의 대화가 절실히 그립기도 했다.

◆　◆◆◆　◆

"이왕 사달라는 거 더 맛있는 걸 고르지 겨우 설렁탕이에요?"

이형진이 고른 저녁 메뉴는 설렁탕이었다. 이걸 두고 현민은 소고기라든가, 소고기 같은 맛난 음식을 사도 우진에겐 걱정이 없다면서 투덜거렸다. 메뉴판을 뒤적이던 우진이 수육을 추가 주문하자 그제야 잠잠해졌다.

"요즘 날씨가 쌀쌀해져서 따뜻한 국물이 먹고 싶었거든."

11월 초의 날씨는 아직은 따뜻하고 바람이 고요했다. 그런데 이형진은 왠지 춥고 바람이 날카로워서 괜히 몸이 으슬으슬했다. 따뜻한 국물 한 모금이 입안으로 들어가는 순간, 싸하게 퍼지는 따뜻함이 이형진은 그렇게 좋을 수가 없었다.

"점점 추워질 텐데 지금처럼 계속 야외 공연하실 거예요?"

"글쎄, 마음 같아서는 작은 공연장이라도 얻어서 하고 싶은데……."

처음은 누구에게라도 자신의 노래를 들려주고 싶어서 시작한 일이었다.

술에 찌들어서 작은 원룸에만 갇혀 살다가는 죽겠구나 싶어서, 사람들과 소통하고 싶어서 뛰쳐나온 세상이었다. 그런데 한 발씩 내딛는 걸음이 인어공주도 이랬을까 하는 동질감이 느껴질 정도로 고통스럽고 아팠다.

그를 가두었던 오해와 누명이 벗겨졌다고 해도 그는 여전히 무섭고 두려웠다. 새로운 도전을 시도해야만 한다는 부담감이 그를 망설이게 하고 있었다.

"공연장 얻을 돈도 없지만, 만약 표를 팔게 되면 누가 그걸 사줄까 싶어서 아직도 미적거리게 되더라."

현재 이형진은 당장 다음 달 월세 내기도 빠듯한 지경이었다. 그가 인기를 얻어 돈을 번 시점은 몇 개월 되지 않았다. 지금껏 그때 벌어둔 것으로 생활하고 버텼지만, 이제는 통장 잔액이 거의 남아 있지 않아 마이너스를 향해 달리고 있었다. 부모님께 손을 내밀자니 너무 면목이 없어서 이제부터 무슨 일이라도 해야만 할까 고민 중이었다.

그래서 감히 공연장을 얻을 시도는 하지도 못했다. 돈도 돈이고, 그동안 자존감이 낮아져서 표를 파는 걸 생각하면 걱정부터 앞섰다. 그리고 길거리 공연이야 혼자서 어떻게든 기기들을 챙기고 꾸려갈 수 있지만 유료 공연은 그럴 수가 없었다. 함께할 스태프와 세션이 없는 현재로썬 엄두가 나지 않았다.

"표 걱정은 할 필요 없을 것 같던데요. 형님 라이브는 오늘 처음 들었는데 듣는 순간 저 팬이 됐습니다."

넉살 좋은 현민은 이형진을 서슴없이 형님으로 불렀다.

"이 녀석이 형님 팬이라고 했을 때는 시큰둥했는데 그럴 만하더라고요. 사실 친구지만 우진이 노래 스타일은 제 취향이 아니거든요."

현민의 고백은 우진도 알고 있던 사실이라 특별히 섭섭하지 않았다. 다만 친구끼리는 취향도 비슷한지, 우진이나 현민은 이형진의 목소리와 노래에 푹 빠진 상태였다. 그래서 서로 티격태격할 여지없이 우진은 그저 고개를 끄덕였다.

"그냥 형이라고 불러, 나이 차도 별로 안 나는데 형님이라고 하니 오싹하다."

"그럴까요?"

이형진이 형님이란 호칭에 정색하자 현민이 바로 고개를 끄덕이며 좋다고 받아들였다.

"공연장에서 공연하려면 스태프가 있어야 하니 선뜻 나서기는 어렵겠네요."

공연이라는 게 장소만 얻는다고 다 끝이 아니다. 시스템을 알고 있는 우진은 형진이 말하지 않은 곤란함을 바로 눈치챌 수 있었다.

"그렇지."

"형도 슬슬 소속사를 알아보지 그러세요. 요즘 연락 오는 곳들이 있을 텐데."

"있긴 있지."

작년에 계약 해지당했던 소속사부터 시작해서, 계약을 원하는 기획사들이 최근 그를 찾아오고 있었다. 그러나 믿었던 소속사에서 두 번이나 배신을 당한 형진으로선 어느 곳도 선뜻 믿을 수가 없었다.

"이번에는 좀 더 신중해 보려고."

당장 힘들다고 해서 아무 곳이나 들어갈 생각이 없었다.

신뢰가 오가는 곳이라고 믿었던 저번 소속사는 이형진이 루머에 휩싸이자 미안하다면서 그를 버렸다. 힘이 없어서 보호해 줄 수 없었다는 건 알고 있다. 그렇다고 해서 버려지는 데에 익숙해지거나 괜찮을 리가 없었다.

그런데 며칠 전에 그곳에서 다시 연락이 왔다. 다시 한번 같이 일해보자고 하는데 듣는 내내 속이 울렁거렸다.

"야, 네가 너희 사장님한테 형진이 형 추천 좀 해봐. 너 맨날 너희 회사 좋다고 자랑하잖아. 재희 누님이 그랬던 것처럼 너도 추천이란 걸 좀 해보지?"

송재희가 우진을 장 대표에게 추천했듯이, 우진도 이형진을 추천해 보라고 현민이 옆에서 부추겼다. 굳이 부추기지 않아도 장수환 대표가 이형진을 욕심내는 걸 알고 있었기에, 우진은 당연하다는 듯 말했다.

"우리 회사에선 형한테 이미 제안했을걸."

"안 왔는데."

우진의 말에 설렁탕을 먹던 형진이 고개를 흔들며 부정했다.

"안 왔어요? 그럴 리가 없는데. 우리 대표님도 형 팬이에요. 형이 길거리 공연하는 동영상 보고 울기까지 하셨는걸요."

우진의 대답에 이번에는 형진이 놀라는 반응을 보였다. 장수환 대표가 자신의 팬이라는 것도 놀라운데 울었다니까 도저히 상상이 되지 않았다.

놀라기는 우진도 마찬가지였다. 당연히 제안이 갔을 걸로 생각했는데 아니라는 대답에 우진은 옆 테이블에서 저녁을 먹고 있는 강호수를 돌아봤다.

정말 연락하지 않았냐는 눈빛에 강호수는 어깨를 으쓱이는 것으로 대답을 대신했다. 그리고 장 대표의 속사정과 결정을 알 리가 없었다.

"그럴 리가 없는데……."

다른 기획사에서 이형진을 욕심내고 있는 와중에 장수환 대표만이 가만히 있을 리가 없었다. 어떻게든 그를 데리고 오기 위해 우진의 계획에도 함께했던 분이 아닌가.

"너와 비슷한 생각이었을 수도 있지."

설렁탕을 한술 떠먹으며 현민이 세상만사 득도한 사람처럼 입을 열었다.

"그게 무슨 소리야?"

이형진에 대해서는 장수환 대표와 우진의 뜻이 같지만 그렇다고 해서 세세한 계획까지 함께 공유하는 건 아니었다. 회사에 관련된 일은 장 대표의 결정으로 이루어지기 때문에 사정을 알 수가 없었다.

그러나 다른 속 깊은 사연이 있지 않고선 장수환 대표가 이렇게 이형진을 방관할 리가 없었다.

"넌 그동안 형진이 형 생각해서 찾아오지도 못했잖아. 새롭게 시작해야 할 시점에서 자칫 너 때문에 형의 진실이 묻히거나 왜곡될까 봐서. 대표님도 비슷하지 않을까? 정말 아끼고 있다면 무조건 우리 회사에 오라는 것보다, 형이 정말 가고 싶은 곳이 있으면 가라는 배려일 수도 있잖아. 그동안 마음고생이 심했으니 믿고 편안하게 쉴 수 있는 곳이 있다면 가라는 거지."

그러다 갈 곳이 없으면 우리한테 오라고 손을 내밀려는 생각 아니냐고 현민은 나름대로 장수환 대표의 마음을 분석했다. 우진에게 전해 들은 그분이라면 이런 배포 넓은 씀씀이를 가지고 기다릴 줄 아는 분 같았다.

"어쩌면……."

이형진 이야기만 나오면 어서 데려오고 싶다고 하소연하던 분이라 아직도 조용히 있다는 게 이상했다.

그런데 현민의 말을 듣고 보니 조금은 이해가 갔다. 정말 아끼고 배려한다면, 나만이 널 구해줄 수 있다는 전지전능한 생각 따윈 할 리가 없다. 그저 잘되고 이제는 편안해지기만을 바라는 마음이 우선일 수밖에 없다.

우진이 그도 맞을 것 같다며 긍정적인 반응을 보이자 이형
진도 은연중에 상체를 앞으로 내밀며 호기심을 보였다. DS라
면 좋은 줄 누가 모르나. 다만 자신과는 인연이 없는 먼 곳이라
고 여겼기에 아예 고려조차 해보지 못한 곳일 뿐이었다.

그런데 DS의 대표가 자신을 좋게 본다는 걸 넘어서, 현민의
추측대로라면 배려까지 해주는 격이니 상상도 못 할 일이었다.

"너희 사장님은 믿을 만한 분이셔?"

카메라가 있는 곳에서 소속사 대표에 대해 나쁜 말을 할 리
는 없지만 그래도 궁금함을 참지 못하고 물었다.

"조금 꽉 막힌 부분은 있지만 좋은 분인 건 맞아요. 적어도
사람 가지고 장사는 안 하니까."

"그래도 듣기엔 엄청 까다로운 분 같던데……."

사실 TM도 그랬지만 전에 있었던 기획사의 사장님도 DS의
장수환 대표를 좋게 이야기하지 않았다. 사람이 곱게만 자라서
이 바닥 생리를 무시하고 자기 좋을 대로만 하는 사람이라고
말이다.

"걔들은 지들이 저 하늘 위 궁전에 사는 사람인 줄 안다니까."

전 소속사 사장님은 장수환 대표와 DS의 연예인들을 선민
사상으로 가득한 인물들로 평가했다. 형진은 그것을 까다롭다
고 에돌려 표현했다.

"까다롭긴 하시죠. 그리고 걱정도 많으셔서 이건 안 돼, 저

것은 너무 위험해, 이래저래 품위를 따지면서 너무 과잉보호하려는 경향이 있다는 것도 맞고요. 그런데 그분의 가장 좋은 점은 인간적이라는 거예요. 그래서 가끔은 귀엽단 생각이 들기도 하고… 아, 이건 편집해 주세요."

우진이 제작진에게 손으로 엑스 자를 만들며 편집을 부탁했다. 늘 근엄하길 바라는 장수환 대표에게 귀엽다는 표현을 하면 그분 상처받을지 모른다며 웃기도 했다. 물론 부탁은 했지만 왠지 그대로 방영될 것 같은 분위기였다.

"딱히 가고 싶은 곳이 없는 거면 우리 회사도 한번 생각해 보세요."

"오라고 해야지 가지."

"아무래도 우리 대표님이 좀 용기가 없으신 것 같으니까 형이 먼저 노크해 보세요. 형이라면 된다니까요. 비록 우리 대표님이 미인은 아니지만요."

우진의 말에 이형진은 오랜만에 진심으로 웃을 수가 있었다. 정말 마냥 기다리고 있지 말고 먼저 한 발 내딛어볼까 하는 마음이 생겼다. 처음 원룸 밖을 나오면서 많은 용기를 냈던 것처럼 말이다.

"그런데 나 당분간은 계속 공연만 하고 싶거든. 지금처럼 공원이나 작은 공연장 같은 곳에서."

감히 콘서트까진 생각하지 않고 작은 장소에서부터 꾸준히 공연하면서 역량을 키우고 싶었다. 무엇보다 받은 상처가 많아서 조금씩 조금씩 사람에게 다가가는 법을 다시 배워야만 했다. 그런데 기획사에 들어가면 당장 방송 활동부터 하라고 할까 봐서 겁이 났다.

"그거라면 걱정하지 말아요. 알잖아요, 저희 대표님 방송 별로 안 좋아하는 거."

"맞다, 그랬지."

다른 기획사에서 DS를 싫어하는 가장 큰 이유가, 방송에 목을 매는 자신들이 마치 속물처럼 보인다는 불편함 때문이었다.

"나중에 형 공연하면 언제 한번 저 좀 게스트로 초대해 주세요."

"그럼 나야 좋지."

앞날을 상상하면서 웃어본 지 정말 오랜만인 것 같았다. 매일이 그날 같던 시간 속에서 자신의 미래는 언제나 음울하고 슬펐는데 이런 날이 올 줄은 정말 몰랐다.

이형진은 소주잔을 들어 시원하게 내용물을 마셨다.

"사이다를 꼭 소주처럼 마시네요."

우진의 말에 이형진은 빈 잔에 사이다를 다시 부었다.

"술을 끊기로 했거든. 그동안 집에 있으면서 습관처럼 계속 술을 마셨더니 이러다간 알코올중독에 걸리겠다 싶더라."

담배를 끊을 때 사탕을 먹듯이, 형진은 술을 끊으면서 목이 마르다 싶으면 이렇게 소주잔에 사이다나 생수를 따라 마셨다.

"따뜻한 설렁탕과 수육에 사이다라니! 이보다 좋은 게 없지."

그리고 편안한 사람들과 오랜만에 나누는 대화는 이형진에게는 무엇보다 꿀맛이었다. 쓰디쓴 소주로 정신을 흩뜨렸던 이유는 이 꿀맛 같은 순간을 너무 잘 알기 때문이었다. 아는 만큼 그리웠고, 서러웠기에 술에 빠져 살았다.

"그래도 당장은 다가올 겨울이 걱정이다. 이번 겨울은 좀 따뜻했으면 좋겠는데. 작년에는 너무 추웠어."

이형진의 말과 달리 작년 겨울은 유난히 따뜻했다. 뉴스에서 연일 기상 이변이라고 다룰 정도로 말이다. 눈도 오지 않아서 겨울 가뭄을 걱정했는데 누구에게는 견디기 힘든 한파였던 것이다.

"겨울은 추워야죠. 그래야 추운 겨울 뒤에 찾아오는 봄이 유난히 따뜻하잖아요."

모호하게 따뜻한 겨울 뒤에 오는 봄은 기온과 상관없이 항상 춥게 느껴졌다. 꽃샘바람이 겨울처럼 살갗을 예리고 힘들게 만들었다. 따뜻한 겨울은 봄을 앗아가는 법이었다.

"아니지, 봄은 추워도 봄이야. 겨울이 따뜻해도 겨울이듯이. 겨울이 춥기를 바란 것은 눈을 보기 위해서잖아. 올해는 첫눈이 언제 오려나."

이 자리에서 유일하게 애인이 있는 현민은 벌써 첫눈을 기다리고 있었다. 첫눈 오는 날, 어디에 있든지 무얼 하든지 간에 연인과 약속한 장소에서 만나기로 한 친구의 사연을 알기에 우진은 인상을 찌푸렸다. 이형진에게 현민의 이야기를 전하며 벌써 첫눈 타령을 해대는 바람에 시끄러워 죽겠다고 짜증을 내기도 했다.

"첫눈 때문에 빨리 추워졌으면 좋겠다고 생난리라니까요."

"이번은, 그래도 올해까진 따뜻해야 해. 벌써부터 난방비가 걱정인데……."

현실적인 문제에 결국 현민은 하늘을 올려다보며 타협안을 제안했다.

"형을 위해서 올해는 첫눈 오는 날만 바싹 춥고 말기를 바라 보죠."

끝까지 첫눈만은 포기 못 한다는 현민의 반응에 무거웠던 분위기가 걷히며 결국 모두 웃고 말았다.

"첫눈 좋지. 그거로 노래나 하나 만들어볼까."

영감이 떠올랐는지 이형진이 노트와 펜을 꺼내 가사를 쓰기 시작했다. 조용히 지켜만 보던 우진이 형진이 써 내려가는 가사에 음을 붙였다.

*겨울을 기다리는 게 아니야. 난 첫눈을 기다리고 있어. 너를 기다리는 게 아니라. 내가 기다리는 그리움은 첫눈이라는 하얀 따뜻함.*

부드럽고 다정한 목소리로 부르는 노래는 마치 따뜻한 겨울 냄새가 나는 듯했다. 즉흥적으로 음을 만들어서 흥얼거린 것 치곤 굉장히 감미롭고 아름다웠다.

"오~! 좋은데. 작곡은 네가 해라."

작사가인 이형진은 우진의 곡이 굉장히 마음에 들었다.

그가 적은 가사는 어쩌면 쓸쓸할 수 있는 내용인 데 비해 우진이 만들어낸 곡은 밝고 따뜻해서 좋았다. 그가 원하는 따뜻함을 고스란히 품고 있는 게 마음에 들었다.

함께 만들어가는 노래는 서로의 부족함을 조금씩 채워가며 완성되어 갔다.

따뜻한 설렁탕이 몸에 온기를 주고, 시원한 사이다가 목의 갈증을 없애주고, 함께 만들어가는 노래가 사람들의 마음을 행복하게 만들어주었다. 이만한 월동 준비가 없었다.

잘하면 올겨울은 지난겨울보다 따뜻하게 보낼 수 있을 것 같은 느낌이 드는 하루였다.

◆　◆◆◆　◆

사법시험 최종 합격자 발표가 나는 날, 명단 안에는 채우진의 이름도 있었다. 설마 하던 게 사실이 되면서 이제 사람들은 그의 거취 표명에 관심을 두었다.

그래도 며칠은 기다려야만 들을 수 있을 거란 예상을 뒤엎고 사람들은 채우진의 의견을 그날 저녁에 들을 수가 있었다. 합격자 발표가 있던 금요일 저녁에 방송하는 '삶, 그리다'에서 그 답이 나왔기 때문이다.

이날 방송에선 예전 채우진에게 질문 후, 그가 대답했으나 편집했던 부분을 방영하였다.

─만약 사법시험에 최종 합격하면 어떻게 하실 계획인가요?

─저는…….

PD의 질문에 채우진은 선뜻 대답하지 못하고 잠시 머뭇거렸다. 그러나 이내 결심한 듯 카메라를 향해, 분명하게 제 뜻을 말하기 시작했다.

─제가 사시를 보고 법조인이 되는 건 어머니의 오랜 꿈이었

어요. 하지만 그건 제 꿈이 아니죠. 아시다시피 전 예전부터 연예인이 되고 싶었거든요.

PD의 질문에 채우진은 볼을 긁적이며 멋쩍게 대답했다. 부모와 자식의 의견이 다른 경우였지만 다행히 그들에게 대립은 없었다.

—그런데 고백하자면, 한때는 그냥 꿈을 포기하고 사시 봐서 안정적으로 살자고 다짐했던 적이 있었어요. 우연히 'Death hill'의 오디션을 보지 않았다면 정말 그랬을 가능성이 크죠.

TM에서 나오고, 우진은 현실에 안주하는 게 꿈을 좇는 것보다 더 나을지 모른다는 생각을 한때 했더랬다.

—적당히 포기하면 적당히 행복하게 살 수 있을 거로 생각했던 시기였거든요. 이번에도 만약 사시에 합격하면 연수원에 들어갈 생각도 잠시 해봤고요.

채우진은 잠시 말을 멈추고 허공을 쳐다보며 생각을 정리했다.

미래에 대해서 항상 많은 생각을 했다. 도착지는 언제나 하나이나 그곳에 당도하기 위해서는 여러 길이 있게 마련이었다.

잠시 한 지점에서 쉬어가는 것도 나쁘지 않을 거라고 자신에게 말했던 날도 있다. 예전에 사법시험 1차에 합격하면 대중의 관심을 받지 않을까 예상했던 것과 같은 차원의 고민이었다. 당시에는 무명이었기에 그거라도 매달리고 싶은 심정이었다.

그리고 지금은 자신의 꿈에 도움이 된다면 연수원에 들어가는 것이 어떨까 진지하게 고민해 보았다.

연예인 중에서도 뜻밖의 자격증을 가지고, 생각지도 못한 다른 직업을 가진 이들이 종종 있다. 그중에 자신 하나 더해진 다고 해서 다를 게 무언가 싶기도 했다. 몇 년을 활동 안 하는 이들이 있는 것처럼, 우진도 연수원 생활을 하면서 잠시 연예 활동을 접을 생각마저 해봤다.

그 시간이 자신의 발전에 도움이 된다면 말이다.

—그런데 꽃이 피었다고 꼭 봄인 것은 아니잖아요.

모든 계절이 제각각의 색으로 아름답지만 봄이 주는 정의는 참으로 포근하고 행복하다. 꽃이 가득한 봄 속에 살고 싶다는 것은 굳이 여러 의미를 찾을 필요가 없었다.

—꽃이라고 하니까 왠지 꽃길이 생각나네요.

PD의 말에 우진은 웃으며 고개를 끄덕였다.

—제가 걷고 싶은 꽃길이 그곳에 없으니 어쩔 수가 없더라고요.

채우진의 말은 은유적이었지만 그 말에 내포된 결심은 분명 했다.

—아깝지 않으세요?

아직 결과는 모르는 일이지만 PD는 우진의 합격이 확실하다 는 전제로 물었다. 사실 임관은 아니더라도, 변호사 자격증만 따도 활동을 접을 2년이라는 시간은 충분히 가치 있어 보였다.

—확언하는데 제가 아까워할 경우는 없을 것 같아요. 제가 원하는 것은 확고하고 변하지 않거든요. 이렇게 제 마음을 확인 할 때마다 대신 저희 어머니가 대단하단 생각밖에 안 들죠.

—어머니가요?

―어떤 것을 하든지, 결국 저는 제 꿈을 포기하지 못하겠더라고요. 그런데 저희 어머닌 제 행복을 위해 당신의 꿈을 버리신 거잖아요.

그 꿈조차 실은 자식이 잘되기를 바란 마음이 만들어낸 희망이었다. 욕망이 아닌 희망이었기에 우진은 부담보다는 어머니의 사랑을 느꼈다.

―자식 이기는 부모는 없죠.

―가족끼리 이기고 지고 할 것은 없죠. 그냥 이런 저를 그대로 이해하고 받아들여 주시는 거라고 생각해요. 아니면 예전에 그냥 포기했던가.

아무래도 후자가 더 정확할 것 같다며 우진은 웃고 말았다. 욕심을 내는 것보다는 자신이 하고 싶은 것부터 하나씩 해나갈 생각이었다. 우진은 정말 하고 싶은 게 무진장 많았고 그 모두를 하기에는 시간이 너무 부족했다. 자격증 하나 때문에 도저히 2년을 포기할 수가 없었다.

―그런데 만약에 면접 때 이와 관련된 질문을 받으면, 아니, 이게 방송으로 나가면 영향을 받지 않을까요?

영향이 있는지 없는지는 누구도 알 수 없는 문제였다. 그래도 PD는 방송 날짜를 계산하며 채우진의 의향을 간접적으로 물었다. 이대로 방송으로 내보내도 되겠냐는 물음에 우진은 개의치 않아 했다.

―한때 꿈을 맡기려 했던 곳인데 마지막까지 최선을 다하고 합격하고 싶은 것은 당연하지만, 거짓말은 하지 않으려고요.

이도 저도 아닌 아직 결정하지 못했다는 말로 상황을 모면할 수는 있을 것이다. 외조부나 주위에서도 그렇게 조언을 했고 말이다.

하지만 그렇게까지 해서 합격하고 싶지는 않았다. 그게 실제로 어떤 영향을 끼칠지는 모르겠지만 자신을 속이면서까지 추해지고 싶지는 않았다. 어쩌면 어차피 포기했기에 더욱 당당해지고 싶은 객기일 수도 있었다.

그리고 채우진은 그의 소원대로 결국 합격하고 말았다. '삶, 그리다'의 방송 말미에는 당일 급하게 채우진과 잡은 인터뷰가 이어서 나왔다.

—합격하셨는데 지금 기분이 어떠세요?

—좋죠. 행복하고.

—정말 아깝지 않으세요?

재차 물어보는 PD의 질문은 당연했다. 자신이라면 어떻게 할까, 그리고 상상해 보지 않은 게 아니었다. 지금 하는 일에 만족하고 있지만 분명 흔들리고, 아마도 사표 아니면 휴직계를 낼 것이 분명했다.

—합격 소식을 듣고 어머니가 우시더라고요.

채우진은 잠시 말을 멈추었다. 그동안의 일이 파노라마처럼 머리를 스치고 지나갔다. 기쁘면서도 아들이 했던 고생의 무의미함을 알기에 미안해서 흘린 눈물이었다.

—기쁜데 미안하다고… 이젠 제 길을 가라고 하셨어요. 어머

니가 처음으로 분명하게 제가 하는 일을 인정해 주셨다고요!

합격 소식보다 그를 기쁘게 하는 것은 어머니의 인정이었다.

이미 오래전에 어머니가 그가 하는 일을 응원하고 포용하려고 노력한다는 걸 알고 있었다. 그리고 요즘은 우진의 팬들에게도 애정을 느끼고, 아들의 인기를 즐기는 모습을 종종 목격하기도 했다. 그러나 너를 응원한다고, 열심히 하라는 말을 듣기도 했지만 늘 개운하지 않았다. 아마도 어머니 마음속에 남아 있던 미련을 우진이 느꼈기 때문일 것이다.

하지만 드디어 어머니는 우진의 부담과 미안함을 완전히 덜어주었다.

"이제는 네 길을 가. 돌아보지 말고 걱정하지도 마. 우리도 돌아보지 않을게. 너의 꿈이 네 삶이 될 수 있도록 우리가 널 지지할게."

단언컨대 채우진이 이렇게 행복하게 웃는 모습이 방송을 탄것은 이날이 처음일 것이다.

◆　◆◆◆　◆

행복한 채우진은 다음 날에 바로 우울한 채우진이 되고 말았다. 우진은 자신의 앞에 쌓여 있는 사백 권의 포토북을 보며 할 말을 잃고 말았다.

원래 그들의 계획은 이백 권을 뽑아서 판매하는 것이었다. 그런데 계획보다 두 배가 넘는 권수에 우진은 잠시 거친 숨을 토해내며 현민을 노려보았다.

"날 이해시켜야만 할 거야."

"우리가 한 권에 이천 원이 남도록 포토북을 제작하기로 했잖아?"

"그랬지."

"그런데 이게 하다 보니 표지와 종이 질에 점점 욕심이 생기는 거야. 당연히 제작비가 높아질 수밖에 없고, 그렇다고 우리가 비싸게 팔 수도 없는 처지잖아. 인쇄소가 평소 내가 알던 곳이라 어느 정도 사정을 봐주시긴 했지만 기본 사백 권은 찍어야지 견적이 나온다는데 어떻게 해."

아무리 학점에 눈이 멀었다고 해도 허접스럽게 만드는 것은 현민의 자존심이 허락하지 않았다. 그리고 친구인 우진의 명성에도 해가 될 것이 분명해서 결국은 퀄리티를 높였고 자연히 제작비가 상승하고 말았다.

"이 많은 걸 어떻게 파냐고!"

"천하의 채우진 포토북인데 설마 사백 권이 안 팔리겠어?"

"아무리 그래도 사백 권은 무리지!"

그것도 현장 판매로 어떻게 사백 권을 파냐며 우진은 머리를 감쌌다.

"강매도 있잖아."

"누구한테 강매를 해? 저렇게 버젓이 카메라로 찍고 있어서 교수님한테 거짓말도 못 하게 생겼는데."

"야! 저 카메라는 너 때문에 따라왔는데 나한테 화를 내면 안 되지. 그리고 강매가 뭐가 나빠? 여기 있는 분들이 몇 권만 사줘도 되겠구먼. 우리는 한 팀이잖아요, 그렇죠?"

현민은 그들 주위에 있는 '삶, 그리다'의 제작진을 돌아보며 최대한 해맑게 웃으면서 주먹을 쥐어 보였다. 단결심을 고취한다기보다는 협박을 위한 주먹질처럼 보인다는 게 문제였지만 말이다. 그래도 여기 있는 사람들에게만 팔아도 그게 몇 권인가 싶었다. 최후의 보루로 현민은 황이영을 돌아봤다.

"왜 날 그런 눈으로 봐?"

"그래도 안 팔리면 누나가 광고 좀 해주세요."

"내가? 어떻게?"

"우진이 팬카페에다가 살짝 정보만 흘리면 그깟 사백 권이 별거겠어요."

현실주의자인 현민의 의견에 황이영도 그건 괜찮다며 동의했다. 사실 우진의 포토북인데 정작 팬들은 모르고 기회를 놓친다면 그도 억울한 일이었다.

"어떻게 점수 좀 받자고 팬들을 이용하냐!"

그러나 우진은 반대를 했다. 포토북까진 어쩔 수 없다지만 판매를 위해 팬들에게 폐를 끼칠 수는 없다는 생각이었다.

"어차피 팬들에게 팔려고 포토북을 만든 것부터 넌 악질 연예인이야!"

거침없는 현민의 지적에 우진이 가슴을 부여잡았고, 황이영은 그건 아니라고, 분명 팬들도 좋아할 거라고 우진의 편을 들어주었다.

"포토북 말은 지가 먼저 꺼냈으면서!"

"그래서 자고로 동업자를 잘 만나야 하는 법이다. 그리고 너무 걱정하지는 마. 어디까지나 안 팔렸을 때의 이야기니까. 그게 싫다면, 입어라."

현민은 곰 인형 탈을 우진에게 건네며 단호하게 말했다. 싫다면 오늘내일 이틀 동안 어떻게든 사백 권을 모두 판매하는 수밖에 없었다.

우진은 얼굴을 내밀 수 없으니 저번에 비누를 판매했을 때처럼 인형 탈을 쓰고 판촉을 도와야 했다.

전에만 해도 우진이 인형 탈을 쓸 때면 괜히 미안해하며 눈치를 보던 기색이 사라지고 없었다. 지금 현민의 눈에는 저 사백 권의 포토북을 어떻게든 팔아야겠다는 의지밖에 없었다. 그렇지 못하면 그들은 적자였다.

"그래도 좋게 생각해. 이걸 다 팔면 우리에게는 사십씩 떨어지는 거야. 내가 수집한 정보에 의하면, 그 정도면 상위권이다. 우리 다른 생각은 하지 말고 오로지 학점만 보자!"

현민은 우진의 어깨를 두들기며 이번에는 장학금 좀 받아야지 않겠냐고 의욕을 고취했다. 왕 서방은 곰을 다루는 방법을 너무 잘 알고 있었다.

"그런데 책이 ISBN도 있다?"

"응, 우리 동호회 회장님이 일인 출판사를 등록하셨거든. 거기 통해서 받았어. 이거 이래 봬도 세금까지 내고 하는 거다."

과제로 하는 거 굳이 그럴 필요까지는 없었다. 하지만 비누 판매와 달리 포토북은 우진의 얼굴과 이름을 내걸고 하는 것이었다.

만약 안티들이 이를 두고 시비를 건다면 할 말이 없었다.

그럴 가능성을 아예 차단하기 위해 현민은 출판사를 통해 ISBN까지 받았다. 미처 그것까지 고려하지 못했던 강호수가 현민에게 엄지를 내보이며 잘했다고 칭찬해 주었다.

"주식 빼고는 다 잘한다니까요."

우진은 친구를 추어올린다고 한 말이었지만 그 말을 들은 주식 바보의 얼굴은 서늘해졌다. 이런 쪽 눈치는 빨라서 우진은 냉큼 인형 탈을 썼다. 어디로 주먹이 날아와도 아프지 않게.

오늘도 카페 앞 테라스에 가판대를 마련하고 손님을 기다렸다.

포토북은 개별적으로 비닐 래핑이 되어 있어서 내용을 볼 수는 없었다. 대신 십여 장의 사진을 크게 확대해서 전시를 해 놓았다. 표지는 맨발로 잔디 위를 걷는 우진의 뒷모습이었고, 포토북 제목은 '함께 그리다' 였다.

지금 촬영하는 방송 제목에서 따오기도 했고, 현민과 함께 한 작업이라는 의미이기도 했다. 방송으로도 나가겠지만 후기에도 포토북을 만들게 된 사연을 자세히 설명한 뒤 우진의 사인으로 마무리했다. 마음 같아선 하나하나 사인하고 싶었지만, 오늘 오전에야 책이 나와 바로 판매해야 했기에 그럴 시간적 여유가 없었다.

"오늘은 비누가 아니네요. 써보니까 정말 좋아서 또 사려고 했는데."

지난주에 봤던 곰 인형을 보자마자 비누 판매인 줄 알고 달려온 손님은 실망을 감추지 못했다. 채우진의 포토북을 열의 없이 훑어보며 고개를 절레절레 저을 뿐이었다. 유감스럽게도 그들의 첫 손님은 우진의 팬이 아니었다.

그냥 가버리는 손님의 뒷모습을 보며 우진은 당황했고 현민은 이마를 짚었다.

"개시가 안 좋아."

인형 탈 때문에 말을 할 수가 없는 우진은 먼 곳을 쳐다보는 시늉을 하며 딴청을 피웠다.

"어머! 채우진이 언제 화보도 냈어요?"

실의에 빠진 그들을 구제하는 목소리에 현민은 재빨리 영업용 미소를 짓고 포토북을 두 손으로 들어 보이며 설명했다.

"이것으로 말할 것 같으면 채우진과 그의 친구가 학과 과제 때문에 만든 개인 포토북입니다. 평소에 볼 수 없었던 그의 모습을 볼 수 있는 색다른 이벤트라고 생각하시면 됩니다."

"아! 그러고 보니……"

그제야 현민의 얼굴을 확인한 손님이 아는 척을 하자 그는 미소를 지으며 고개를 끄덕였다.

"네, 제 친구가 그 채우진이 맞습니다. 이건 제가 찍은 사진들로……"

현민이 크게 확대한 사진들을 가리키며 이건 개중에 가장 안 나온 사진들이라고 겸손을 떨었다. 아닌 말로, 전시한 사진들로 포토북의 분위기와 내용을 어느 정도 가늠할 수가 있었다.

피아노를 치고 있는 모습과 길바닥에 앉아서 고요하게 미소 짓고 있는 채우진의 분위기가 그렇게 따스할 수가 없었다. 채우진의 팬으로선 오래 고민할 필요 없이 지갑을 열게 되었다.

"그래, 이런 게 개시고 마수지!"

그냥 물어만 보고 떠났던 첫 손님의 나쁜 기억을 얼른 털어내며 현민은 외쳤다. 겨우 한 권 팔아놓고 신이 난 우진도 옆에서 덩실덩실 춤을 추었다.

자신감을 얻은 우진은 전시해 놓은 것 중에서, 수건으로 만든 양 머리를 쓰고 식혜를 마시는 사진을 골라잡아 테라스 밖으로 갔다. 지나가는 사람들에게 사진을 보이며 홍보를 하니 모르고 지나가려던 이들도 관심을 보이기 시작했다.

"곰이다~!"

그런데 오늘은 유난히 아이들을 동반한 가족들이 길거리에 많았다. 아장아장 걷기 시작한 아이부터 초등학생에 이르기까지, 인형 탈을 쓴 우진을 보고는 모두 눈을 반짝이며 몰려들었다.

등에 올라타고, 귀에 달린 장미꽃을 잡아 뽑으려고 폴짝폴짝 뛰어오르고, 두 아이가 각각 다리에 매달리는 바람에 한 걸음 떼기도 어려울 지경에 놓이기도 했다.

겨우 아이들을 떼어놓고 가판대 옆에 놓인 의자에 앉아서 숨을 돌리는데 손님 중 하나가 그의 숨을 멈추게 했다.

"그런데 저 곰, 이상하게 우리 지니와 앉은 폼이 같아."

"……."

"하하하, 그렇게 보이세요? 아이고, 그런 놀라운 일이!"

현민이 놀라서 부정한다는 게 너무 어색해서 오히려 의혹만 증폭시키는 짓을 저질렀다.

현민이 우진의 친구이며, 지금 둘이서 함께 만든 포토북을 판매하고 있는데 현민만 여기에 있다는 게 이상한 일이었다. 아니, 저 의문의 곰 인형도 있으니 혼자는 아니었다. 게다가 주변에는 카메라와 방송국 스태프로 보이는 이들까지 있다면 답은 이미 나온 격이었다.

우진은 자신에게 쏠린 의혹을 지우기 위해 마치 우스운 소릴 들었다는 듯, 두 손을 허리에 올리고 호탕하게 웃는 시늉을 해 보였다.

그리고 채우진이라면 절대로 안 할 것 같은 짓, 메뚜기 춤과 쪼쪼 춤을 번갈아 추면서 최대한 우스운 꼴을 연출했다.

"야, 너 요즘 맨날 지니 타령하더니 세상에 모든 남자가 다 채우진으로 보이냐? 저 아저씨가 정말 채우진이면 뭐 하려고 저 짓을 해. 그냥 얼굴 내밀고 사달라고 하면 되지."

인형 탈이 채우진이라고 주장하는 팬에게 친구가 한심하다는 투로 고개를 저었다. 그 말도 맞는 것 같아서 우진의 팬은 결국 수긍하고 말았다. 저렇게 보니 또 아닌 것도 같았다.

"그러게요. 얼굴 내밀고 이거 팔면 금세 팔릴 텐데 말이죠."

현민은 긍정도 부정도 하지 않고 그저 이 상황에 대해 한탄만 했다. 1시간 동안 겨우 27권밖에 판매가 되지 않은 상황에서 저 많은 걸 어떻게 하냐는 암울함이 밀려왔다. 채우진의 포토북이라고 하면 금방 팔릴 줄 알았는데 비누보다 더 팔기가 어려웠다.

먼저 비누는 3천 원부터 시작해서 가격의 부담이 적었다. 그에 비해 포토북은 일단 9천 원이었고, 무엇보다 이게 정식 굿즈가 아니어서 사람들이 의심의 눈초리부터 보낸다는 게 문제였다. 그나마 방송에 나왔던 현민을 알아본 이들이 그를 믿고 하나씩 사주는 게 전부였다.

"학교 과제라고 했죠? 같이 만들었으면 지니도 함께 판매하면 좋았을 텐데."

"거기 사장님이 반대하셔서 안 돼요."

한숨 끝에 현민은 이거 다 못 팔면 우리 점수는 끝이라고 투덜거렸다. 그 말에 우진의 팬이 고개를 번쩍 들었다.

"내가 몇 개 더 살게요."

"아니요. 그것도 우진이네 사장님이 반대하셨어요. 나중에 프리미엄 붙어서 거래될 수 있다고 인당 한 권씩만 팔라고 하셨어요."

사람 좋게 봤더니 아주 나쁜 분이라고 현민이 중얼거리자 우진의 팬도 아쉬움에 한숨을 내쉬었다.

"그렇다면 팬카페에다가 글이라도 올려야겠다. 이런 이벤트는 팬카페에 올려주면 우리한테도 좋은 일인데 홍보라도 해주지 그랬어요."

이 길을 우연히 지나지 않았다면 전혀 몰랐을 이벤트라서 우진의 팬은 괜히 현민에게 불퉁거리게 됐다.

"그럼 재미가 없잖아요."

현민은 윙크하며 짓궂게 웃었다. 우진이 팬들에게 염치없는 짓이라고 반대하기도 했지만 현민도 처음부터 팬들에게 매달려 장사하고 싶은 마음은 없었다. 그건 최후의 보루였고 이런 고난쯤은 겪어줘야 무용담이 생기는 법이다.

잘 안 팔린다고 징징거리기는 하지만 현민도 그렇고 우진도 이 순간이 굉장히 재미있는 경험이었다. 힘든 것과는 별개로 굉장히 즐기면서 하고 있었다. 하지만 전혀 줄어들지 않는 포토북을 보며 점점 초조해지기 시작했다.

"그런데 고객님의 친구분은 안 사시나요?"

"전 채우진 팬이 아니라서요. 죄송요."

우진의 팬과 함께 온 친구는 수줍지만 당당하게 고개를 저었다. 정확히는 좋아하지만 돈 주고 포토북을 구매할 정도는 아니었다.

"기집애, 전에 베스타 화보는 잘만 사더구먼."

"아, 베스타라면 8 대 1이라서 우리가 불리하네요!"

베스타라면 블루핏이 유명무실해지면서 그 자리를 채운 대세 아이돌 그룹이었다. 실력과 외모를 두루 갖춘 데다가 멤버가 여덟 명이었다. 이만한 구성이라면 다양한 취향을 저격하기에 맞춤이었다.

고객님의 친구는 수적으로 불리하다고 고개를 젓는 현민의 애절한 시선을 피하다 흥미로운 걸 발견하고 중얼거렸다.

"그런데 저 아저씨 되게 열심이다."

현민과 우진의 팬은 그 소리에 저도 모르게 고개를 돌렸다. 그곳에는 사진을 두 손에 든 채로 브레이크 댄스를 추고 있는 곰 인형이 있었다.

"야, 아저씨가 뭐야. 두 사람 다 동갑이죠?"

우진의 팬이 현민과 곰 인형을 손가락으로 가리키며 물었다.

"네, 제 친굽니다."

"거봐! 그런데 저분도 이번 과제에 동참했나 봐요. 굉장히 열성적이네요."

"저건 열심이라기보다는 반쯤 멘탈이 날아간 것 같은데요."

아무래도 자신이 채우진이라는 걸 들킬까 봐 열성을 다하다가 너무 나간 것 같았다. 저것은 들키지 않겠다는 집념이 만들어낸 처절한 몸부림이기도 했다.

"아우~! 귀여워. 아저씨, 나랑 사진 찍어요!"

현민과 우진의 팬이 나눈 이야기는 듣지 않았는지, 고객님의 친구는 여전히 곰 인형을 아저씨라 부르며 그에게 다가갔다.

그리고 열심히 춤을 추며 호객 행위를 하고 있던 우진은 똑똑히 듣고야 말았다. 자신을 아저씨라고 부르며 다가오는 어떤 누님의 목소리를.

"그나마 남아 있던 멘탈마저 날아가 버렸네."

우진이 서서히 그 자리에 쓰러지는 걸 보며 현민이 절레절레 고개를 저었다.

"아저씨란 호칭은 언제 들어도 참 힘 빠지는 소리거든요."

현민은 새삼스레 군인 아저씨란 소릴 처음 들었던 게 기억 너머로 떠올랐다.

"아아, 이해했어요. 예전에 어떤 초딩한테 아줌마란 소릴 처음 들었을 때의 충격이 갑자기 밀려오네요."

바닥에 주저앉은 곰 인형을 흔들면서 함께 사진을 찍으려는 친구의 모습에 우진의 팬은 미안함을 감추지 못했다. 대신 그녀는 채우진도 위할 겸 미안한 마음도 함께 담아 열심히 포토북 광고를 소원바라기에 올렸다.

그리고 성과는 몇십 분 만에 보이기 시작했다.

공식 굿즈가 아닌, 채우진이 친구와 함께 만들었다는 포토북을 사기 위해 팬들이 대대적으로 몰려들었다. 갑자기 몰리는 고객인지 팬인지 모를 인파에 놀란 우진은 어느 순간 마스코트가 되어서 재주를 부리고 사람들과 함께 사진을 찍어주기에 바빴다.

그러다 막판에는 현민의 옆에서 손님들에게 책을 건네고 돈을 받는 일을 했다.

포토북이 점점 줄어들자 우진의 팬들도 인형 탈을 쓴 아저씨에게는 관심을 두지 않았다. 얼마 남지 않은 포토북을 구매하는 데 여념이 없어서 주위에서 얼쩡거리는 곰 인형은 눈에 들어오지도 않았던 것이다.

◆　　◆◆◆　　◆

토요일 하루 동안, 정확히 6시간 만에 사백 권의 포토북을 모두 판매하고 말았다.

초반 2시간 정도는 거의 정체기였으니 실상 4시간 만에 모두 팔았다는 게 옳았다. 대충 세면 후반에는 1분 꼴로 2~3권을 판 셈이었으니 몸이 남아나지 않았다.

"하얗게 불태웠어……."

현민이 의자에 기대서 중얼거리다 아래로 시선을 내렸다. 카페 휴게실 바닥에는 겨우 인형 탈만 벗은 우진이 곯아떨어져 있었다. 가느다란 숨소리를 내뿜으며 자는 모습에 차마 깨울 수가 없었다. 그냥도 힘든데 저 무겁고 더운 인형 탈까지 썼으니 지칠 만도 했다.

그래도 수북이 쌓인 현금들을 보니 절로 미소가 지어졌다.

우진은 수익금을 기부하겠다고 했지만 현민까지 그럴 필요는 없으니 수익의 절반은 고스란히 그의 것이었다.

"좋은 과제였어!"

일단 점수를 떠나서 수중에 돈이 들어오니 좋았다. 하얗게 불태운 보람이 있는 날이었다. 왠지 얼마 있지 않아서 주식으로 날아갈 예감이 들었지만 말이다.

◆　　◆◆◆　　◆

저녁 늦게까지 피트니스 클럽에서 운동하고 돌아오던 우진은 집 앞 골목에서 갑자기 튀어나온 그림자에 급하게 브레이크를 밟았다.

가끔 집 앞까지 찾아오는 열성 팬들이 있었기에 혹시 그들인가 해서 우진은 잔뜩 긴장했다.

팬들을 존중하고 좋아하지만 집에까지 찾아오는 이들치고 매너가 좋았던 적이 없었다. 그들을 이런 식으로 만나는 것이 좋은 일도 아니었고, 혹시나 사고가 난다면 더욱 큰일이었다.

급정거의 여파로 자연스럽게 목 뒤를 손으로 주무르며 우진은 밖을 살폈다. 다행히 누군가를 치지는 않은 것 같아서 안심하기도 잠시, 우진의 입에서 거친 한숨이 나왔다.

청바지와 잠바를 입고 모자를 푹 눌러쓴 사람이 차 앞에 우뚝 서 있었다. 어두워진 밤거리에 헤드라이트의 불빛을 고스란히 받은 그 남자는 아무리 봐도 블루핏의 이연이었다.

우진은 차 밖으로 나가지 않고 일단 경적을 눌렀다. 꿈쩍도 하지 않고 서 있는 모습에서 우진이 밖으로 나오기를 기다리는 굳은 의지가 보였다.

모자챙 아래로 보이는 얼굴은 예전 우진이 알고 있던 곱상한 이연이 아니었다. 살이 너무 많이 빠져서 턱선이 날카로웠고 볼이 앙상하기까지 했다. 마른 입술이 하얗게 일어나 여기저기 터서 갈라졌다.

핸들을 손가락으로 툭툭 치며 우진은 잠시 망설였다. 이연을 피해 간다면 못 갈 것도 없지만 아무래도 따라올 것 같았다. 거기에다 방금처럼 무작정 차로 뛰어들면 답이 없었다.

이연의 머리에서부터 발끝까지 한번 쓱 훑어본 우진은 차를 후진해서 갓길에 주차했다. 우진의 의도를 이해했는지 다행히 이연은 그 자리에 가만히 서서 기다렸다.

우진이 차 밖으로 나와 자기에게 다가오자 이연은 주춤거리며 인도 쪽으로 뒷걸음질하다가 겨우 멈췄다. 호기롭게 우진의 차 앞에 뛰어든 것까지는 좋았지만 뒷감당을 어찌할지 모르는 나약한 모습이 엿보였다.

우진은 그런 이연의 앞에 조용히 섰다.

서로 마주 보고 서 있자니 만감이 교차해 속이 뒤숭숭해질 만도 한데 우진의 얼굴에는 아무런 표정이 없었다. 그래서인지 이연의 시선이 자꾸만 아래로 내려가 자기 발끝만 보게 되었다. 도저히 우진과 눈을 마주할 배짱은 없었다.

"병원에 있어야 할 사람이 왜 여기 있어요."

저번 사고로 머리가 찢기는 찰과상을 입었지만 문제는 영양

실조로 인한 체력 저하와 알코올중독 초기로 보이는 증상들이었다. 당분간은 병원에서 요양해야만 하는 상태라고 들었는데 여긴 왜 찾아왔나 싶었다.

아니, 그건 우진의 생각이고, 이연의 처지에선 하고 싶은 말이 너무 많아서 곤란해 보였다.

"이게 다 너 때문이야……."

알코올중독이라더니 발음이 정확하지 않고 혀가 꼬인 소리를 냈다.

"네, 저 때문이죠."

부정할 줄 알았는데 우진이 바로 긍정하자 되레 이연이 놀라서 고개를 치켜들었다.

"그렇게 생각해야지 마음이 편하다면 그렇게 하세요. 저는 상관없어요. 형의 생각 따위."

무심하게 대답하는 목소리에 이연은 입술을 깨물었다.

처음엔 그도 우진을 싫어하지 않았다. 도리어 메인 보컬인 우진에게 잘 보여서 팀이 성공하기만을 바랐다. 민시후가 우진을 질투하게 되면서 어느 쪽에 설 거냐고 강요하기 전까지는 말이다.

"너에게 그랬던 것은 내 탓이 아니잖아. 그런데 왜 내가 그 벌을 받아야만 하는 거지? 네가 조금만, 모두 민시후가 그랬다고 하고 우리 편만 들어줬다면 이렇게까지 안 됐을 거 아냐!"

"그러게요. 형도 저를 조금만 봐줬다면 고마웠을 텐데 그땐 왜 그러지 않았어요?"

"그건… 내가 무슨 힘이 있어서… 하지만 넌 날 구해줄 힘이 있잖아."

우물거리는 이연의 대답에 우진은 설핏 웃었다. 예전 나를 때릴 때는 힘만 세다는 말은 하지 않았다. 그런 원론적인 말을 하기에는 너무 치사할 것 같았다.

"저도 힘이 없는 건 마찬가지예요. 예전이나 지금이나, 형을 구해줄 힘 같은 건 없어요."

"거짓말 마! 예전에도 네 아버지가 누구고, 외할아버지가 누군지만 말했어도 우리가 그렇게 할 리가 없었잖아. 넌 우릴 가지고 놀고 우롱한 거야."

이 상황에도 우진의 친부와 외조부를 따진다는 것은 여전히 저들이 자신을 어떻게 생각하는지 알 수 있는 단면이었다. 홀로 서 있는 개별적인 존재로서의 가치가 아닌, 뒤에 서 있는 배경만이 그들 눈에는 가치 있고 거대하게 보인다는 소리였다.

"굳이 그렇게까지 해서 가지고 놀 만큼 당신들이 가치 있다고 생각해요?"

우진이 그렇게 맞아가면서 시달렸던 게 모두 저들을 우롱하려는 처사라고 생각한다면 할 말이 없었다. 술주정뱅이와 계속 한심한 대화를 길게 이어갈 만큼 시간이 남아도는 것도 아니었다.

우진이 혀를 차며 돌아서려는데 이연의 목소리가 그를 붙잡았다.

"이연이라고, 나와 이름이 같은 네 사촌이 날 찾아왔어……."

이연의 말에 우진은 눈썹을 살짝 일그러뜨렸다. 이연의 목소리에 묻어나는 분노와 자괴감이 유독 짙게 느껴졌기 때문이다. 아마도 자신과 이름이 같은 이에게 당한 모멸감이 그를 더욱 힘들게 하는 것 같았다. 더불어 상대가 우진의 사촌이란 점이 더욱 크게 작용한 모양이었다.

"네가 말했지?"

"뭘요?"

"내, 내가 그러니까 스폰서가 있었던……."

"설마요."

"그럴 리가 없어. 그럼 어떻게 알고 네 사촌이 하필 날 조사하는데? 대표님이 말했어. 네가 모두 알고 있었다고……."

아무래도 중간에 김석형 대표의 이간질이 들어갔던 모양이다. 기가 막히게 맞춰 돌아가는 상황에 오해할 여지는 많았기에 우진도 입안이 썼다.

"말했잖아요. 그렇게까지 할 만큼 당신들이 그렇게 대단한 존재는 아니라고. 그리고 검찰을 움직이게 할 정도로 제가 대단한 인물도 아니죠. 사실 김 대표님이 저를 함정에 빠지게 하려고 그런 일만 벌이지 않았다면 아무도 모르고 그냥 지나갔을 텐데 그것은 유감이네요."

"그건……!"

"그래서 모든 게 제 탓이라고 말하니 편해요?"

우진의 물음에 이연은 몸을 떨면서 계속 뒷걸음질 치다가 결국 어느 집 담벼락에 부딪혀서야 멈췄다. 기댈 곳이 생기니 후들거리는 다리를 겨우 버틸 수가 있었다.

이를 악물고 서 있는 이연에게 우진은 말했다.

"그런데 사실 이 모든 게 결국은 형 선택이었잖아요."

아니면 적어도 그의 등을 떠밀고 강요한 사람을 원망해야지, 왜 또 다른 피해자인 자신에게 화를 풀려고 하는지 우진은 이해할 수가 없었다.

우진이나 이연은 같은 상황에서 서로 다른 선택을 했다. 그것이 결국은 다른 결과를 만들었지만 두 사람 다 파렴치한 인간들에게 넘어가 피해를 본 것은 맞았다.

다만 우진은 그들이 만든 함정에서 빠져나왔고, 이연은 그들과 함께 더욱더 깊은 수렁으로 빠지고 있었다.

그런데 지금의 이연은 마치 너는 왜 이곳으로 나와 함께 오지 않았냐고 투정을 부리는 것 같았다. 너 때문이라는 책임 전과는, 왜 너만 괜찮으냐는 저주와 비슷했다.

아무리 너의 선택이라고 말해도 알아들을 것 같지가 않아서 우진은 고요히 이연의 눈동자를 바라봤다.

눈은 마음의 창이란 수식어를 떠나서, 요동치는 그의 눈동자에 깃든 좌절이 고스란히 우진에게도 전해져 왔다. 그리고 그의 눈동자에 어린 감정이 무엇인지 우진은 대번에 알 수가 있었다.

우진도 많이 본 눈이었다. 아니, 정확히는 전생에서 많이 보았던, 죽음을 각오한 눈이었다. 이연은 스스로 자신을 죽이기로 마음먹은 게 분명했다.

"형은 최후까지 언제나 최악의 선택만 하네요. 죽음이 그렇게 쉬운 줄 알아요?"

우진의 말에 이연은 두 눈을 부라리며 고개를 들었다. 당장에라도 꺼질 것 같던 눈에 광기가 어린 것은 금방이었다.

"네가 뭘 안다고 지껄이는 거야. 내가 얼마나 지금 비참한지 알아?"

"알죠. 이렇게 죽는다면 형은 더 오랫동안 비참할 거라는 것도요."

이연이 죽어서도 감정이 있어서 계속 비참함을 느낀다는 게 아니라, 언론에서 다루는 그의 인생과 행적, 그리고 죽음이 그를 비참한 인생이라고 결론 낼 거라는 의미였다. 세월이 흘러도 잊을 만하면 한 번씩 방송에 언급되면서 되새겨지는 비참함을 비록 그는 느끼지 못할 테지만 말이다.

움찔 떨던 이연이 그 자리에 주저앉으며 두 손으로 머리를 감쌌다. 대체 어디서부터 잘못되었는지 그는 알 수가 없었다.

주위에서는 모두 채우진 때문에 이런 나락으로 떨어졌다 말했다. 너는 그저 당한 거라고, 순진하게 그가 파놓은 함정에 빠진 불쌍한 사람이라면서 측은해하고 동정했다.

그래서 채우진을 죽이고 자신도 죽으려고 했다.

김석형 대표가 채우진이 사법시험 면접을 보는 날과 그의 주소를 알려줬다. 너는 점점 이렇게 추락하는데 그놈은 점점 저 멀리 가버리고 있다면서.

밤새 술을 마시고 아침까지 채우진의 집 앞에서 그를 기다리면서 결심했다.

같이 죽자. 너를 죽이고 나도 죽자.

그런데 막판에 저도 모르게 핸들을 꺾으면서 우진의 차를 피해 담을 박았다.

"죽는 것도 제대로 못하는 좆밥 새끼."

며칠 전에 병문안을 온 민시후가 이연을 내려다보며 비웃었다. 민시후는 현재 유학을 준비 중이었다. 같은 처지인데, 아니, 모든 일의 주범인 민시후는 같은 일을 당해도 언제나 숨을 돌릴 여유가 남아 있었다.

매니저는 갑갑한 듯 한숨만 내쉬다가 이제는 병실을 찾아오지도 않았다. 스폰서 문제로 이연이 조사받고 있다는 게 알려지면서 그나마 찾아오던 이들조차 발길을 끊었다. 이민수는 이연 때문에 자신이 오물을 뒤집어썼다는 걸 알고는 찾아와서 한바탕 난리를 치고 떠났다.

어쩌다가 보게 된 TV에선 채우진의 광고가 계속 보였다. 빛이 나고 아름다운 그는 이연이 받았던, 앞으로 받았을 모든 선망과 명예를 가지고 있었다. 목이 마르고 손이 떨려서 몰래 병원을 나와 편의점에서 술을 사 마셨다.

그런데 편의점 벽에 붙어 있는 채우진의 광고 포스터가 눈에 거슬렸다. 자신은 도피를 위해 술을 마시고 있는데, 그는 여유롭게 커피 잔을 들어 보이며 비웃고 있는 것만 같았다.

마침 편의점을 찾은 어린 학생들의 최대 이슈는 채우진이었다. 사시 합격에서부터 소신 있게 자신의 꿈을 선택한 그를 선망하고 응원하는 목소리가 메아리치듯 이연에게 박혔다. 며칠 전에 보았던 '삶, 그리다'에서 채우진이 어땠다면서. 학교 과제로 만들었다는 포토북이라는 것도 굉장히 화제가 되는 모양이었다.

친구와 함께 만들었다는 포토북을 사지 못해 속상하다는 이야기, 구매 후기로 인터넷에 올라온 사진들로 아쉬움을 달랠 수밖에 없는 안타까움, 이 모두가 채우진에 대한 애정으로 가득했다.

채우진이 받는 사랑과 명성은 원래 내 것이었는데. 이연은 오로지 그 생각만 들었다. 무슨 정신이었는지 이연은 과도를 하나 사서 편의점을 나왔다. 그리고 지금 채우진이 바로 앞에 있었다.

품에 있는 과도를 빼서 채우진을 죽이고 자신도 죽으면 되는 것을, 그 쉬운 게 왜 이렇게 힘들까.

등 뒤로 한 걸음만 나가면 바로 절벽이었다. 앞에서 불어오는 바람이 계속 그를 밀어내는데 무엇이 미련으로 남아 자기는 이렇게 버티고 있는 것일까.

이연은 문득 채우진이 자신을 말려주었으면 좋겠다는 바람이 들었다. 그렇다면 그 하나의 이유로 살 수 있을 것 같았다.

블루핏 멤버들과 김 대표는 마치 그가 죽기를 바라는 듯했다. 모두가 그의 목을 쥐고 흔들어대는 것 같아서 숨을 쉴 수가 없었다.

그런데 채우진마저도 그를 말릴 생각을 하지 않는 것 같아 가슴속에서 차가운 바람이 일렁거렸다. 죽음을 결심한 사람을 보면 누구나 먼저 말리고 보는 게 정상이 아닌가.

너는 원래 착한 놈이었는데 왜 나를 말리지 않는 거냐고 이연은 계속 속으로 물었다.

"그 안에 칼이라도 있는 거예요?"

"……!"

"아까부터 오른손으로 가슴 부분을 쓰다듬다가 지금은 아예 품 안에 넣고 있잖아요. 왜, 그 칼로 저 찌르고 죽으려고요? 그런데 어쩌죠. 몰랐다면 모를까, 알고도 당할 만큼 제가 허술하지 않아요."

이래 봬도 대역 없이 액션을 소화해 내는 배우였다. 그리고 1월에 있을 촬영을 위해 매일같이 피트니스 클럽에 다니면서 몸을 만들고 무예 훈련을 받고 있었다. 알코올중독자가 휘두르는 칼 하나 피하지 못해서 당할 리가 없었다.

"넌 내가 불쌍하지도 않아? 죽겠다는데, 죽음을 각오하는 사람을 앞에 두고 그런 말밖에 못 해?"

적반하장 격으로 나오는 이연에게 우진은 냉담하게 대답했다.

"불쌍하기는 하죠. 그런데 형보다 더 불행한 사람은 이 세상에 넘치고 넘쳐요. 하지만 그들 모두가 죽음으로 도망가지는 않아요."

"나는 그들과 달라! 난… 블루핏의 이연이라고!"

그의 명예이며 성공을 쥐여 줬던 블루핏. 자신이 블루핏의 멤버였다는 자부심이 지금 이연을 살게 하고 있었다. 하지만 그를 가장 힘들게 만드는 것도 바로 그 굴레였다.

"그저 그런 사람들의 불행과 날 비교하면 안 되지… 내가 어떤 사람이었는데, 날 보기 위해 얼마나 많은 팬이 날밤을 새우며 밖에서 기다리고, 날 얼마나 사랑해 줬는데……."

블루핏 멤버 중에서 이연의 인기는 중간쯤에 있었다. 민시후와 이민수만큼은 아니었어도 나름대로 개인 팬들이 많았다. 겨우 1년의 세월 동안 너무 많은 것이 변해 버린 지금, 그는 이 격차를 받아들이는 게 너무 힘들었다.

"남들보다 더 행복했다고 해서 지금이 더 불행한 것은 아니에요."

행복의 무게가 다르듯 불행의 무게 역시 각기 다르다. 그렇다고 해서 그 무게들이 서로 정비례하는 것은 아니었다. 또한, 누군가와 비교할 무게도 아니었다. 타인의 불행은 그저 비슷해 보이고, 자신의 불행은 좀 더 무겁게 느껴질 뿐이었다.

"옛날이나 지금이나, 저는 형보다 더 불행했던 사람들을 알고 있지만 그건 형에겐 아무 의미가 없겠죠. 그들에 대해 말해 준다고 해서 형이 불행하지 않은 건 아닐 테니까요."

불행한 이에게 위로랍시고 너보다 더 불행한 사람이 많다는 말처럼 의미 없는 소리는 없을 것이다.

"제 동정심을 바란다면 잘못 찾아온 거예요. 남의 불행이 형의 위안이 되지 못하듯, 저의 위로가 형을 행복하게 해줄 리가 없잖아요."

차라리 이럴 시간에 당신을 위하는 사람을 찾아가 위로를 구하라는 말을 하고 싶었지만 그것 역시 의미가 없어 보였다. 이연에게 그럴 사람이 있었다면 지금 그가 이곳을 찾아왔을 리가 없을 테니 말이다.

한때 만인에게 사랑받았던 존재가 위로를 얻을 곳이 없어서 분노의 대상을 찾아온 것이다. 사람을 죽이기 위해 가슴에 칼을 품고 왔지만, 그걸 꺼내 보일 용기조차 없어서 주저앉아 버렸다. 그런 사람에게 어떠한 위로를 건넬 만큼 우진이 친절한 이는 아니었다.

한숨밖에 안 나오는 상황에서 그가 할 수 있는 일은 그대로 집 안으로 들어가서 내일을 기다리는 것이다. 이게 이연의 마지막 모습이라 할지라도 그에게 책임이나 죄책감을 느낄 이유는 없었다.

그런데 쉽게 자리를 뜨지 못하는 건 인간적인 비애였다. 한때는 제법 따르고 좋아하던 형이었다. 같은 꿈을 꾸었고, 함께하는 동료였으며, 서로의 성공을 빌기도 했던 사이였다.

우진은 한쪽 무릎을 꿇고 앉아 이연과 같은 시선이 되게 눈을 마주 보았다. 알코올중독으로 이지는 사라지고 흐리멍덩한 눈에는 본능과 증오만이 남아 있었다. 이성적으로 다가가 설득하거나 달랠 수도 없어 보였다.

그저 삶을 포기한 모습에서 마지막을 끊을 용기만이 없어 보였다. 죽고 싶다는 욕망만이 있을 뿐, 아무것도 남아 있지 않는 허수아비 같기도 했다.

"죽고 싶으면 죽어요. 사는 게 힘든데, 하루하루 아침에 눈을 뜨는 게 고통스러운데, 어떻게 밤에 잠이 들 수 있겠어요. 다만……."

전생에 우진은 몇 번인가 자살했던 적이 있었다. 영화로 찍었던 명환대군 역시 스스로 죽을 길을 걸어간 것이니 자살이 맞았다.

전생의 그는 인간미가 부족해서였는지 자살을 택한 순간 거침이 없었고 망설이지 않았다. 그만큼 삶이 버겁고 힘들었다. 그래서 이연이 죽음을 각오하는 이 순간의 심정이 어느 정도 이해가 갔다.

물론 지금은 그 어리석었던 모든 죽음을 후회하고 부끄러워하지만 그나마 다행이라고 생각하는 게 하나 있었다.

"마지막 순간, 형이 혼자 가는 그 순간에… 후회는 하지 않았으면 좋겠어요."

전생에 우진은 생을 포기하던 어떠한 순간에도 후회한 적이 없었다. 그건 적어도 죽음이 삶보다 더 나으리란 희망이란 게 존재했기 때문이다.

하지만 생을 마감한 순간에 후회를 느낀다면 어떻게 될까.

그런 적이 없었음에도 우진은 상상만으로도 끔찍했다.

더 이상 돌이킬 기회조차 없는 마지막에서야, 이 선택에 어떠한 희망도 없다는 걸 깨닫게 되면서 맞이하게 되는 죽음은 얼마나 끔찍하고 고통스러울까 싶었다.

"난……."

정신이 온전치 않아서 우진의 말을 제대로 이해하는 게 이연은 힘들었다. 다만 혼자라는 단어가 주는 쓸쓸함에 눈가가 파르르 떨렸다.

미래가 없다는 생각에 죽음만이 돌파구라 여겼는데 혼자서 죽는 것은 무서웠다. 그래서 분노의 대상인 채우진과 함께 죽고자 여기에 온 것이다.

그런데 정작 이연은 채우진을 죽일 힘과 능력은 물론, 용기조차 없었다.

"죽는다는 게 뭐지……?"

요 며칠 계속 죽음을 상상했지만 이연은 그게 무언지 새삼 의문이 들었다. 그저 이제는 아무런 걱정 없이 편하게 쉴 수 있는 게 죽음이라고 상상했다. 그곳에선 누구도 그를 비웃거나 무시하지 못하고 평화로울 것 같았다.

"그저 내일 날씨가 어떨지 알지 못하는 거죠. 재미있게 읽고 있던 연재 소설의 결말을 모르는 거고, 당신이 사랑한 사람들이 어떻게 나이 드는지 그 모습을 볼 수 없는 거예요. 죽음 후에 형에게 찾아오는 것들은 그런 거예요."

죽음이 주는 충격과 고통, 그리고 슬픔과 그리움은 산 자의 몫이지 죽은 자가 짊어지고 갈 문제가 아니었다.

"힘든 것은 알겠는데. 그래도 형, 한 번 정도는 자신을 믿어보는 게 어때요."

우진의 말에 이연은 무슨 소리냐는 듯 멍하니 그를 올려다보았다.

"지금껏 형이 했던 모든 선택은 결국 자신을 믿지 못해서 한 것들이잖아요. 그러니까 이번만은, 정말 한 번만이라도 자신을 믿고 살아보는 건 어때요? 지난날보다 못하다고 해서 앞으로의 삶이 가치 없을 거라고 단정하지 말고요."

지난 역사와 인생에 만약이란 없지만 포기해 버린 시간 중에 놓친 '찬란했을 수도 있었던 삶'을 우진은 상상해 보았다. 그리고 새삼스레 그 모든 순간과 시간이 아깝고 그리웠다. 이연에게 개인적인 연민은 없지만 전생의 경험으로 그에게 동질감을 느끼고 있었다.

"이번 주는 내내 날씨가 굉장히 좋다고 하더라고요."

우진은 말을 하면서 다가가 이연의 상의 안으로 손을 넣었다. 놀라서 당황하는 그를 무시하고 우진은 상의 안에 넣어둔 과도를 꺼냈다.

"이건 당분간 제가 가지고 있을게요. 요즘 아침에 일어나면 하늘이 얼마나 예쁜지 알아요? 정말 예쁘다고요. 형도 내일 아침에 꼭 확인해 보세요."

우진의 말에 이연은 눈을 감아버렸다. 그 모습을 잠시 바라보던 우진은 천천히 자리에서 일어나 미련 없이 차로 갔다.

주차한 차에 시동을 걸고 서서히 움직이면서 우진이 어둠 속으로 사라지고도 한참 동안, 이연은 그렇게 담에 기댄 채로 오랫동안 주저앉아 있었다.


◆　　◆◆◆　　◆


다음 날 아침에 일어나자마자 우진은 뉴스부터 찾아보았다. 다행히 불미스러운 기사는 보이지 않았다.

그렇게 며칠이 지나도 이연에 관해 들려오는 이야기는 아무것도 없었다. 은근슬쩍 강호수에게 이연의 소식을 물으니 며칠 전에 병원에서 사라져서 한번 난리가 났었다는 이야기를 해줬다.

"그런데 다음 날에 비척비척 나타나더니 군말 않고 치료를 받고 있다나 봐."

"다행이네요."

"다행이지. 그 사고 낸 거 기사화되는 거 막아주느라 얼마나 힘들었는지 알아? 그 새끼는 그냥 조용히 치료 잘 받고, 조용히 있는 게 도와주는 거야."

강호수답지 않게 격양된 반응에 우진은 조용히 그의 등을 두들겨 주었다.

여기에서 만약에 며칠 전 이연이 자신을 찾아왔다는 이야기까지 하면 아주 난리가 날 것 같아서 우진은 입을 다물었다. 웬만해선 강호수에게 숨기는 것은 없지만 이 이야기만은 하기 어려웠다.

그리고 그건 장수환 대표에게도 마찬가지였다. 그래서 대표님의 부름에 괜히 긴장하고 사무실을 찾아가니, 다행히 용무는 다른 것이었다.

"이번에 LL에서 새로 수정한 시나리오를 보내왔다."

장수환 대표는 LL—Studio에서 수정한 내용이 있다며 새로 보내온 'Guardian angel' 의 시나리오를 우진에게 내밀었다.

"읽어보셨어요?"

"그래, 진의 배경과 내용이 좀 더 자세해지고 대사도 늘었어. 딱 너에게 맞춰서 바꾼 느낌이 물씬 풍기는 수정이더구나."

장 대표의 어투와 표정만으로도 시나리오가 우진에게 좋은 쪽으로 수정되었음을 짐작할 수 있었다. 원래 '진' 이라는 캐릭터가 어느 나라 인물이라는 게 정해지지 않았던 점에서 수정은 당연했다. 이제 '진' 은 한국인으로서 그에 맞는 내용으로 바꿔야만 했다.

"그리고 몇 신은 한국에서 촬영하기로 합의도 했다."

"한국에서요?"

"이번에 관광하면서 마음에 든 곳이 있었던 모양이야. 진이란 캐릭터에 한국적인 이미지를 강하게 심어줄 심산인가 보더라. 그래도 대부분의 촬영은 미국에서 할 거니 긴장하고!"

행여나 하고 걱정하는 장수환에게 우진은 씩씩하게 고개를 끄덕였다.

"그리고 말이야……."

우진이 시나리오를 잡으려고 하는데 장수환 대표가 머뭇거리며 잠시 뜸을 들였다. 순간 우진은 이연이 자신을 찾아온 이야기가 알려진 게 아닌지 멈칫했다. 아무에게도 말하지 않았음에도 요즘에는 워낙에 파파라치들이 많아서 모를 일이었다.

이연이 일부러 냈던 교통사고 역시 멀리서 몰래 숨어 있던 파파라치들에 의해 사진이 찍혔다. 그들의 목적은 면접을 보기 위해 집을 나서는 채우진의 모습을 찍기 위함이었겠지만 뜻밖에도 빅뉴스 현장을 잡아냈던 것이다.

더는 블루핏과 사건 사고에 휘말리는 게 싫어서, 기사화되는 걸 막기 위해 결국 파파라치의 사진을 거금에 사야만 했다. 교통사고 자체가 알려진 것은 막을 수 없었지만, 그래도 우진과 얽힌 사고라는 건 아직까진 잘 막고 있었다. 이 모든 게 강호수의 피나는 노력이었기에 이연의 이야기만 나와도 그가 이를 가는 것이 이해가 되었다.

이토록 우진의 주위에는 그가 모르는 시선들이 깔려 있었다. 그게 팬일 수도 있고 파파라치일 가능성도 있어서 매사에 행동을 조심하고 있었다. 그러나 상대의 돌발 행위까진 우진이 어쩔 도리가 없었다.

이번에도 이연과 함께 있던 모습이 사진으로 찍혔나 싶어서 우진은 잔뜩 긴장했다. 그러나 다행히 장 대표는 다른 이야기를 꺼냈다.

"너에게 광고가 하나 들어왔는데……."

"광고는 더는 안 찍을 겁니다."

물 들어올 때 노 젓는다고 한 번에 수십 개씩 광고를 찍는 이들도 있었지만 우진은 지금 찍는 것만으로도 충분했다. 그의 경우 광고만 찍는 것에서 끝나지 않고 항상 광고 제품을 애용했기 때문에 여기서 더 느는 것은 부담이 되었다.

"그래, 그건 나도 같은 생각인데 문제는 광고주에게 있어서 말이다."

"광고주가 누군데요?"

"바른정식품."

이연과의 일이 알려진 게 아니라고 안심하기도 전에 상상을 뛰어넘는 말을 들은 우진은 그대로 굳어버렸다. 눈만 깜박이는 우진에게 장 대표는 일그러진 미소를 지으며 사정을 이야기했다.

"이번에 바른정에서 선보이는 새로운 라인의 상품 광고 모델로 너를 섭외하고 싶다는 거야. 혹시 개인적으로 그쪽에서 너에게 무슨 연락이라도 온 게 있니?"

장 대표의 물음에 우진은 가까스로 고개를 저었다. 그동안 전화 한 통, 소식 한 번 전한 적이 없었다. 그건 채우진이 그의 아들이라고 세상에 알려진 후에도 여전했다.

"대체 그 사람의 생각을 모르겠단 말이야."

이걸 화해를 위한 수줌은 포석으로 받아들여야 하는지, 그런 거 상관없이 그저 비즈니스로 보겠다는 뜻인지 알 수가 없었다.

"그냥 무시하세요."

우진이 기억하는 생부는 굉장히 자기 독단적이고 독창적인 사고를 하는 분이었다. 그분은 수치라는 걸 몰랐다. 자신이 하는 모든 행동이 정(正)이었기에 부끄러움을 느낄 이유가 없었고 타인의 시선에도 늘 당당했다. 그의 모든 행동을 보통의 사고로 파악하기에는 무리가 있었다.

"비즈니스부터 시작해 보자는 의도인 것 같은데 웃기지 마시라고 하세요."

최악의 선택만 골라서 하는 사람이 있는가 하면, 그 자체가 최악인 사람이 있었다.

# 낯선 계절로부터의 초대

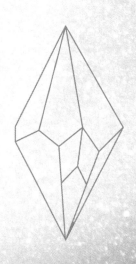

황룡영화제는 영화인의 축제였다.

지난 일 년 동안 개봉한 영화에 대한 평가이고, 영화인들에게 보내는 격려와 자신감 고취를 위한 위로연이기도 했다.

그렇다고 꼭 영화인들만이 이 축제를 즐기는 건 아니었다. 영화를 사랑한 관람객들, 영화에 나왔던 배우의 팬들도 함께 어울리는 장이었다.

그리고 영화제를 준비하는 측에서는 이 모든 사람을 고려해서 만반의 준비를 해야만 했다. 오로지 이 하루를 위해 다양한 직업군의 사람들이 여러 날을 함께 고생했다.

주최 측은 말할 것도 없고, 배우의 스타일링을 맡은 이들에겐 대동제와 황룡제가 있는 11월은 전쟁과도 같았다. 특히 두 영화제가 일주일 간격으로 있어서 눈에 핏발을 세우며 서로 경쟁하느라 주야가 없었다. 배우가 레드카펫과 단상에 서는 그 한순간이 그들에게는 승패를 좌우하는 전장이었다.

하지만 무장을 하고 앞에 나서야 하는 배우보다 절실한 사람은 또 없을 것이다.

"제발, 선생님! 이번에 들어온 루이스 디엘 슈트 우리한테 주시면 안 돼요?"

"몇 번이나 말을 해야 해. 그거 이미 내 손에 없어. 나도 하루밖에 구경 못 하고 임자한테 보냈단 말이야."

"대체 루이스 디엘의 작품을 입을 만한 사람이 대한민국에서 우리 박민 말고 누가 있어요?"

박민의 코디는 스타일리스트 박시연에게 항의 아닌 항의를 했다. 이번에 디자이너 루이스 디엘의 작품이 한국으로 들어왔단 정보를 입수하고 부랴부랴 달려온 길이었다. 그런데 정작 박시연은 제 손에 없다면서 오히려 아쉬워하는 기색을 보였다.

루이스 디엘은 국내에는 잘 알려지지 않았지만 세계적인 남성복 디자이너이다. 국내에서 유명하지 않은 것은 그의 작품이 수작업으로 소량씩 제작하는 고가의 명품이라 대중적이지 않다는 것뿐이었다.

남성의 몸을 품위 있으면서 가장 관능적이게 표현하는 디자이너라는 평을 듣는 루이스 디엘이었다. 그래서 알 만한 사람은 몇 년을 기다리더라도 한 번쯤은 입고 싶어 했다. 다만 너무 고가여서 일반인은 엄두조차 내지 못했다.

그건 연예인도 마찬가지였다. 년(年)에 수십억에서 백억 원 단위로 버는 연예인에게는 부담까진 아니겠지만, 그들이라고 해서 옷 한 벌에 천만 원 단위를 쓰는 건 쉬운 일이 아니었다. 협찬이라도 들어온다면 모르겠지만 그건 거의 가망 없는 이야기였다.

대신 아주 드물게 유명 스타일리스트들이 그에게 직접 제작 주문을 해서 구입하는 경우는 있었다.

원래 철저하게 고객 맞춤을 원칙으로 하는 루이스 디엘로선 불특정 다수를 위한 옷은 제작하지 않았다. 그래서 웬만해선 스타일리스트들의 의뢰를 받지 않지만, 패션 관계자로서 딱 끊어낼 수 없는 사이라는 게 존재했다. 친분이 있는 스타일리스트들의 부탁으로 가끔 한 벌씩 주문을 받는 경우가 있었다.

아니면 루이스 디엘이 세계적으로 유명한 스타일리스트에게 새로운 디자인을 샘플용으로 제공하는 경우가 있었다. 주로 모델이나 연예인처럼 피지컬이 좋은 이들을 대상으로 시험적인 도전을 해보고 싶을 때 나오는 변덕이었다.

그리고 며칠 전에 루이스 디엘의 작품 한 벌이 박시연의 손에 들어왔다는 정보가 입수되었다. 경위가 어쨌든 간에 그녀에게 슈트가 있다는 것은 협찬을 고려하고 있다는 의미로 모두 이해했다.

"우리 박 배우가 이번 황룡제에 시상하러 가는 건 잘 알고 계시죠? 협찬한 보람이 들게 팍팍 홍보하고 올게요. 절대 후회하지 않으실 거라니까요."

"말이야 바로 해서 루이스 디엘이 홍보가 필요한 레벨은 아니지. 그건 나 역시 마찬가지고."

불쾌하다는 박시연의 반응에 박민의 코디는 찔끔해서 바로 사과를 했다.

"죄송해요. 마음이 급하다 보니 이상한 말을 했네요. 하지만 우리 박민이 디자이너나 스타일리스트의 명성에 해를 끼치는 모델은 아니잖아요. 누구보다 잘 소화해서 보시면 흐뭇하실 거예요."

진심으로 사과하는 모습에 박시연이 조금은 누그러진 어투로 대답했다.

"뭔가 오해한 것 같은데 이번에 난 그저 전달자일 뿐이야."

"네?"

"루이스 디엘이 직접 선물하고 싶은데 어떻게 연결 좀 해달라고 해서 내가 중간에서 나섰던 것뿐이란 말이야."

이번 작품은 루이스 디엘이 개인적으로 감명 깊게 본 영화의 출연자에게 영감을 얻어 디자인한 슈트였다. 그러나 디자인한 슈트를 당사자가 입으려면 그의 치수를 알아야만 했다. 낭만적인 성향이 있는 루이스 디엘은 '당신한테 내 작품을 선물하고 싶으니 치수를 보내주세요'라는 계산적인 멘트를 하지 못했다.

선물은 자고로 몰래 '짜짜잔' 하며 놀라게 해야 하는데, 수작업으로 제작해서 수개월이 걸리는 것을 미리 알리는 것도 이상했던 것이다.

그 와중에 언젠가 지인으로부터 소개를 받은 적이 있는 박시연을 기억해 낸 것은 거의 기적이었다. 한국의 유명 연예인의 스타일리스트인 그녀라면 루이스 디엘의 뮤즈에 대해서도 잘 알고 있을 거라 여겼다.

그리고 그의 예상은 맞아떨어졌다. 박시연이 뮤즈의 스타일링을 봐주고 있다는 말에 반색하며 이번 일을 받아들인 것이다.

"난 그저 루이스에게 치수를 알려주고 그의 작품을 전달해 준 것밖에 없어. 그러니 제발 나 좀 그냥 내버려 둬. 그 슈트 달라고 달려온 사람이 당신만 있는 줄 알아?"

루이스 디엘의 작품을 접할 기회가 흔한 게 아니었다. 그래서 알고 지내는 패션 종사자들에게 구경시켜 줬더니 대번에 소문이 나고 말았다. 그치들의 입 싼 태도에 실망하고, 이 바쁜 시기에 자신을 귀찮게 하는 이들에게는 분노가 일었다.

"그럼 그 선물을 받은 분이 누구신데요?"

코디는 이대로 돌아가자니 박민의 반응이 너무 선해서 이거라도 알아가려고 물었다.

"그건 알아서 뭐 하게? 남의 떡에 너무 집착하지 마. 어차피 박민이라면 서로 협찬하려는 곳이 많잖아."

명품에서부터 디자이너들까지, 줄이 서 있는데 뭐가 걱정이냐며 박시연은 시큰둥했다. 그렇지 않아도 이번에 맡은 배우들의 스타일링이 겹치지 않게 의상과 장신구를 고르는 것도 일이었다. 배우를 대신해서 디자이너들과 거래하는 게 쉬운 일이 아니었다.

무엇보다 구두는 빨리 서두르지 않으면 치수를 구하기조차 힘들 수가 있었다.

유명 스타의 경우에는 영화제 당일에 입지 않아도 일단 독점하고 준비하는 의상이 개인당 적어도 3~4벌은 된다. 그러자면 자연히 구두 역시 그에 맞춰 준비해야만 하는데, 한 명이 여러 개의 구두를 가져가 버리는 바람에 일반적으로 흔한 치수의 구두는 금방 동이 나고 말았다.

작은 것은 발이 아프고, 큰 것을 준비하면 자칫 레드카펫에서 콰당 하는 사태를 만들 수가 있어서 여간 골치 아픈 문제가 아니었다.

어느 때보다 발 빠르게 움직여야 하는 시기였다. 그런데 제 것도 아닌 지나간 버스에 눈독 올리는 이들이 너무나 많았다.

손을 휘휘 저으며 귀찮게 하지 말라는 박시연의 축객령에 박민의 코디는 아무런 소득 없이 숍에서 나와야만 했다.

박민에게 이 사실을 전할 일로 코디는 눈앞이 깜깜했다. 차라리 누군가에게 순서를 빼앗겼다면 기분은 나빠도 재수 없었다는 정도로 끝났을 텐데, 루이스 디엘이 직접 선물했다면 그놈이 누구인지 먼저 찾아내라고 뒤집힐 것이다.

"거짓말을 해야 하나……."

그도 할 수 없는 게 만약 나중에 사실을 알면 뭐가 날아올지 모르는 일이었다.

익숙한 듯 박민의 코디는 한숨을 쉬며 고개를 저었다. 다른 배우들에 비해 협찬받을 곳이 많아서 남들보다 발로 뛰는 경우는 적었지만, 박민의 비위를 맞춰주는 게 가장 고된 일이었다.

◆　◆◆◆　◆

배우들이 영화제에 참석할 때 입을 옷만큼이나 중요한 것이 바로 장신구였다. 남들보다 더욱 돋보이기 위해선 개인 소장품을 애용하거나 협찬을 받아야만 했다. 유명한 배우들의 경우

업체와 디자이너들이 서로 경쟁을 하는 반면, 그렇지 못한 이들은 이 시기만큼 자존심 상하고 고민이 많은 날이 드물었다.

하지만 재미있게도 그건 업체와 디자이너들의 입장도 비슷했다. 유명세가 따라오는 곳일수록 스타의 선택을 받지만, 그렇지 못하면 협찬을 하고 싶어도 할 수 없는 지경이 된다. 업체에서 스타들을 좇아다니며 제발 우리 제품을 걸쳐달라고 사정하고 광고비까지 챙겨줘야만 했다.

부익부 빈익빈은 세상만사 어디에서나 통하는 규칙이었다.

"권은미 씨가 준비한 의상이 두 벌이라고 했지?"

"네, 그런데 두 의상의 색상이 모두 옐로우인 데다가 디자인도 비슷해서 우리는 하나만 준비해도 될 것 같아요. 그리고 오하나 씨는 검은색 레이스의 시스루 드레스를 입을 거라고 하네요."

'가온'의 디자이너 팀도 이번 영화제를 준비하는 데 전력을 다하고 있었다. 신생 브랜드라서 이만한 홍보의 장이 또 없었다.

그래서 한 달 전부터 디자인팀마다 배정받은 배우들의 분위기에 맞춰 장신구를 여러 개 디자인하고 제작해 둔 상태였다. 이것들과 배우들이 준비한 의상에 맞춰 다시 한번 골라야만 했다.

박은수가 팀장으로 있는 곳은 채우진을 비롯해 '붉을 적'에 출연한 권은미와 오하나를 담당하고 있었다.

"권은미 씨 의상에 맞춰 다이아와 옐로우 사파이어로 갈까요? 마침 오프숄더라 목걸이가 리비에르 스타일인 게 적절하네요."

박은수가 팀원들에게 의견을 묻자 대부분 긍정을 보였다. 권은미의 취향을 미리 조사해서 그녀가 좋아하는 보석으로 목걸이를 준비해 주었다. 다행히 그녀가 준비한 의상과 목걸이의 디자인까지 딱 맞아떨어졌다.

그리고 오하나는 목둘레선이 사브리나 스타일이어서 목걸이보다는 귀걸이와 머리 장식에 치중하자는 의견이 나왔다. 오하나의 키가 작고, 의상도 미니 드레스라 아무래도 헤어를 업 타입으로 할 가능성이 컸다. 화려함보다는 단아함이 돋보이게 메인 보석은 진주로 통일하기로 했다.

"채우진 씨는 슈트 카라에 요즘 유행하는 부토니에르를 달면 어떨까요."

권은미와 오하나에 대한 의견이 어느 정도 정리되자 류나예는 눈을 반짝이며 채우진에 대한 의견을 내놓았다. 여배우들과 달리 채우진 측에선 의상에 관한 자료를 넘겨주지 않은 상태였다. 하지만 남자들 슈트 디자인이야 거기서 거기였기에 준비할 장신구는 거의 정해져 있는 셈이었다.

"흐음… 그러기엔 원단이 너무 좋아서."

박은수의 대답에 팀원들은 반짝이는 눈으로 그녀를 보았다. 팀원들이야 예전부터 그녀가 대표님의 부인이라는 것은 알고 있었지만, 이번에 채우진의 모친이란 것까지 밝혀지면서 엄청난 반향을 일으켰다.

특히 평소에도 채우진의 팬임을 숨기지 않았던 류나예는 며칠을 충격에 빠져 살기도 했다. 좋으면서 괜히 수줍고 부끄러운 마음에 박은수의 얼굴도 제대로 보지 못했다. 생각해 보면 매일같이 '내가 당신 아들을 엄청 좋아해요!'라고 말한 셈이 아닌가.

그러던 어느 날 디자인팀 사무실에 채우진이 나타났다. 박은수가 중요한 디자인과 서류를 놓고 왔다면서 마침 집에 있던 채우진에게 가져다 달라고 심부름을 시켰던 것이다.

"이제는 이런 심부름도 마음대로 시킬 수 있어서 좋네. 예전에는 들킬까 봐 엄청 조심했거든."

서류를 건네받으며 박은수는 무척이나 속 시원한 듯 기뻐했다. 그리고 사무실을 찾은 채우진은 디자이너들과 인사한 후 점심까지 함께하고 갔다.

물론 류나예는 광고와 화보를 찍으면서 채우진을 직접 만난 적이 있었다. 하지만 일 관계로 만난 자리에서 회사를 대표해 나온 일개 디자이너의 행동은 늘 조심스러울 수밖에 없었다. 주위에 높은 분들이 있으니 마음껏 제 감정을 드러낼 수도 없어서 늘 어렵고 점잖은 태도를 지켜야만 했다.

하지만 사무실을 찾은 채우진은 마치 어머니 회사에 놀러 온 아이처럼 모든 걸 신기해하고 경쾌했다. 확실히 일을 벗어나서 만난 자리는 서로가 격의 없고 편안했다. 아마도 서류는 핑계고, 그런 자리를 마련해 준 것은 채우진을 좋아하는 팀원들을 위한 조치가 아니었나 싶었다.

그러고 보니 광고가 있을 때마다 다른 이들을 제쳐놓고 현장에 자신을 보내준 박은수의 배려가 새삼 느껴지기도 했다.

'성공한 덕후라는 게 이런 거구나!'

말로만 들었던 그 어려운 것을 해낸 류나예는 그 후부터 소원바라기의 셀러브리티가 되었다. 물론 그래도 아직은 '진희엄마'를 이길 수는 없었지만 말이다.

방금 박은수가 아무도 모르는 채우진의 의상에 대해 거론하자 절로 흥분되는 건 그냥 본능이었다.

"원단이 뭔데요?"

"비큐나."

"비큐나라면 비싸긴⋯⋯."

세상에서 가장 비싼 원단이라는 말을 듣는 비큐나였다. 장인이 수작업으로 재단과 바느질까지 하게 된다면 차 한 대 가격을 웃도는 건 문제가 아니었다. 요즘 비큐나를 혼방해서 만드는 공장제 의상이 솔솔 나오기는 하지만 분위기를 봐선 그런 종류는 아닌 것 같았다.

그런 옷에 핀을 꽂는다는 것은 류나예가 생각해도 범죄였다.

"부토니에르는 포기해야겠네요."

"아깝지만 그건 다음 기회에 하자. 내 담력으로는 도저히 그건 못 해."

처음 그 슈트를 봤을 때를 떠올리며 박은수는 질린다는 듯 고개를 저었다.

"그냥 커프스와 시계로 만족합시다."

"시계도요? 아무리 채우진 씨가 우리 모델이라고 해도 시계는 명품 쪽에서 협찬이 많이 들어오지 않을까요?"

브리싱가멘은 장신구가 메인이기에 시계는 부차적인 메뉴에 불과했다. 전문 회사와 콜라보레이션을 하지 않은 이상, 채우진급이 차기에는 부족한 감이 있었다. 평상시라면 몰라도, 영화제에서 시계까지 차주는 것은 너무 무리한 부탁이라 생각해서 이건 빼자는 의견이 나왔다.

"주는 대로 할 거니까 그런 걱정은 말아요."

단호한 박은수의 대답에 팀원들은 저도 모르게 손뼉을 쳤다. 방금은 팀장과 어머니 포스가 합쳐져서 카리스마가 넘쳤다. 이런 게 또 어머니 찬스인가 싶기도 했다.

회의가 끝나고 자리를 정리하는데 박은수가 류나예를 불렀다.

"이거 몇 권 남아서 가져왔는데 팀에서 원하는 사람 있으면 나눠 가져."

박은수가 건네주는 것은 저번에 우진이 현민과 함께 만든 포토북이었다. 당시 만들었던 사백 권은 모두 판매가 되었다. 하지만 나중에 가족을 비롯해 주위에서 원하는 사람들이 있어서 따로 50권을 재판했다.

그중에 다섯 권을 챙겨온 박은수는 류나예에게 넘겨주며 팀원들과 알아서 가지라고 말했다. 팀에서 류나예를 비롯한 채우진의 팬과 딱 맞는 수였다.

"정말요! 정말 이거 저 주시는 거예요?"

"혼자 가지면 안 되고."

포토북을 받아 들며 류나예의 눈동자에 샛별 하나가 떴다.

포토북을 판매하던 그날, 그녀는 하필 지방에 있었다. 팬카페에 올라오는 글들을 보며 혼자 발을 동동거렸지만, 그녀가 서울에 도착하기 전에 포토북은 모두 판매되고 말았다. 거기에 지난주에 방영된 '삶, 그리다'에서 포토북을 만드는 과정이 나왔다. 제작 과정을 보니 못내 아쉽고 속이 상한 것은 어쩔 수가 없었다.

포토북은 일반 화보와 다른 의미를 지녔다. 화보는 정해진 콘셉트 안에서 연기가 가미되어 스토리를 만들어서 찍는 것이라면, 이번 포토북은 본연 그대로의 채우진을 사진에 담았기 때문이다.

사진 한 장마다 채우진의 성격이 고스란히 드러나는 듯 훤히 보여서 더욱 정겹고 따스한 분위기였다. 일상에서의 그의 모습을 쉽게 상상할 수 있어서 좋았고, 채우진의 중고등학생 시절의 빛바래고 조금은 촌스러운 느낌이 드는 사진들도 함께여서 더욱 좋았다.

비록 실제로는 보지 못했지만, 후기로 올라오는 사진들만으로도 분위기가 고스란히 느껴질 정도로 전달하는 메시지가 분명했다. 카메라를 향해 편안하게 웃고, 짜증 내거나 아예 카메라를 의식하지 않는 듯한 태도에서 채우진이 친구를 얼마나 신뢰하는지가 느껴졌다.

그런 두 사람이 만든 포토북 제작 과정이 방송에 나와서 그나마 아쉬움을 달랠 수 있었다.

방송에서 친구가 하라는 대로 하다가 결국에는 폭발해서 피아노로 운명을 치던 모습은 영화의 한 장면 같았다. 한량 도령을 보고 사극 한 편 찍자는 소리가 나왔듯이, 요즘은 피아니스트로 한번 가보자는 바람이 여기저기서 나오고 있었다.

하지만 팬들을 가장 경악하게 만든 사건은 곰 인형 탈을 쓰고 판촉을 하던 우진의 모습이었다.

지난 금요일 방송에는 비누를 팔면서 곰 인형 탈을 쓴 것이

나온 것뿐이었지만 그것만으로도 충분히 예상되는 부분이 있었다. 포토북을 판매했을 때, 열성적으로 호객 행위를 하는 바람에 사람들의 시선을 끌었다는 그 곰 인형이 바로 채우진이라는 것을 말이다.

류나예도 팬카페에 올라오는 후기에서 그 곰 인형을 가장 많이 보았다. 워낙에 열심히 춤을 추며 사람들을 끌어와서 절로 시선이 갔다는 그 곰. 고객이 원하는 대로 모두 사진을 찍어주고 재롱도 부렸다는 그 곰!

어디서 저런 웃긴 곰을 섭외했는지 모르겠다며 카페에다가 사진과 함께 후기를 올렸다. 그저 포토북 제작에 함께한 친구 중 하나인 줄만 알았는데 그게 바로 채우진이었다는 걸, 방송으로 알게 되었다.

포토북을 구매하지 못한 팬은 그 나름으로, 그곳에 가서 직접 구매했던 팬들은 그들 나름대로 패닉에 빠져서 허우적거렸다.

그나마 곰 인형과 사진이라도 찍은 이들은 괜찮았지만, 포토북에 정신이 팔려서 곰 인형은 무시했던 이들은 그대로 드러누고 말았다. 한순간이나마 채우진과 같은 공기를 마셨음에도 그걸 알지 못한 통한은 매우 컸다.

"이 포토북이 이렇게 내 손에… 그것도 사인까지 있어!"

앞표지 하단 오른쪽에 있는 채우진의 사인을 손으로 쓰다듬으며 류나예는 외쳤다.

"팀장님, 저희 오래오래 함께해요. 회사에 뼈를 묻겠습니다."

"그건 좀… 상상해 버렸잖아."

박은수는 곤란한 표정을 지으며 류나예에게 주었던 포토북을 도로 뺏으려고 했다. 장난이라는 걸 알기에 류나예는 새실거리며 포토북을 꼭 사수하고는 뒤돌아 도망가 버렸다.

이렇게 소원바라기의 새로운 셀러브리티는 오늘 또 하나의 득템과 모험담이 생겼다.

◆　◆◆◆　◆

영화계에서 가장 큰 축제 중 하나인 황룡영화제가 열리는 날, 언론은 물론 많은 사람들이 자신이 좋아하는 배우를 직접 보기 위해 문화의 전당으로 모여들었다.

팬들은 배우가 차에서 내려 레드카펫을 지나가면 목이 쉬도록 그들의 이름을 불렀다. 잠깐 멈칫하는 사이에 눈이라도 마주치면 좋았고, 이렇게 당신의 팬이 많다는 응원이었으며, 그저 자신의 마음을 본능적으로 표현하는 수단이기도 했다.

레드카펫 앞에 배우가 탄 차가 새로 나타날 때마다 그 안에서 나오는 이가 누구인지 알아맞히는 것도 재미였다.

"이번에는 검은 세단이다. 그럼 혼자겠네."

한 영화에 같이 출연했던 배우들이 함께 등장할 때는 밴을 타고 오는 경우가 많았다. 그런데 이번에 등장한 차는 검은색 세단이란 점에서 배우가 한 명일 가능성이 컸다.

"지금까지 안 온 배우가 누구지?"

"삼분의 이 정도 왔으니까… 악~! 채우진이다!"

차에서 내리는 이가 채우진이란 걸 알자마자 그냥 본능이 시키는 대로 소리를 질렀다. 여기저기서 무슨 소리인지 모를 비명

같은 함성이 터져 나왔다.

그가 레드카펫에 한 발 내딛는 순간, 밝은 빛들이 터져 나오며 연예 프로에서 나온 리포터들이 누구보다 큰 목소리로 그를 불렀다.

앞으로 걸어가면서 우진은 자신과 눈이 마주친 이들에게 모두 일일이 인사를 했다. 개중에는 두 달 전에 길거리 데이트를 했던 김우형이 보여서 우진은 반가운 마음에 먼저 알은척을 했다.

"채우진 씨, 안녕하세요. 오늘 유난히 멋있으십니다."

김우형의 말대로 오늘 우진은 유독 짙은 블랙 슈트를 입고 왔다. 몸에 달라붙은 라인이 금욕적인 듯하면서 그의 기다란 다리가 돋보였고, 어깨에서부터 허리에 이르는 선이 굉장히 섹시한 분위기를 연출하고 있었다.

"고맙습니다."

"먼저 오늘 남우주연상 후보로 올라가신 거 축하드립니다. 예감이 어떠세요?"

우진이 인사를 받아주자 김우형은 기회를 놓치지 않고 냉큼 채우진에게 장미 한 송이와 함께 질문을 던졌다. 흔쾌히 장미를 받은 우진은 자리에 멈춰서 김우형을 상대해 주었다.

"좋은 소식은 저만 있는 게 아니던데요. 결혼하신다면서요."

축하한다는 우진의 말에 김우형은 쑥스러워하면서도 그를 결혼식에 초대하는 뻔뻔함을 보였다.

"남우주연상을 타면 제가 어디에 있던 그 결혼식에 꼭 참석하겠습니다."

"아……."

"이걸로 공약할까요?"

"하하하, 그보다는 '붉을 적'이 최고 작품상을 타는 것으로 하면 안 될까요?"

채우진이 남우주연상을 타기 어렵다는 것은 모두가 아는 중론이었다. 영화가 아무리 흥행에 성공하고, 배우의 연기가 완벽했다는 평이 자자해도 2년 차 배우에게 남우주연상을 줄 리는 없기 때문이다. 대신 지난주에 있었던 대동영화제에서 작품상을 받은 '붉을 적'의 수상 가능성은 컸다.

"그럼 재미가 없잖아요. 차라리 제가 2부에 상을 타게 된다면으로 바꾸죠."

우진은 2부에 남우인기상과 남우주연상에 노미네이트되어 있었다. 하지만 우진은 어느 것도 가능성이 없다고 예상하였다. 남우인기상은 심사 위원이 아닌 모바일과 인터넷 투표로 뽑는 상이었다.

하지만 국내외의 투표 비율을 6 대 4로 잡아서, 국내에서 아무리 투표를 많이 받아도 해외에서 못 받으면 아무 소용이 없었다. 즉 한류 스타들에게나 유리한 시스템이었다.

아직 해외 진출을 하지 않은 우진은 해외에서 그에게 표를 줄 팬들이 없었다. 남우주연상만큼 남우인기상 역시 그에게는 요원한 상이었던 것이다.

"콜 하겠습니다!"

"정말요?"

뜻밖에 김우형이 바로 승낙하자 이번에는 우진이 놀라 되물었다. 하지만 이 상황에서 그거라도 해야지 이야깃거리가 있다는 걸 깨닫고 우진도 흔쾌히 받아들였다.

김우형을 뒤로하고 레드카펫을 걷던 그의 눈에 낯이 익은 기자들이 보였다.

저번 사태로 인해 한동안 우진은 기자들을 냉담하게 대했다. 그의 시선에 쭈뼛대는 기자들을 보며 우진은 먼저 화해의 손을 내밀었다.

기자들과 오랫동안 척을 지는 것보다는 적당한 때에 서로 손을 잡는 게 전략상 유리했다. 현재는 저들이 잘못한 상태이고 정황상 우진이 강자로 보여 조심스러워할 수 있으나, 이 상태가 오래가는 건 그에게도 좋지 않았다.

저들이 가지고 있는 힘은 공정함이 아니라 그들이 가지고 있는 펜에서 나왔다. 펜이 써 내려가는 글자의 힘은 진실보다 무서웠다. 그래서 힘겨루기에서 약간의 우세를 유지할 때, 너그럽게 용서해 주는 몸짓을 보여 화해를 유도하는 게 좋았다.

우진이 먼저 다가와 기자들에게 인사하고 미소를 보내자, 긴장하던 기자들 사이로 한숨 돌리는 소리가 들렸다.

하여튼 그들에게 향한 우진의 미소로 그들은 좋은 사진을 얻을 수 있었다. 먼저 보낸 화해를 기자들이 거부할 이유는 없었다. 이로써 그들 사이에 있었던 피 말리던 반목도 끝난 셈이었다.

기자들에게는 화해의 손길을 보낸 후에 우진은 그를 연호하는 팬들에게도 손을 흔들었다. 마침 손에 들고 있던 장미에서 꽃잎이 떨어지면서 그에게 작은 꽃비를 선사했다.

붉은 장미 잎이 머리카락에 붙은 것도 모르고 그는 포토월에 섰다. 그리고 포토월에 있는 후원사 배너에 바른정을 발견하고는 곧바로 굳으려는 얼굴을 가까스로 폈다.

최대한 표정 관리를 하며 작년 이맘때를 떠올려 보았다. 분명 우진이 기억하기에 작년 황룡영화제의 후원 기업 중 바른정은 없었다.

배너의 위치가 딱 우진이 서 있는 얼굴 옆으로 잡혀 있었다. 포토월에서 찍힌 사진을 보면 우진과 바른정의 배너가 나란히 보일 것이다. 모르는 사람이 보면 이상하지 않겠지만, 사연을 아는 이들에게는 분명 색다른 의미로 보일 게 분명했다.

우진은 이런 것이 짜증이 났다. 진심은 없고, 모든 게 철저히 계산적이고 자연스럽게 이슈를 만들어내려는 속내가 훤히 보였다.

어떠한 반발이나 튀는 행동도 할 수 없는 상황에서 갑자기 들어온 공격에 우진은 당황했지만, 그래도 의연하게 아무런 내색 없이 침착하게 굴었다.

무심한 표정으로 배너를 무시하고 카메라를 향해 미소 지었다. 최대한 그가 지을 수 있는 최고의 미소였다. 황이영에게 코치를 받고, 거울을 보면서 수없이 연습했던 그의 필살기 중의 하나였다. 황이영이 이렇게 웃고 다니면 주변은 보이지 않고 우진의 얼굴만 보일 거라고 말한 적이 있었다.

사실인지는 모르겠지만, 뒤에 있는 배너 따윈 눈에 들어오지 않았으면 좋겠다는 마음으로 우진은 최선을 다해 연기했다.

일시나마 조금이라도 효과가 있기를 바라면서 말이다.

◆　　◆◆◆　　◆

1부 행사가 끝나고 잠시의 휴식 시간 동안 우진은 화장실을 들렀다. 손을 씻고 있던 우진은 옆에서 자신을 툭툭 치는 손길에 고개를 돌렸다.

그곳에는 친한 지인을 오랜만에 만난 듯 반가워하는 윤성환이 있었다. 손에 묻은 물기를 털면서 우진은 허리를 숙이고 꾸벅 인사를 했다.

"안녕하세요. 오랜만에 뵙겠습니다."

"그래, 정말 오랜만이다."

윤성환이 손을 내밀자 우진은 급한 나머지 젖은 손을 허벅지에 닦았다. 순간 이 옷을 입을 때 조심해야 한다고 강조했던 황이영의 말이 떠올라 멈칫했지만 이미 늦어버렸다.

"아까 상 받은 거 축하한다."

"고맙습니다."

"신인상은 아깝게 됐어. 그래도 대동에서 받았으니 됐지. 그리고 무엇보다 남우주연상 후보에 올랐잖아."

우진은 1부에서 '라이온을 찾아서'로 남우조연상을 받았다. 박광헌이란 캐릭터가 워낙에 히트를 쳐서 몇 신 나오지도 않는데 조연상을 타게 되었다. 반면 우진은 황룡에서는 신인상 후보에 들어가지 못했다. 일주일 전에 있었던 영화제에서는 명환대군으로 신인상을 탄 것에 비해, 황룡영화제에서는 아예 후보로 들지 않은 것이었다.

후보로 올라갔다면 상을 받는 것은 확실하기에 어느 정도 아쉬움이 남았다. 인생에 딱 한 번밖에 받을 수 없다는 상이라 무엇보다 소중하다는 선배들의 말이 있어서 우진도 덩달아 기대가 컸다. 기왕이면 영화제 두 곳에서 모두 신인상을 타고 싶은 욕심이 없지 않았다.

그런데 재미있는 건 황룡영화제에선 신인상 대신에 남우주연상 후보로 올라갔다는 점이었다.

매년 영화제마다 신인상의 기준이 모호해서 영화 몇 편을 찍고 나서 후보에 오르는 경우가 있고, 작년에도 후보였다가 올해에도 신인상 후보로 올라 결국 상을 탄 우진 같은 예도 많았다.

반면 황룡영화제는 우진에게 신인상 대신에 남우주연상 후보라는 영예를 주었다. 데뷔 2년 차에게는 영광이었지만 실질적인 이득은 없는 노미네이트였다. 우진의 경력으로는 딱 신인상이 걸맞았기 때문이다.

아무리 그의 명환대군이 공전의 히트를 치고 평론가들의 감탄을 받았다고 해도 이번에 남우주연상 수상은 현실적으로 무리였다. 연기력이 문제가 아니라 그의 나이와 경력의 짧음이 걸림돌이었다.

영화제에서 수상자를 결정하는 건 연기와 작품만이 기준이 아니었다. 일간에선 채우진이 3~4년 뒤에 '붉을 적'을 찍었다면 그의 남우주연상 수상이 당연했을 텐데, 아깝게 되었다는 평이 많았다. 신인상은 날아가고, 남우주연상도 못 받을 테니 이도 저도 아닌 게 되어버렸다. 그래서 윤성환도 신인상이 아쉽다고 한 것이다.

하지만 우진의 경력에 벌써 남우주연상 후보에 올라간 것이 어디인가. 그것만은 분명 축하하고 축하받을 일이었다.

"그래도 작품상은 '붉을 적'이 받을 거야. 이건 반론의 여지가 없어."

김우형이 괜히 작품상을 가지고 공약을 걸라고 했던 게 아니었다.

"좋게 봐주셔서 감사합니다."

"그냥 하는 소리가 아니라, '붉을 적'을 보는데 오랜만에 여기가 두근거리더라니까."

윤성환은 자신의 가슴을 손으로 두들기며 그때의 여운을 다시 즐겼다. 예술에 미친 명환대군의 삶에서 어쩌면 자신의 모습을 비추어 봤는지도 몰랐다. 무언가에 미쳐서 사는 사람들의 근본적인 마인드는 시대와 상황을 떠나서 항상 비슷하기 때문이다. 그래서 데뷔 초부터 괴물이라 불리던 우진이 윤성환은 무척이나 마음에 들었다.

우진의 어깨에 팔을 걸친 윤성환은 품에서 폰을 꺼내며 말했다.

"이렇게 만났으니 사진이나 한 장 찍자. 우리 딸내미가 네 팬이거든."

"아, 지아요?"

윤성환의 딸을 떠올리며 우진도 미소를 지었다. 현재 초등학생인 윤지아는 굉장히 발랄하고 귀여운 아이였다.

"역시 셀카는 화장실에서 찍어야 최고지!"

하얀 타일을 배경으로 하고, 화장실 조명을 의지해 찍은 사진을 확인하며 윤성환은 만족해했다. 채우진과 함께 찍은 사진에서 이 정도면 선방한 셈이었다. 중년의 중후함이 돋보이게 나왔다며 은근히 기뻐하기도 했다.

"언제 밥 한번 먹자."

"정말요? 저 정말 기대하니까 말로만 하시기 없습니다."

"당연하지! 조만간 내가 연락하마. 전화 안 바꿨지?"

"네!"

"그럼 며칠 이내로 전화할게. 그런데 왜 그렇게 바싹 얼었어? 우리 사이에……."

말을 하다가 윤성환은 순간 멈칫했다. 그의 반응에 우진은 의문을 가지다가 점점 그도 이상한 점을 깨닫고 삽시간에 얼굴을 붉히고 말았다.

"우리 사이가……."

"오늘 처음 만난 사이인 것 같습니다."

"당연히 내가 네 전화번호를……."

"알려 드린 적이 없으니 모르실 겁니다."

오늘 이 장소에서 처음 만났는데 전화번호를 교환하고 말고 할 기회조차 없었다.

"그런데 우리 왜 이렇게 낯익고 익숙하냐?"

만난 적은 없지만 '삶, 그리다'에 함께 출연했으니 그 친숙함이 다른 이보다 배가 되었던 모양이다. 우진이 윤성환의 딸인 지아를 아는 것도 방송에서 보았기 때문이었다.

TV에서 계속 본 익숙한 얼굴, 같은 프로를 찍었다는 점에서, 만나본 적도 없으면서 두 사람은 착각에 빠지고 말았던 것이다.

"저, 제 전화번호 알려 드릴까요?"

"그래."

윤성환은 우진에게 자신의 폰을 내밀면서 웃음을 참았다. 연예인들 사이에선 이런 일이 종종 있었다. 한 번도 만나본 적 없으면서 서로 아는 사이인 줄 착각해 친한 척하다가 돌아서면서 아차 하는 일이 많았다.

윤성환의 폰에다 제 번호를 찍으면서 우진도 웃고 말았다.

작년 황룡영화제에 참석했을 때는 처음 본 배우들이 마냥 신기해 연신 두리번거리면서 구경했던 기억이 있다. 그런데 오늘은 마치 예전부터 친했던 사람처럼 친숙하게 느껴지니, 이런 게 격세지감 같았다.

다음에 보자는 인사를 하고 윤성환은 화장실을 찾은 원래 목적을 위해 안으로 들어갔고, 볼일을 끝낸 우진은 밖으로 나왔다. 1부가 끝나고 가지는 휴식 시간이라 화장실을 오가는 사람들이 많았다.

아는 얼굴들도 있고 아닌 이들도 있었지만, 우진은 얼굴을 마주친 모든 사람에게 인사를 했다. 그래서 화장실에서 복도로 나오는 시간이 생각보다 길었다.

발걸음을 재촉하던 우진은 이번에는 정말 아는 사람을 만났다. 상대도 우진을 발견하고 멈칫하더니 대번에 인상을 찌푸렸다. 다른 이들에게 그랬던 것처럼 그냥 인사만 하고 지나치려는데 박민이 천천히 우진의 앞에 다가와 섰다.

그런데 우진의 머리에서 발끝까지 쓱 훑어보던 그의 눈이 세모꼴이 되었다.

"안녕하세요."

더는 피할 수가 없어서 우진이 먼저 인사를 했다. 되도록 책이 잡히지 않도록 예의를 지키다 보니 다소 경직된 분위기가 연출됐다.

박민이 대놓고 우진을 싫어하는 건 대한민국에서 모르는 사람이 없었다. 함께 찍은 영화에서는 존재감과 연기력에서 밀리고, 동시간대 다른 방송국에서 했던 드라마 역시 우진에게 패배한 전적이 있으니 당연한 일이었다. 보통은 이런 속내를 감추지만 박민은 그러지 못했다는 점이 유감이었다.

인터뷰 중에도 우진의 이야기만 나오면 각을 세우고 날카롭게 반응하니 기자들은 얼쑤 좋다고 항상 미끼를 던졌다. 적당히 무시할 만한데도 박민은 제 이미지는 생각지도 않고 항상 그 미끼를 물었다.

기자들에게도 그러는데 사석에서는 오죽하겠는가. 술만 들어가면 대놓고 채우진 욕을 하기로 유명했다. 그래서 박민의 지인이 제보자가 되어 나오는 기사가 많았다.

이러니 우진도 박민이 자신을 싫어한다는 걸 모르려야 모를 수가 없었다. 지금도 주위에서 호기심 어린 시선으로 두 사람을 보고 있는 게 느껴져서, 우진은 등과 어깨에 힘을 주면서도 온순한 미소를 잊지 않았다. 기세에서 지면 안 되지만 또한 너무 거만해 보여도 안 된다.

어느 사회에서나 선후배 관계는 동료이면서 경쟁 상대였다. 버릇없다는 평가는 도움이 안 되지만 밀려서도 안 되는 사이였다.

"그 옷이 너한테 갔네?"

"네?"

"아니, 됐어."

우진의 슈트 카라에는 루이스 디엘의 시그니처인 두 개의 고사리 잎사귀가 교차한 수가 놓여 있었다.

디자인이 박민이 본 적 없는 슈트인 것을 보면 이번에 새로 나온 것임이 분명했다. 슈트의 디자인이 거기서 거기라고 생각하는 이들이 많지만, 여성복 못지않게 유행에 민감하고 브랜드별로 확연한 차이가 있었다.

박민은 우진이 입고 있는 슈트를 보자마자 그것이 얼마 전에 루이스 디엘이 누군가에게 선물했다던 옷임을 눈치챘다. 그것도 모르고 코디를 박시연에게 보내서 부탁했던 걸 생각하면 절로 이가 갈렸다. 시상을 위해서 어쩔 수 없이 참석한 영화제에서 이런 모멸감을 느끼다니 기분이 아주 더러웠다.

박민은 우진의 옆을 스치고 지나가면서 그의 어깨를 일부러 밀듯이 툭 쳤다. 그러나 밀린 것은 되레 그 자신이었다. 운동으로 다부진 채우진의 몸은 마르고 날렵해 보이는 것과 달리 굉장히 단단했다. 어깨로 툭 치는 것으로는 어떤 대미지도 줄 수 없었고, 도리어 박민이 당하고 말았다.

두어 걸음 뒤로 밀려난 그를 보며 우진이 괜찮으냐고 묻자 박민은 버럭 성을 냈다.

"똑바로 보고 다녀!"

"저, 아까부터 계속 가만히 서 있었는데요?"

우진이 천연덕스럽게 고개까지 갸웃거리며 묻자 박민은 입을 다문 채로 삿대질만 해댔다. 아무리 안하무인이라도 복도를 지나가는 이들의 시선을 의식 안 할 수가 없었다. 게다가 박민의 스폰서가 채우진의 외조부에게 신세 진 것이 많으니, 사이 좋게 지내라고 딱 잘라 말한 것도 있었다.

박민은 씩씩거리며 말없이 몸을 돌려 승강기가 있는 곳으로 가버렸다. 오늘은 시상을 위해 왔고 그의 역할은 이미 1부에서 끝났다. 더는 이곳에 머무를 이유가 없었다.

떠나는 박민의 등에 대고 우진은 우직하게 인사를 했다.

두 사람의 모습을 보고 다른 이들은 박민이 또 채우진에게 시비를 걸었다고 자연스럽게 생각했다. 사실이기도 했지만 평소의 행실이 도움 되지 않아 먼저 안 좋은 시선으로 박민을 보게 되었다. 사실 잘나가는 후배를 질투하는 거야 이 바닥에선 공공연한 일이기도 했다. 그걸 잘 감추느냐 못하느냐가 성품의 차이일 뿐이었다.

"왜 이렇게 늦었어요. 설마 조연상 받았다고 울었어요?"

우진이 자리에 앉자마자 오하나가 궁금한 듯 작게 물었다. 그 말이 우진의 왼편에 앉아 있던 권은미에게도 들렸는지 그녀는 눈썹을 찌푸리며 오하나를 노려보았다.

"지금 그 말, 나한테도 하는 말이야?"

오늘 권은미는 설하 역으로 여우조연상을 탔다. 같은 영화를 찍고, 같은 조연상을 받았지만 상을 받게 된 영화는 서로 달라 수상 소감을 하면서 서로 웃기도 했다. '붉을 적' 스태프가 '라이온을 찾아서'의 스태프를 밀치고 우진에게 꽃을 주기도 했다.

"아니라는 걸 알면서."

자기만 빼놓고 두 사람만 상을 타서 샘이 나 그런다고 오하나가 귀엽게 투덜거렸다.

"그래도 사람 많은 곳에선 항상 말조심하라고 했잖아. 넌 하고 싶은 말이 있으면 못 참는 게 탈이야."

권은미가 좌우를 둘러보고 최대한 작은 소리로 오하나를 야단쳤다.

"알았어요. 언닌 맨날 나만 가지고 그래."

"널 아끼니까 그런다. 어디 가서 실수할까 봐."

"또또, 내가 경력만~!"

"그 경력 버리라고 했지!"

어디서 꽃밭에서 굴던 경험을 가지고 진흙밭에 들어오려고 하냐며 권은미가 혀를 찼다.

괜히 말을 꺼냈다가 본전도 못 찾았단 생각에 오하나는 입이 합죽이가 되었다. 괜스레 드레스 자락의 주름을 매만지다가 권은미를 보고 한숨을 내쉬었다.

"언니 드레스 정말 예쁘다. 나도 오프숄더로 입고 싶었는데… 이거 너무 고지식해 보이지 않아요?"

권은미는 라이트 옐로우에 어깨가 완전히 드러나는 여신 드레스를 입고 있었다. 레드카펫 위에서 바람에 나부끼며 몸매의 굴곡이 고스란히 보였는데 조각이 따로 없었다. 걸을 때마다 치맛자락이 뒤로 휘날리는 게 마치 나비가 춤을 추듯 환상적이어서 같은 여자가 봐도 한눈에 반할 정도였다.

반면 오하나는 무릎 위로 올라오는 미니 드레스를 입었지만, 소매가 손목까지 가리고 있었다. 스스로 생각하기에 이런 디자인은 조금 고리타분하지 않나 싶었다.

　장신구도 차이가 났다. 옐로우 사파이어와 다이아몬드로 장식한 목걸이는 또 어찌나 화려하고 아름다운지. 진주 펜던트 여러 개가 체인으로 연결된 자신의 드롭 귀걸이와 한 세트인 머리 장식도 예쁘지만, 권은미 것과 비교하면 너무 수수한 것 같았다.

　물론 자신의 외모와 의상에 저런 화려한 목걸이를 한다면 오히려 우스울 거라는 걸 알면서도 자연히 비교가 되었다.

　검색해 보니 벌써 황룡영화제 베스트드레서는 권은미라는 이야기가 나오고 있었다. 오하나는 다행히 평은 나쁘지 않았지만 대부분 귀엽다는 평이었다. 성숙해 보인다는 반응을 원했던 그녀로선 실망이 이만저만이 아니었다.

　"괜히 언니랑 레드카펫 밟는 바람에 비교만 당하고."

　오늘 오하나는 권은미와 함께 입장해서 레드카펫을 밟았다. 원래는 우진이 지금 앉아 있는 위치처럼 양쪽에 두 아가씨를 동반하고 입장하기로 했지만, 그의 스케줄이 중간에 꼬이고 말았다. 어제였던 광고 일정이 소품인 피아노에 문제가 생겨 오늘로 변경되면서, 시간을 두 사람과 맞추기 어렵게 된 것이다.

　오늘 그가 찍은 것은 커피 광고였다. 방송에서 피아노를 치는 걸 한 번 보여줬더니 그 콘셉트를 그대로 따와서 광고에 반영하게 된 것이었다. 아침을 깨우는 커피 한 잔과 여유로운 피아노 연주가 주는 분위기가 참 잘 어울렸다. 현민이 찍고 싶었던 분위기를 우진이 대신 광고로 재현한 것이다.

　광고 때문에 우진이 혼자서 레드카펫을 밟았지만 반응은 오히려 더 좋았다. 남성은 남성대로, 여성은 여성대로 채우진이 양쪽에 두 아름다운 미인과 함께 입장하는 모습을 안 봐서 좋다는 의견이 다수였다.

"서로 다른 매력이지 누가 못한 게 아니잖아. 난 오늘 네가 너무 귀여워 죽겠는데?"

권은미의 칭찬에 오하나는 금세 볼이 발그레해졌다.

"언니도 참~!"

싫지 않은 반응을 보이는 오하나와 그걸 흐뭇하게 바라보는 권은미 사이에 우두커니 앉은 우진은 이제는 완전히 포기한 상태였다. 이 두 사람이 이러는 것이 처음도 아니고, 어째서인지 날이 갈수록 점점 더 사이가 좋아지는 것 같았다.

나쁜 것은 아닌데 여자들은 이런 식으로 우정을 쌓는가 싶어서 신기하기도 했다. 만나기만 하면 서로 칭찬하지 못해 안달이고, 서로를 반짝이는 눈으로 보는 바람에 처음에는 두 사람 사이를 살짝 의심하기도 했다.

예전에 황이영에게 들은 소리가 있어서 솔직히 그쪽으로 생각하기도 했었다. 그러나 여동생이 친구와 나누는 대화를 보고 이게 이상한 현상이 아니라는 걸 알았다. 겨우 며칠 만에 보면서도 서로 얼싸안으며 몇 년 만에 만난 사람들처럼 굴지를 않나, 어쩜 이렇게 예뻐졌냐부터 시작해서 온갖 칭찬이 오가는데 듣는 사람이 오그라들 정도였다.

우진이 보기에 우희의 친구는 예전에 보았을 때하고 크게 달라지지 않았다. 외모는 솔직히 평범하다는 것 말고는 달리 표현할 말이 없었다. 그런데 우희는 세상에 없는 미인을 만난 듯 숨이 넘어가는 반응을 보였다.

동생을 알기에 그 반응이 거짓이 아니라는 걸 알 수 있었다. 아마도 친구에 대한 애정이 콩깍지를 만드는 게 아닌가 싶었다. 한창 사랑에 빠져 있을 때는 세상이 그저 아름답게 보이듯이, 좋아하는 친구에게서 단점을 찾기가 어려운 모양이었다. 그 후로는 권은미와 오하나의 관계에 익숙해지고 말았다.

그렇다고 이 두 사람이 언제나 좋기만 한 건 또 아니었다. 조금 전처럼 아니다 싶으면 권은미는 가차 없이 오하나에게 지적을 했고, 가끔은 싸움으로 이어지기도 했다. 한때는 세상에 다시 안 볼 것처럼 싸우는 바람에 촬영장 분위기를 냉전 시대 저리 가라 할 정도로 만들어놓기도 했다.

그러고는 다음 날 둘이 팔짱을 끼고 나타날 때도 있었다. 그렇다 보니 이제 두 사람이 무슨 이야기를 하든 우진은 그러려니 했다.

"이렇게 떨어져 있으면 대화하기 어렵지 않아요? 내가 자리 바꿔줄까요?"

자신이 가운데 있는 바람에 양쪽에 앉아 있는 두 사람이 대화를 나누는 게 수월치 않았다. 상체만 쭉 내밀고 서로 얼굴 보면서 말하니 중간에서 우진이 움직이지도 못했다. 그러느니 차라리 우진이 두 사람 중에 누구 하나와 자리를 바꿔주는 게 나을 것 같았다.

"어머! 그 정돈 아니에요."

"맞아요. 언니, 자세한 이야기는 나중에 해요."

지금까지 나눈 대화만도 꽤 많은 것 같은데 아직 못다 했다면서 두 사람은 아쉬워하고 있었다.

오하나를 보면서 우진은 문득 옛날 일이 떠올랐다. 권은미에게 스폰서가 있을 거라고 자신 있게 주장하던 모습이 아직도 선했다. 그런데 정작 권은미와 저렇게 죽고 못 사는 사이가 되어 있으니 신기하기까지 했다.

"지금도 권은미 씨에게 스폰서가 있다고 생각해요?"

영화가 개봉되고 지방으로 무대 인사를 다니다가 둘만 있게 된 자리에서 우진이 이런 질문을 한 적이 있었다. 촬영하던 당시보다 더욱 친해진 두 사람을 보고 신기해서 물은 건데, 그날 우진은 오하나에게 멱살을 잡혔다.

"그 말! 어디 가서 하기만 해봐요!"

정작 그 말을 한 당사자가 오히려 우진에게 화를 냈다. 어처구니없는 유언비어에 화를 내는 것 같기도 하고, 그런 말을 했던 자신의 과거를 부정하는 듯한 모습에 우진은 그냥 조용히 동조해 주었다.

하지만 권은미가 한 번씩 내비치는 속내를 보면 우진은 그녀가 오하나가 했던 생각과 말을 이미 알고 있는 게 아닌가 하는 느낌을 받았다. 낮말과 밤말을 듣는 게 꼭 새와 쥐만 있는 게 아니니, 전해 전해 권은미의 귀에까지 닿지 말라는 법은 없을 테니 말이다.

그런데도 진심으로 오하나를 귀여워하고 아끼는 게 느껴져서, 우진은 권은미가 생각보다 품이 큰 사람이라고 평가하게 되었다. 물론 그의 생각과 평가가 어떤 영향도 끼치지 못할 정도로 두 사람의 관계가 견고하다는 것은 분명했다.

이야기는 나중에 하자면서 권은미와 오하나는 다시 그를 사이에 두고 대화 중이었다. 함께 자리했으나 조금 쓸쓸하다는 생각이 들어 우진은 이제 막 시작하는 2부 행사에 집중하게 되었다.

행사 중간에 걸 그룹이 나와서 공연하는 모습을 보며 우진은 문득 채우라가 떠올랐다.

아무 일도 없었다면 베리로즈도 오늘 이곳에서 공연을 했을까 싶었다. 전해 들은 그 아이의 성격으로 봐선, 같은 연예인 앞에서 공연하는 걸 거부할 소지가 커서 이곳에서 만날 일은 없을 것 같기도 했다.

친부에 대한 감정이 그 아이에게까지 가는 게 불공평하다는 건 안다. 그러나 우진은 이 순간 채우라를 보지 않아서 좋았다. 어쩌다가 불가피하게 만나는 그런 우연 같은 것도 사양하고 싶었다.

그것은 우진이 가지는 작은 이기심이었고 누그러뜨리기 힘든 분명한 배타심이었다. 오늘 후원사 배너에서 바른정식품을 발견했을 때 느꼈던 불쾌함과 비슷한 모양을 지닌 감정이었다.

걸 그룹의 공연이 끝나자 우진은 서둘러 기분 나쁜 생각을 털어냈다.

머릿속은 온갖 생각들로 범벅인 와중에도 우진은 미소를 지은 채로 기계적으로 손뼉을 치고, 수상하는 이들이 소감을 말할 때마다 열심히 호응해 주었다. 멋진 수상 소감에는 고개를 끄덕이며 언젠가 자신도 저 자리에서 저런 말을 할 수 있기를 바랐다.

지난주에 대동제에서 신인상을 받았을 때와 오늘 1부에서 조연상을 받으면서 우진은 조금은 무미건조한 수상 소감을 말했다. 어느 정도 예상한 수상이었기에 미리 소감을 준비하기는 했다. 그러나 쓰면 쓸수록 미학적이고 말만 길어져서, 정석대로 고맙다는 인사와 노력하겠다는 말로 간단히 대처했다.

단상을 내려오면서 이것밖에 못 하냐고 자책해도 다음 기회는 아마 내년에나 가능해 보였다. 참고를 위해 다른 사람의 수상 소감을 열심히 듣다 보니 확실히 연륜이라는 게 무시할 수가 없었다. 예상하지 못한 상을 받는 순간에도 재치 있고 여유로운 선배들의 모습은 무척이나 인상적이었다.

다른 이들이 수상하는 모습을 감상하는 사이에 우진이 후보에 오른 인기상 차례가 왔다.

"인기상의 의미는 매우 크다고 봅니다. 그것은 바로 대중 여러분이 저희에게 주는 상이기에 그렇습니다. 영화 관계자, 평론가분들의 평가와는 다른 성취감을 저희에게 주죠. 그럼 남배우 인기상 후보를 보겠습니다."

배우들의 이름이 거론될 때마다 무대 위의 커다란 화면에 그들의 얼굴이 차례로 떴다.

우진은 자신의 이름과 얼굴이 전광판에 보이는 걸 열의 없이 구경했다. 마치 이 순간을 제삼자의 시선으로 바라보는 기분이었다. 그래서 시상하러 나온 배우들의 대화를 들으며 반쯤 멍하니 있었다.

오전부터 광고 촬영을 한 데다가 끝나자마자 바로 영화제에 참석했다. 그리고 '붉을 적'이 작품상을 받을 여지가 가장 컸기에 피곤하더라도 마지막까지 자리를 지켜야만 했다. 나오려는 하품을 꾹 참으며 우진은 얼른 이 시간이 지나기를 바랐다.

"그럼 남우인기상을 발표하겠습니다. 흐음, 이분이시군요. 저도 이분이 참 좋습니다."

40대의 나이에도 여전히 아름다운 최선혜는 카드에 적힌 이름을 보고 곱게 미소 지었다.

"수상자를 발표하겠습니다. 남우인기상은 '붉을 적'의 채우진 씨."

최선혜가 굉장히 귀에 익은 이름을 부르자 채우진은 열성적으로 손뼉을 쳤다. 조금은 부러운 마음을 담아 무대 위에 있는 커다란 전광판을 쳐다보았다. 후보였던 이들의 얼굴은 사라지고 오로지 한 사람만 화면에 남아 있었다.

열심히 박수를 치고 있는 자신의 모습을 전광판에서 보고 우진은 그 이유를 몰라서 살짝 고개를 갸웃거렸다. 우진이 영문을 모르겠다는 얼굴을 할수록 박수 소리는 점점 커져만 갔다.

참다못한 오하나가 결국은 팔뚝으로 그를 툭툭 쳤다.

"안 일어나고 뭐 해요?"

"왜요?"

"방금 오빠 이름이 불렸잖아요."

"나?"

우진은 손으로 자신을 가리키며 물었다. 그 모습이 그대로 전광판에 비치자 여기저기서 웃음이 터져 나왔다. 그제야 주위를 둘러보고, 전광판을 다시 올려다본 우진은 엉거주춤 자리에서 일어나며 권은미에게 확인차 물어봤다.

"방금 제 이름이 불린 거 맞아요?"

"맞아요."

"아닌데 제가 막 일어나는 거 아니죠?"

"맞다니까요."

답답하다는 듯 권은미는 우진의 등을 떠밀었다. 살짝 비틀거리며 우진은 통로로 빠져나와 무대로 걸어 나갔다. 믿기지 않아 어리벙벙한데 생각해 보니 자신의 이름이 불린 것도 같았다.

"채우진 씨, 거기서 그만 방황하고 어서 올라오세요."

여전히 머뭇거리다 다른 곳에 앉아 있는 강민호에게 재차 확인하고 있는데 최선혜가 그를 불렀다. 강민호의 확인과 최선혜의 부름에 우진은 그제야 주저함을 버리고 단상 위로 올라갔다.

"여기까지 오는데 왜 이렇게 오래 걸립니까?"

"여기서 제 이름이 불릴 줄 몰랐거든요."

우진이 믿기지 않는다는 표정을 짓자 최선혜는 자신이 들고 있는 카드를 우진에게 보여주었다. 거기에 적힌 자신의 이름을 확인하고서야 우진은 멋쩍게 웃었다. 축하 꽃다발과 상을 받고 수상 소감을 말해야 하는데 우진은 준비한 말이 없었다.

조연상은 주최 측과 오가는 이야기에서 대충 눈치를 채서 준비를 해두었는데 이번에는 아니었다. 그렇다고 아까 한 말을 또 할 수도 없어서 목이 말랐다.

"에, 그러니까 하고 싶은 말은 아까 다해서 지금은 아무 생각이 나지 않네요. 우선 이 상을 받을 수 있을 거라고는 상상조차 못 해서, 죄송합니다."

우진은 먼저 무대 위로 늦게 나온 것에 대해 사회자와 그 뒤편에 있는 행사 스태프들에게 사과를 전했다.

"처음 명환대군을 만났을 때 망설이던 저에게 윤선 감독님이 그러셨죠. 명환대군과 이 세상을 사는 수많은 명환대군들에게 봄을 선사하고 싶다고요. 그 말씀처럼 '붉을 적'은 저에게 봄을 주었고 이렇게 꽃까지 피었네요."

우진은 손에 쥔 트로피를 내려다보며 잠시 회상에 잠겼다.

"처음 연기를 시작한 이유는 제가 행복해지기 위해서였습니다. 아마 명환대군 역시 저처럼 당신의 행복을 위해 사셨을 거라 생각합니다. 하지만 지금은 그분의 삶이 우리를 슬프게도, 혹은 행복하게 해주기도 하지요. 저 역시 그러고 싶습니다. 제가 하는 연기가 저만의 기쁨이 아닌 여러분의 행복도 되었으면 좋겠습니다. 그런 연기자가 될 수 있도록 늘 노력하겠습니다. 고맙습니다! 아, 그리고 김우형 씨 청첩장 보내주세요. 결혼식에 꼭 참석하겠습니다."

수상 소감 끝에 레드카펫 위에서 리포터인 김우형과 했던 공약을 생각하며 우진은 트로피를 들고 흔들었다. 2부에서 이렇게 상을 탈 줄 몰랐기에 했던 약속이지만 즐겁게 지킬 의향이었다.

소감이 끝나자 박수 소리가 귀에 울릴 정도로 컸고 손에 든 트로피는 묵직했다. 예상하지 못한 상을 받은 만큼, 그 후로 시간은 굉장히 빨리 지나갔다. 무거웠던 몸은 언제 그랬냐는 듯이 가벼웠고 심장은 기분 좋게 내내 두근거렸다.

그리고 영화제의 마지막 하이라이트, 최고 작품상에 '붉을 적'이 호명되자 모든 게 완벽해졌다.

처음 '붉을 적'의 명환대군이 자신을 찾아왔을 때가 생각났다. 자기애로 똘똘 뭉친 명환대군이자 자신의 전생에 대한 거부감으로 우진은 그를 피했다. 오로지 전생이란 이유로, 누구보다 명환대군에 대해서 잘 알고 있다는 자신감이 편견을 만들었다.

하지만 현재 우진은 자기 자신에 대해서도 많은 걸 모르고 있었다. 당장 내일의 채우진이 어떤 모습일지 모르는데 전생이라고 달랐을까.

명환대군을 연기하면서 자신이 몰랐던 전생의 모습을 보았다. 그리고 안쓰럽고 사랑하게 되었다.

우진은 지금껏 연기를 하면서 캐릭터에 빠지기는 했지만, 그 배역을 자신이 연기해야 하는 대상으로 보았지 진심으로 사랑한 적은 없었다. 흥미로운 도전의 대상으로만 여겼던 것은 연기를 주체로 보았기 때문이다. 배역은 그저 연기를 위한 도구로 보았다.

그러다 명환대군을 연기하면서, 자신을 돌아보게 되고 이해하는 법과 사랑하는 법을 배웠다. 그리고 자신이 연기하는 배역에게도 그 마음이 전해졌다.

'붉을 적'의 명환대군은 우진에게는 굉장히 익숙한 대상이면서 새로운 세상을 열게 해준 문이었다. 그래서 '붉을 적'의 명환대군으로 상을 받게 된 것이 그에게는 큰 의미가 있었다.

상이 상이라서 좋은 건지, 인정을 받아서 좋은 건지, 그 모든 것이 다 좋아서 행복한 것인지는 모르겠다.

어느 유명한 여배우가 했던 말처럼, 오늘은 아름다운 밤이었다.

◆　◆◆◆　◆

채우진이 이해하지 못했던 것은 자신이 인기상을 받았다는 점이었다. 대체 자신을 찍어줄 해외 팬들이라는 게 존재하는지 몹시 궁금했다.

"몰랐어? 우리 지니가 해외에서 얼마나 인기가 많은데."

황이영의 대답에 우진은 못 미더운 표정을 지어 보였다. 어디서 약을 파냐는 반응에 황이영은 되레 어처구니가 없어서 해외 사이트를 보여주었다.

그곳에는 전날 우진이 무슨 상을 받았고 어떤 수상 소감을 말했는지에 대한 자세한 번역 글들이 올라와 있었다. 한국 연예인을 좋아하다 보니 한국어까지 섭렵한 이들은 동영상에 자막을 넣어서 공유하고 있었다.

어제 황룡영화제와 관련되어서 가장 인기 있는 동영상은 우진이 인기상을 받을 때, 그가 자기 이름이 불리는데도 멍하니 전광판을 보면서 손뼉을 치는 장면이었다. 나중에 우진이 손으로 자신을 가리키며 믿지 못하는 모습에 온통 귀엽다는 반응이었다.

옆에서 알려주는데도 믿지 못하고 작년에 함께 드라마를 찍었던 강민호에게까지 확인하는 동영상에선, '내가 지니 당신에게 투표했어요!'라는 댓글만도 수십 개가 달려 있었다.

채우진에 관해서는 영화제뿐만 아니라 최근 방영하는 '삶, 그리다'의 회차를 정리해서 자세히 의견을 나누는 글도 많았다. 중국어라서 우진이 읽기에는 크게 어려움이 없었다.

ー피아노만 15년을 배운 내가 장담하건대 지니는 당장 피아니스트가 되어도 손색이 없어.

ㄴ어디 피아니스트뿐인가? 그는 무얼 해도 그 분야에 십 년 이상은 종사한 것 같은 프로의 향기가 느껴져. 사실 10년이라고 한 것도 외모가 너무 젊고 아름다워서 그 이상을 말하기 어렵다는 것뿐이지.

ー저 곰 인형 정말 귀엽다. 그런데 저 자리에 있었으면서 지니를 못 알아본 팬은 얼마나 속이 상할까. 나 같았음 병이 났을 거야.

ㄴ알아본 팬은 있어. 다만 지니와 그의 친구가 연막작전을 펼쳤지. 그래서 이 처절한 춤사위 동영상이 탄생한 거야. 나 같아도 저렇게 춤추는 사람을 보고 평소에 그렇게 우아한 지니를 연결하지 못했을걸.

ㄴ지쳐서 축 늘어진 모습과 바닥에서 코 골면서 자는 모습이 너무 귀엽고 안쓰러웠어. 그런데 'ajossi?'가 무슨 뜻이야? 난 한국어를 잘 몰라서 영상만 보는데 왜 지니가 저 소리에 그렇게 충격받은 반응을 보이는 거지? 어제 거라 아직 자막이 없어서 답답해 죽겠어.

ㄴ'아저씨'는 叔叔이야. 지니가 충격받을 만하지.

어제 방영했던 것까지 실시간으로 해외에서 바로 시청하는지 많은 이들의 의견이 나왔다. 아직 한국어 자막이 없어서 답답해하는 이들에게 한국어에 능숙한 이들이 부분부분 해석해

주기도 했다.

─그런데 지니가 만난 길거리의 가수는 누구야? 지니가 길바닥에 앉아서 듣고 있던 노래 정말 좋더라. 부디 그 가수와 노래 제목을 알려줘! 그리고 식당에서 무슨 이야기를 나누는지 모르겠지만 분위기가 너무 따뜻해 보여서 좋았어.

ㄴ가수는 이형진이고 노래 제목은 쉼표야. 아직 음반으로 나오지 않아서 다운은 못 받겠지만 그가 라이브로 부르는 동영상은 많아. 그리고 그의 안타까운 사정을 안다면 식당에서의 모습이 마냥 따뜻하게 보이지는 않을 거야. 물론 다정하고 온화한 그 분위기는 진심이었고 정말 보기 좋았지만.

ㄴ링크를 걸어둘게, 네가 이형진에 대해 알고 싶으면 한번 들어가 봐. 나는 예전부터 이형진의 팬이었고 그의 진실이 이제야 밝혀진 게 너무 기뻐. 그리고 지니가 이형진을 좋아해 주고 옆에서 지켜주는 게 너무 좋아. 부디 이형진이 지니와 같은 소속사에 들어갔으면 좋겠어.

─어제 지니가 식당에서 불렀던 그 노래 뭐야? 뭔데 그렇게 좋은 거지?

ㄴ이형진이 작사하고 지니가 즉석에서 곡을 붙여서 부른 거야. 정말 좋지? 한국 사이트에 들어가 보니 그곳도 지금 난리야. 어서 음원으로 내라고 말이야. 듣자니까 현재 이형진은 지니와 같은 소속사가 되었대! 이형진이 먼저 용기를 내서 미인(?)을 얻었다고 하더라.

해외 팬이 이형진에 대해 자세하게 알고 있는 걸 보고 우진은 놀라웠다. 거리와 언어의 장벽에도 굳건히 팬심을 유지하고 활동하는 그들의 적극성이 대단해 보이기도 했다.

우진과 만난 후로 이형진은 먼저 용기를 내서 스스로 DS의 문을 두드렸다. 그리고 장수환 대표는 감격해하며 그에게 문을 활짝 열어주었다.


─지니, 조연상과 인기상을 탄 거 축하해. 인기상은 내 표가 조금이라도 힘이 되었기를 바라. 비록 주연상은 못 탔지만 지니에게는 앞으로 많은 시간이 있으니까. 멀리서 항상 응원하고 있어.

└지니는 해외 활동 안 하나. 다른 이들은 잘만 오는데 왜 지니는 한 번도 오지 않는 거지?

└그러게. 만약 그가 안 온다면 내가 찾아갈 거야! 나의 다음 휴가지는 서울이다!

└아쉽지만 이해해 줘야지. 지니는 이제 막 힘들고 어려운 시험을 봤잖아. 그에게는 휴식이 필요해. 시험 준비 때문에 미처 해외 활동까지는 생각하지 못했을 거야.


너무나 자세한 내막을 아는 해외 팬들의 정보력에 우진을 침을 삼켰다. 자칫 이곳에서 실수하게 되면 바다 건너 저 멀리까지 망신살이 뻗치는 건 아닌지 두렵기도 했다.

"이분들 참……."

"팬은 어느 나라에도 있고, 국적에 상관없이 팬심은 늘 똑같지."

황이영의 말에 우진은 공감하면서 정말 궁금한 게 있었다.

"해외에도 제 팬들이 있다는 건 잘 알겠어요. 그런데 그들이 절 어떻게 알죠? 사실 우리 드라마가 그렇게 해외에서 성공하지는 않았잖아요."

"빵 터지지는 않았지만 그래도 중박은 했어. 당시 해외에선 초반에 '푸른 성의 주인'이 더 화제이기는 했지만 곧 시들해졌잖아. 대신 '그림자의 도시'는 뒷심이 좋았지. 무엇보다 블루핏의 이민수가 나왔잖아."

"아!"

어쨌든 간에 당시 해외에선 블루핏이 채우진의 인기를 능가하던 시기였다. 당연히 처음은 이민수 때문에 해외 팬들이 드라마를 접하게 되면서 시작했다. 드라마 초반은 이민수가 나오지 않았기에 해외에선 '푸른 성의 주인'에게 밀리는 양상이었다. 드라마는 처참한 무관심 속에서 이민수가 출연하고 나서야 해외의 관심을 받기 시작했다.

그런데 분명 이민수가 목적이었던 이들의 시선을 사로잡은 것은 채우진이었다. 그 정점을 찍었던 것이 채우진과 이민수가 달빛이 가득했던 새벽에 만난 독대 장면이었다.

그 몽환적인 분위기에서 슬프고 아름답던 루이, 하지만 킬러로서 잔인한 본성을 그대로 내보이던 그에게 사람들은 어느 순간 빠져들었다. 이민수의 존재감은 아스라이 사라지고 남은 것은 온통 루이를 연기한 채우진밖에 없었다.

"그리고 네 액션 신 메이킹 영상들이 인터넷에서 많이 인기를 끌었잖아. 미국인인 레이폴드 감독이 널 어떻게 알고서 캐스팅하려고 한국까지 왔겠어."

그것만 봐도 해외에서 자신의 인기가 어느 정도인지 예상이 안 되냐고 황이영이 한심한 투로 우진을 보았다. 머리 영리한 애들이 의외로 단순한 구석이 많다면서 그녀는 혀를 찼다.

"또 'Glooming day'가 해외에서 작품상과 미술상도 탄 건 기억 안 나? 그 영화를 보고 루이스 디엘이 너한테 반해서 슈트까지 선물했고 다음에 있을 패션쇼에도 초대했잖아!"

그러고 보면 세상사 새옹지마라는 게 딱 맞는 말이었다. 우진이 건물 액션 신을 찍을 때만 해도 너무 놀라서 그에게 화를 냈던 것이 무색하게 그 장면으로 얻은 게 많았다. 국내에선 남자들의 지지를 받게 되었고, 해외에선 진정한 프로라는 평을 받으며 인지도를 넓히는 계기가 되었다.

'Glooming day'도 마찬가지다. 망작이라는 소리를 듣던 영화가 해외 영화제에서 호평을 받으며 주인공도 아닌 채우진의 이름이 알려졌다.

"놀랍기도 하고 굉장히 낯서네요."

"지난주에 미국에서 개봉한 '붉을 적'의 반응도 좋다는 이야기가 많아. 우리나라 사극이 어~메리카에 얼마나 통할까 싶었는데, 영화의 영상미와 너의 미모 때문에 반응이 뜨거운가 봐."

일일이 기사를 찾아 읽지 않는 우진에게 황이영이 해외 평을 알려줬다. 그러나 돌아온 반응은 무슨 허언증 환자를 보는 눈이었다.

"진짜라니까!"

"네, 알겠습니다."

동아시아에서야 한류 스타들이 인기를 받고 있었으니 덩달아 자신이 알려진 것은 이해가 갔다. 이번에 미국에서 개봉한

'붉을 적'에 대한 반응이 좋다는 기사 역시 우진도 읽기는 했다.

하지만 그런 기사가 어디 한두 번이었나. 해외에서 조금만 관람객이 모여도 대박을 외치는 언론들에 이제는 속아 넘어가지 않았다. 괜히 부화뇌동하느니 무시하고 자기 일만 열심히 하는 게 상책이었다.

"정말이라니까. 너 영어도 잘하니까 찾아보면 될 거 아니야."

억울하다며 자기 말 좀 들어보라는 황이영에게 손을 내저은 우진은 시간을 확인하고 자리에서 일어났다. 오늘은 무예 훈련이 있는 날이었다.

추가된 시나리오에서 '진'은 검객이자 택견의 고수로 나왔다. 서로 대치하는 성향의 무예가 한데 어울리게 된 이유는, 레이폴드 감독이 관광 중에 결련택견을 보고 한눈에 반해 버린 것에서 비롯됐다.

다행히 결련택견은 시나리오를 수정하기 전에 미리 연락을 받아서 지난달부터 배우고 있었다. 전생에서조차 접한 적이 없는 무예여서 생소했지만 제법 배울 만했다.

유연하고 부드러운 동작이 수수한 듯하지만 공격을 목표로 움직일 때의 빠르기와 위협성이 상상 이상이었다. 은근히 화려한 맛이 있어서 이런 것을 보고 레이폴드 감독이 반했나 싶기도 했다.

영화를 위해 차근차근 준비하다 보니 어느새 시간은 완연한 겨울을 향했다.

그리고 드디어 'Guardian angel'의 크랭크인 날이 다가왔다. 비록 처음은 함께하지 못하지만, 우진은 기사를 통해서 자신의 새로운 도전을 사람들에게 알렸다.

〈채우진, LL—Studio 레이폴드 하이즐러 감독의 새로운 작품 'Guardian angel'로 본격 할리우드 진출〉

새로운 계절이 그에게 오고 있었다.

Guardian angel
전설의 시작

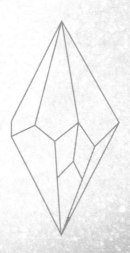

LL—Studio가 이번에 제작하게 된 그들의 세 번째 작품은 'Guardian angel'이다. 이전 두 작품이 공전의 히트를 친 덕분에 프로듀서로서 성공한 LL—Studio의 다음 작품이 주목받는 것은 당연한 일이었다. 무엇보다 이번 작품은 지금까지의 성공이 그저 운이었는지, 진정한 실력으로 만들어낸 명예인지 가늠할 수 있는 잣대이기도 했다.

그래서 심혈을 쏟아 준비한 영화의 내용과 제작 과정, 그리고 캐스팅에 세간의 관심이 몰렸다.

먼저 'Guardian angel'은 각 대륙을 지키는 수호자들의 이야기였다. 'Guardian angel'의 뜻이 수호천사라고 하지만 이 영화에서는 그보다는 더 포괄적이고 큰 의미를 담은 존재들을 가리키고 있었다. 영화에선 그들의 시작이 어디인지는 모르나 은연중에 신의 대리인이란 분위기를 담을 예정이었다.

즉, 각 대륙의 수호자로 선택받은 이들은 그들의 생이 다할 때까지 자신이 맡은 곳을 지켜야만 했다.

지킨다는 표현을 쓰지만 수호자 개개인의 성격에 따라 그 방법은 각기 달랐다. 인간사에 적극적으로 가담하며 역사에 개입하는 수호자가 있는가 하면, 아예 아무런 간섭도 하지 않고 그저 지켜만 보는 이도 있었다. 수호의 기준을 어디에 두는지, 인간을 보호할 대상으로 규정하느냐 혹은 스스로 자생해야 할 독립체로 보느냐에 따라 수호자들은 다른 자세를 취했다.

수호자가 되었지만 그들을 규제하고 다스리는 존재가 없기에 생긴 현상이었다.

그러다 자신의 생이 끝나는 것을 감지하면 뒤를 이을 후임을 찾았다. 이 과정에서 수호자의 생각과 의지는 반영되지 않았다. 다음 대 수호자는 그저 나타나는 것이지 전임 수호자의 마음에 따라 선택할 수 있는 게 아니었다.

이 과정을 수월하게 설명할 수 있는 단어는 '알아보다'일 것이다. 전임은 그저 후임을 알아보고 가르치는 역할이었다. 그들 역시 그런 방식으로 수호자가 되었다.

후임이 한 명의 수호자로서 성장하고 제 몫을 다한다 싶으면 전임은 그제야 자연으로 돌아갔다. 인간으로 태어나 수호자로서 생을 마감하는 순간이었다. 인간들은 모르는, 수호자만이 아는 그들의 시스템이었다.

이런 수호자들의 세계에 어느 날 갑자기 이변이 생기고 말았다. 북아메리카의 수호자가 후계자도 정하지 않은 상태에서 홀연히 자연으로 돌아가 버린 것이다.

정확히는 살해를 당하고 말았다.

인간들이 모르는 이 세상의 규칙 중에 수호자가 있다는 것은 그들 말고도 특별한 능력을 갖춘 존재가 있을 가능성을 의미했다. 하지만 장담컨대 일대일로 수호자를 이길 수 있는 존재는 같은 수호자밖에 없었다. 그렇다는 것은 다수에 의한 살해라는 뜻이었다. 이는 다른 수호자들에게 경각심을 불러일으키는 사건이었다.

그러나 우선은 공석이 된 북아메리카의 수호자를 대신할 다음 수호자를 정하고 가르치는 일이었다.

수호자는 운명처럼 자신의 자리에 찾아오는 거라 후임을 알아보는 것은 어려운 일이 아니었다. 문제는 짧은 시간 안에 아무것도 모르는, 한때는 인간이었고 아직 자신이 인간이라고 믿고 있는 신입에게 수호자로서 의무와 능력을 가르쳐 주는 일이었다.

보통 전임과 후임은 자연스럽게 동질감이 생겨서 사제 간의 애착 관계가 형성된다. 그러나 이번에는 그런 게 생길 상황이나 관계가 아니었다. 아무런 감정적 교류가 없는 형편에서 급하게 가르치려고만 하니 시작부터 삐걱거릴 수밖에 없었다.

게다가 북아메리카의 후계자는 그야말로 천둥벌거숭이였다. 나름 수백 년을 고아하게 살아왔던 수호자들에게는 도저히 감당이 되지 않는 청년이었다. 가까운 곳에 있다는 이유로 첫 번째 보호자가 되었던 남아메리카의 수호자는 한 달도 되지 않아 두 손을 들고 말았다.

그렇게 유럽과 아프리카를 걸쳐서 마지막에는 결국 아시아의 수호자인 '진'에게까지 오게 된 '로버트'가 주인공인 영화가 'Guardian angel'이었다.

이 영화는 각 대륙과 수호자들의 국적에 따른 다양한 문화가 혼재했다. 거기에 판타지적 요소를 더해서 낯섦을 신비와 흥미로 풀어가야 할 과제가 있었다.

이 부분은 유능한 프로듀서이자 각본가인 휴 밀러와 레이폴드 감독의 역량에 달린 문제였다. 지금까지 해왔던 대로만 이어간다면 그들은 분명 새로운 세계를 대중에게 보여줄 수 있을 것이다.

그래서 이에 대한 기대가 고스란히 캐스팅된 배우들에게로 이어졌다. 이미 세계적인 스타인 더스틴 에반이 북아메리카의 수호자인 '로버트' 역을 맡으면서 관심은 고조되었다.

28살의 이 젊은 스타는 금발과 갈색 눈동자의 조화가 굉장히 매혹적인 배우였다. 금가루를 뿌린 듯 반짝거리는 아름다운 외양과 건장한 체구의 조화가 의외로 세련된 이미지를 만들어냈고, 표정 연기가 매우 좋았다.

그밖에 국제 무대에선 신인이지만 이미 그들 나라에선 스타인 배우들의 캐스팅도 무척이나 신선했다. 그들이 어떤 연기로 돌풍을 만들어 나갈지 기대해 보는 것도 영화를 기다리는 재미 중 하나였다.

그러나 도리어 태풍의 눈이 고요하듯 대중과 언론의 지나친 관심에도 'Guardian angel'의 촬영장은 세상과 단절되어, 새로운 세상을 만들고 있었다.

오늘은 아시아의 수호자인 '진'을 맡은 우진의 첫 촬영이 있는 날이었다. 신은 진이 로버트와 처음으로 만나는 내용이었다.

감독의 큐 사인에 배우들의 눈빛부터 달라졌다. 캐스팅에 심혈을 기울인 만큼 배우 하나하나가 모두 녹록지 않은 연기력을 지니고 있었다.


◆　　　◆◆◆　　　◆


게이트를 열고 목적지에 도착하자 아프리카의 수호자인 드웨인은 로버트를 돌아보며 조심스럽게 말했다.

{이번에는 정말 조심해야 해. 그분은 수호자 중에 가장 오랫동안 살아오신 분으로 우리 모두의 존경을 받는 분이야. 우리에게 했던 것처럼 함부로 하다간 결말이 좋지 않을 거다.}

{뭐래도 결국은 꼰대란 소리네.}

로버트의 어투는 한없이 가벼웠지만 절로 굳어지는 얼굴은 어쩔 수가 없었다.

평범한 일상을 살아가던 어느 날, 갑자기 찾아온 남자는 로버트에게 너는 이제부터 북아메리카를 지키는 수호자가 되었다면서 그를 이상한 세계로 인도했다.

얼떨떨했지만 처음엔 나쁘지 않았다. 수호자가 된 순간부터 노화하지 않고 수백 년을 살아간다는 게 꿈만 같았다. 더불어 그전에는 상상도 못 한 막강한 힘을 가지게 되었는데 누가 싫어할까.

그런데 이 수호자라는 게 만만히 볼 게 아니었다. 수백 년이

나 살아왔다는 수호자들은 로버트 입장에서는 괴물들이었다. 그들의 어마어마한 능력과 지식, 그리고 오래 산 만큼 고지식한 사고방식과 지독한 아집은 로버트를 미치게 했다.

그야말로 말이 통하지 않는 꼰대들이었다. 그냥 나이만 든게 아니라 세월이 지날수록 점점 강해지는 괴물이라 더 곤혹스러웠다.

꼰대라는 적절치 못한 단어에 드웨인이 인상을 구기며 노려보자 로버트가 대번에 눈치를 보며 웅얼거리는 이유이기도 했다.

{알았어요. 예의 바르게! 그래서 한국어도 열심히 공부했다고요!}

워낙에 다른 수호자들이 아시아의 '진'은 자기들과 다르다며, 알아서 조심하고 존경하라고 경고하는 바람에, 로버트는 그에게 잘 보이기 위해서 한국어까지 열심히 공부해야만 했다. 다른 수호자들의 경우 그들의 언어로 말을 하면 은근히 좋아하는 티를 냈기 때문이다.

{이게 뭔 고생이람.}

불만은 많았지만 반항심을 가지고 버티기에는 지금까지 만난 수호자들의 일면이 하나같이 대단했다. 수호자들이 차례대로 그에게 학을 떼며 고개를 저었다지만 그건 로버트도 마찬가지였다. 그들은 그저 로버트를 가르치려고만 했지, 그의 혼란을 이해하려고 들지 않았다. 성인인 만큼 네가 알아서 처신하라는 듯 방관했다.

로버트에게 전임이 있어서 시간을 가지고 제대로 배웠다면 이런 일은 없었을 것이다. 자신을 한심하게 보는 수호자들을 보며 좋은 감정이 생길 리가 없었다. 매번 굴욕감과 반발심을 다스리지 못해 수호자들과 트러블을 일으킨 결과가 오늘에 이르렀다.

그런데 다른 수호자들이 한결같이 존경하고 어려워하는 아시아의 수호자를 만나려니 로버트는 눈앞이 깜깜했다. 이번에 만날 자는 오만한 수호자들의 대장 격이나 다름없었다.

{왜?}

로버트는 갑자기 걸음을 멈춘 드웨인을 의아하게 바라봤다.

{여기서부터 너 혼자 오란다.}

무뚝뚝한 대답을 선뜻 이해하지 못하고 로버트는 눈만 끔벅였다.

{진이 너와만 조용히 만나고 싶단다.}

텔레파시로 주고받은 대화 내용을 전하며, 드웨인은 로버트의 등을 손으로 살짝 밀고 자신은 뒤로 물러났다. 당황한 로버트가 그를 붙잡기도 전에 드웨인은 게이트를 열고 사라져 버렸다. 마치 이것으로 로버트에게서 벗어나 기쁘다는 듯 얼굴에는 미소가 가득했고 행동은 주저함이 없었다.

{또, 또! 자기들끼리만 통한다 이거지!}

수호자끼리는 거리와 공간에 상관없이 원한다면 서로 텔레파시로 대화할 수 있었다. 하지만 아직 로버트는 그 능력을 쓰지 못했다. 수호자들은 그가 아직 마음을 열지 못했기 때문이라고 하는데 당최 이해할 수 없는 설명이라, 그는 괜히 소외감을 느꼈다.

{가더라도 어디로 가야 하는지는 알려줘야 할 거 아냐!}

로버트는 현재 낯선 주택 앞에 서 있었다. 등 뒤에는 돌로 쌓은 담이 있고, 정원으로 짐작되는 곳에서 주택과 마주 보고 있는 상황이었다. 주택은 이곳에 오기 전에 자료로 찾아보았던 이 나라의 전통 가옥처럼 보였지만, 현대적으로 만들어진 아담한 이층집이었다.

{하여튼 이 인간들은 배려라는 걸 몰라! 하나같이 제멋대로… 으악!}

투덜거리던 로버트는 갑자기 드르륵 양쪽으로 열리는 현관문을 보고 화들짝 놀랐다. 눈치를 보며 좌우를 살핀 다음에야 조심스럽게 열린 문 안으로 들어갔다. 현관을 지나 짧은 복도의 끝에는 또 하나의 문이 있었다. 그러나 고민할 틈도 없이 저절로 열리는 문 덕분에, 어디로 가야 하는지 고민할 필요는 없었다.

열린 문 안으로 당당하게 들어가려는 찰나, 그의 입장을 거부하듯 투명한 막이 앞길을 막았다.

{문을 열어줄 때는 언제고, 막기는 왜 막아?}

로버트는 투명한 막을 주먹으로 쾅쾅 치다가, 다시 한번 몸으로 밀어붙이며 안으로 들어가려고 시도했다. 하지만 보이지 않는 장애물은 여전했다. 안이 환히 보이는데도 들어갈 수가 없었다.

투박하고 조심성이 없다는 소릴 들었지만 수호자 중에서 물리적인 힘만은 가장 세다는 평가를 받은 로버트였다. 하지만 그의 무지막지한 힘으로도 이 투명한 막을 깰 수가 없었다. 사실 애당초 물리적인 힘으로 깨부수고 말고 할 원리는 아니었다.

그때 로버트의 눈앞으로 슬리퍼 한 짝이 둥둥 떠다니는 게 보였다. 그의 시선을 받자 슬리퍼는 천천히 아래로 내려가더니 바닥에 살포시 내려앉았다. 혹시나 하던 로버트는 신발을 벗고 슬리퍼를 신은 다음에, 조심스럽게 오른발을 안으로 쭉 내밀어 보았다.

아무런 걸림 없이 안으로 쑥 들어가는 발에 이어 몸을 밀어 넣으니 언제 그랬냐는 듯 로버트는 거실로 들어갈 수 있었다.

집 구조는 매우 낯설었지만 지금껏 다른 수호자들의 집을 방문하면서 그들의 낯선 문화에 빠르게 적응해 왔던 로버트였다. 한 번 쓱 훑어보는 것으로 그는 벌써 이곳에 적응해 버렸다. 입술을 꼭 다물고 야무지게 고개를 끄덕이는 얼굴에서 굳은 의지가 보이기도 했다.

{이제는 또 어디로 가나?}

말이 끝나기도 전에 넓은 거실 한쪽에 있는 미닫이문이 활짝 열렸다. 그곳으로 주저 없이 들어서니 창가에 서 있던 청년이 로버트를 맞이했다. 청년을 보자마자 로버트는 묵직한 무게감에 저도 모르게 손으로 가슴을 꾹 눌렀다.

잔머리 하나 흐트러지지 않고 단정하게 뒤로 넘긴 헤어스타일과 고급스러운 은테 안경 때문에 청년은 꼭 학자처럼 보였다. 옷차림도 넥타이는 물론, 회색 조끼까지 챙겨 입은 모습이 마치 어느 나라의 귀족처럼 보이기도 했다.

{이번에도 또 귀족이야?}

유럽의 수호자인 안젤리카는 독일 귀족 가문 출신이었다. 귀족으로 태어나 자란 성정 그대로 굉장히 고지식하고 까다로운 성격의 소유자이기도 했다.

그녀가 로버트를 참아주었던 시간은 일주일도 아닌 고작 닷새였다. 지저분하고, 품위가 없고, 목소리가 커서 싫다면서 대번에 아프리카로 로버트를 내버리고 말았다. 그때만 생각해도 머리가 핑 하게 아파서 로버트는 귀족이라면 이제 치가 떨렸다.

이거 또 며칠 만에 쫓겨나는 거 아닌가.

그런데 문제는 이번엔 갈 곳이 없었다. 아직 배워야 할 것이 많은 로버트로선 상상만 해도 답답한 막다른 절벽이었다. 이번에는 어떻게든 잘 보여서 최대한 주워 먹을 게 있으면 얻어먹어야만 했다.

로버트는 선량한 미소를 지으며 청년에게로 다가갔다.

아시아의 수호자가 분명할 이 청년은 기껏 해봐야 이십 대 초반으로밖에 보이지 않았다. 젊고 아름다웠으며 마치 그림처럼 현실감이 느껴지지 않았다. 입고 있는 옷 때문인지 왠지 회색빛 그림자가 그의 주위를 맴돌고 있는 듯도 했다. 마치……

{흑백사진 같네. 아, 그게 아니지! 흠흠!}

며칠을 함께 지낼지 알 수 없지만 로버트라고 미움받는 게 영 좋지만은 않았다. 배워야 하는 게 많은 만큼 조금이라도 사이좋게 지내고 싶기도 했다. 그래서 성격에 맞지 않는 노력이라는 것도 나름 했다.

"안뇽하십니까. 죠는 로버트 팔머입니당."

꼬부랑 발음으로 준비한 한국어로 인사를 하고 스스로가 뿌듯한지 로버트는 흐뭇하게 웃으며 아시아의 수호자를 바라봤다. 이렇게 상대의 모국어로 인사말까지 준비한 것은 이게 처음이니, 그만한 노력은 인정받고 싶었다.

{발음 구리니까 그냥 영어로 해.}

하지만 돌아온 것은 칭찬이 아니라 싸늘한 비웃음이었다.

{나는 진이라고 부르면 된다.}

더욱이 뉴스 앵커처럼 정확하고 완벽한 영어로 대답하는 소리를 들으니 로버트는 괜히 부끄러워져서 침울해지고 말았다.

{역시 이래서 귀족은 싫어.}

현대인인 데다가 미국 사람인 로버트에게 있어 귀족이란 그저 동화책에나 나오는 캐릭터일 뿐이었다. 그런데 최근 몇 달 사이에 그는 귀족이 무언지 너무나 적나라하게 알아버렸다. 출생 자체가 귀족이 아니었더라도 수호자들은 수백 년을 살아오면서 그 스스로가 귀족이며, 왕이고, 신이 되어버렸다.

실상 로버트가 싫어하는 건 귀족이라는 개념보다는 수호자들의 드높은 권위와 위선일지도 몰랐다.

{앉지.}

진은 로버트에게 소파를 가리키며 자리를 권했다. 그러고는 팔짱을 끼고 소파에 앉는 로버트를 빤히 바라봤다.

그의 시선에 로버트는 엉거주춤 자리에 앉으며 방 안을 둘러봤다. 벽을 둘러싼 책장에는 책들로 가득하고 창가 옆에 있는 책상을 보면 이곳이 서재라는 것을 쉽게 짐작할 수가 있었다. 이상하게 수호자들은 하나같이 책을 좋아했다.

{차라도 마실 텐가?}

진의 물음에 로버트는 대번에 인상을 구기면서도 억지로 고개를 끄덕였다. 진은 로버트에게는 마지막 기회였다. 진에게 내

쳐진다고 해서 그가 북아메리카의 수호자가 아닌 것은 아니지만, 제대로 배운 것도 없는 반쪽짜리가 된다는 것은 누구보다 그 자신이 잘 알고 있었다. 게다가 전임이 살해당한 상황에서 그보다 능력 부족인 자신의 장래는 더욱 어둡고 위험할 수밖에 없었다.

천둥벌거숭이래도 그 정도는 예상할 수 있었다. 그래서 애써 진에게 잘 보이기 위해 싫어하는 차를 권해도 고개를 끄덕였다. 안젤리카 때문에 차라면 치가 떨리게 싫었지만, 유럽과 달리 동양의 차(茶) 문화는 조금 다를 거란 기대를 걸어보았다.

대답을 듣자마자 진은 기대고 서 있던 책상 위에 비치해 놓은 포트를 들어 몇 번 휘휘 돌렸다. 포트에 이미 물이 들어 있었는지 바로 물이 끓는 소리와 함께 연기가 났다.

처음 본 장면이 아닌데도 볼 때마다 신기해서 눈을 깜박이며 바라봤다. 로버트는 아직 힘 조절을 못해서 물을 끓이려다가 매번 포트를 터뜨리거나 반대로 꽁꽁 얼려 버리는 실수를 저질렀다. 그러고 보니 안젤리카에게 쫓겨났던 건 그녀가 아끼던 다기 세트를 불로 까맣게 태워 먹은 게 결정적인 계기였다.

물이 팔팔 끓자 포트를 내려놓은 진은 이번에는 커피믹스 스틱을 꺼냈다. 차라면 홍차와 뭔지 모를 말린 풀떼기를 끓인 것밖에 마셔보지 못했던 로버트는 저게 뭔가 하는 눈빛으로 진의 행동을 유심히 관찰했다.

스틱의 한쪽 끝을 찢어내 찻잔에 부은 다음에 뜨거운 물을 붓고 스푼으로 대충 휘휘 저은 진은 잔을 로버트에게 보냈다. 찻잔은 조금 전 슬리퍼처럼 공중에 둥둥 떠서 로버트의 앞에 있는 테이블 위로 살며시 내려앉았다. 그사이 진은 자신의 찻잔에 커피믹스 두 개를 넣고 있었다.

이건 또 뭔가 싶어서 의심 가득한 표정으로 찻잔을 든 로버트는 쿵쿵거리며 냄새를 맡아보고 머뭇거리다가 조심스럽게 한 모금 마셨다.

{맛있잖아!}

풀 냄새 풀풀 풍기던 홍차와는 다른 맛이었다. 분명 커피 같은데 달달한 맛이 아주 마음에 들어서 로버트는 뜨거운 커피를 후후 불어가면서 마셨다.

정신없이 마시던 로버트는 여전히 책상에 기대서, 고상하게 커피를 마시는 진을 보며 아차 했다. 수호자들은 이상하게 격식과 예의를 따지면서 자세를 바르게 하라며 늘 그를 꾸짖었다.

이번에는 잔소리를 듣기 전에 알아서 하겠다는 결심으로 허리를 꼿꼿이 세우며 바르게 앉았다. 하지만 이내 허리가 허물어지고 꾸부정한 자세를 취하는 로버트를 보아도 진은 아무런 지적을 하지 않았다. 다른 수호자였다면 대번에 말이든 물건이든, 뭐라도 날아왔을 상황인데 가만히 있는 진이 이상해서 로버트가 물었다.

{잔소리 안 해요?}

{하면 고칠 텐가?}

{그건…….}

손가락으로 볼을 긁으며 로버트는 미간을 찌푸렸다.

자신의 문제는 잘 알고 있었다. 하지만 그걸 고치는 게 여간 힘들었다. 26년간 살아온 버릇을 하루아침에 바로잡기란 쉬운 일이 아니었다.

{시간은 많아. 너무 많아서 문제지.}

{네?}

{그러니 굳이 초조해할 필요는 없어. 너는 이제부터 수호자이고 그건 무엇으로도 변하지 않는 진리야. 자세? 말투? 그따위가 수호자가 되는데 다 무슨 소용이지?}

처음으로 듣는 말에 로버트의 눈이 커졌다. 무슨 수호자가 이렇게 개념이 가득하고 시원시원하냐?

이건 다른 수호자들에게 들었던 진에 대한 평가와도 너무 달랐다. 그래서 괜히 지금 앞에 있는 이가 아시아의 수호자가 맞는가 의심스럽기까지 했다.

{정말 아시아의 수호자가 맞아요? 혹시 다른 사람이…….}

북아메리카의 수호자도 모종의 단체에 의해 살해당했다는데 '혹시 이번에도?'라는 의심이 들었다. 혹시 진짜 진은 살해당하고 눈앞의 존재는 가짜가 아닌가 하고 말이다.

{내가 가짜라고 해도 너에게는 다른 방법이 없잖아. 약해 빠진 주제에 뭘 어떻게 하겠어. 아, 그냥 죽는 것밖에 방법이 없나?}

진의 무시에 로버트는 성질을 참지 못하고 욱해 버렸다. 오른손에 황금빛의 기운이 모이고 로버트의 몸이 흐릿하게 사라졌다 진의 앞으로 순간 이동을 했다. 그는 손을 뻗어 냉큼 진의 목을 틀어쥐려고 했다.

하지만 그의 공격은 진의 가벼운 손짓 한 번에 수포가 되었다. 주먹을 감싸던 황금빛이 스르륵 흩어지고 로버트는 그대로 바닥에 내동댕이쳐졌다. 그런데 그게 꼭 머리를 조아리고 바닥에 꿇어앉은 모양새였다.

{어린것이 어른한테 대드는 거 아니다.}

예의를 중시하는 아시아의 수호자는 다른 것은 몰라도 자신에게 대드는 것만은 참지 못했다.

{으윽, 이건 또 뭐야?}

{머리가 나쁘면 눈치라도 좋아야지. 아니면 그걸 상쇄하는 능력이라도 있든가.}

{진짜 하나같이 성격이 나쁘… 이것 좀 풀어주고 이야기하면 안 될까?}

마음대로 움직일 수 없는 몸도 갑갑하지만 자세 자체가 너무 굴욕적이었다.

{잘못을 저질렀으면 사과부터 하라고 어릴 적에 배우지 않았나 보지?}

{아아, 알았어요. 미안하게 됐습니다. 그러니 이제 풀어주라고요!}

머리를 마음대로 들지도 못하는 상황에서 로버트가 끅끅거리며 진에게 사정했다.

{정중하게.}

{그러니까 이것 좀……!}

{정중하게.}

{……}

똑같은 말만 반복하는 진을 보며 이제야 로버트는 드웨인이 그를 두고 행동을 조심하라 일렀던 말의 의미를 깨달았다.

진은 다른 수호자들처럼 까다롭거나 격식을 따지지 않고 남이 뭘 하든지 상관하지 않지만, 자신에게 덤비는 것만큼은 봐주지 않는 성격인 듯했다.

{죄송합니다.}

{목소리에 미안함이 깃들지 않았어.}

{정말 죄송하다고요. 제발요~!}

억지로 꺾인 목 때문에 점점 견디기 힘들어졌다. 인간이었을 때보다 강해진 힘과 능력 덕분에 고통에 대한 감각이 무뎌졌지만, 그렇다고 해서 아예 느끼지 않는 건 아니었다. 게다가 상대는 수호자 중 가장 오래 살아온 자로서 듣기로는 가장 큰 힘과 능력을 갖추고 있다고 했다.

고통으로 몸을 부들거리던 로버트가 끙끙거리며 사과하자 그제야 진은 살짝 표정을 풀며 그를 압박했던 힘을 거뒀다.

{Fxxk you, 더럽게 아프네!}

목을 문지르다 무심결에 내뱉은 말에 로버트는 아차 싶어서 슬쩍 진의 눈치를 보았다. 하지만 진은 로버트가 정작 입으로 걸레를 빨아도 관심이 없었다. 언제 그랬냐는 듯 다시 우아하게 커피를 마시는 진을 보며 로버트는 말했다.

{나도 언젠간 당신처럼 강해질 수 있을까요?}

진이 보여준 것은 별거 아니었지만 당해본 당사자는 잘 알고 있었다. 다른 수호자들 역시 비슷한 방식으로 그를 제압했던 적이 있었다. 그러나 그들 중 이번처럼 완벽하게 그를 굴복시키고 제압한 이는 단연코 진이 처음이었다. 이 작은 차이로 그는 진의 힘을 느낄 수가 있었다.

진은 백 마디 말보다 한 번의 실력 행사로 자신이 아시아의 수호자임을 스스로 보여주었다.

{전혀 불가능한 것은 아니야.}

'너 같은 게 어디서 감히'라는 대답을 들을 줄 알았는데, 의외의 대답이라 로버트의 얼굴에 화색이 돌았다.

{정말요? 어떻게 하면 당신처럼 될 수 있는데요?}

간절하게 묻는 로버트를 향해 진은 아름다운 얼굴로 잔잔히 웃으며 대답했다.

{그냥 죽었다가 나처럼 능력 좋은 몸으로 다시 태어나면 돼.}

잠깐 멍한 표정을 짓던 로버트는 두 주먹을 불끈 쥔 채로 투지를 불태웠다. 그의 두 주먹에는 아까 사라졌던 황금빛 기운들이 다시 맴돌기 시작했다.

{앉아.}

{네!}

그리고 아무 일도 없었다는 듯 무릎에 두 손을 얌전히 올린 채로 소파에 앉았다.

그런 로버트를 바라보며 진은 중지로 안경의 브리지를 쓱 올렸다. 진은 로버트에게 커피를 대접하고 친절하게 엿까지 주었다.

◆　◆◆◆　◆

{컷!}

레이폴드 감독의 컷 사인에 드디어 우진의 첫 촬영이 끝났다. 딱히 액션이 들어가지 않는 장면이었고, 앞서 리허설을 하고 촬영에 들어가서 NG 없이 끝낼 수가 있었다.

{어이, 친구 좋은데!}

로버트 역을 맡은 더스틴이 우진에게 다가와 주먹을 내밀었다. 우진도 주먹을 쥐고 그와 하이파이브를 했다.

미국에 오고 2주 동안, 우진이 촬영장을 오가며 더스틴과 액션 신을 연습하면서 두 사람은 많이 친해진 상태였다. 여러 국적의 배우가 촬영에 참여하는 영화라 캐스팅 과정에서 제작진은 되도록 인종에 관한 차별이나 선입견이 없는 이들을 중심으로 섭외했다고 들었다. 그래서인지 이미 월드 스타인 더스틴에반은 우진을 처음 만났을 때도 스스럼이 없었다.

물론 그렇다고 두 사람이 첫 만남부터 순조로웠던 것은 아니다.

더스틴은 자신과 키는 비슷하지만 말갛고 잘생긴 얼굴의 우진이 자신보다 한참이나 어린 친구인 줄 알았다. 그래서 감독에게 어디서 고등학생을 데리고 왔냐고 비웃기까지 했다. 아무래도 동양인의 얼굴만 보고는 나이를 가늠하기 어려웠던 것이다.

나중에 우진과 자신이 겨우 5살 차이밖에 나지 않는다는 걸 알았을 때는 믿을 수 없다고 구석에서 '오 마이 갓'만 외쳐댔다. 진심으로 그는 우진이 고등학생인 줄 알았다고 불평했다.

그 말에 우진 역시 충격을 받긴 마찬가지였다. 어딜 보고 저를 고등학생이라고 착각했는지 거울을 보며 한참을 고민하기도 했다. 딱히 덩치가 작거나 어려 보이는 인상도 아닌데 무슨 기준으로 그리 생각하는지 몰라서 꽤 고민하기도 했다.

나중에 유난히 밝고 깨끗한 피부 때문인지 전체적으로 어린 분위기에 홀렸었다며 더스틴의 사과를 받기는 했다.

이로써 기선 제압에 실패한 더스틴이 선택한 다음 공격은 술이었다. 미성년자가 아니라니 함께 좋은 시간을 보내자는 게 결국 자기 주량 자랑이었다.

가볍게 와인으로 끝내고 싶어 하는 우진에게 위스키를 권하더니 어느 순간부터는 보드카로 바뀌어 있었다. 정말 이러다가 사람 하나 죽어가겠다 생각할 정도로 술, 술, 술의 향연이었다.

두 사람만 함께한 자리였다면 어떻게든 빠져나올 수 있었겠지만, 그날은 우진이 합세한 기념으로 열린 파티였다. 아예 Bar 하나를 통째로 빌려 제작진과 배우들이 함께하는 바람에 파티의 주인공으로서 끝까지 자리를 지켜야 했다.

핑계를 대고 중간에 빠져나오기가 어려운 분위기였다. 무슨 정신으로 권하는 술마다 모두 마셨는지 모를 정도의 시간이었다.

좋아하지도 않는 술을 마시며 정신을 유지하기 위해 우진은 오륜심법을 적절하게 이용했다. 중간에 화장실을 찾아 그곳에서 짧게 오륜심법을 운용하니 몸에 있던 알코올이 중화되면서 몸이 가벼워졌다. 심법으로 몸에 있는 알코올을 빠르게 분해해서 소변으로 불순물을 배출하는 방식이었다.

덕분에 우진을 어떻게든 취하게 만들어보려던 더스틴의 공격은 도리어 자신에게 돌아갔다. 완전히 술에 취해 뻗어버린 더스틴을 한심한 눈빛으로 바라보며 우진은 가늘게 혀를 차고 말았다. 그리고 몸도 제대로 가누지 못하는 더스틴을 바로 앉히고 그 옆에 앉아서 증거로 셀카를 찍었다.

다음 날, 소파에 액체처럼 늘어져 버린 자신과 맑은 눈빛으로 렌즈를 향해 생생하게 웃고 있는 우진이 함께 찍힌 사진을 보며 더스틴의 눈동자에는 잠시 지진이 났다.

더스틴은 처음부터 우진의 옆에 앉아서 그에게 계속 술을 권했고 마시는 것을 직접 보았기에, 우진이 전날 마셨던 술이 얼마큼인지 대충 알고 있었다. 그래서 우진을 보며 진짜가 나타났다고 외쳤다.

우진을 진정한 술꾼으로 인정한다면서 그날부터 친구라 부르기 시작했다. 우진이 질색을 하며 거부해도 더스틴은 이제야 제대로 된 술친구를 만났다고 좋아했다. 당연히 더스틴 혼자만의 주장이었다.

{오늘 촬영을 무사히 끝낸 의미로 한잔하자고.}

{싫어.}

5살의 나이 차가 있었지만 이곳에선 겨우 그 정도로 상하를 따지지 않았다. 그래서인지 우진은 한국에서처럼 철저하게 예의를 따지지 않았고, 조금은 편하게 상대를 대하는 경향이 있었다.

{그렇게 단호하게 말하면 나 상처받는다고.}

{그렇게 자주 알코올로 상처를 소독하는데 무슨 걱정이야.}

매일은 아니지만 우진이 보기에 더스틴은 위험할 정도로 술을 좋아했다. 그나마도 영화 촬영 중이라 줄인 게 이 정도였다. 하이틴 스타로 시작해서 이제는 엄연히 세계에서 알아주는 배우로 성장한 그는, 알고 보니 술로 스트레스를 푸는 유형이었다. 그래서인지 강호수도 더스틴과 친분을 쌓는 것은 괜찮지만 적당히 거리를 두는 게 좋을 것 같다는 의견을 내놓기도 했다.

유쾌한 성정을 가진 더스틴은 할리우드라는 밀림에서 술을 치료제로 선택한 상태였다. 술도 좋아하지만, 사람들과 어울려 노는 분위기 자체를 굉장히 즐기는 편이라 상황은 나아질 기미가 보이지 않았다. 아직 심신이 미약해질 정도가 아니고 약보다는 낫다지만, 술 없이 지내는 날을 견디지 못하게 되는 순간 몰락은 언제든지 찾아오게 마련이었다.

{난 정말 술을 안 좋아해.}

강호수의 우려가 아니더라도 우진의 취향은 확고해서 상대가 아무리 세계적인 스타라도 'NO'를 외쳤다.

{그렇게 잘 마시는데?}

{잘 마신다고 좋아하는 것은 아니지. 차라리 나와 카페에 갈래?}

우진이 술 대신 카페에 가서 아메리카노나 한잔하자고 청하자 이번에는 로버트가 정색할 차례였다.

{내가 너한테 술 마시자고 할 때마다 이런 기분이었던 거냐?}

{아마도?}

우진이 긍정하자 더스틴은 알겠다며 손을 휘휘 내저었다. 은근히 포기가 빨라서 뒤끝이 없는 게 더스틴의 최고 장점이었다.

{그런데 넌 친구도 많으면서 왜 날 볼 때마다 술타령이야?}

{친구는 많지만 마지막까지 맑은 정신으로 남아서 날 챙겨주는 사람은 없으니까.}

첫날에 우진이 술에 취한 그를 챙겨주며 매니저에게 인도해 준 것이 더스틴에겐 인상이 깊게 남았던 듯했다. 그도 그럴 게 더스틴에겐 친구와 지인들이 술에 취한 그를 찍어서 방송과 가십지에 사진을 판 경험이 몇 번 있었다.

왠지 우진이라면 마지막까지 마음 편히 술에 취할 수 있을 것 같다는 묘한 믿음이 생겨 버린 것이다.

{차라리 애인을 사귀는 게 어때?}

누군가와 마음 편히 술을 마시고 싶다면 애인을 만들라는 우진의 권유에 더스틴의 볼이 갑자기 붉게 타올랐다.

{뭐냐, 이 즉각적인 반응은?}

우진이 무척이나 의심스러운 눈빛으로 더스틴을 살피다 뒤로 물러나며 그를 피했다.

{오해하지 마! 그게 아니거든.}

{뭐가 오핸데? 그렇지 않아도 요즘 나한테 자주 엉겨 붙은 게 왠지 수상했어.}

까닥하면 어깨동무하고 슬쩍슬쩍 스킨십을 하던 더스틴이었다. 한번 의심을 하게 되니 수상한 게 한두 개가 아니었다.

{그건 요즘 브로맨스가 유행이라서 그런 거다!}

과하지 않은 선에서, 남자들의 우정과 적당한 스킨십이 여성들 사이에서 인기를 타면서 소속사에서도 은근히 이를 권장하는 추세였다. 젊고 아름다운 두 남자가 나란히 있는 것만으로도 충분히 눈요기가 되는데 이들이 서로 친하기까지 한다면? 이만큼 좋은 시너지가 없었다.

영화의 흥행을 위해서도 출연 배우들이 일부러 사이가 좋은 척 연기하는 세상이라 더스틴이 알아서 열심히 동작을 취했던 것이다.

{뭣보다 난 좋아하는 여자가 있거든.}

{정말? 그럼 그녀와 만나지 왜 매번 나한테 그러는 건데?}

요즘같이 바쁘면 좋아하는 사람과 있는 시간도 부족할 판인데 술 마실 시간이 어디에 있냐며 우진이 핀잔을 주었다.

{그게 개인적으로 날 만나주지 않아…….}

길게 듣지 않아도 딱 각이 나왔다. 짝사랑이구나 싶었다.

{고백은 해봤어?}

{열두 번인가? 열세 번인가 했는데 할 때마다 차였어.}

{아… 네가 술에 빠져 사는 이유를 알겠다.}

차이면서도 계속 고백을 했다는 것이 마음의 크기를 대변한다면 더스틴이 왜 술에 빠져 사는지 이해가 됐다.

{그렇다면 오늘 나와 함께 술을.}

{그것과 이건 다르지. 그런데 널 이렇게 만든 그녀가 조금 궁금하기는 하다.}

사람 마음이라는 게 조건으로 좌지우지되는 건 아니지만 더스틴 정도면 한 번쯤 사귀어 볼 만한 남자였다. 술을 너무 좋아한다는 것만 빼면 외모, 경력, 집안, 성격, 어느 것 하나 빠지지 않는 요즘 말로 엄친아였다.

{외모, 경력, 집안, 학력까지 어느 것 하나 빠지지 않는 완벽한 여자!}

우진이 마음속으로 더스틴을 평가했던 것에서 학력이 더해진 조건이었다. 그런데 더해진 만큼 빠진 게 하나 있었다.

{성격은?}

{…….}

차마 대답하지 못하는 더스틴의 어깨를 다독여 주며 우진은 곤란하다는 듯 말했다.

{그런데 이런 개인적인 걸 나한테 말해도 되는 거야?}

할리우드 스타가 만난 지 겨우 2주밖에 안 되는 상대에게 짝사랑에 관한 고백을 하는 건 너무 위험하다고 우진은 생각했다. 십 대 후반에 데뷔해서 이제는 이름만으로도 전 세계에서 알아주는 스타가 되었는데 아무에게나 사생활 이야기를 해도 되는지 걱정되기도 했다.

{어차피 내 짝사랑은 10년 전부터 모르는 사람이 없어서 딱히 비밀도 아니야.}

{네 짝사랑 이야기를 난 너한테 처음 들었는데?}

10년이나 되는 더스틴의 짝사랑 이야기라면 충분히 기사화되고도 남을 스토리였다. 하지만 우진은 그에게 직접 듣기 전까지 이와 비슷한 어떠한 기사와 방송을 본 적이 없었다.

{그야, 그녀에 대해 잘못 떠들었다간 이렇게 되니까.}

잘못하면 언론사가 끝장난다면서 더스틴은 손으로 자신의 목을 쓱 그었다. 이만하면 더스틴이 짝사랑한다는 그녀의 정체에 대해 깊이 파고들지 않아도 대충 알 것 같았다. 한편 성격만 빼면 모든 게 완벽하다는 그녀를 10년 동안 짝사랑한다는 더스틴의 사연이 안타깝기도 했다.

{가능성이 없다고 술로 도피하는 짓은 하지 마.}

{가능성이 없다니 무슨 그런 악담을! 난 꼭 성공해서 다시 한번 고백할 거다!}

우진이 보기엔 지금도 충분히 성공한 스타였지만 더스틴은 더 높은 곳을 바라보고 있는 듯했다.

{지금보다 더 성공하면 네 마음을 받아주겠대?}

{……}

{술은 오늘만 마시고 내일부터 열심히 해라.}

{그럼 함께……}

{난 누구처럼 짝사랑하는 사람이 없어서, 그럼 이만.}

우진은 자신보다 다섯 살이나 많은 더스틴이 마치 동생 같았다. 은근히 외로움을 타고, 사람을 좋아하고 너무 쉽게 믿어버리는 이 유약함이 걱정되기도 했다. 많은 사람에게 사랑받고 있지만, 정작 자신이 사랑하는 사람의 마음을 얻지 못하는 상처를 더스틴이 잘 수습하길 바랐다.

대신 그 방법이 알코올이 되는 것은 반대해서 함께 어울리는 것은 거부했다.

한번 시작하면 몸도 가누지 못할 정도로 마시면서 다음 날 생생한 얼굴로 촬영장에 제 시간에 나타나는 걸 보면 신기하기는 했다. 건강한 것인지, 알코올 분해 효소가 제 역할을 분명히 하는 것인지, 아니면 모르는 곳에서 철저하게 제 관리를 하고 있는지는 모를 일이었다.

그래서 더스틴을 걱정하며 안타까워는 했지만 그에게 휘말리지는 않았다.

사실 지금 우진이 남 걱정할 때가 아니었다. 한국에서 우진의 할리우드 진출을 대대적으로 선전하는 바람에 그가 느끼는 부담감은 제법 컸다. 그렇게 했는데 영화가 실패하거나, 아니더라도 편집돼서 비중이 거의 없다면 그것도 참 부끄러운 일 같아서 우진은 요즘 잠도 안 왔다.

그나마 다행인 것은 주위에서 걱정했던 것보다 우진이 할리우드의 제작 시스템에 빠르게 적응하고 사람들하고도 잘 어울린다는 점이었다.

아무래도 전생에 미국인이었던 경험이 있으니 적응하는 게 크게 어렵지는 않았다. 경제와 과학은 놀랍게 발전했고 사고방식과 지식은 예전보다 넓고 깊어졌지만, 여전히 변하지 않은 것들은 있었다.

나라마다, 인종마다, 지역마다 가지는 특유의 성향이란 게 있다. 이것들은 세월이 지나도 쉽게 변하지 않는 정체성이었고, 이를 이해하고 받아들이면 '외국 생활'이란 것은 생각보다 어려운 게 아니었다.

강호수와 황이영은 은연중에 사람을 가리는 우진의 성격 때문에 걱정이 많았는데 괜한 고민이었다. 오히려 두 사람이 놀랄 정도로 우진은 아메리카 스타일로 변해 사람들과 어울리고 자유를 만끽했다.

아무래도 주위를 신경 써야만 하는 한국보다는 대중의 시선에서 벗어난 현재가 편하고 자유로웠던 것이다. 그러다 보니 사람을 상대할 때, 격식보다는 소탈하고 자유로운 면모를 자주 보여주고 있었다.

정작 우진이 적응하는 데 노력한 것은 사람보다는 할리우드의 촬영 환경이었다. 아무래도 규모나 자원 자체가 한국과는 비교가 되지 않았고, 여유로운 촬영 시스템이 부러우면서도 적응이 안 되는 게 사실이었다.

배경 처리로 미니어처와 CG 기법을 활용하는 장면도 있지만, 제작진은 필요하다면 아예 세트장을 실제로 만들어 버렸다. 족히 건물 10여 층 정도의 구조물은 압도적인 규모와 디테일에서 사실성을 추구했다. 자본과 기술이 풍부하니 배우는 마음껏 연기만 하면 되는 시스템이었다.

다만 수십 개의 카메라에 둘러싸여 연기하는 환경은 살짝 몰입을 방해했다. 카메라가 많은 것은 3D 촬영 때문이기도 하지만, 이미 정해진 콘티에 의해 촬영하는 한국과 달리 개개인의 배우와 전체를 각각 따로 찍어내는 할리우드의 시스템이 한몫했다.

편집이 어떻게 될지 모르기에 배역이 프레임 안에 들어가지 않는 장면에서도 열심히 연기해야만 했다. 물론 어떤 장면에서도 연기에 소홀하지 않은 것은 한국에서도 마찬가지였지만, 편집의 방향이 어떻게 될지 모르는 상황에서 하는 촬영의 긴장감은 배가 될 수밖에 없었다.

하지만 환경과 시스템이 다르다고 해서 연기의 본질이 달라지는 것은 없었다. 즐기고 열심히 하면 결국 그곳이 어디든지 배우는 연기할 수 있었다. 사실 그것 말고 중요한 것은 아무것도 없었다.

그리고 촬영이 없거나 시간적 여유가 있는 날이면 우진은 숙소인 호텔에서 나와 거리를 거닐거나 카페에 앉아서 시간을 보냈다. 관광객이 많은 곳이라 한국인과 아시아에서 관광 온 이들을 자주 만났지만, 그래도 한국과 비교하면 굉장히 자유로운 여가였다.

◆　　◆◆◆　　◆

　오늘은 특별히 호텔과 가까운 곳에 있는 할리우드 포에버 공동묘지를 찾았다. 영화와 문화계의 인사들이 묻힌 이곳을 찾은 이유는 다른 게 없었다. 그저 죽음과 불멸에 대해 생각하기 위해서였다.

　시나리오를 읽고 '진'이라는 캐릭터를 연구하면서 우진은 그의 불멸에 가까운 삶에 관심을 가졌다.

　수호자 중에서 가장 오래 살아온 진의 정확한 나이는 시나리오에 따로 언급되지는 않았다. 그저 3백 년과 6백 년 이상을 살았다는 다른 수호자보다 더 오래 살아온 이라는 것만이 전부였다.

　"오래 산다는 것은 어떤 기분일까……."

　우진은 낯익은 이름들이 적힌 묘비들과 동상들을 둘러보며 작게 중얼거렸다. 그는 나름대로 '진'이 천 년을 살아온 인물로 설정해 놓은 상태였다. 그만한 시간을 살아왔다면 무슨 생각을 하고 어떤 사고방식을 가지게 될까 상상해 보았다.

　아마도 세상에서 그 느낌을 가장 근접하게 알고 있는 것은 우진 자신일지도 몰랐다. 999번의 전생을 기억하고 있으니, 그 세월만 모아도 천 년은 아무것도 아닌 시간이었다. 하지만 전생을 기억한다는 것과 오랜 시간을 그대로 쭉 이어서 살아간다는 것은 분명 다를 것이다.

　기억이 가지고 있는 총량이 아무리 많다고 해도 지속해서 이어온 시간의 무게와 비교하는 것은 무리였다. 만약 우진이 가지고 있는 기억이 각각의 생이 아닌 하나로 이어진 한 명의 삶이라고 한다면.

"끔찍하다."

애초에 인간으로 태어난 존재가 불멸에 가까운 삶을 살아가는 것은 정신이 감당할 수 있는 문제가 아닌 듯싶었다.

그런 면에서 우진은 자신 역시 조금은 대단하다는 우월감을 느꼈다. 999번의 전생을 기억하고도 이렇게 정신을 맑게 유지할 수 있는 것은 그만큼 정신력과 자존감이 강한 방증일 테니말이다.

"어쩌면 나도 진처럼 신급인가?"

'Guardian angel'에서 수호자들은 각 대륙의 신과도 같은 존재였다. 인간으로 태어나 신으로 죽는 존재들. 어찌 보면 종교적인 색채도 제법 많은 내용이었다. 그런 수호자와 자신을 같이 취급하자니 민망해서 우진은 주위를 살피며 혼자서 웃고말았다.

뒤에서 조용히 따르던 강호수는 우진의 이상행동에도 그저 그러려니 했다. 공동묘지 이곳저곳을 둘러보던 우진이 묘비들이 보이는 잔디 위에 앉자 그도 조금 떨어진 곳에 자리를 잡고 앉았다. 캐릭터 연구 때문에 우진이 고민이 많은 날에는 이렇게 거리를 두고 방해하지 않는 게 강호수의 일이었다.

덕분에 우진은 주위를 신경 쓸 필요 없이 조용히 '진'의 인생을 그려보았다.

분명 처음에는 가족들이 있었겠지만 수호자가 되면서 그들과 헤어져 전혀 다른 삶을 살아야만 했을 것이다. 살아온 긴

시간 동안 분명 누군가를 사랑한 적도 있었을 것이고, 그로 인해 절망하는 순간도 분명 있었을 터였다.

그 순간순간을 어떻게 견디고 지금의 '진'이 존재하는 것일까.

시나리오에는 그런 자세한 내막은 나오지 않으니 그에 대한 상상은 우진의 몫이었다. 상상력을 펼치면 작년에 소설을 썼던 것처럼 하나의 스토리가 그의 머릿속을 맴돌았다.

단란한 가정에서 태어난 한 아이가 스물 초반에 수호자가 되었다. 그 후로 진은 가족과 헤어졌지만 그들에게 아예 신경을 끊고 살지는 않았을 것이다. 멀리서 지켜보며 가족을 지켜주기도 하고, 그들이 한 명씩 세상을 떠나는 것을 바라보며 몰래 울기도 했을 것 같다.

그리고 어느 순간부터 그는 이젠 후손이라고도 부를 수 없는 이들을 더는 찾아가지 않았을 것이다. 시간이 흐른 만큼 피는 옅어지고, 현실이 추억과 그리움을 따라가지 못하면서 후손들과의 결속도 점점 사라지는 건 당연한 결과였다.

그렇게 수많은 시간을 혼자 남게 된 존재는 점점 어떻게 변화할까.

그것이 오늘 우진이 고민하는 부분이었다.

천 년이란 시간을 보내면 매 순간 그저 흥미만 추구하게 되는 것인가. 아니면 인간도 세상도 그저 허무하고 가치 없는 것으로 변해 버릴까. 시나리오에 의하면 진은 전자와 후자 어느 쪽도 아닌 것 같았다.

'진'은 지루한 삶을 포기하지 않고 변화하는 시대에 자신을 맡기며 늘 적극적으로 삶을 즐겼다. 이는 고작 6백 년을 살고 삶에 지쳐서 몸부림치는 안젤리카와는 너무나 다른 모습이었다. 어쩌면 그것이 진이 누구보다 오랫동안 살아온 이유가 아닌가 싶었다. 이런 차이점이 다른 수호자들은 고개를 내저으며 포기한 로버트를 받아들이고 제대로 가르치는 힘이기도 했다.

다만 우진이 이해가 되지 않는 건 어떻게 그럴 수가 있느냐였다. 천 년 이상을 산다는 걸 상상하면, 좋기보단 끔찍하다는 감정이 앞서는 우진에게는 진의 이런 여유가 이해가 되지 않았다.

'Guardian angel'은 스승 격인 진과 제자인 로버트의 관계가 비중이 컸다. 더스틴이 괜히 브로맨스를 언급한 게 아니었다. 그만큼 둘 사이에 형성되는 관계가 극의 재미를 더했고, 전혀 다른 두 사람의 조합이 영화의 볼거리를 제공할 예정이었다.

그래서 우진은 진의 입장에서 로버트를 이해하기 위해 노력하고 있었다. 그만큼 살아온 존재에게 로버트는 그저 신기하고 재미난 존재이기만 할까. 아니면 진이 여태껏 만났던 사람 중에 특별한 의미로 다가왔을까. 만약 그렇다면 그 이유는 무엇일까, 등등.

어느 것으로 기준을 잡느냐에 따라 로버트와 만들어갈 그림의 묘사가 조금씩 달라질 터였다.

그래서 오늘은 특별히 공동묘지를 찾았다.

육신의 죽음 뒤에 이름을 남긴 자들의 자취를 보며, 삶과 죽음에 대해 더 깊이 생각해 보기 위해서였다. 그러다 보면 진을 좀 더 깊게 이해할 수 있지 않을까 한 바람이 깃든 행보였다.

"야, 여행 와서 공동묘지가 뭐냐!"

갑자기 들리는 모국어에 우진은 깜짝 놀라 소리가 들리는 곳으로 고개를 돌렸다.

20대 초중반으로 보이는 청년 둘이 여행을 왔는지 대화하는 소리가 들렸다. LA의 명소 중 한 곳이니 관광객들이 아예 없는 건 아니지만, 오늘은 처음으로 본 한국인들이었다.

"유명한 분들이 잠들어 있는 곳이라잖아."

"난 살아 있는 유명인을 만나고 싶지 이미 땅속에 있는 분들은 만나고 싶지 않다. 그리고 유명한 사람이 누구누군데?"

이곳을 찾은 게 불만인 친구가 묘비와 곳곳에 있는 흉상들을 가리키며 툴툴거리자, 관광 장소로 이곳을 선택한 친구는 그저 머리만 긁적였다. 묘비에 적힌 이름을 봐도 딱히 알 만한 사람을 찾지 못한 것이다.

미국인도 아니고 타국인이 할리우드 스타 말고 영화 관련 제작자나 작가들에 대해 알고 있을 경우는 거의 없었다. 두 사람에게 이곳은 그저 낯선 이들이 잠들어 있는 공동묘지에 불과했다.

"그래도 이곳까지 왔는데 사진이나 찍자. 배경이 좋은 걸 보니, 큰맘 먹고 산 이 카메라가 빛을 보겠군."

"배경이 좋아? 혹시 찍어보니 뒤에 귀신이 있는 건 아니겠지?"

"애냐? 대낮인 데다가 주위에 사람들도 이렇게 많은데 뭘 걱정이야."

관광 목적으로 온 이들이 두 사람만 있는 게 아니라서 주위 곳곳에 사람들이 제법 많았다. 불만이 많았던 친구도 보통 공동묘지라면 느껴지는 음침함과 다른 예술적인 공간이 주는 여유로움이 썩 나쁘지 않은 듯, 사진을 찍기 위해 자리를 잡았다.

그들과 거리를 두고 뒤에 앉아 있던 우진은 목을 쭉 빼고 청년들을 구경했다. 친구와 함께 해외여행을 다니는 모습이 조금은 부럽다는 생각이 들었다. 좋을 때인 만큼, 마음이 통하는 친구와 여행을 다니고 티격태격 싸우는 경험은 무엇과도 바꿀 수 없는 추억이 될 게 분명했다.

그리고 같은 한국인을 보았다는 것만으로도 방금까지 적막하고 허허벌판 같던 이곳에 생기가 도는 기분이었다. 이곳에 아무리 사람이 많이 있어도, 저 두 사람만큼의 존재감을 우진에게 주지 못했던 것이다.

분명 낯선 사람들이었지만 우진에게 저들은 그저 그런 이방인이 아니었다. 아무 의미 없는 사람들 사이에서 만난 작은 인연이었다. 같은 나라 사람이라는 공통점 하나가 이 순간 그들 사이에 의미를 만들어낸 것이다.

"로버트도 진에겐 그런 존재였겠구나. 인종은 달라도 같은 수호자로서 함께 긴 시간을 살아갈 동료."

열심히 사진을 찍고 있는 두 사람을 보며 우진은 미소를 지었다. 먼 타국까지 함께 여행을 오고 의견이 맞지 않아 툴툴거려도 결국 이 순간을 즐기고 있는 두 사람의 모습이 보기 좋았다.

추구하는 생각과 성격이 달라도, 공통점이 있는 이들 사이에서 형성되는 우정과 관계의 깊이는 결코 무시할 수 없는 진지함을 가진다. 그저 재미와 흥미만을 추구하는 관계가 아니라는 뜻이다.

"흐음, 더스틴하고 술이라도 마셔줘야 하나."

우진은 더스틴에 대해 좋은 인상을 느끼고 있었지만 실상 그와는 아무런 공통점이 없었다. 한 번 정도 진지하게 그와 시간을 가지며 캐릭터에 관해 대화를 나누는 것도 나쁘지 않을 것 같았다. 그러자면 술자리는 피할 수 없는 절차였다.

"그건 그때 생각하고! 오래 살고 불멸이면 뭐 해. 당장 내일도 모르는 건 그들도 마찬가지인데."

우진은 자리에서 일어나 엉덩이에 묻은 흙을 털어내고 두 팔을 위로 쭉 뻗어 기지개를 켰다. 수호자라고 뭐 다를 게 있을까 싶었다. 우진이 미래를 걱정하는 것처럼 그들 역시 내일을 모르는 건 같았다.

과거와 미래도 중요하지만 결국 살아가고 있는 시간은 현재였다.

천 년을 이어 살아온 사람이 과거에 매달려 추억을 되새김질하는 것은 자신을 스스로 죽이는 일이 아닐까 싶었다. 옛사람들을 기억하는 데 에너지를 소모하는 것보다, 지금 함께 있는 이들을 소중히 여긴다면 인생은 오래 살 만할 것이다. 현재를 소중히 한다고 해서 떠나간 이들을 사랑하지 않는 건 아닐 테니 말이다.

죽음에 대해 생각하기 위해 이곳을 찾았는데 오히려 중요한 것은 삶이었다. 죽은 자들을 기념하는 것은 그들이 살았던 생애에 의미가 있기 때문이었다.

그리고 그들이 살았던 삶은 이 공동묘지 밖에 있었다.

아마도 진의 생각도 이와 비슷하지 싶었다. 천 년을 기억하는 무게보다 현재를 살아가는 순간이 소중하다면 그 삶은 결코 지루하거나 끔찍하지 않을 터였다.

우진은 지금도 사진을 찍는 관광객을 구경하며 흐뭇하게 웃었다. 마치 어린 동생을 바라보듯 그 눈빛은 다정했고, 목을 쭉 빼고 사진 찍는 걸 구경하기도 하고, 기지개를 켜며 마음 놓고 하품을 했다.

우진은 이런 자신의 모습이 사진을 찍던 이들의 배경에 고스란히 담기고 있었다는 것을, 할리우드 포에버 공동묘지를 떠날 때만 해도 전혀 알지 못했다.

◆　　◆◆◆　　◆

{지니?}

호텔로 돌아가는 길에 카페에서 아메리카노를 사고 나오던 우진은 자신을 알아보는 여성에게 팔이 잡히고 말았다. 함께 있던 강호수가 슬쩍 인상을 쓰며 앞으로 나서자 상대는 흠칫 놀라며 재빨리 우진의 팔을 놓았다.

강호수의 위압감 넘치는 외모는 역시나 미국에서도 통했다. 어딜 가나 덩치와 인상에서 뿜어져 나오는 분위기로 사람을 움츠리게 했다.

{누구시죠?}

우진을 지니라고 부른다면 답은 이미 나와 있었다. 팬들 사이에서 부르던 애칭인 '지니'가, 외국에선 'Genie Chae'로 우진의 이름처럼 되어버린 상태였다. 그래서 외국인이 대번에 그를 지니라고 부른다면 배우인 그를 알아보았다는 뜻이기도 했다.

그런데도 우진이 누구냐고 물은 것은 신기해서였다. 미국에 와서 영화 관계자와 아시아인들이 자신을 알아보는 건 그렇다 치지만, 뜻밖에 미국인 사이에서도 그를 알아보는 이가 종종 있어서 매번 이렇게 다시 확인해 보곤 했다.

「'The red'를 봤어요! 그 영화를 보고 난 당신 팬이 됐어요!」

'The red'는 미국에서 개봉한 '붉을 적'의 영어판 제목이었다. 사극이라 미국인 입장에선 굉장히 낯선 문화와 역사라 별 기대를 하지 않았는데, 뜻밖에도 한국 영화 중에서 유례없는 성공을 거두었다.

분명 미국인들에게 'The red'는 이상한 나라의 이야기 정도로밖에 보이지 않을 영화였다. 그런데 낯섦을 넘어선 공감과 감명이 뜻밖의 흥행을 이끌었다. 무엇보다 주인공인 명환대군이 관람객의 마음을 사로잡은 게 주효했다는 평이 많았다.

서예와 그림을 그리던 고아한 자세와 사랑에 빠져 달그림자를 밟고 걸어가던 그의 뒷모습, 그리고 처연하기 그지없었던 그의 인생 마지막에 추었던 검무가 사람들의 마음을 움직인 것이다. 자세한 역사적 사실과 문화는 몰라도 한 사람의 인생을 이해하는 데 이만큼 가슴 떨리는 영상은 없었다.

우스운 사실은 'The red'라는 제목에서 19금과 관련된 기대를 하고 영화를 관람한 이들이 더러 있었다는 것이다. 그러나 기대와는 전혀 다른 영화임에도 그들조차 충분히 즐겼다는 감상평들이 많았다.

그래서 자연히 명환대군을 맡았던 채우진에 대한 관심도 높아졌다. 그에 대한 자료를 찾다가 팬들이 '지니'라고 명명하면서 올린 영상들을 먼저 접하게 된 이들은, 우진이라는 이름이 발음하기 어려운 게 아님에도 그를 자연스럽게 'Genie'라고 불렀다.

{영화 촬영 때문에 할리우드에 왔다는 이야기를 듣긴 했지만 이렇게 만날 줄은 정말 몰랐어요. 어쩜 좋아! 사인, 사인, 사인!}

우진의 팬이라 자처하는 여성은 어찌할 바를 몰라서 흥분하다가 우진에게 등을 보였다. 작은 클러치백 하나만 가지고 나와서 그녀에게는 사인을 받을 만한 종이가 없었다.

그래서 입고 있는 하얀 티셔츠에라도 사인해 달라는 의미로 등을 내밀었다. 급작스러운 사인 요청에 우진도 펜을 찾기 위해 주머니를 뒤졌지만 그런 게 나올 리가 없었다.

"여기."

옆에 있던 강호수가 입고 입던 양복 상의에서 굵은 매직펜을 꺼내 우진에게 내밀었다. 언제 어디서나 다양한 곳에다 사인할 경우를 대비해 늘 가지고 다니는 펜 중의 하나였다. 우진은 언제 이런 것까지 챙겼냐는 감탄을 잠시 보내며 펜을 받았다.

우진이 한글로 티셔츠에다 사인해 주자 팬은 연신 등 뒤를 확인하며 흐뭇하게 웃었다. 잘 보이지 않지만 얼핏 보이는 글자를 보니 괜히 뿌듯하고 기뻤다. 지니의 팬이 되었지만, 서로 다른 나라에 살고 있어서 직접 얼굴을 볼 기회는 거의 없다시피 했다. 지니의 소식을 듣고 혹시나 하는 마음에 이 근처를 배회한 것이 오늘로 며칠째였다.

{지니! 이번 기회에 그냥 할리우드에 정착해요!}

노력하면 이렇게라도 만날 수 있다는 개인적인 바람과 지니의 성공을 바라는 응원이었다.

그 마음이 느껴져서 우진은 대답 없이 마냥 웃기만 했다. 그 모습이 어찌나 밝고 아름다운지, 그녀는 감명을 받은 듯 두 손을 꼭 마주 잡으며 뒤설레 했다.

감정 표현에 있어선 확실히 액션이 커서 우진도 평소보단 더욱 적극적으로 팬을 상대해 주었다. 그래서 함께 사진까지 찍고 팬과 헤어진 이후, 우진도 조금은 흥분한 상태였다.

"미국에서 외국인 팬을 만날 때마다 뭔가 굉장히 신기하네요."

"난 네가 신기해하는 게 더 이상하다."

미국에서 'The red'가 흥행하면서 현재 'Guardian angel'에 출연하는 우진에게 쏠린 관심은 점점 높아만 갔다. 할리우드에 진출한 한국인 배우가 우진이 처음이 아니라서 대중은 이 새로운 등장인물에 대한 거부감이 거의 없었다. 서로가 이어져 있는 네트워크로 인해 정보의 교환은 점점 빠르게 이루어졌고, 우진이 상상하는 것보다 더 많은 이들이 벌써 그를 알고 있었다.

이는 즉, 우진이 지금처럼 편하게 할리우드 대로를 거닐 날도 얼마 남아 있지 않다는 뜻이었다.

그래서 가능한 즐길 수 있는 지금 즐기라는 심정으로 강호수는 우진의 외출을 방해하지 않고 있었다.

"이러다가 나중에 파파라치 붙는 거 아닌지 몰라."

"그건 좀 무섭다."

우진의 말에 강호수는 대번에 고개를 저으며 인상을 찌푸렸다. 할리우드 스타인 더스틴에게 붙은 파파라치를 보고 우진과 강호수는 이미 학을 뗀 상태였다. 촬영장만 벗어나면 달라붙는 파파라치들은 좀비 영화에서나 볼 수 있는 광경을 만들어내곤 했다.

우진이 더스틴과 개인적으로 어울리지 않으려던 이유 중의 하나였다. 그와 함께 있다간 파파라치들의 물결에 함께 떠밀려 갈까 무서울 지경이었다.

요즘은 한국에서도 미디어를 등에 업은 파파라치들이 생겨나곤 있지만 할리우드 정도는 아니었다. 할리우드 파파라치들의 공세는 감당이 되고 안 되고의 문제가 아니었다. 이들은 도덕은 커녕 예의와 양심조차 없었다. 그들이 내미는 카메라 앞에서 스타들은 그저 한낱 돈거리에 불과한 상품에 지나지 않았다.

"다른 건 몰라도 파파라치 때문에 할리우드는 무서워요."

방금 만났던 팬의 바람과 다르게 우진은 할리우드에 정착할 생각이 없었다. 우진에게 더스틴만큼 파파라치가 붙을 일은 없겠지만, 그 외에도 한국을 떠나서 살고 싶지가 않았다. 작품을 위해서 어쩌다가 찾는 거라면 몰라도 말이다.

"그래도 월드 스타가 되려면 이곳보다 좋은 곳은 없잖아."

강호수는 이왕 진출하게 된 거 우진이 이곳의 에이전시와 계약해 지속해서 활동하는 것도 나쁘지 않다고 보았다. 장수환 대표 역시 만일을 위해 슬슬 미국 쪽 에이전시를 알아보고 있는 것으로 안다.

파파라치는 강호수 역시 무서웠지만, 세계적인 스타로 발돋움할 우진을 위해서 의지로 극복할 마음의 준비를 하고 있었다.

"아까 만났던 팬 안 봤어요? 아직 'Guardian angel'이 개봉하지도 않았는데 우리나라 영화 한 편으로 날 알아보잖아요."

세계적인 배우가 되는 데 꼭 할리우드에 집착할 필요는 없다고 우진이 건방을 떨자 강호수는 저도 모르게 웃고 말았다.

"이상하게 LL—Studio에서 섭외 제안이 왔던 그날이 생각나네. 책상에 엎드리고 발을 동동 굴렀던 게 누구였더라."

"그러게요. 누구였을까요."

몰래카메라인 줄 알고 휴와 레이폴드를 오해하고, 섭외 제안을 받자 당황했던 당시를 떠올리며 우진도 멋쩍게 웃었다. 파파라치가 싫고 뭐라 해도 우리나라가 좋다는 말은, 현재 그가 할리우드에 와서 영화를 찍고 있기에 나오는 여유였다.

{앗!}

강호수와 대화하느라 앞을 제대로 보지 않고 걷던 우진은 한 행인과 어깨가 부딪치고 말았다. 우진이 서둘러 사과하자 상대는 웃으며 고개를 끄덕이고 제 갈 길을 갔다.

{잠깐!}

{왜?}

우진과 어깨가 부딪쳤던 남자가 돌연 걸음을 멈추자 그와 함께 걷고 있던 연인이 의아해 물었다.

{아까 나와 부딪쳤던 사람, 지니 아니었어?}

{정말? 난 자기만 보느라 그 사람 얼굴은 못 봤어.}

{아니, 지니가 맞아! 내가 그 얼굴을 몰라볼 리가 없잖아.}

방금 막 못 알아봤으면서 남자는 흥분해서 외쳤다.

연인인 두 사람은 모두 'Genie'인 채우진의 팬이었다. 우연히 'Glooming day'를 보게 된 것을 계기로 채우진을 좋아하게 되면서 요즘은 'The red'에 푹 빠져 살고 있었다.

지니가 이곳에서 영화 촬영 중이라는 것을 알고 일부러 LA로 여행까지 온 연인이었다. 행여나 만날 거라는 기대도 없었는데 정말로 이렇게 우연히 만난 것이다.

두 사람은 더는 망설이지 않고 어느새 저 멀리 걸어가고 있는 지니를 향해 달려갔다.

(지니!)

두 손을 들어 휘휘 흔들며 우진을 부르자 그가 멈춰서 뒤를 돌아봤다. 다시 봐도 분명 그들의 지니가 맞았다.

순간 숨이 벅차고 머릿속이 환하게 밝아지며 아무 생각도 할 수가 없었다. 그저 환하게 웃으며 그에게 달려가는 것 말고는 할 게 없었다.

비즈니스는 영원하다

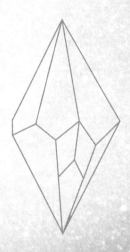

더스틴 에반의 장래 희망에 애당초 배우는 없었다.

배우는커녕 연예인 자체에 아무런 관심도 없었다. 짝사랑하는 여학생과 같은 대학교에 들어가는 것이 지상 최고의 목표였던 평범한 학생일 뿐이었다.

그랬던 더스틴의 삶이 방향을 틀어버린 것은 아버지의 사업이 부도가 나면서부터였다.

원래 수더분한 성격이었던 더스틴은 부도로 집안 사정이 곤란해졌다고 바로 절망하거나 힘들어하지 않았다. 낙천적인 인생관 덕분에 갑자기 빈곤해진 생활에도 다른 형제들처럼 불만을 터뜨린 적도 없었다.

그랬던 더스틴이 현실을 자각하게 된 것은, 어려운 경제 살림에 더는 사립학교에 보낼 수가 없다는 부모님의 통보를 듣고 나서였다. 당시 대학교에 다니던 형과 누나도 장학금을 받지 못한다면 휴학을 해야 할 처지에 놓였다.

사실 더스틴에게 학교는 그리 중요한 사항은 아니었다. 어느 학교에 다니든, 혹여 당장 학교를 그만둔다고 해도 그 자체로는 절망할 이유가 없었다.

다만 지금 다니는 학교에 셀레나가 있다는 게 중요했다.

무려 다섯 번이나 고백했다가 차이기는 했어도, 보고 싶으면 언제라도 볼 수 있는 가까운 곳에 그녀가 있다는 것은 분명 큰 기쁨이었다. 그런데 학교까지 그만두면 그는 점점 셀레나와 멀어지고 다른 세상에 사는, 잊힌 존재가 될 것만 같았다.

평범하기 짝이 없는 16살 소년에게 그것만큼 심각한 고민은 없었다. 아버지의 사업이 망했다는 이야기를 들었을 때와는 비교도 할 수 없는 청천벽력이었다.

다만 그에게 특이한 게 있다면, 아버지 친구 중에 드라마 제작자가 있다는 것 정도였다. 그리고 그분이 더스틴을 볼 때마다 배우가 되라고 설득했다는 것이 남들과는 다른 점이었다.

이것저것 따질 것 없이 더스틴은 아버지의 친구를 찾아가게 되었다. 주유소 아르바이트를 하는 것보다 드라마나 영화에 나가는 것이 폼도 나고 돈도 더 벌 수 있을 것 같았기 때문이다.

마침 준비 중이던 하이틴 드라마에 잘생긴 캐릭터 하나가 필요했던 참이라 그분은 흔쾌히 더스틴을 캐스팅했다. 예전부터 눈여겨봤던 친구의 아들을 데뷔시키는 데 망설임이 없을 정도로 그는 성공을 확신했다.

그리고 드라마는 멋지게 성공했다.

드라마뿐만 아니라 더스틴 에반이라는 배우의 탄생을 세상에 알리기도 했다. 더스틴이 맡았던 배역은 조연임에도 불구하고 주인공보다 더 큰 사랑을 받으며 인기를 얻었다.

오로지 학비 때문에 드라마에 출연했던 더스틴의 작은 꿈은 멋지게 임무를 달성했고, 그는 이것으로 모든 게 해결될 줄 알았다. 드라마의 출연비와 광고 몇 편으로 더스틴과 형제들의 학비는 물론, 경매로 날아간 집도 다시 찾을 수가 있었다.

이만하면 그가 원했던 것보다 훨씬 좋은 결과였다. 셀레나와 함께 학교도 계속 다닐 수 있었고, 그녀 앞에서 초라한 모습을 보이지 않아도 되었다.

그래서 미련 없이 일상으로 돌아가려던 그의 발목을 잡은 것은 뜻밖에도 가족이었다. 부도난 아버지의 기업을 다시 살리자면, 예전의 생활수준으로 돌아가고 아르바이트와 장학금 없이도 비싼 대학교 등록금을 감당하기 위해선 더스틴의 수입이 계속 필요했기 때문이다.

간절한 눈빛으로 자신을 바라보는 가족들의 소원을 더스틴은 거부할 수가 없었다.

그리고 드라마의 성공으로 시즌 2를 준비하는 제작자의 섭외도 무시할 수가 없었다. 어려울 때 가장 큰 도움을 받았는데 이제 필요 없다고 매몰차게 거절할 정도로 더스틴은 모질지 못했다.

그 후로 드라마와 영화를 찍으며 배우로서 승승장구했지만, 더스틴은 결국 셀레나와 같은 대학교에 들어가지 못했다. 그 때문에 마셨던 술은 끔찍하게 썼고 더스틴에게 유일한 위로가 되었다.

더스틴의 원조로 아버지의 사업은 원상 복구가 되었고 형과 누나는 명문대를 무사히 졸업할 수가 있었다.

남동생도 대학교를 졸업하고 어엿한 전문가가 되었을 때, 가족들은 더스틴에게 지금까지 고마웠고 이제 네가 하고 싶은 일을 하라고 말했다. 그의 나이 26살이 되던 어느 날의 이야기였다.

가족이 거머리가 되어 피를 쪽쪽 빨아먹는 다른 스타들에 비하면 더스틴의 가족은 매우 이성적이고 양심적이었다. 이만하면 해피엔딩이라고 할 정도로 가족들은 더스틴에게 꽂았던 빨대를 깔끔하게 정리했다.

물론 이는 금전적인 부분에만 해당하는 사항이었다. 그들은 여전히 사적이나 공적으로 더스틴의 이름과 인기가 필요할 때면 그를 찾았다.

그렇다 해도 어찌 됐든 가족이 그에게 자유를 준 것은 사실이었다. 그러나 유감스럽게도 26살의 더스틴은 이제 와서 달리 하고 싶은 일이 없었다.

학업에 열중했던 것은 셀레나와 같은 대학교에 들어가기 위한 분명한 목적이 있어서였다. 이제 다시 공부한다고 해도 그녀는 이미 졸업한 후였다. 그가 원했던 것은 그녀와 같은 시간 동안 같은 공간을 함께하며 추억을 공유하는 것이지, 그녀와 선후배가 되고 싶었던 게 아니었다.

무엇보다 연기도 하다 보니 적성에 맞고 재미있었다. 점점 일이 즐거웠고 하고 싶은 배역과 연기에 욕심이 생겼다.

그는 처음으로 다른 누구도 아닌 자기 자신만을 위한 꿈을 가지게 되었다.

정직하게 말하자면 그가 데뷔부터 인기를 얻었던 것은 오로지 그의 외모 덕분이었다. 옅은 갈색 눈동자는 금발과 어울려 마치 금빛처럼 반짝여서 사람들은 그를 'Sunshine'이라고 불렀다. 거기에 큰 키와 잘생긴 외모로 주인공을 압도하는 인기를 끌어모을 수 있었던 것이다.

연기력을 타고난 건 아니었지만, 그의 첫 연기는 못 봐줄 정도로 끔찍한 것은 아니었다. 실전 없이 바로 현장에 투입된 것치고는 결과가 나쁘지 않았기에 본인도 자신감을 얻었다.

이후 노력과 자신감이 지금의 더스틴 에반을 만들어낸 건 주지의 사실이었다.

작품을 새로 할 때마다, 그리고 다음 작품에선 이전보다 더 나은 모습을 보여주었기에 그의 인기 역시 정비례로 치솟았다. 모든 게 만족스러운 것은 아니었지만 나쁘지 않은 성공과 성취였다.

그러나 연예인으로서의 성공과 반비례해서 더스틴은 날로 공허해지기 시작했다.

희생이란 단어가 맞는지 모르겠지만 그는 가족을 위해 자신이 가장 원했던 것을 포기했다. 그런데 어느 순간부터 가족들은 그를 무시하기 시작했다. 어떨 때는 그의 이야기를 들으려고도 하지 않았다. 명문대를 나오고 사회적으로 성공해 상류층에 입성한 형제들은 더스틴의 말과 의견을 무시하고 비웃었다.

혹여 더스틴이 사고라도 치면 세상에 없는 방탕아 취급을 하며 그를 힐난하고 부끄러워하기도 했다.

─다음 주 금요일 저녁은 꼭 비워놔. 이번에 캘리포니아 남부의 발전을 위해 정재계 인사들이 모이는 파티를 우리가 주최하게 됐으니까. 너도 가족으로서 도움이 돼야지.

그러나 늘 대외적으로 이용할 일이 있으면 이렇게 가족의 이름으로 그를 찾았다. 더스틴은 아침에 일어나자마자 받게 된 형의 전화에 이마를 손으로 짚으며 인상을 찡그렸다.

더스틴 에반이 그 파티에 참석하게 된다면 그것만으로도 충분히 홍보가 된다. 거기에 언론까지 이용해 파티의 주최 목적을 알리고, 수월하게 후원금도 모으려는 게 형이 그를 파티에 초대한 이유였다.

{안 가, 아니, 못 가! 나 작품 들어가서 바쁜 거 몰라?}

─그런 놈이 쓰레기들과 어울릴 시간은 있고? 랄프였던가, 어제 그놈이 네가 취해서 쓰레기통 옆에 쓰러져 있는 사진을 사라며 협박하더라. 안 그러면 언론사에다가 팔겠다고. 어떻게 친구라고 어울리는 것들이 하나같이.

형의 말에 더스틴은 할 말을 잊고 지그시 입술을 깨물었다. 랄프는 정말 친하고 믿을 수 있는 친구였다. 다른 친구들은 다 그래도 그만은 절대 그럴 리가 없다고 자신했던 친구의 배신은 정말 믿고 싶지 않았다.

{거짓말하지 마. 랄프가 그럴 녀석이 아니라는 건 내가 더 잘 알아.}

─거짓말 같으면 네가 직접 확인해 봐. 그럼 다음 주 금요일에 보는 거로 알고 있으마.

전화를 끊자마자 형은 더스틴에게 사진 한 장을 보냈다. 그가 한껏 취해서 쓰레기통을 끌어안고 자는 모습이었다.

생각은 나지 않지만 입고 있는 옷을 보면 이틀 전의 모습이었다. 그날 마지막까지 더스틴과 함께 있어준 친구는 랄프 하나였다.

침대에 누워서 형의 전화를 받았던 더스틴은 벌떡 일어나서 랄프에게 전화를 걸었다. 그는 꽁하게 속으로 묻어두고 고민하는 성격이 아니었다.

―어이~! 친구.

더스틴의 전화를 받자마자 랄프는 반갑게 인사를 건넸다. 그 목소리에 더스틴은 조금 안심이 되어 물었다.

{방금 형한테 이상한 소릴 들었어. 네가 사진을 가지고 형에게 돈을 요구했다고.}

―아아, 그거? 그것도 추억이다 싶어서 사진을 찍었는데 그냥 두면 아깝잖아. 어차피 네 형이 저렇게 잘된 것도 네가 벌어다 준 돈 때문이잖아. 그걸 갚아야지.

{형이 갚으려면 나한테 갚아야지. 왜 네가 돈을 받아?}

―넌 돈 많잖아. 그깟 코 묻은 돈은 할리우드 갑부인 너보다는 내게 더 요긴하지. 그냥 친구로서 내가 대신 네 형에게 복수해 줬다고 생각해.

랄프는 매우 자랑스럽게 더스틴에게 보고했다. 친구의 이야기를 들으면서 더스틴은 그만 눈을 감아버렸다. 저 말을 믿고 싶은 자신과 어처구니가 없어서 화가 나는 마음이 내부에서 극렬하게 싸우는 중이었다.

{형이 안 사면 언론사에다 넘기겠다고 했다면서?}

—야, 치사하게 그런 말까지 하던? 어차피 그런 사진들은 여태 많이 올라왔잖아. 한 번 웃고 넘어갈 사진인데 뭐 어때. 그래도 내가 널 생각해서 형님한테 먼저 연락한 거야, 고맙지?

랄프는 정말 기분이 좋은 듯했다. 자기가 한 말이 더스틴에게 어떤 비수가 되어 등에 꽂히고 있는지도 모른 채 자기 이야기만 늘어놓았다.

—그러니까 오늘도 만나자. 네가 여자 있는 거 싫어해서 친구들 모으기가 힘들지만, 내가 힘써볼게.

{아니, 오늘은 늦게까지 촬영이 있어서 힘들어.}

—그럼 내일…….

{봐서. 오늘부터 촬영 스케줄이 좀 빡빡하거든.}

더스틴의 대답에 내내 들떠 있던 랄프의 목소리가 착 가라앉았다. 투덜거리며 그럼 우리끼리 만나겠다면서 먼저 전화를 끊었다.

친구들은 더스틴과 함께 어울리는 걸 굉장히 좋아했다. 그와 함께 있으면 미녀들이 먼저 다가왔고, 유흥비는 항상 더스틴이 냈으니 당연했다. 더군다나 그와 함께 찍은 사진을 SNS에 올리면 사람들의 주목을 받았다.

그래서 더스틴이 참석하는 파티는 언제나 흥했다. 친구들은 무슨 일이 있어도 참석했고 모두 더스틴에게 술을 권했다. 술에 취해 실수로 한 발언이나 정보는 언제나 그들에게 돈이 되었다. 사진과 정보를 언론사나 더스틴의 가족에게 넘기는 대가는 늘 짭짤했다.

하지만 남들은 다 그래도 랄프만은 그러지 않을 줄 알았다.

자신하건대 랄프는 원래 그런 친구가 아니었다.

어쩌면 남들이 다 하는 거, 죄책감 없이 따라 하거나 안 하면 자기만 손해라고 생각했을지도 몰랐다. 어느 쪽이든 더스틴에게는 배신이었는데 정작 그 당사자는 아무것도 모르고 있었다.

{당분간은 정말 안 만나야지.}

하지만 더스틴은 따지고 화를 내는 것 대신에 우선은 랄프를 피하는 걸 선택했다. 작품에 들어가면 더스틴도 웬만해선 술을 멀리하려고 노력했다. 그러면 꼭 친구와 지인들이 그를 불러냈다.

그라고 해서 그들의 속셈이 무언지 모를 정도로 순진하지는 않았다. 술에 취해 잠든 모습이 가십지에 오르고, 친구들에게만 했던 이야기가 측근이란 이름으로 기사화되는 걸 보면서 아무것도 모른다면 말이 되지 않는다.

그런데도 친구들을 내치지 못하고 그들을 찾는 것은 견디기 위해서였다.

{남들은 배부른 투정이라고 하겠지만…….}

현재 더스틴은 위태로웠다.

처음엔 불순한 의도로 연기를 시작했지만 이제는 평생 직업이라 여기며 즐기고 있었다. 그런데도 힘든 것은 아마도 그를 둘러싼 사람들 때문이 아닌가 싶었다. 그렇다면 상처를 준 사람들을 멀리하면 되는데 그게 또 마음대로 되지 않았다.

아이러니하게도 상처를 주는 대상과 위로의 대상이 더스틴의 경우에는 똑같다는 게 문제였다.

사람에게서 얻은 상처를 사람으로 치유하고자 노력했지만,

언제나 돌아온 것은 따끔한 배신이었다.

더스틴은 여전히 사람에게서 희망을 얻고자 했다.

{앞으론 지니와 노는 게 좋겠어.}

지난날을 돌이켜보며 더스틴은 당분간은 사람을 멀리하겠다고 결심하고선 대신 채우진을 선택했다.

사실 알게 된 시간을 따진다면 그가 우진에게 가지는 신뢰는 이해할 수 없는 부분이 있었다. 변명하자면, 그렇게 된 이유에는 첫인상의 영향이 매우 컸다.

처음 우진을 보았을 때, 더스틴은 뭐 저런 게 있나 싶을 정도로 깨끗한 인상을 받았다. 말끔하고 아름다운 외모도 한몫했지만, 왠지 보고 있으면 사람이 바르고 단정하다는 느낌이 들었다. 그래서 함께 있으면 편안하고 마음이 안정되는 기분을 얻었다.

무엇보다 우진에게 믿음이 생긴 것은 그의 환영 파티가 있던 다음 날의 일 때문이었다. 우진은 술에 취해 뻗어버린 더스틴과 함께 찍은 전날의 사진을 보여주며 술도 못 마시면서 함부로 도발하지 말라고 경고했다. 그러고는 더스틴이 보는 자리에서 그 사진을 삭제했다.

사진은 왜 삭제하느냐고 묻자, 우진은 보기 좋은 사진도 아닌데 가지고 있어서 뭐 하냐고 심드렁하게 대답했다.

더스틴과 함께 찍은 사진은 일반인 사이에서 좋은 호응을 얻지만, 연예계에서도 제법 큰 힘을 발휘했다. 바로 인맥을 내세울 수 있기 때문이다. 아닌 말로 더스틴과 별로 친하지 않으면서도 그와 함께 찍은 사진을 SNS에 올려서 사람들의 주목을 받으려는 연예인이 제법 많았다.

그런 의미에서 보면 비록 술에 뻗은 모습이라도 더스틴과 함께한 사진은 나쁘지 않은 홍보가 될 터였다.

"난 SNS 안 해."
"인생의 낭비라고 생각해서?"
"아니, 귀찮아서."

간결한 대답에 감명을 받았고, 인맥을 계산하지 않는 모습이 쿨해 보여서 멋있었다.

그 후로 더스틴은 남들이 다 아는 이야기에 교묘히 자신만 아는 사실들을 섞어서 우진에게 말해주었다. 그러나 두 사람이 나누었던 대화가 다른 곳으로 퍼지는 일은 없었다.

물론 더스틴으로선 확인할 수 없는 사람들에게 이야기했을 가능성까진 장담하기 어려웠다. 하지만 자신에게 다시 돌아오는 이야기가 없었기에 더스틴은 그냥 우진을 믿기로 했다.

더스틴의 단점은 사람을 너무 쉽게 믿고 의지한다는 점이었다. 그래서 나름대로 신중하려고 노력하면서도, 이번에 또 채우진을 좋은 친구라고 판단하고 곁에 가까이 가고 싶어 했다.

어차피 더스틴에게 우정은 비즈니스와 같았다. 생애를 건 모험인 셈이었다. 리스크가 무서워서 아무런 투자도 하지 않는다면 얻는 것도 없다.

현재 그는 문어발식 확장으로 파산 위기였기에, 새로운 구조조정을 준비 중이었다. 이번에도 실패한다면 많이 아프겠지만 그는 좌절하고 싶지 않았다.

더스틴에게 사람은 늘 희망이었다. 희망을 포기하는 삶을 살고 싶지 않아서 그는 늘 앞만 바라보고 걸었다.

그리고 더스틴이 사람 다음으로 좋아하는 것은 바로 SNS였다. 악플 때문에 상처받은 적도 많지만 위로와 칭찬을 더 많이 받기에 포기할 수 없는 부분이었다. 술과 함께 SNS는 더스틴에겐 출구였고 피난처였다. 그래서 영화 촬영 중에도 진행 상황이나 다른 배우들과의 사진을 종종 올렸다.

이번에는 당연히 우진과 함께 찍은 사진을 SNS에 올리게 되었다.

사진에는 셀카를 찍는 더스틴의 어깨너머로 대본을 보는 우진의 모습이 담겨 있었다. 더스틴은 사진과 함께 '지니가 나와 안 놀아준다' 라고 글을 남겼다. 글을 올린 지 얼마 안 돼서 그의 SNS에 평소 오지 않던 낯선 이들이 찾아왔다. 영어로 글을 남겼지만 대부분이 한국에서 온 우진의 팬들이었다.

물론 개중에는 다양한 국적의 사람들과 미국인들도 제법 있었고, 그들은 하나같이 우진의 팬이라는 공통점을 가지고 있었다. 오랜만에 보는 우진의 모습에 기뻐하는 반응과 더스틴을 위로하면서 그래도 우진을 잘 부탁한다는 글에서부터, 앞으로 이런 사진을 종종 올려달라고 애교를 부리는 이들도 많았다.

우진이 SNS를 하지 않고, LA까지 우진을 따라온 스태프들은 조심하느라 팬카페에 소식 글을 자주 올리지 못했기에 생긴 현상이었다.

더스틴은 자신과 찍은 사진을 SNS에 올리는 것으로 관심을 얻으려는 친구들을 이해하지 못했다. 하지만 이번에 반대의 경험을 해보니 이도 나쁘지가 않았다.

먼저는 자신과 겹치지 않는 팬들의 다른 반응을 볼 수가 있어서 재미있었다. 그리고 우진을 좋아하는 팬들이 더스틴에게까지 보이는 호감이 따스하게 느껴졌다. 다른 사람의 팬들에게 받는 관심과 호의는 남달랐고 짜릿했다.

여태 더스틴과 영화를 찍었던 상대 배우의 팬들은 그에게 호의적이지 않았다. 남배우의 경우 더스틴과 비교당하는 게 보기 싫다고 꺼렸고, 여배우의 경우는 더스틴이 그녀를 무시한다고 기분 나빠했다. 무시란, 어릴 적부터 짝사랑하던 사람이 있다고 공공연하게 고백한 더스틴이 상대 배우를 여자로 보지 않기 때문에 생긴 반응이었다. 다른 오해가 생기지 않게 사석에서까지 확실하게 선을 긋는 더스틴의 태도가 오히려 여배우의 팬들을 불쾌하게 만든 모양이었다.

그래서 우진의 팬들에게 받는 호의가 특별했다. 자신의 팬들도 이랬을 거라는 걸 생각하니 더스틴은 살짝 눈시울이 뜨거워졌다.

우진의 팬들은 의미 없이 찍은 사진 하나에도 애정을 가졌고, 그 사진을 올려준 더스틴에게조차 고마워했다. 아마 자신의 팬 역시 어느 누군가가 찍어서 올린 사진을 보고 이랬을 거라 생각하니 심장이 찌릿하게 아프기도 했다.

새삼 팬들에 대한 사랑이 충만해진 그는 새벽에 그 감성을 그대로 SNS에 올리는 바람에, 다음 날 이불을 팡팡 내려치기도 했다.

하지만 팬들 반응은 좋았다. 새벽의 감수성이 폭발해서 굉장히 오그라드는 내용이었지만, 결국은 팬들에게 고맙다는 깨달음의 글이었기에 싫어할 사람은 없었다. 그래서 아침에 제정신을 차리고 새벽에 쓴 글을 지우려던 더스틴을 매니저가 극구 말렸다. 팬들마저 좋아하니 더스틴에겐 다른 선택이 없었다.

그런데 이게 또 다른 반향을 불러일으켰다. 더스틴이 이렇게 직접 팬에게 고마움을 표현하고 감수성 넘치는 글을 쓰게 된 계기가, 채우진과 친해지면서 생긴 현상이라고 그의 팬들이 오해한 것이다.

언제나 더스틴에게 제대로 된 친구가 생기길 바랐던 팬들은 두 사람의 우정을 환영했다. 그런 사연으로 더스틴과 우진의 팬들은 덩달아 사이가 좋아지고 말았다.

이제는 정말 더스틴과 우진이 진짜 친구가 되는 일만 남은 셈이었다.

◆　　◆◆◆　　◆

"이 옷을 아직도 안 버린 거야? 아니, 그걸 떠나서 이걸 LA까지 가지고 온 건 또 뭐야!"

촬영 전에 우진을 찾아간 더스틴의 귀에 낯선 언어가 줄줄 들어왔다. 알아들을 순 없어도 우진의 코디네이터가 뭣 때문에 화가 났는지 잔소리를 쏟아내는 분위기였다.

"사람들의 반응 좀 봐! 코디는 저 옷 좀 갖다 버리지 여태 뭐 하고 있었냐고 내 욕을 하잖아."

우진의 코디네이터는 결국 절망한 듯 세상이 무너져라, 테이블에 엎드려서 우는 시늉을 했다.

그 앞에서 우진은 난처한 표정으로 억지 미소를 짓고 허공만 올려다보고 있었다.

{무슨 일이야?}

분위기는 나빠 보였지만 우진의 표정을 보면 정말 심각한 일은 아닌 것 같았다. 그래도 코디네이터가 저런 반응을 보이는 걸 보면 난처한 일이 생긴 건 분명했다.

"그게 말이죠! 우리 우진이가 또 이 옷을 입었어요. 페인트 묻어서 추레한 이 티를 입고 LA 한복판을 나돌아다니다가 관광객 사진에 찍혀서 기사까지 났다고요!"

듣는 건 가능하지만, 회화로는 짧게 주고받는 게 다인 황이영은 더스틴에게 영어로 설명하는 걸 포기하고 한국어로 줄줄 이야기했다. 그녀가 무슨 말을 하는지는 몰라도 내미는 노트북에는 기사로 보이는 글과 우진의 사진이 있었다.

허리에 카디건을 두르고 목이 늘어나 좀 없어 보이는 하얀 티셔츠를 입은 우진이 하품을 하거나, 목을 쭉 내밀고 앞쪽을 기웃거리는 사진들이었다.

{이게 무슨 문젠데? 혹시 비키니 미녀라도 몰래 구경하고 있었던 거야?}

{아니, 이 사진 속에 입고 있던 옷이 오래된 거라서 사람들이 나보고 제발 새 옷 좀 사서 입으라고 하는 거야.}

할리우드 포에버 공동묘지에서 사진을 찍었던 청년들은 나중에야 자기들 뒤편에 우진이 있었다는 걸 알게 되었다. 그것도 여행하면서 실시간으로 SNS에 올린 사진 중에 우진의 팬이 먼저 그를 알아보고 의혹을 제기하면서부터였다.

워낙 성능이 좋은 카메라로 찍은 사진이라 작게 찍힌 배경을 크게 확대해도 이미지의 선명도가 나쁘지 않았다. 그리고 확대해 보니 뒤에 찍힌 사람은 예상대로 채우진이 맞았다.

LA에서 영화 촬영 중인 채우진이 그곳에서 사진을 찍힌 것은 재미난 우연이었지만, 그보다 더 화제가 된 것은 그가 입고 있던 옷이었다. 알 만한 사람은 다 아는, 슬리퍼 청년이 입고 있었던 그 추레한 티셔츠를 우진이 미국에서까지 입고 돌아다닌 것이다.

처음엔 아직도 안 버리고 있었구나, 그런데 미국에까지 가져갔다니 신기하네, 로 시작했지만, 마지막에는 코디인 황이영도 LA에 함께 갔는데 저 옷을 또 입게 했다는 불만이 나오기 시작했다.

영화 촬영에는 제작 스태프들이 메이크업에서부터 의상 모두를 챙기기 때문에 황이영이 할 일은 없었다. 그래도 LA까지 함께 따라온 것은 영화 촬영 이외의 활동과 평상복에도 신경을 쓰라는 의미에서 동행한 것이었다.

그런데 우진이 공동묘지를 찾은 날은, 황이영이 예전에 함께 했던 아이돌이 LA에서 콘서트를 하는 바람에 그곳을 찾아간 날이었다. 가는 김에 콘서트 준비와 뒷정리까지 도와주고 돌아왔더니 이런 사달이 벌어져 있어서, 황이영으로선 억울할 지경이었다.

{계약한 브랜드가 없다면 평상시에 무슨 옷을 입고 다니든

상관없잖아?}

{그러니까. 그 옷이 얼마나 편한데…….}

자기편을 들어주는 더스틴의 말에 우진이 반색하며 대답하자 엎드려 있던 황이영이 퍼뜩 고개를 들고 노려보았다.

"편한 옷은 집 안에서만 입어! 내가 이번에 공항 패션으로 찬사를 받은 게 언젠데 이렇게 한 방에 훅 가다니!"

LA로 떠나면서 우진이 공항에서 보여준 패션이 꽤 성공적이었다. 12월이라 검은색 롱코트를 오픈해 입고, 상의는 목둘레가 라운드인 하얀 니트에 검은색 버클 장식이 돋보이는 허리띠를 했다. 우진이 걸음 할 때마다 코트 자락이 뒤로 펄럭이면서 늘씬한 허리 라인이 엿보이는 게, 전체적으로 굉장히 섹시했다는 평이었다.

황이영은 그렇게 열일하는 코디에서 한순간에 욕을 먹게 되었으니 억울할 만했다.

{네가 잘못했네.}

{우리가 무슨 대화를 나누는 줄 알아?}

더스틴이 뜬금없이 황이영의 편을 들자 우진이 의아해 물었다.

{자세히는 몰라도 대충은. 그리고 무엇보다 내가 잘못할 때마다 화가 난 엘런 표정이 딱 저랬거든. 그리고 나중에 돌아보면 그녀의 말이 대부분 맞았어.}

엘런은 더스틴의 코디네이터였다. 그러면서 더스틴은 엘런의 말을 들어서 나빴던 적이 없었다고 덧붙였다. 모두가 한편이되어 자신을 탓하자, 결국은 우진도 한국으로 돌아가면 그 티셔츠를 버리겠다고 황이영과 약속했다.

"당장 안 버리고?"

"왠지 이국땅에다 버리기에는 너무 미안해서……."

마치 여행 가서 그곳에 애완동물을 버리는 게 연상되어 도저히 못 하겠다는 우진의 대답에 황이영은 어이가 나갔다.

"그 티셔츠 어차피 메이드 인 차이나일 거 아냐! 그냥 차라리 고향 땅인 중국에다 버리지?"

그 말에 존재감 없이 내내 조용히 있던 강호수가 끝내 웃음을 터뜨리고 말았다.

"오빠 뭐가 잘났다고 웃어요! 내가 없더라도 오빠가 우진이를 챙겼어야죠!"

당시에도 우진의 티셔츠에 아무런 문제점을 느끼지 못했던 강호수는 이번 논란이 이해가 되지 않았다. 그런 강호수에게 우진의 옷차림을 챙겼어야 했다는 비난은 너무 큰 요구였다. 다소 억울한 감이 있어서 강호수가 입을 열려고 하자 더스틴이 그의 어깨를 툭툭 쳤다.

{내 경험상 여기서 반박하면 굉장히 오랫동안 피곤해질걸.}

여전히 씩씩거리고 있는 황이영을 힐끗 바라본 강호수는 결국 입을 꾹 다물었다.

모두가 잠시 조용해진 틈을 타서 더스틴은 살짝 앞으로 나와 우진에게 말을 걸었다.

{지니, 오늘 촬영이 끝나면…….}

{싫어.}

{술 이야기 아니야. 오늘부터 촬영 끝날 때까지 금주하기로 해서 더는 너한테 안 매달려.}

{듣던 중 반가운 소리네. 뒤에서 응원할게!}

{이왕이면 앞에서 응원해 줘.}

당당하게 외쳤지만 사실 더스틴은 우진에게 매달려야 할 사정이었다. 당분간 친구들에게 술자리를 거절하는 핑계가 필요했고, 대신 외로움을 달래기 위해 함께 어울려 줄 사람이 필요했다. 그래서 더스틴은 우진에게 촬영 후에 같이 놀아달라고 부탁했다.

{안 매달린다면서.}

{그래서 안 매달리고 부탁하는 거잖아.}

더스틴은 자기가 한번 떼를 쓰면 주위에서 아무도 못 말린다고 소년처럼 웃었다.

{그럼 촬영 끝날 때까지 친구들은 안 만날 거야?}

{응, 왠지 실수할 것 같거든. 그럼 영화에도 좋지 않으니까.}

더스틴이 당장 친구들을 피하려는 건 그들을 만나면 왠지 화가 날 것 같았기 때문이다. 현재 그동안 가슴에 쌓아두고 덮어둔 의심과 실망이 당장에라도 열리려고 들썩이고 있었다. 그래서 상황을 회피하려는 것도 있겠지만, 감정이 복잡할 때는 우선 거리를 두는 게 나았다.

몇 번이나 술을 안 마시겠다는 약속을 받고 나서 우진은 더스틴에게 고개를 끄덕여 줬다.

◆　　◆◆◆　　◆

하지만 정작 우진이 약속을 지킨 것은 그 후로 며칠이 지난 후였다. 함께 촬영하는 배우의 스케줄이 꼬인 바람에, 그를 위해 몇 신을 앞당겨 촬영해야만 했기 때문이다.

더스틴 역시 사흘 밤낮으로 고생해서 그동안은 외로움을 느낄 여유가 없었다. 그러나, 역시나 사흘의 노고 뒤에 찾아온 휴가에 더스틴은 참지 못하고 우진을 불러냈다.

{네 팬이 너한테 술 먹이지 말라고 하더라.}

뜬금없는 더스틴의 말에 우진은 동작을 멈추고 그를 보았다. 우진은 자신이 SNS를 하지 않아서 팬들이 더스틴에게 이것저것 물어보고 대신 정보를 얻고 있다는 건 익히 알고 있었다. 그런데 그런 요구까지 한 줄은 몰라서 눈을 가늘게 뜨며 더스틴을 추궁했다.

{한국에까지 네가 술 좋아한다는 소문이 날 정도면 그동안 대체 어떻게 산 거냐?}

{술에 취한 사진 몇 장만 퍼져도 알코올중독자가 되는 게 이곳이야.}

{남들은 몰라도 너는 알려진 사진이 경우의 수보다 적은 거 아니었어? 핑계가 안 돼.}

{하여튼 냉정하다니까.}

우진은 인상이 부드럽고 다정해 보이는데 은근히 냉정한 구석이 많았다. 엄살이나 애교가 통하지 않았지만, 진심으로 대하면 진지하게 받아주는 게 보여서 그건 좋았다.

{그런데 이걸 무슨 맛으로 마시냐. 차라리 커피믹스를 마셔!}

더스틴은 우진이 시킨 아메리카노를 한 모금 마시다가 오만 인상을 찡그리고 커피믹스를 예찬했다. 이번에 영화 소품으로 등장한 커피믹스를 처음 맛본 더스틴은 그 맛에 반해서 우진에게 부탁해 한 박스 얻어놓은 상태였다.

{당신이 아메리카노를 맛으로 탓할 처지가 아니지. 이게 아무리 맛없어도 술보다 나아. 대체 그걸 무슨 맛으로 마셔?}

{그러게? 나도 처음 마셨을 때는 무지 써서 토하고 난리였는데. 어느 순간부터 그게 맛있더라고.}

{술이 달면 어른이 된다고 하던데.}

우진은 찬찬히 더스틴을 바라보다가 천천히 고개를 저었다.

{왠지 방금 욕을 들은 것 같다?}

{칭찬은 아니지만 욕도 아니야.}

말을 하면서 우진은 그들이 있는 카페의 창밖을 보았다. 창밖으로 보이는 파파라치의 수만도 대충 스물이 넘었다. 저렇게 카메라를 무기처럼 들이대는 사람들을 보면 더스틴의 심정도 이해 못 하는 게 아니었다.

{한심하다가도 저런 걸 보면 대단하단 생각이 들거든. 저걸 어떻게 견뎌?}

{저건 견디는 게 아니라 그냥 포기해야 해. 정작 힘든 건…….}

더스틴은 순간 말을 잇지 못하고 고개를 저었다. 가족과 친구들 때문에 힘들다는 말은 그의 마지막 자존심이었기에 할 수가 없었다.

{너도 너희 나라에선 인기 많잖아. 저런 건 이미 익숙하지 않아? 왠지 볼 때마다 놀라는 것 같더라.}

{우리나란 저 정도는 아니야. 주로 멀리서 몰래 찍지.}

우진은 손을 눈 가까이에 가져가 망원경을 보는 흉내를 내고, 더스틴이 궁금해하는 한국의 연예계 시스템에 관해 이야기해 주었다. 그러다 대화는 자연스럽게 영화 이야기로 넘어갔다.

[어제 촬영했던 장면 말이야. 진이 자칫해서 로버트를 죽일 뻔했을 때의 연기 정말 좋더라.]

더스틴이 말하는 부분은 의문의 단체에게 공격받다가 진이 잘못해서 로버트를 공격한 순간이었다.

천 년 가까이 혼자 지냈던 진은 누군가와 '함께' 싸우는 것에 익숙하지 않았다. 그래서 예전처럼 주위를 신경 쓰지 않고 광폭 공격을 하다가 자칫 로버트의 목을 날릴 뻔했다. 로버트의 목에서 가는 실선이 생기면서 피가 주르륵 흐르는 걸 보고 진의 눈동자가 파르르 떨렸다.

매우 짧은 순간이었지만 두 사람의 관계가 어떻게 변화했는지 보여주는 중요한 장면이었다. 나중에 그 부분을 모니터로 확인한 더스틴은 살짝 코끝이 찡할 정도로 감동했다. 로버트를 재밌는 말 상대로밖에 여기지 않았던 진의 감정 변화가 너무도 확연하게 느껴졌기 때문이다.

진의 변화된 시선을 받은 로버트의 눈빛이 자연스럽게 변한 것은 당연했다.

더스틴은 자신도 모르게 우진의 연기에 영향을 받은 장면에서 신선한 충격을 받기도 했다. 연기가 감정의 상호 교환을 가지고 서로 영향을 받는다는 건 그도 잘 알고 있는 부분이었다.

하지만 직접 경험해 본 건 이번이 처음이었다.

[눈동자 하나로 수많은 대사를 대신해 두 사람의 관계 변화

를 그렇게 극적으로 보여줄 수 있다는 게 정말 놀라워.}

대놓고 말하지는 않았지만 더스틴은 우진이 미국에 오기 전에 'The red'를 보았다. 로버트로서 가장 많은 시간을 함께 연기해야 하는 채우진이란 낯선 배우에 대해서 알고 싶었고, 마침 그의 영화가 개봉했다기에 사전에 아무런 정보 없이 보러 갔다.

제목 때문에 야한 영화가 아닐까 잠시 기대했지만 영화가 끝날 즈음에는 그런 건 아무 상관이 없게 되었다. 솔직히 영화를 보고 채우진이란 배우에게 반해 버렸다.

전혀 모르는 언어에, 평상시에는 자막이 있는 걸 무척 싫어하는데도 대사 하나 놓칠까 봐서 한시도 눈을 떼지 못했다. 낯선 문화와 이해할 수 없는 역사인데도 내용을 받아들이는 데는 막힘이 없었다. 그만큼 편집과 번역이 잘되었고, 무엇보다 주인공이 너무나 매력적이었다.

영화를 보면서 주인공 때문에 가슴이 떨렸던 것은 정말 처음이었다. 요즘 할리우드의 트렌드인 히어로물과 비교해도 꿀리지 않을 정도로 더스틴이 보기에 명환대군은 영웅이었다. 한 사람의 일대기를 그린 영웅물이면서 내용은 충분히 서사적이고 아름다웠다.

이런 내용의 영화는 현재 할리우드에선 보기가 드물었다. 아니면 까놓고 영화제 수상을 위해 만든 게 대부분인데 그런 영화들의 공통점은 일단 재미가 없었다.

그에 반해 'The red'는 재미까지 갖추었다. 주인공인 명환대군의 감정에 따라 관객은 웃기도 하고, 슬퍼하다 분노하고 좌절했다. 그래서 공감 능력이 높은 사람은 영화가 끝나면 묘한 카타르시스와 함께 몸과 감정이 탈진하고 말았다.

더스틴은 처음엔 관람객의 시점으로 영화를 보았고, 두 번째는 배우로서 객관적인 관점으로 영화를 평하려고 노력했다.

전자의 경우는 말할 것도 없이 만족스러웠다. 그러나 후자의 입장에선 질투와 선망이 섞인 뭐라 설명할 수 없는 복잡한 감정에 휩싸이고 말았다.

어떻게 저 나이에 저런 연기를 할 수 있을까. 또한, 누가 봐도 완벽한 배역을 맡아 연기할 수 있는 조건과 상황이 부럽기도 했다. 한편으론 내심 대단한 배우와 함께 영화를 찍게 되었다는 기대로 며칠 잠을 설치기도 했다.

하지만 정작 만나게 된 채우진은 'The red'에서 보았던 사람이 아니었다. 절제된 광기와 열정으로 가득했던 사람은 온데간데없고, 너무도 부드럽고 예의 바른 한 남자가 그곳에 있어서 적응하기가 어려웠다.

한편으론 소름이 끼치기도 했다. 'The red'에서 보여준 모습이 연기라는 걸 배우인 그가 누구보다 잘 알고 있음에도, 첫 만남에 그는 우진에게서 명환대군의 모습을 찾았었다.

하지만 하나도 찾을 수가 없었다. 별개의 인격체는 어느 것 하나 공통점이 없었고 얼핏 보면 외모마저 달라 보였다. 아닌 말로 더스틴은 그가 정말 고등학생인 줄 알았다.

누군가가 그에게 너는 그럴 수 있느냐고 묻는다면 부끄럽지만 고개를 저을 수밖에 없었다. 같은 배우인데도 심술이 날 정도로 멀리 있는 것 같아서 괜히 어려 보인다고 시비를 걸었다.

조금이라도 나은 게 있는 걸 찾다가 술 대결로 넘어갔는데 그 것마저 완벽하게 패배했다.

결국은 더스틴이 먼저 좋아하게 돼서 친해지려고 꼬리 치고 있는 처지가 되고 말았다. 셀레나에게도 그렇고, 우진에게도, 더스틴은 자기가 좋아하는 사람에게는 늘 약했다.

{잠깐 여기로 와볼래?}

폰을 꺼낸 더스틴은 카페 창을 등지고 앉아 우진에게 가까이 오라고 손짓했다.

테이블을 가운데 둔 우진과 더스틴은 창밖을 배경으로 사진을 찍었다. 카페의 창이 매직미러라 밖에서는 두 사람을 볼 수 없지만 사진의 배경에는 파파라치들이 고스란히 찍혔다. 아무래도 지금 있는 곳이 2층이라서 도로의 전경이 잘 보였고, 사진의 구도를 파파라치가 잘 나오게 찍기도 했다.

{또 SNS에 올리려고?}

{응! 너와의 데이트를 방해하는 사람들, 이라는 제목을 붙일 거야.}

{윽!}

데이트란 말에 우진은 몸서리를 치면서도 정작 막지는 않았다.

더스틴이 우진의 사진을 올리고 그와의 에피소드를 적은 SNS의 반응이 좋아서, 영화 제작자는 물론 더스틴의 에이전시까지 오히려 그를 부추겼다.

여기서 영화 제작자는 바로 휴와 레이폴드였다. 둘은 영화의 출연진이 사이가 좋은 것은 언제나 좋은 홍보 수단이라면서,

사이좋은 모습을 계속 연출해 달라고 신신당부를 했다.

"현실적으로 불가능하겠지만 우리를 롤모델로 삼으면 돼!"

레이폴드 감독은 그의 말에 얼굴을 구기던 휴의 어깨에 팔을 올리며 껄껄 웃어댔다.

그걸 보고 우진은 더스틴이 SNS에 올린 글을 지우기 위해 그의 폰을 빼앗으려고 했다. 하지만 이랬으면 좋겠다는 제작자의 간곡한 부탁은 배우에게 은근한 부담감을 주었다.

무엇보다 팬들이 굉장히 좋아한다는 말에 우진은 더스틴의 폰을 빼앗으려던 손에서 힘을 빼고야 말았다.

{더러운 비즈니스의 세계!}

우진은 아메리카노를 벌컥벌컥 들이마시며 타는 속을 달랬다.

훌륭한 감독과 멋진 배우와 좋은 스토리를 가지고도 실패할 수 있는 게 영화였다. 어디나 마찬가지겠지만 특히 편당 제작비가 어마어마한 할리우드의 경우, 흥행을 위해서는 수단과 방법을 가리지 않았다. 상식적인 사람들이 적극적으로 부추기니할 말도 없고, 저항의 의지도 사라졌다.

그런데 우진이 보기에 이상한 것은 더스틴이었다.

{너무 적극적인 거 아니야?}

{그래 보여?}

{응, 엄청나게 많이.}

그냥 보기에도 더스틴이 우진에게 호감이 있다는 것은 누가 봐도 뻔했다. 워낙 사람을 좋아하고 외로움을 잘 타는 성격이라, 우진과 친해지려는 것도 이해가 됐다.

그런데 더스틴이 바라는 순수한 우정과 제작진이 원하는 브로맨스는 조금 미묘하게 차이가 났다. 우정에 로맨스가 곁들인 사이를 연기하라는데 좋아할 남자들이 있나?

그런데 더스틴은 현재 그걸 은근히 즐기고 있었다.

예전에 이런 경험이 있는가 하면 또 그렇지도 않았다. 그의 친우 관계는 주로 술로 이어진 흥청망청한 분위기가 강했다. 함께 출연했던 배우들과는 서로 경쟁심 때문에 친한 척하려고 해도 결국 어색해지고 서먹한 관계가 되었다고 들었다.

혹여 그에 대한 보상 심리로 이러는가 싶어서 우진은 더스틴에게 대놓고 물어봤다. 우진의 의문을 더스틴도 인정하는지 그는 잠시 주춤하다가 우물쭈물 사정을 설명했다.

{결국은 안 됐지만, 내가 셀레나를 잊어보려고 다른 여자와 사귀려 노력도 해봤거든.}

{셀레나? 아, 그 짝사랑하는?}

뜬금없는 소리에 고개를 갸웃거리던 우진이 이내 알겠다고 고개를 끄덕이자, 더스틴은 다시 한번 주위를 살피며 입을 열었다. 그는 셀레나가 LA에서 직장을 다니고 할리우드와 관련된 일을 하고 있어서 지금도 만나는 일이 종종 있다고 상황부터 설명했다.

{그런데 내가 다른 여자와 친해 보여도 잘해보라는 말만 하는 거야.}

{너한테 정말 관심이 없나 보다.}

{그건 아니야! 분명 조금은 관심이 있긴 있다고. 이만큼? 아

니, 이만큼…….}

더스틴은 엄지와 검지로 10㎝의 간격을 만들다가 점점 자신 없는 얼굴로 폭을 줄여갔다. 하여튼 아예 관심이 없는 게 아니고, 조금쯤은 분명 애정이 있는 것 같다며 더스틴은 우진의 말을 부정했다.

{그렇다 쳐. 그런데 우리의 비즈니스에 왜 셀레나의 이야기가 나오는 건데?}

{그게 여자로 질투를 유발할 수 없다면 남자는 어떨까 해서…….}

순진한 얼굴로 눈을 반짝이는 더스틴을 한동안 뚫어지게 바라보던 우진은 한숨을 내쉬며 고개를 돌려 버렸다.

"대체 너란 인간은…….”

우진이 하는 말을 알아들을 수 없는 더스틴은 자신의 설명이 부족했다 싶었는지 SNS를 보여주며 설명을 이어갔다.

{봐봐! 그동안 셀레나는 내 글에 가끔 코멘트도 달고 간간이 반응을 보였거든. 그런데 너에 대한 글을 올린 후부터는 아무런 반응이 없다고.}

{그건 혹시 우연의 일치로 요즘 매우 바쁘다거나, 아니면 아예 너에 관한 관심이 사라진 게 아닐까?}

우진의 말이 길어질수록 더스틴의 표정이 점점 울상이 되어 갔다. 저러다 울겠다 싶어서 결국 좋게 달랠 수밖에 없었다.

{무슨 일을 하는지는 모르겠지만 영화 사업에 관련된 일을 한다면 다음 달에 있을 아카데미 때문에 한창 바쁠 수도 있겠네.}

셀레나에 대한 정보가 없어서 한번 던진 말이었는데 더스틴의 눈빛이 순간 빛났다. 그러다 이내 다시 시무룩해져서 고개를 저었다.

{셀레나가 하는 일은 실상 영화제 후원 쪽이라 이맘때라고 해서 딱히 바쁠 일은 없어. 어느 때고 그녀가 나한테 이렇게 무관심한 적은 결단코 없었던 말이야.}

{그럼 혹시 지금 연애 중인가?}

우진이 무심코 내뱉은 말이 끝나기도 전에 더스틴은 세계의 멸망을 목격한 사람처럼 굴었다. 멀쩡한 사람이 저렇게 불쌍하게 보이는 것도 능력이라서 우진은 살살 그를 달랬다.

{뭐, 어쩌면 네 말이 맞을지도 모르겠다. 네가 다른 사람하고 사귀려고 했을 때는 진심이 아니었을 테니 그게 보였겠지. 하지만 내 경우는 네가 진심으로 호의를 가지고 있으니까……}

우진은 그다음은 차마 부끄러워서 제 입으로 말할 수가 없었다.

하지만 더스틴은 생글거리며 그건 맞는 말이라고 고개까지 끄덕였다. 너무도 순수하게 솔직한 더스틴 때문에 우진도 결국 마음을 열 수밖에 없었다.

{내가 뭘 도와줄까.}

끝내 우진의 입에서 이 말이 나오고야 말았다. 지금 그가 누굴 돕고 말고 할 처지는 아니었지만, 연애를 안 해본 게 아니라서 더스틴의 심정이 조금은 이해가 됐다. 지푸라기라도 잡고 싶은 그 간절함은 겪어보지 않으면 절대 몰랐다.

우진은 상체를 숙여 더스틴에게 손을 까닥였다. 더스틴도 상체를 숙여 우진과 머리를 맞대며 비장하게 대답했다.

{내가 오랫동안 생각해 봤거든. 셀레나는 왜 내 마음을 받아주지 않는가 하고.}

자기가 말하고도 상처받았는지 더스틴은 슬쩍 코를 훌쩍였다.

{답은 하나야! 너무 어릴 때부터 봐와서 내가 남자로 느껴지지 않는 거야.}

처음 만난 게 열 살 때였으니 그냥 대충 세어봐도 무려 18년이었다.

{글쎄, 그런 논리라면 너도 셀레나가 여자로 보이지 않는 게 정상이잖아. 아니야, 내가 실언했다. 울지 마!}

깊은 갈색 눈동자에 물기가 어리니 영락없이 상처받은 소년처럼 보였다.

그 모습을 보고 우진은 어쩌면 더스틴의 말이 맞을지도 모르겠단 생각이 들었다. 더스틴은 하이틴 스타로 시작한 덕분에 아역 이미지가 강하게 남아 있는 편은 아니었다. 그러나 건강하고 생기 어린 모습이 마치 소년 같았다.

'Sunshine'과 'Dreaming boy', 그것이 더스틴의 별명이었다. 나이가 들어도 여전히 순수함을 간직한 채로 밝고 천진해 보여서 여성들에게는 영원한 동생 같다는 소리도 듣고 있었다.

실상은 술고래였고, 심지어 그가 술을 너무 좋아한다는 걸 모르는 이들이 없음에도 그의 이미지가 훼손된 적은 없었다. 왜냐하면 그의 술버릇이 취하면 그냥 잠드는 것이라 사건 사고를 일으킨 적이 없었기 때문이다. 방탕함과는 거리가 멀었고, 그저 친구들과 술만 마시는 거라서 술에 취해 아무 데서나 잠드는 것 가지고는 나쁜 이미지가 생기지 않았다.

지저분한 사생활과 약으로 물의를 일으키는 이들과 비교하면 나름대로 평판이 좋은 편이었다.

그런 의미에서 더스틴은 한국으로 치면 국민 남동생이었다. 지금 모습이 아무리 멋있어도 어릴 적부터 그를 봐온 사람은 여전히 그에게서 순수한 소년의 모습을 찾았다.

어쩌면 셀레나도 그런 생각을 하고 있을지도 몰랐다. 특히나 이렇게 손이 많이 가는 남자는 여자들에게 극과 극의 평가를 받았다.

{그녀가 너에게 호감이 있는 건 분명하지?}

무엇보다 이것이 가장 중요했다. 맨바닥에 헤딩하는 짓도 어리석지만, 마음에도 없는 사람이 계속 달라붙는 것만큼 피곤하고 끔찍한 일도 없었다. 스토커라는 게 달리 있는 게 아니었다.

하지만 더스틴은 이 문제에 대해서 확고한 자신감을 느끼고 있었다.

{내 상상이 아니라 정말 날 좋아하기는 한다고. 그냥 단지 남자로 보지 않는 것뿐이지…….}

그게 가장 중요한 문제였지만 우진은 일단 넘어가기로 했다.

{성격은 어때?}

{어릴 때부터 어른스럽고 차분했어. 조금 냉정하지만 굉장히 이성적이고 은근히 정의로운 구석이 있어서 이유 없이 남이 당하는 걸 보지 못해. 정말 멋지지 않아?}

{네가 그렇다면 그런가 보지. 그런데 정의롭다는 건 또 뭐야. 설마 친구를 괴롭히는 널 보고 정의의 이름으로 용서하지 않겠

다며 너랑 맞선 거야? 그걸 보고 넌 또 반한 거고?}

　지금의 더스틴을 보면 그럴 리는 없겠지만 이런 스토리도 어느 정도 상상이 갔다. 엇나가던 소년이 정의로운 한 소녀에게 반하는 순간이 눈앞에서 그려져서 왠지 흐뭇하기도 했다.

　{아니야, 오히려 그 반대였는걸. 친구들한테 당하고 있던 날 구해준 게 바로 셀레나였어. 내가 이래 봬도 어릴 적에 좀 작았거든. 그때 정의의 사도처럼 내 앞에 나타났는데 정말 멋있었다니까!}

　더스틴은 그 당시를 떠올리며 환하게 웃었지만 우진은 함께 웃을 수가 없었다. 정의롭고 남이 당하는 걸 보지 못했다는 부분에서 어느 정도 예상이 되는 스토리였으나, 우진은 더스틴이 피해자였을 거라고는 상상도 못 했다. 구김 없는 성격이나 지금의 건장한 체격으로 봐선 절대 어디 가서 맞고 다닐 것 같지는 않았기 때문이다.

　{네가 구해준 것도 아니고 셀레나가 구해준 거라고?}

　{응, 그 후로 셀레나가 날 항상 옆에 두고 보호해 줬어.}

　{언제까지? 그러니까 계속 그러지는 않았을 거 아냐.}

　{음, 아마도 내가 갑자기 키가 크면서 애들이 날 함부로 대하지 못하게 되면서였던 것 같다.}

　더스틴의 대답에 우진은 확신할 수 있었다. 그는 비로소 맞추지 못한 조각 하나를 찾은 기분이었다.

　우진은 정답을 확인하기 위해 더스틴에게 SNS를 보자고 청했다. 남들에게 보이는 것도 있겠지만, 엄연히 개인적인 공간도 있을 텐데 더스틴은 아무런 거리낌 없이 제 폰으로 SNS를 열어 보여줬다.

우진은 최근 한 달 동안 더스틴이 올린 글들을 하나하나 확인해 보았다. 하지만 코멘트로 달린 글들이 하도 많아서 셀레나의 글을 우진이 찾지 못하자, 더스틴이 바로바로 찾아주었다.

우진의 목적은 더스틴의 글에 평소 셀레나가 보여줬던 반응과 그녀가 언제부터 SNS에 관심을 끊었는지를 확인하려는 것이었다.

더스틴의 SNS에는 주로 친구들에 대한 글들이 많았다. 오늘은 누구와 만났고, 누구누구와 어울렸는지에 관한 이야기였다. 셀레나는 매번은 아니지만, 가끔 걱정 어린 충고를 코멘트로 남겼다. 술을 자제하고, 너를 챙겨줄 친구를 만났으면 좋겠다는 내용이었다.

분명 호감은 호감이었지만, 이건 마치 어린 남동생을 걱정하는 속 깊은 누나의 심정이 고스란히 내비치는 글들이었다. 그리고 어느 순간부터 더스틴은 우진과 함께한 사진을 올리고, 영화 진행 과정과 에피소드에 관련된 글을 쓰기 시작했다. 실제로는 계속 술을 마셨지만 SNS에는 그런 기색과 이야기는 전혀 언급하지 않았다.

SNS에 올라오는 코멘트들 역시 분위기가 좋아졌다. 가끔 악플을 다는 사람이 있기는 했지만, 예전에 비하면 확실히 줄어들었고 전반적으로 더스틴을 옹호하며 응원하는 양상이었다.

"만약 내가 네 형이라면 이 SNS를 보고 굉장히 안심했을 것 같다."

{응? 무슨 소리야?}

우진의 한국말에 더스틴은 자기도 알고 싶다는 표정으로 고개를 갸웃거렸다.

{잔소리할 내용이 하나도 없다고.}

{나한테 잔소리하려고 했어?}

"아니, 나 말고 그 누님이."

우진은 아련한 눈빛으로 더스틴을 보았다.

우진이 판단하기로 셀레나는 현재 질투가 아니라 안심을 하고 있었다. 매번 이상한 친구들과 어울려서 술이나 마시던 꼴이 한심하면서 걱정스러웠는데, 최근에는 더스틴이 잘하고 있으니 잔소리를 할 이유가 없는 것이다.

이런 사람에게 무슨 브로맨스 작전을 펼치겠다는 건지. 착각도 이런 착각이 없었다.

{아까 찍은 사진을 SNS에 올리고 내가 불러주는 대로 받아적어봐.}

우진의 의도를 모르면서 더스틴은 하라는 대로 따라 했다. 왜 이런 글을 써야 하는지 얼굴에 물음표를 그리면서도 시키면 그대로 하는 모습에, 우진은 셀레나가 왜 더스틴을 그리 챙겼는지 조금은 이해가 됐다.

"안심하고 있다면 다시 걱정하게 만들어줘야지."

우선은 더스틴에 대한 셀레나의 감정이 무엇인지 정확히 알 필요가 있었다. 그저 손이 많이 가는 남자로 취급하고 있는 건지, 아니면 복잡한 속내를 감추고 있는지부터 알아야 했다.

그러기 위해선 그녀를 자극할 필요가 있었다.

휴 밀러는 촬영장을 자주 찾는 편이 아니었다. 그는 각본가가 현장에 자주 나타나서 촬영에 개입하면 안 된다는 나름의 소신이 있었다. 문자로 이루어진 글에 생명을 불어넣는 작업은 현장의 스태프와 배우의 몫이기 때문이다. 각본가이자 제작자인 휴는 원활한 진행과 감독의 독립성을 침해하지 않기 위해 최선을 다했다.

하지만 한 번씩 나와서 진행 과정을 살피고, 내용에 관해 감독과 상의하고 서로 다른 견해가 없는지 확인하는 절차는 매우 중요했다.

오늘도 그런 날 중에 하루였다. 배우들과 만나 캐릭터에 관한 이야기를 나누고, 질문을 받고, 세트장을 살펴봤다. 그가 기획했던 것과 다른 소품이나 배경이 있는지 꼼꼼히 확인하는 것도 잊지 않았다.

{요즘 저 둘 이상하게 사이가 좋아.}

언제 다가왔는지 휴의 옆에 선 레이폴드가 작은 목소리로 우진과 더스틴을 가리키며 말했다.

{우리가 일부러라도 친해지라고 붙여줬잖아.}

휴의 심드렁한 반응에 레이폴드는 그게 아니라며 손사래를 쳤다.

{더스틴이야 당연히 그럴 거라 예상했지만, 의외인 것은 지니란 말이지.}

더스틴은 일단 좋아하게 되면 상대에게 흠이 있어도 감정을 접는 경우가 거의 드물었다. 사람에게 굉장히 충실해서 사기당하기에 딱 좋은 성격이었다.

반면 우진에 관해선 많은 것을 아는 건 아니었지만, 그가 쉽게 마음을 주는 유형이 아니라는 건 알았다. 사람이 근본적으로 예의 바르고 친절하지만, 그것이 마음을 열었음을 의미하지는 않았다. 애초에 아니다 싶은 사람하고는 적당히 거리를 두고 어울리는 게 눈에 보였다. 그건 더스틴을 대하던 태도에서도 확연했다.

첫 만남에서 더스틴은 우진에게 호승심을 보이기도 했지만 근본적으로 호의를 깔고 들어갔다. 그러나 우진은 더스틴이 깔아놓은 호의의 선 안으로는 절대 들어가지 않았다. 언제나 적정선에 서서 거리를 유지했다.

그 이유야 뻔했다. 더스틴이 아무리 사람이 좋아도 그가 어울리는 친구들에게는 문제가 많았다. 절제 없이 술에 빠져 사는 모습은 그를 아끼는 처지에서 걱정스럽기도 했다. 로버트 역에 더스틴만 한 적임자는 없다고 생각해서 캐스팅했지만, 현재 그의 상황을 보면 불안하기 짝이 없었다.

보통 어릴 적에 겪었어야 할 홍역을 더스틴은 지금 겪고 있었다. 더욱이 성공한 월드 스타로서 가족과 친구들에게 회의를 느낄 시기에, 이를 술로 도피할 생각만 하고 있어서 딱하기도 했다.

그래서 우진에게 더스틴하고 어울려 달라고 말은 했어도 생각이 많았다. 혹여나 그가 더스틴에게 휩싸이면 어쩌나 하는 걱정, 도도하고 차가운 우진이라면 상대가 월드 스타라고 해도 휘둘리지 않고 적당히 처리할 거라는 믿음으로 복잡했다. 사실 술만 아니라면 더스틴은 할리우드에서도 몇 안 되는 괜찮은 녀석이라서 그만큼 안타까운 점이 많았다.

두 사람의 예상대로 우진은 더스틴과 친한 듯하면서도 거리를 두는 게 보였다. 그러던 두 사람의 관계가 며칠 전부터 변했다고 레이폴드는 지적했다.

{너는 오늘 처음 보는 거라 잘 모르겠지만, 지니가 더스틴을 데리고 다니면서 보살피고 있다고. 최근 더스틴이 열흘이 되도록 술을 마시지 않고 있다면 믿겠어?}

{정말?}

남들에게는 평범한 일이 더스틴에게는 엄청난 일이었다.

그러고 보니 최근 가십지에서 더스틴이 술에 취해 부축받아 차에 타거나, 파티장 구석에서 쪼그리고 자는 사진이 나오지 않고 있었다. 그제야 새삼스러운 마음에 휴는 다시 한번 우진과 더스틴을 살폈다.

자세히 보니 처음엔 보이지 않던 게 눈에 들어왔다. 자세하게 설명하기 어렵지만, 두 사람의 관계에서 주도권이 우진에게로 확실하게 넘어간 게 보였다. 더스틴은 꼬리 달린 강아지처럼 우진이 하는 말에 연신 고개를 끄덕이고 있었다. 그 와중에도 얼굴색은 전에 봤을 때보다 한결 환해 보였다.

{정말 사이좋네.}

{그렇지? 꼭 우리 같지 않냐?}

{…….}

{다른 건 몰라도 보는 것만으로도 아름다운 그림을 연출하

는 것이, 외모만은 우릴 꼭 빼닮은 것 같아.}

휴는 처음엔 어깨에 놓인 친구의 손을 거칠게 내치려다가 레이폴드의 마지막 말을 듣고 동작을 멈췄다.

{오랜만에 맞는 소릴 하는군.}

휴와 레이폴드가 자아도취에 빠져 있는 동안 스태프가 촬영 준비를 끝냈다는 신호를 보냈다.

{자자, 시작합시다!}

레이폴드의 외침에 각자의 공간과 위치에서 촬영 준비를 하던 사람들이 한곳으로 모이기 시작했다.

{레디, 액션~!}

감독의 신호를 받은 배우들은 스태프들이 만들어준 세상에서 새로운 이야기를 만들어가기 시작했다.

◆　◆◆◆　◆

로버트는 의자 등받이에 턱을 괴고 앉아서 오래된 책을 읽고 있는 진을 바라보았다.

진의 집에는 책을 제외하고는 딱히 골동품이 없어서 편했다. 다른 수호자들의 집에는 스치는 것들마다 역사와 문화가 숨 쉬는 오래된 물건들로 가득했다. 모두가 소중한 것들이라고 수호자들은 입에 거품을 물며 애지중지했더랬다.

그런데 정작 가장 오래 살았다는 진의 집에는 골동품이 거의 없었다. 요즘 나온 값비싼 최신식 물품들도 가득했다. 이건 또 이것 나름대로 조심해야 해서 부담이 되긴 마찬가지였다.

{이 집에는 책 말고 다른 골동품은 없어요?}

{있으면 팔아먹으려고?}

{말을 해도 꼭!}

{내 자체가 골동품인데 그따위 물건이 무슨 가치가 있을까.}

심드렁한 진의 대답에 로버트는 오만 인상을 찌푸렸다.

{그런데 말이죠. 수호자들은 왜 성(Family name)이 없어요? 모두가 이름만 말하던데 옛날 사람들은 성이 없었나 봐요?}

로버트의 질문에 진은 읽고 있던 책을 내려놓고 중지로 안경을 추켜올리며 자리에서 일어났다. 천천히 걸어 나와 책상에 기댄 그는 자상함과 애수가 담긴 눈으로 로버트를 보며 대답했다.

{수호자가 되고 제일 먼저 잊어버리는 게 무언지 알아?}

{가족?}

{아니, 바로 자신의 생일이야. 그리고 어느 순간 나이를 잊어버리지.}

수호자가 됐다고 바로 가족과 연을 끊을 이유는 없었다. 다만 세월이 가도 늙지 않는 외모 때문에 스스로 떠나는 걸 선택하게 되지만, 보고 싶으면 언제라도 찾아가 몰래 볼 수 있는 게 가족이었다. 진의 설명에 가족을 사랑하는 로버트는 적이 안심되었다.

{하지만 세월이 지나면 가족들도 떠나고 후손들은 더 이상 나와 아무 상관없는 사람들이 돼버리지. 그러면서 수호자들은 서서히 자신의 성을 잊어버리게 돼. 그 순간부터 우리에겐 오로지 수호자로서의 가치만 남게 되는 거야.}

진의 말을 들은 로버트의 눈동자가 크게 흔들렸다. 하나씩 자신의 것을 잊어버리고 골동품 같은 것에나 집착하게 되는 수호자들이 떠올라 씁쓸했다.

{진은 그 시간을 어떻게 견뎠어요?}

{견딜 게 있나, 그냥 즐기면 돼, 이렇게!}

진은 방금까지 읽고 있던 책을 들어 흔들어 보였다. 책이라면 질색을 하는 로버트가 또다시 인상을 쓰며 고개를 저었다.

{책 표지만 봐도 재미없게 생겼네. 그런 게 뭐가 재미있다고 봐요?}

{솔로몬의 영(Spirits of Solomon), 솔로몬이 가둔 72명의 악마에 관한 이야기다.}

{악마면 호러? 그건 좋다. 무슨 이야기예요?}

{별것 없어. 솔로몬이 72명의 악마를 황동 단지에다 가두고 깊은 호수에다 던졌거든. 그런데 바빌로니아인들이 그게 무슨 보물단지인 줄 알고 깨뜨리는 바람에 악마들이 세상에 튀어나왔다는 이야기다.}

진이 들고 있는 책은 척 봐도 굉장히 오래된 고서적 같았다. 로버트는 옛날 사람들도 호러를 즐긴 게 신기하다며 또 궁금한 것을 물었다.

{그럼 도망간 악마들은 어디로 갔어요? 책이 두꺼운 거 보니까 영웅이 나타나서 그 악마들을 모두 때려잡는 이야긴가 보죠?}

로버트의 순수한 궁금증에 진은 한쪽 입술을 비틀며 중지로 안경의 브리지를 추켜올렸다. 로버트는 안경의 브리지를 올리는 중지가 꼭 자기한테 욕을 하는 것 같아서 매번 투덜거렸다.

{악마라고 표현했지만 그들이 정말 악마인지는 누구도 모르

는 일이야. 평범한 인간보다 조금 특이하고 강한 힘을 가진 것 가지고 오만방자하게 구는 것들은 고대부터 있었으니까. 인간들 눈에는 그들이 악마로 보였겠지만, 수호자들에겐 그저 조금 특이한 인간에 불과했을 거야. 다만 격리 수용이 필요한 위험 분자 정도로 취급했을 확률이 높았겠지.}

진의 긴 설명에도 로버트는 그게 무슨 의미인지 이해를 못했다. 그래도 진은 포기하지 않고 어린 제자에게 자세히 설명을 해주었다.

{하지만 보잘것없는 이들이라고 해도 적을 상대로 오랜 시간 연구하고 훈련을 했다면? 그리고 자신들의 노하우를 자식들에게 물려주며 그렇게 계속 이어져 왔다면 지금 그들은 어떤 모습일까.}

{존나 강해졌겠네요.}

{그래, 엄청 강해졌겠지. 저들처럼.}

진은 대답하며 창문을 향해 고개를 돌렸다. 그와 동시에 창문의 유리가 깨지면서 작은 유리 파편이 공중에 흩어졌다.

창문과 가장 가까이에 있던 진은 순간 이동으로 자리를 옮겼다. 그는 뱅그르르 돌며 공중에서 휘날리는 유리 조각들을 손짓 한 번에 치워 버렸다.

하지만 집 안이 흔들리면서 책장에 있던 책들이 모종의 힘에 튕겨 공중에서 갈가리 찢기기 시작했다. 하얀 종잇조각들이 눈처럼 흩뿌려지면서, 부서진 창문으로 검은 옷을 입은 이들이 우르르 안으로 침입해 들어왔다.

{으악! 이 집은 안전하다면서요.}

놀란 로버트가 진의 등 뒤로 숨으며 따졌다. 저번에 길거리에서 공격을 받고 집으로 돌아왔을 때, 진은 집에 결계가 쳐져 있어 세상에서 가장 안전한 곳이라고 장담했다.

{아닌가 보지.}

{그런 무책임한 소리가 어디 있어요!}

{여태 공격당한 적이 없어서 안전한 줄 알았거든.}

이 와중에도 태연한 진을 보며 로버트는 저들 좀 어떻게 해 보라고 발을 동동거렸다. 지난번에 상대해 보니 한 명씩 상대한다면 모를까, 저렇게 떼를 지어 덤비면 로버트로선 아직 감당하기 어려웠다.

{언제까지 나 같은 늙은이한테 보호받을 생각이냐. 젊은이여, 나가서 싸워라.}

진은 로버트의 엉덩이를 발로 차면서 주위를 둘러봤다. 그의 집은 작은 집이었고, 서재는 더욱 좁았다. 이런 협소한 공간에서 다수의 적과 싸우는 건 아무래도 무리가 있었다. 안 그래도 저번에 로버트를 죽일 뻔한 경험이 있었기에 진은 방법을 모색해야만 했다.

로버트가 앞장서서 싸우는 동안, 진은 두 손을 모았다. 손가락 사이에서 흘러나오는 파란 기운들이 점점 커지다가 벽으로 날아갔다.

벽을 코팅하듯 감싸던 기운들이 일렁이며 벽이 점점 뒤로 밀리기 시작했다. 좁았던 서재가 한순간에 넓은 공간으로 변하면서 싸우기가 한결 쉬워졌다.

{언제까지 뒤에서 구경만 할 거예요?}

현재 힘만 믿고 맨손으로 덤비는 로버트와 다르게 의문의 적들은 모두가 기다란 봉을 가지고 있었다. 검은 봉에는 붉은 선으로 그린 이상한 문양들이 그려져 있었다. 특이한 점은 공격할 때마다 문양에서 붉은빛이 흘러나온다는 것이다. 밝고 예쁜 붉은빛이 아닌 혼탁하고 거무튀튀한. 그게 꼭 피 같아서 로버트는 봉이 몸에 닿을 때마다 몸서리치게 싫었다.

기분만 나쁜 게 아니었다. 자세히 보면 로버트의 몸에서 황금빛 기운이 빠져나와 검은 봉에 그려진 검붉은 문양에 흡수되는 걸 볼 수가 있었다.

{오호~! 그런 논리였군.}

뒤에서 조용히 지켜만 보고 있던 진이 뭔가를 깨달은 듯 배시시 웃었다. 그리고 오른손을 공중에서 한 번 털었다. 그러자 순식간에 진의 손에는 푸른빛으로 일렁이는 검이 들려졌다.

이제부터 한바탕 날뛸 시간이었다.

{이제 본격적으로 책값이나 받아볼까.}

갈기갈기 찢겨 조각난 종이를 사뿐히 밟으며 진은 앞으로 걸어갔다.

◆　　◆◆◆　　◆

{컷!!}

감독의 컷 사인이 떨어지자 더스틴은 주먹을 쥐었다 폈다 하며 투정을 부렸다.

{왜 나만 맨주먹이야! 나에게도 무기를 달라!}

{그래서 나중에 주잖아, 총!}

{거의 끝나갈 때 주잖아요. 주려면 지금 줘요.}

검을 든 우진의 멋들어진 모습이 부러워서 더스틴은 휴에게 달려가 각본을 수정해 달라고 졸랐다.

{저번에 지니가 무술하는 거 보고는 멋있다면서? 그래서 진에게 무술을 배우는 장면도 수정해서 넣어줬잖아.}

{내가 하면 그 맛이 안 나니까 문제죠.}

더스틴의 말대로 같은 택견인데도 우진이 하는 것과 그가 하는 것에는 많은 차이가 있었다. 몇 개월을 고수에게 직접 배운 우진과 급조해서 배운 것의 차이도 있겠지만, 확실히 몸의 움직임이 달랐다.

우진의 택견은 물 흐르듯 유연하고 재빨라서 보고 있으면 현란하기까지 했다. 그에 비해 더스틴은 그냥 뻣뻣한 스포츠맨이었다.

우진은 무술을 하는 모습도 멋있고, 검을 들고 싸우는 모습은 또 어찌나 매력적인지. 'The red'에서는 화려하면서 부드러운 춤 같은 검술이었다면, 이번에는 강직하고 절도 있게 검을 다루는 모습이 정말 검사 같아서 부럽기도 하고 살짝 질투가 나기도 했다.

{하지만 조금이야. 아주 조금.}

속으로 생각한 것도 미안했는지 더스틴은 아무것도 모르는 우진에게 조금밖에 질투하지 않았다고 변명했다.

{지금껏 나와 작품을 같이했던 배우들의 심정을 이제 알 것 같기도 하다.}

{그건 또 무슨 소리야?}

다음 촬영을 위해 세트장을 정리하는 걸 구경하며 우진은 더스틴에게 대충 물었다.

지금 세트장은 진이 서재의 공간을 넓힐 때, 벽 밑에 달린 바퀴를 이용해서 실제로 공간을 넓힌 상태였다. 그래도 액션 신을 찍기에는 좁아서 벽을 뒤로 더 밀어 촬영 때보다 공간을 넓혔다. 그에 맞춰 소품의 위치도 비율에 맞게 옮기고 있었다.

{함께 출연하면 스포트라이트가 나한테만 몰린다고 불만이 많았거든. 그래서 그들하고 사귀는 게 쉽지가 않았어.}

더스틴이 아무리 성격이 좋다고 해도 자신을 경쟁 상대로 여기며 날을 세우는 이들에게 허물없이 다가가기는 어려웠다. 당시에는 그들의 예민한 반응을 이해하지 못했는데 우진을 보니 조금은 수긍이 갔다.

{못난 놈들이네.}

여전히 세트장을 구경하며 우진이 냉정하게 대답했다.

{그 말은 나도 못난 놈이란 소리야?}

정도의 차이가 있을 뿐, 더스틴도 살짝 질투심을 느꼈기에 우진의 말이 비수가 되어 가슴에 꽂혔다. 계속 세트장을 구경하던 우진은 그제야 더스틴을 돌아보았다.

{정말 못난 놈들은 절대 자기 입으로 인정하지 않아. 그냥 찌질하게 행동으로 보여주거든.}

{왠지 너도 많이 당해본 것 같다?}

더스틴의 질문에 우진은 잠시 지난 시간을 돌아보았다. 우진은 항상 동료 복이 많은 편이었다. 특히 강민호와는 여전히 연락을 주고받으며 친하게 지내고 있었다. 연예계에서 악연이라고 해봤자 블루핏과 박민 정도였다. 과분할 정도로 배려해 주고 믿어주는 사람들 덕분에 우진은 행복하게 지금 여기까지 왔다.

{아니, 꿈이라고 착각할 정도로 좋은 사람들만 만났어.}

{뭐야! 그게 제일 질투 나잖아.}

{그리고 가장 최근에 만난 좋은 동료가 바로 너다.}

우진의 마지막 말에 감격했는지 더스틴의 코끝이 순간 붉어졌다. 여태 그에게 이런 말을 해주는 사람은 없었다.

물론 너는 착한 녀석이다, 성격 좋은 놈 등의 이야기는 많이 듣긴 했다. 하지만 그건 더스틴이 그들에게 무언가를 해주었을 때나 들을 수 있던 말이었다. 아니면 더스틴 덕분에 인기 혹은 금전적인 이익을 보게 되면 기분이 좋아서 하는 소리였다. 아무리 멍청해도 그 말 속에 진심이 섞이지 않았다는 것 정도는 눈치챌 수 있을 만큼 성의 없던 칭찬들이었다.

더스틴으로선 아무것도 해주지 않았는데, 도리어 자신이 도움을 받는데도 좋은 동료라고 해주는 우진의 말에 울컥할 수밖에 없었다.

{지니, 너는 정말…….}

감격한 한 청년과 꽤히 머쓱해서 시선을 딴 곳에 두고 있는 청년 사이로 한 남자의 목소리가 들렸다.

{이런 분위기에 말하는 게 미안하지만 우리 이제 리허설할 시간이다.}

다음이 액션 신이라 촬영에 앞서 맞춰봐야 할 게 많았다. 레이폴드 감독의 지적에 정신이 깬 우진과 더스틴은 후다닥 세트장을 향해 달려갔다.

{우리처럼 아름다운 우정 아니냐?}

달려가는 두 젊은이의 뒷모습을 흐뭇하게 바라보던 레이폴드는 휴의 어깨를 툭 치며 말했다.

{아름다움의 주체가 무엇이냐에 따라 내 대답은 다를 것 같다.}

주체가 사람이냐 우정이냐에 따라 휴의 대답이 달라질 예정이었다.

{당연히 사람이지!}

{하긴…….}

친구의 대답에 휴는 턱을 쓰다듬으며 거만한 표정으로 고개를 끄덕였다.

사람은 서로 통하는 게 있어야 우정이 유지된다. 성격이 다르고, 인종이 다르고, 국적이 달라도 변하지 않는 공통분모가 존재하는 한 그들의 우정은 영원할 것이다.

누구들처럼 말이다.

# 이미 죽은 자의 이름

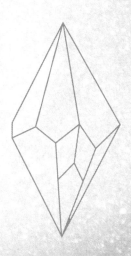

일리야 터너는 세계 3대 문학상을 모두 받은 이력이 있는 미국의 대표적인 문학 작가이다. 미국인이 가장 사랑하고 자랑스러워하는 작가인 그의 문장은 냉철하고 명료하지만, 작품 전반에 따뜻한 인류애가 돋보이는 글로 유명하다.

　그런데 아이러니하게도 일리야 터너는 굉장히 신경질적이어서 사람과의 교류를 즐기지 않았다. 일리야를 만나본 사람들은 그의 작품과 그의 성격을 따로 보았을 때 느껴지는 괴리감이 너무 커서 혼란스러워했다.

　그래서 몇몇 비평가들은 일리야 터너를 두고 '그의 작품은 인간을 사랑하지 못한 그의 고백성사이다'라고 평가하기도 했다.

　일리야를 지지하고 그의 작품을 사랑하는 이들조차 이 논평에는 반박할 수 없었다. 아는 만큼 보이는 법, 일리야와 그의 작품은 별개의 것으로 봐야 한다는 의견이 많았다.

하지만 일리야는 사람을 싫어하는 만큼 대중 앞에 서는 일이 없어서 대부분 그에 대해서 신비주의에 가까운 환상을 가지고 있었다. 문학계는 미국의 자산이자 보물인 일리야 터너를 지켜주기 위해 그의 신비주의를 더욱 부추겼다. 일리야에 대해 모르면 모를수록 그의 작품은 전 세계인들에게 사랑받을 수 있기 때문이다.

{생각해 보셨어요?}

일리야는 오늘도 무례하게 찾아온 손님을 보며 인상을 구겼다. 거기에다 채권자처럼 당당하게 요구하는 태도가 굉장히 마음에 들지 않았다.

{내가 왜 그래야만 하지?}

{생각하는 거 좋아하시잖아요.}

{네가 원하는 것은 생각만 하라는 게 아니잖나. 말이 좋아 생각이지, 실은 내게 결정을 강요하고 있으면서 뻔뻔하긴.}

소파에 몸을 기대며 일리야는 틀어놓은 라디오를 껐다.

오래된 라디오에서 나오는 음악은 최신 유행곡조차 오래된 추억의 팝송으로 만들었다. 책들로 둘러싸인 환경 속에 묻힌 일리야의 표정은 너무 건조해서, 당장에라도 바스락거리는 소리가 날 것만 같았다.

{선생님이 가장 사랑하는 작품을 영화화하겠다는 거예요. 이미 영화화한 다른 작품도 있는데 왜 유독 이 작품만 거부하시는 건지 모르겠어요.}

일리야는 냉소를 터뜨리며 밖을 쳐다봤다. 사람들이 지나가는 소리로 시끄러운 밖과 달리 이곳은 무덤처럼 적막했다.

{이유를 모른다면 넌 내게 부탁할 자격조차 없는 거다.}

{네, 전 모르겠어요. 어차피 '백의 고백'은 선생님 이름으로 발표한 작품도 아니잖아요.}

'백의 고백(Confession of White)'이란 소설은 일리야가 L. 드미트리란 가명으로 쓴 그의 유일한 상업 소설이었다. 사실 이 작품 하나로 그는 지금까지 썼던 모든 작품을 통틀어서 벌어들인 인세의 몇 배를 벌었다. 물론 손님이 언급했던 것처럼 그런 이유로 일리야가 자신의 작품 중에서 '백의 고백'을 가장 사랑하는 건 아니었다.

'백의 고백'은 문학 작품만 썼던 일리야가 그의 내면에 감추었던 분노와 일그러진 폭력성, 그리고 죄책감을 담아서 쓴 소설이었다. 어느 날 폭발할 것 같던 감정을 표현할 길이 없어서 한 달간 밤낮없이 토해낸 단어와 문장의 무의식적인 나열이기도 했다.

어찌 보면 그가 여태 썼던 글 중에서 가장 엉성하고 작품성 없는 글이겠지만, 일리야 터너란 한 인간을 고스란히 내보인 고백이기도 했다. 그래서 차마 본명으로 발표하지 못하고 가명으로 출간했다.

L. 드미트리란 듣도 보도 못한 무명의 글이었기에 일리야는 출간하면서도 적이 안심했다. 분출한 감정을 그대로 내보인 이 글이 마냥 사랑스러워서 감출 수가 없었다. 그러나 한편으론 이 부끄러운 고백을 보는 이가 적었으면 하는 이중적인 마음이

그를 지배했다.

하지만 그의 바람과 다르게 '백의 고백'은 출간한 지 2년이 지난 후 베스트셀러가 되고 말았다. 어느 유명한 배우가 인터뷰에서 최근에 읽은 소설이라며 감상을 늘어놓는 바람에 그리된 것이다. 그의 인기에 비례해 받은 관심이 '백의 고백'을 삽시간에 세계적으로 유명한 작품으로 만들어 버렸다.

"찢어 죽여도 시원찮을 자식."

자신의 글을 세계적인 베스트셀러가 되게 해줬는데도 일리야는 고맙기는커녕 그를 죽이고 싶어 했다. 그날 이후로 일리야는 그 배우가 나오는 영화나 프로는 절대 보지 않았다.

고작 배우 한 명이 추천했다고 세계적인 명작 소설이 되는 건 어불성설이었다. 완성도 높은 내용과 아름다운 문장이 아니었다면 따라오지 못할 흥행이었는데도 일리야는 이게 모두 그 배우 탓이라며 규탄했다.

그 후 10년이 지나도록 L. 드미트리라는 작가에 대한 세간의 미스터리는 좀체 줄어들지 않았다. 그도 그럴 것이 몽환적이고 잔인하지만, 너무도 슬픈 이 소설이 무명작가의 작품으론 절대 보이지 않았기 때문이다.

사람들은 스스로 탐정이 되어, '백의 고백'을 출간한 출판사에 속한 소설가들을 추적하면서 하나씩 명단을 만들기도 했다.

그 안에는 당연하게 일리야도 들어가 있었다. 하지만 많은 사람이 그와 L. 드미트리와의 동일인설에 회의를 보였다.

일단 문체가 너무도 달랐다. 그리고 신비주의 전략가인 일리야에 대해 모르는 이들은 그가 이런 파격적이고 잔인한 스릴러를 쓸 리가 없다고 단언했다. 반면 일리야를 아는 이들은 그가 사람은 냉소적이지만, 굉장히 이성적인 성격이라고 주장하며 추측을 부인했다.

'백의 고백'을 보면 언뜻 작가가 마약을 하고 쓰지 않았나 의심될 정도로 광기가 휘몰아쳤다. 그만큼 공포와 감정의 폭풍으로 몰아친 작품이었다. 그러면서 굉장히 몽환적이고 아름다운 문장력과 내용 구성이 빈틈없이 완벽했다. 완벽한 구성력을 제외하면, '백의 고백'은 따뜻하지만 이성적이고 냉철한 일리야의 작품관과는 비슷한 게 하나도 없었다.

'백의 고백'과 일리야 본인은, 인간에 대한 혐오를 기조로 삼고 있다는 것만 빼면 공통점이 전혀 없었다. 어쩌면 그것이 가장 중요한 요점인데도 사람들은 숲만 보고 판단해 버렸다. 숲의 푸름에 속아서 숲속의 나무와 그 안에서 날뛰는 짐승을 외면한 것이다.

자신의 이름을 내걸고 발표하지는 못했지만, 일리야가 가장 사랑하고 애착을 가지는 작품이 '백의 고백'이라는 것은 주지의 사실이다. 지금처럼 인기를 끌고 어마어마한 인세를 안겨주지 않았다 해도, 일리야에게 있어 '백의 고백'은 지금처럼 그의 가장 아픈 손가락이었을 것이다.

{작가의 손을 떠난 글은 언제나 새로운 탄생을 기다린다는 게 선생님의 생각이잖아요. 그래서 영화 제안이 올 때마다 늘 반대하지 않으셨고요.}

{왜냐하면, ‘백의 고백’은 일리야가 아닌 L의 작품이니까.}

왠지 일리야는 L과 자신을 별개의 인격체로 따로 놓는 듯 말했다. 그러나 손님은 이를 이해하는 듯 안타까운 표정을 감추지 못했다.

{L의 이름으로 발표했을 만큼 외치고 싶으신 거잖아요. 누구라도 봐달라는 심정에서. 왜 ‘백의 고백’이 그렇게 인기가 많은지 아세요? 그건 공감이에요. 누구나 마음속에 품고 있지만 표현하지 못했던 것을, 주인공인 로이드를 통해 분노하고 싶었던 아픔과 공감이 사람들의 마음을 흔든 거잖아요. 아픈 사람은 선생님만 있는 게 아니에요.}

손님의 말에 일리야의 눈썹이 파르르 떨렸다. 그것은 적의였고 경계였다.

{내 마음을 안다고 판단하지 마라.}

{제가 어떻게 감히 선생님의 마음을 판단하겠어요. 단지 ‘백의 고백’을 사랑하는 이들의 마음을 선생님께 전하고 부탁드리는 거예요. 부디 영화로 만들어달라고요.}

간절하게 부탁하는 손님을 보며 일리야는 어처구니가 없어서 코웃음을 쳤다. 솔직히 말해서 ‘백의 고백’이 영화화하기를 바라는 이들만큼이나 반대하는 이들이 많았다. 자칫 잘못 만들면 그저 공포 스릴러물로 끝날 수 있다는 걱정이 매우 컸기 때문이다.

‘백의 고백’이 영화화되기를 바라는 사람들의 심정은, 글에서 보았던 아름다운 환상과 로이드의 모습을 눈에 새기고 싶어서다. 이를 이루지 못한다면 차라리 만들지 말라는 의견을 손님은 은근히 무시하고 있었다.

{정말이지, 네가 그분의 증손녀만 아니었으면 진작 쫓겨나고도 남았다.}

{쫓겨나긴요. 아예 이곳에 발도 못 디뎠겠죠.}

손님의 말은 어폐가 있었다. 이곳은 누구나 올 수 있는 곳이었다. 지나가다가 쉬고 싶으면 와서 쉬었다 갈 수도 있었다. 단지 손님도 다른 이들처럼 이곳의 주인이 일리야 터너라는 걸 모르고 그냥 스쳐 지나갔을 가능성이 컸다.

{잘 알아서 다행이구나.}

{제가 증조할아버지를 존경하는 이유가 바로 선생님 때문이에요. 그분 덕분에 선생님의 작품을 만날 수 있었으니까요.}

환하게 웃는 손님에게서 낯익은 얼굴을 발견한 일리야는 조금은 기운이 빠진 목소리로 물었다. 언제까지 이런 줄다리기식 대화를 이어갈 수는 없었다.

일리야도 슬슬 결론을 낼 필요를 느끼고 있었다.

{영화로 만들게 된다면… 어떻게 만들 거라는 계획은 있고?}

{생각해 둔 제작진은 있어요. 영화는 100% 저희가 투자할 테니 자본에 휘둘릴 염려는 하지 않으셔도 돼요.}

{제작진 말고 로이드 말이다. 로이드 역을 맡을 배우가 있기는 하냔 말이다.}

{그거야 차차…….}

{차차 같은 소리 하지 말고 먼저 로이드부터 찾아. 넌 판권만 얻으면 그것으로 모두 끝났다고 생각하나 본데 그때부터 시작일걸. 난 절대로 아무에게나 로이드 역을 줄 생각이 없으니까

말이다. 그러니 차라리 내가 인정할 수밖에 없는 배우를 먼저 찾아서 내 앞에 데리고 와. 내 마음이 움직일 수 있도록.}

일리야의 말은 선고이면서 절반의 승낙이나 마찬가지였다. 무려 2년 만에 처음으로 듣게 된 긍정적인 답변이었다. 반면 일리야는 로이드를 찾기 힘들다는 것을 아는지 은근히 득의만만한 표정을 짓고 있었다. 이로써 2년간의 시달림에서 빠져나올 탈출구를 찾았다 싶은 것이다.

일리야는 이만하면 되지 않았냐고 손님을 내쫓았다. 좀 더 그와 대화를 나누고 싶었던 손님은 아쉬움을 표현하며 자리에서 일어나야만 했다.

{그런데 셀레나.}

{네.}

자리에서 일어난 손님을 일리야는 무슨 생각에서인지 다시 불렀다.

{조르지오는 요즘 잘 지내냐?}

{아버지는 여전하세요. 언제나 유쾌하시고, 얼마 전에 새 애인이 생겼는데 다행히 저보단 나이가 많아요.}

손님, 셀레나의 대답에 일리야는 고개를 저었다. 그가 알고 싶은 건 그런 신변잡기가 아니었다. 조르지오가 이혼을 세 번하고 그 후로 계속 새로운 애인을 갈아 치운다고 해서 일리야가 궁금해할 것은 없었다.

{내가 알고 싶은 게 뭔지 잘 알면서 그러는구나.}

{그거라면… 여전히 찾지 못하셨어요. 이제 기회가 한 번밖에 남지 않아서 더욱 조심스러우신 것 같아요. 그냥 선생님이

알고 계신 비밀번호를 알려주시면 안 되나요?}

{누구 좋으라고.}

일리야의 냉정한 대답에 셀레나는 몰래 미소 지었다. 아버지와 일리야의 미묘한 경쟁 관계는 그녀의 증조할아버지로 인해 생겨난 것이었다. 그리고 이제는 누구도 양보하거나 물러서고 싶지 않은 자존심 싸움이 되고 말았다.

{아버진 선생님께 도움받는 걸 싫어하시는걸요. 아버지를 괴롭히고 싶으시면 그냥 비밀번호를 알려주세요. 그러면 패배감에 몸부림치실 거예요.}

그걸 보고 싶다면 방법은 아주 쉽다고 셀레나는 친절하게 가르쳐 줬다. 사업가로는 나무랄 데가 없는 조르지오였지만 아버지로서 그는 골칫덩어리였다. 아버지가 싫은 건 아니고 오히려 사랑하지만, 이젠 제발 정신 좀 차렸으면 싶었다.

그녀의 아버지는 생애 한 번쯤은 실패라는 걸 겪어봐야 했다. 남들에게는 흠이 될 수 있는 세 번의 이혼은 당신이 원해서 한 것이니 실패가 되지 않았다.

{글쎄, 과연 누가 자존심이 상하는 문제일까.}

일리야의 마지막 중얼거림은 너무나 작아서 셀레나는 들을 수가 없었다. 귀를 쫑긋 세우는 그녀에게 일리야는 그만 가라고 다시 손짓해 보였다. 아쉬운 마음을 뒤로하고 셀레나는 일리야의 가게를 나와야 했다.

{연기 잘하는 이삼십 대 남자 배우들로 목록 좀 뽑아봐.}

가게들이 줄지어 있는 거리를 지나 주차장에 당도한 셀레나는 차 문을 열어주는 비서에게 먼저 지시부터 내렸다.

{더스틴 에반도 포함할까요?}

차에 타자마자 비서는 진지하게 물어보았다. 셀레나와 더스틴의 관계를 알고 있을뿐더러, 연기 잘하는 이십 대 남배우 중의 하나가 더스틴 에반이었다. 그러나 셀레나는 그 이름을 듣자마자 한숨부터 쉬었다.

{아, 그 골칫덩어리는 빼. 내가 원하는 이미지도 아니고 연기력도 기준에 못 미쳐.}

{그럼 미스터 에반을 기준으로 뽑겠습니다.}

더스틴을 기준으로 그보다 연기가 좋다는 평가를 받는 남자 배우를 찾아보겠다는 비서의 대답에 셀레나는 고개를 끄덕였다.

일리야가 만족해할 연기력이 아니라서 그렇지 더스틴이 연기를 못하는 편은 아니었다. 그보다는 더스틴의 건강한 이미지가 로이드와는 어울리지 않는다는 게 평가를 박하게 했다. 그렇다고 이미지를 극복할 정도로 더스틴의 연기가 발군인 것도 아니었다.

이도 저도 아닌 모호한 지점에 있어서 빼라고 했지만, 실상그를 빼고 연기력 좋은 이삼십 대의 남자 배우를 찾으라면 몇나오지 않았다.

셀레나는 빠르게 그들을 떠올려 보았지만 이내 고개를 저었다. 일리야라고 그들을 생각해 보지 않았을 리가 없었다. 그런데도 셀레나에게 로이드를 맡을 배우를 먼저 찾아보라 일침을가한 것은 이미 그들은 아웃이란 의미였다.

먼저 배우부터 찾아오라는 과제는 결코 쉬운 일이 아니었다. 어쩌면 일리야에게 판권을 받는 일보다 더 어려울지도 모르겠다는 예감이 들었다.

{영어권에서만 찾아보지 말고 유럽이나 아시아까지 모두 찾아봐.}

유명 배우 말고도 무명이나 연극과 뮤지컬 분야에서 활동하는 이들도 찾아보라고 덧붙이려다가 셀레나는 그만뒀다. 그렇게 되면 범위가 너무 넓어진다. 일단 최후의 보루는 남겨두고 1차 대상들에게 집중할 필요가 있었다.

{특정하게 원하는 이미지의 배우가 계신가요?}

반면 비서는 대상이 너무 포괄적이라 조금이라도 조사 항목을 줄이고 싶은 모양이었다.

{이삼십 대의 젊은 남자, 최대한 흰 피부와 아름다운 외모, 병약한 듯하지만 날카롭고, 아무렇지도 않게 잔인했다가도 돌아서면 동정심이 가게 생긴 정도?}

셀레나는 자신이 생각하는 로이드에 관해 설명해 보았다. '백의 고백'에서 로이드를 정의하기란 매우 어렵다. 로이드는 감정의 폭이 워낙에 커서 종잡기가 매우 어려운 캐릭터였다. 유약해 보이는 인상 뒤로 광폭한 짐승을 숨기고 있어서, 보이는 이미지로 판단할 수도 없었다.

천사의 얼굴로 악마와 거래하는 인간인데도 독자들은 이상하게 그에게 연민을 느끼고 사랑하기까지 했다.

{그냥 병들고 아름다운 여린 짐승.}

그러나 요약하면 이거 말고 다른 설명은 필요 없었다. 그리고 이것만 말해도 '백의 고백'을 읽은 이들이라면 쉽게 이해했다.

{아! 혹시 로이드인가요?}

{쉿!}

들을 사람이라곤 운전기사와 비서뿐이라도 셀레나는 이 일을 극비로 취급할 계획이었다.

{선생님을 통해서 어렵게 얻어낸 기회야. 여러모로 신중해야 해.}

{알겠습니다.}

비서는 일리야가 L. 드미트리라는 걸 알지 못했다. 그래서 대충 일리야가 셀레나와 L과의 중개인 노릇을 해주었다는 뉘앙스로 받아들였다. 하지만 비서로선 이번 일이 일리야와 L이란 두 거물이 끼어 있고, 무엇보다 로이드를 찾아내는 막중한 임무가 주어졌다는 부담감에 벌써 숨이 막히는 듯했다.

비서의 어깨에 한숨이 내려앉는 걸 본 셀레나는 설핏 웃으며 폰을 꺼냈다. 아직 갈 길은 많으나 일단 한 고비는 넘긴 셈이었다.

조금의 여유가 생기자 셀레나는 더스틴이 생각나 며칠 만에 그의 SNS에 들어갔다. 요즘은 잘 지내는 것 같지만 한 번씩 꼭 확인해 봐야 안심이 됐다. 알아본 바에 의하면 최근 파티에도 참석하지 않고 착실하게 지낸다는데 끝까지 모르는 일이었다.

더스틴의 SNS에 만날 잔소리 같은 글만 남겨서 셀레나도 마음이 편치는 않았다. 하지만 이제 겨우 열 살인 그녀의 남동생보다 철이 없는 더스틴을 보면 간섭을 안 할 수가 없었다. 그러다 문득 자신이 잔소리하는 누나 같다는 생각에 한동안 글도 남기지 않다가, 최근엔 더스틴의 SNS도 찾지 않았다.

{응?}

셀레나는 자신이 찾지 않은 이후에 올라온 글들을 보고 고개를 갸웃거렸다. 분명 더스틴은 최근 시시껄렁한 친구들도 안 만나고, 술도 마시지 않았다. 대신 영화에 함께 출연하게 된 동양의 배우와 무척 친해진 모양이었다.

더스틴이 친구라고 부르는 이들은 학창 시절의 인연이 지금까지 쭉 이어진 경우였다. 거기에 친구의 친구가 덧붙여지면서 무리는 점점 커졌지만, 그만큼 깊이는 더 옅어졌다.

학창 시절의 친구들은 셀레나도 어느 정도 아는 이들이지만, 그들을 평가할 정도로 친한 것은 아니었다. 다만 명문 사립학교에 다닐 정도로 웬만큼 부유하고 적당히 머리가 좋은 친구들이라는 건 안다. 예전 그들의 우정은 정직했고 서로를 의심할 여지가 없는 사이였다는 것도 맞았다.

그러나 세월이 지나며 그때의 순수함을 여전히 유지하고 있는 이는 더스틴 하나뿐이었다.

당연히 더스틴에게도 좋은 친구는 있었다. 하지만 대학교를 졸업하자마자 무작정 사업을 시작했다 망하기를 반복하는 친구, 지금까지 직장 한 번 다닌 적 없이 흥청망청 사는 친구, 가업의 몰락으로 경제 사정이 어려워진 친구, 이른 결혼과 이혼을 번갈아 가며 사생활이 엉망인 친구들이 더스틴의 주위에 남아서 그를 망치고 있었다.

옛정에 매달려서 야금야금 파 먹히는 걸 옆에서 지켜보자니

속이 상하고 걱정이 돼서 계속 참견하게 되는 자신의 모습에 셀레나는 부아가 나기도 했다. 그래서 조금은 거리를 둘 필요를 느끼는 와중에, 더스틴이 기존의 친구가 아닌 다른 이와 어울린다 하니 일단은 환영했다.

더스틴은 나이 많은 배우들에게는 인기와 평이 좋지만, 비슷한 또래의 남자 배우와는 서먹하고 경계하는 사이라서 친구가 없었다. 그래서 낯선 동양의 배우라도 괜찮은 사람이라면 더스틴의 좋은 친구가 되지 말라는 법은 없었다. 물론 어디까지나 그 사람이 더스틴의 친구가 되고도 부족함이 없는, 좋은 사람이어야 한다는 전제가 깔려 있다면 말이다.

{이건 뭐지?}

그런데 더스틴의 SNS를 읽으며 셀레나는 석연치 않은 껄끄러움을 느꼈다.

처음은 카페에서 파파라치들을 배경으로 찍은 사진이었다. 더스틴이 달고 다니는 파파라치들을 볼 때면 셀레나도 질릴 때가 많았다. 그런 치들을 배경으로 삼고 카페 안에서 여유롭게 사진을 찍은 것까지는 괜찮았다.

〈지니가 저들을 보면서 날 제물로 던지고 싶다는 충동이 생긴대!〉

언뜻 보면 별 뜻 없는 말이었다. 파파라치들이 좀비로 보여서 더스틴을 제물로 던지고 자신만 도망가겠다는 우스갯소리였다.

그런데 셀레나는 괜히 기분이 나빴다.

{자기가 뭐라고 더스틴을 제물로 바쳐? 게다가 혼자서 도망

갈 생각을 하다니 친구로서 자격 미달 아냐?}

괜히 머릿속으로 상상이 돼서 셀레나는 씩씩거리며 다음 글을 마저 읽었다. 모두가 하나같이 지니라는 사람과 함께한 사진과 이야기들뿐이었다.

하루하루 굉장히 즐겁게 촬영하고 있는 건 다행이다 싶은데, 더스틴이 지니란 사람에게 의존하는 강도가 점점 높아지는 게 보였다.

〈지니에게 요즘 택견(Taekkyeon)을 배우고 있는데 매일 얻어터짐. 보라, 자랑스러운 훈장을.〉

더스틴이 팔뚝에 있는 갈색의 멍을 자랑스럽게 찍어 올린 사진을 보고 셀레나는 그만 욕을 하고 말았다. 놀란 비서가 뒤를 돌아보며 괜찮으냐고 물을 정도였다. 그녀는 비서에게 방해하지 말라고 손을 휘휘 젓고는 SNS를 보면서 날카롭게 쏘아붙였다.

{아니, 이 녀석이 때릴 데가 어디 있다고!}

SNS에 올라온 다른 사람들의 반응을 보면 모두가 즐거운 듯해서 셀레나는 더욱 화가 났다. 간혹 그렇게 맞으면서 친해진다는 글도 있어서 어이가 없었다.

현재 더스틴의 SNS에 우진의 팬들이 유입됐고, 더스틴이 우진에게 잡혀 사는 듯한 분위기를 풍기자 더스틴의 팬들마저 은근히 좋아하고 있다는 것을 그녀는 몰랐다. 몰라서 괜히 서운하고 혼자서 속이 상할 정도였다.

보면 지니라는 사람이 나쁜 것 같지 않은데 왠지 더스틴이 너무 의존하는 것 같아서 걱정이었다. 더스틴의 사람 보는 안목도 당최 믿을 수 없었다.

{아니, 날 좋아하는 걸 보면 안목이 나쁜 것은 아닌데, 그 안목을 발휘한 게 한 번뿐이라 문제인가.}

스스로 셀프 칭찬을 한 셀레나는 더스틴이 너무 쉽게 사람을 믿는다는 것을 떠올리고 골치가 아픈 듯 두 손으로 관자놀이를 꾹꾹 눌렀다. 순탄한 그녀의 삶에 골칫거리가 있다면 아버지와 더스틴이었다. 아버지는 옛날에 포기했지만 더스틴만은 절대 버릴 수가 없었다.

그녀는 아직도 금빛으로 반짝이던 그 작고 귀여운 남자애와 했던 약속을 잊지 않고 있었다. 그 약속이 지금의 그녀를 있게 했고 버틸 힘이 되어주었다.

{정말 손이 많이 가는 녀석이라니까.}

혀를 차면서 셀레나는 더스틴에게 전화를 걸었다. 오랜만에 거는 만큼 하고 싶은 말은 많았지만, 목표는 오로지 하나였다. 더스틴의 새로운 친구는 검증이 필요했다.

◆　◆◆◆　◆

우진은 왠지 귀가 가려워서 손가락으로 귓가를 긁었다. 따뜻한 세트장 안인데도 몸이 으슬으슬 추운 것도 같았다.

우진은 의자에 놓아둔 카디건을 어깨에 걸쳤다. 워낙에 일교차가 큰 곳이라 평소 알아서 조심해야 했다.

{지니~!}

{여기!}

우진은 자신을 찾는 더스틴에게 응답하며 한숨을 내쉬었다. 어쩌다가 다 큰 어른이 뛰어오는 모습에 넘어질까 봐 걱정부터 하게 되었을까 싶었다. 다정도 병으로 만드는 것이 재주라면 재주였다.

{지니, 빅뉴스가 있어!}

{셀레나?}

{어떻게 알았어?}

{네가 이렇게 흥분해서 좋아할 일이 그녀에 대한 것 말고 뭐가 있겠어.}

우진의 대답에 더스틴은 쑥스럽게 웃으며 의자를 끌고 와 앉았다. 그는 영락없이 친구에게 연애 상담하는 고등학생처럼 잔뜩 흥분해 있었다.

{그녀가 드디어 SNS에 글을 남긴 거야?}

{그것보다 더 커! 무려 한 달 만에 그녀가 내게 전화를 했어.}

{아, 한 달 만에⋯⋯.}

어째 더스틴의 이야기를 들으면 들을수록 그의 짝사랑에 희망이 사라지는 느낌이었다.

{응, 응! 나보고 내일모레 보재.}

{만나기로 했어?}

그래도 작은 희망은 있구나 싶어서 우진도 반색하며 더스틴의 다음 말을 기다렸다.

{맞아! 이번 금요일에 아버지 회사에서 파티를 주최하거든.

그곳에서 만나기로 했어. 세상에, 거기 참석 안 하려고 했는데 꼭 가야겠다.}

진지하게 듣고 있던 우진은 다시 허리를 세워 앉으며 고개를 돌려 버렸다. 기업 파티에서 보자는 것이 무슨 데이트인 것처럼 저렇게 흥분할 일인가 싶었다.

아무래도 더스틴은 연애에 대한 환상과 기준이 무척이나 낮은 듯했다. 괜히 안쓰러워서 우진은 그의 어깨를 토닥여 줬다.

{너도 금요일 저녁엔 스케줄 없지?}

{나는 왜?}

{너도 가야지.}

{초대해 주는 건 고맙지만 나는 그냥 사양할게.}

{아니, 셀레나가 너도 보고 싶으니까 꼭 파티에 데리고 오랬어. 같이 가 줄 거지?}

{나를 왜?}

더스틴에게 묻다가 우진은 이내 그녀의 속내를 알 것 같아서 고개를 끄덕였다. 우진이 원했던 반응이 이런 식으로 돌아온 것이었다. 정말 더스틴을 생각하고 걱정한다면 셀레나는 우진이 어떤 사람인지 정말 궁금했을 것이다. 게다가 더스틴의 성격을 누구보다 잘 알 테니, SNS에 그가 우진에게 매달리고 의존하는 모습을 보이면 걱정이 태산처럼 쌓일 터였다.

이로써 그녀가 어떤 식으로든 더스틴에게 마음이 아예 없지 않다는 증거를 얻었다.

다만 그 마음의 방향이 어느 쪽에 더 치우쳐 있느냐가 중요했다. 우진이 느끼는 것처럼 더스틴을 돌봐줘야 하는 착한 동생쯤으로 생각한다면, 그는 아주 심한 열병을 앓을지도 몰랐다.

{금요일이라고?}

그래서 우진도 셀레나가 무척이나 궁금했다. 그녀가 어떤 사람이고 어떤 마음으로 더스틴을 보는지 그도 알고 싶었다.

우진의 물음에 대답하는 더스틴은 벌써 파티에 달려가는 왕자님이었다. 외모만은 디즈니 실사 영화에 나올 왕자님처럼 생겨서, 하는 짓은 한국 사극에 나오는 돌쇠같이 굴고 있었다. 왕자님이든 돌쇠든, 해피엔딩만 된다면 상관은 없겠지만 말이다.

미국 상류층의 파티에 초대되었다는 것에 황이영은 흥분했지만, 실상 우진은 그곳에 가서 벽의 꽃이 될 가능성이 컸다. 그래서 그녀를 붙잡고 그곳에 초대된 과정과 그가 가는 이유를 설명하며 들뜬 그녀를 가라앉혀야만 했다.

요즘 미국에서도 그에 관한 관심이 높아지면서 인터뷰 요청도 들어오고 가끔 파파라치가 붙는다고 해도, 우진은 아직 세계라는 거대한 성 앞에 선 보잘것없는 병사에 불과했다.

"그래도 외모만은 우리 우진이가 최고일걸!"

황이영이 한껏 꾸민 우진을 보고 엄지를 보였다. 우진의 생각으론 미국인들 눈에는 더스틴이 훨씬 미남으로 보일 게 분명했지만, 너무 현실적으로 굴어서 황이영에게 실망을 안겨줄 필요는 없을 것 같아 입을 다물었다.

우진으로선 파티를 참석하는 이유가 분명했기에 다른 것은 어찌 됐든 상관없었다. 다만.

{네가 왜 날 에스코트하는데?}

{내가 초대했는데 당연히 파티장까지 모셔야지.}

더스틴이 너무도 당연하다는 듯이 구는 바람에 우진은 얼떨결에 그의 차에 타고 말았다.

{돌아갈 때도 내가 안전하게 데려다줄 건데 걱정도 많다.}

더스틴은 강호수가 차를 가지고 뒤따르자 서운하다는 듯 투덜거렸다. 이왕 하는 거 처음부터 끝까지 완벽하게 에스코트하겠다는 의지가 쓸데없이 불타오르고 있었다.

{그런 친절과 예의는 그녀한테 보여줘.}

{…….}

그런데 좋아할 줄 알았던 더스틴의 표정이 좋지가 않았다. 의아해하며 우진이 눈썹을 치켜뜨자 그가 우물거리며 눈치를 봤다.

{고민하지 말고 말해봐.}

이제는 어느 정도 더스틴에 대한 파악이 끝난 우진이 살살 설득하자 이야기가 술술 나왔다.

{그게 말이야. 몇 년 전에 셀레나한테 고백하려다가 그날 너무 긴장해서 목이 마른 바람에⋯ 계속 와인을 마셨거든.}

그 후에 이어진 더스틴의 사연은 간단했다. 술에 취해 버린 더스틴을 셀레나가 집까지 안전하게 데려다줬다는 것이다.

{진짜 든든하고 멋있었어.}

완벽한 에스코트를 받은 더스틴의 추억담이었다. 왜 그깟 에스코트에 진지하게 구나 싶었더니, 왠지 이번에는 자기가 해보고 싶었던 모양이다. 정확히는 셀레나에게 하고 싶은 것을 예행 연습하는 느낌이기도 했다.

우진은 무슨 표정을 지어야 할지 몰라서 그냥 고개를 돌리고 차 밖으로 시선을 던졌다. 자꾸만 입술이 실룩샐룩 올라가려는 걸 간신히 참으며 주먹으로 입가를 가리기도 했다.

아무래도 왕자님은 이곳에 있는 게 아니라, 성에서 공주님을 기다리고 있을 것 같았다. 지금 우진의 옆에는 왕자님도 돌쇠도 아닌, 호박으로 만든 마차를 타고 가는 공주님이 앉아 있었다.

◆　◆◆◆　◆

캘리포니아 남부의 발전을 위해 정재계 인사들이 모였다는 것은 결국 정치 후원금을 모으기 위한 고급스러운 핑계였다. 지역 사업에 관해 이야기하고, 기업인과 정치인이 서로 도와 지역을 발전시키자면 필요한 것은 결국 돈이니 말이다.

기업인들은 지역을 위한다는 그럴싸한 이유로 정치인에게 후원하고, 이 파티의 목적을 광고해서 특정 정치인에게 후원금이 모이도록 하는 게 주목적이었다. 그래서 더스틴을 비롯한 제법 많은 연예계의 스타들이 오늘 파티에 참석했다. 딱딱할 수 있는 분위기를 유연하게 만들고, 자연스레 세간의 주목을 모으는 데 유명 연예인만큼 효과가 좋은 게 없었다.

물론 정치적 소신으로 적극적으로 참여하는 이들도 없지 않았다. 그들은 더스틴과 다르게 파티 자체를 매우 즐기고 있었다.

{그녀는?}

{주인공은 항상 늦게 오는 법이야.}

파티가 시작할 시간에 맞춰 온 그들과 달리 셀레나는 조금 늦은 시간에 더스틴만 만나고 돌아갈 계획이라고 했다.

{네 형님 눈빛이 점점 뜨거워진다. 난 괜찮으니까 형님한테 가봐.}

우진은 더스틴에게 계속 눈짓을 보내고 있는 형에게 그만 가보라며 그의 등을 떠밀었다. 그러나 우진에 대한 책임감과 형 옆에 가기 싫은 마음이 합쳐져서 더스틴은 계속 버텼다.

{너 때문에 덩달아 저 눈빛을 함께 받는 게 피곤해서 그래.}

어차피 이 파티에 참석한 이상 더스틴의 역할은 이미 정해져 있었다. 처음 이곳에 도착했을 때, 더스틴은 형님에게 우진을 소개했다. 그러나 우진을 한 번 쓱 훑어보던 그는 인사도 받지 않고 그냥 돌아서 가버렸다. 더스틴과 어울리는 이들에 대한 편견인지, 동양인에 대한 무시인지는 모르나 우진도 썩 기분이 좋지는 않았다.

형님의 무례한 태도 때문에 더스틴이 안절부절못하며 미안해하는 것도 그랬다. 형이란 자가 제 오만함 때문에 동생을 힘들게 하는 것부터 우애는 신경도 안 쓴다는 의미였다. 저런 사람의 눈빛을 계속 받아야 하는 것도 거북해서 더스틴이 차라리 형님에게 가는 게 편했다.

그래도 우직하게 버티던 더스틴은 그를 발견한 아버지의 손짓 한 번에 결국 그쪽으로 갈 수밖에 없었다.

{잘 가!}

유쾌하게 더스틴을 보낸 우진은 여유롭게 주위를 살폈다. 비어 있는 테이블 하나를 발견한 우진은 그곳에 자리를 잡고 음식을 가져와서 저녁을 해결했다. 파티 바텐더에게 도수 낮은 와인을 추천받고, 주위와 상관없이 혼자서 파티를 즐겼다.

이런 모임이 처음이라는 게 믿어지지 않을 정도로 그의 태도는 당당하고 자연스러웠다. 그래서 주위에서도 혼자인 그를 이상하게 여기지 않았다. 애초에 예상했던 벽의 꽃은커녕 간혹 그를 알아보고 말을 거는 이들까지 있어서, 우진은 조금도 심심할 틈이 없었다.

똑똑.

우진이 자신의 팬이라는 사람을 보내고 와인을 마시려는 찰나, 그가 앉아 있는 테이블을 노크하는 손이 있었다. 고개를 들어 상대를 쳐다보니 검은 장발에 보랏빛 눈동자가 이색적인 키가 큰 아가씨가 그를 내려다보고 있었다.

보는 순간, 우진은 그녀가 셀레나라는 걸 예감할 수 있었다.

{채. 우. 진?}

이곳에서 우진을 지니가 아닌 본명으로 또박또박 부른 현지인은 그녀가 처음이었다. 슬쩍 더스틴을 돌아보니 그는 아직 그녀가 온 사실을 모르는 듯 무뚝뚝한 얼굴로 아버지 옆에 서 있었다. 척 봐도 쉽게 빠져나올 분위기가 아니었다.

{반갑습니다, 채우진입니다.}

자리에서 일어선 우진이 먼저 악수를 청하자 그녀는 그의 손을 마주 잡으며 자신을 소개했다.

{왠지 날 알고 있는 듯하네요.}

{당신이 날 아는 것과 같은 이유겠죠.}

우진의 대답에 셀레나는 시원하게 웃었다. 더스틴이 자기에 대해 어떻게 말하고 다니는지 전혀 개의치 않아 하는 태도였다.

{친구의 친구니까, 앞으로 우진이라고 부를게요. 당신도 편하게 날 셀레나라고 불러요.}

셀레나는 친절했으나 첫 만남부터 성이 아닌 이름으로 부르도록 허락해 주는 의도가 우진은 도리어 수상했다.

{친구의 친구가 내 친구는 아니죠.}

{결국은 다 친구를 위해서죠.}

더스틴이 아니라면 내가 왜 지금 당신과 대화하겠냐는 뉘앙스를 풍기며 셀레나는 우진의 건너편에 우아하게 앉았다. 검은 긴 머리를 뒤로 대충 묶고 디자인은 단순하나 소매에 풍성한 레이스가 달린 하얀 블라우스와 검은색 롱스커트를 입은 모습이 단정하면서 우아했다. 마치 지금껏 일하다가 그 모습 그대로 파티에 참석한 듯 보였다.

화려한 보석과 드레스가 아니어도 이곳에 있는 어떤 여인보다 시선을 끄는 아우라가 있었다. 더스틴이 입버릇처럼 그녀를 가리켜 멋있다고 말한 느낌이 무언지 대충 알 것 같았다.

지나가는 헬퍼에게서 생수를 받아 마시는 당당한 태도와 다른 이들의 시선은 안중에도 없는 거만함이 신기하게도 전혀 거슬리지 않았다.

같은 거만함이라도 불쾌감을 유발하던 더스틴의 형님과는 차원이 다른 우아함이 있었다. 그녀의 거만함은 태생적으로 타고난 것이었고, 근본적으로 남을 무시하지 않았다.

그저 그녀 자체가 잘난 것을 본인이 너무도 잘 알고 있을 뿐이었다. 그녀를 알아보고 다가오려는 이들을 손짓으로 거부하는 단호함에서, 절대 보통 아가씨는 아니라는 걸 느낄 수 있었다.

{술 좋아해요?}

생수를 마시던 셀레나는 우진의 앞에 놓인 와인 잔을 보며 물었다.

{싫어하는데 더스틴보단 잘 마시죠.}

{좋은 건지 나쁜 건지 모르겠네요.}

{더스틴은 좋아하더군요. 자길 챙겨줄 사람이 생겼다고.}

{더스틴의 다른 친구들 역시 그를 챙겨주긴 하죠.}

우진은 더스틴이 친구들과 어울려 술을 마신다는 것만 알지, 그들이 더스틴의 사진을 팔거나 이용하는 것까지는 잘 몰랐다. 그래서 냉소적인 셀레나의 반응을 순간 이해하지 못했다.

매우 짧은 순간이었지만, 그녀는 그 모습을 놓치지 않았다.

{더스틴한테 무술도 가르쳐 준다면서요. 그 뭐였지… 태, 태권도?}

{태권도가 아니라 택견이요. 한국 고유의 무술인데 더스틴으로선 이번 기회에 배워두는 게 나쁘지 않을 거예요. 액션을 많이 찍는 편인데도 몸이 뻣뻣하더라고요.}

우진의 지적에 셀레나는 마치 자기 아이가 지적을 받은 듯 정색했다.

{우리 더스틴이 어디가 어때서요? 여태 액션 연기만 잘하던 데 뻣뻣하단 소린 또 처음 듣는군요.}

소설이나 드라마에서 그렇게나 의미를 부여하던 '우리'라는 단어를 셀레나는 서슴없이 사용하고 있었다. 우진은 웃음을 참으며 속으로 말을 골랐다. 그녀의 의견에 그건 다 촬영 기술과 편집의 승리라고 말하려다가, 너무나 현실적인 팩트 공격은 더스틴에게 불리할 것 같아서 참았다.

{더스틴 걱정을 많이 하시는군요.}

{친구니 당연하잖아요.}

우진의 대답에 주저 없이 대답하는 그녀의 눈빛이 순간 달콤하게 빛났다.

{나도 친구라서 요즘 걱정이 많습니다.}

우진의 말에 셀레나는 최근 더스틴에게 무슨 일이 생긴 줄 알고 대번에 안색이 안 좋아졌다. 더스틴을 언급할 때 보이는 표정과 반응만 보면 이건 우정을 넘어선 애정이었다.

{더스틴의 고민거리라면 하나밖에 없죠. 이왕이면 친구에서 좀 더 앞으로 나갈 생각은 없으십니까?}

{무례한 질문이군요.}

직설적으로 물어보는 우진에게 셀레나는 대놓고 불쾌감을 표현했다.

{무례한 질문이라는 거 아는데 사과는 하지 않을게요. 사실 난 당신이 더스틴에게 희망 고문을 하든, 귀여운 남동생처럼 챙겨주든 그걸 가지고 따질 생각은 없어요. 관여할 주제도 안 되고요. 그래도 더스틴의 친구로서 그를 위해 한번 물어본 거

예요. 이왕이면 그를 좀 더 진지하게 생각해 주면 안 되냐는 부탁 같은 거죠.}

시작은 비즈니스지만, 더스틴은 분명 좋은 사람이고 그런 사람을 친구로 두는 걸 망설일 이유는 없었다. 그리고 진짜 친구가 된 순간부터 우진은 그를 위해 노력하는 데 주저하지 않았다.

찬찬히 우진을 쳐다보던 셀레나는 미간을 찌푸렸다. 아직 우진에 대해 판단이 서지 않아 지켜보고 있다는 느낌이 물씬 풍겼다.

{내게 부탁한다고 달라지는 게 있나요?}

{달라질 게 없다고 시도조차 안 하는 것보다는 낫잖아요.}

{글쎄요. 내가 기분 나빠한다면 더스틴한테 좋을 게 하나도 없잖아요.}

당신 때문에 더스틴을 멀리하면 어떻게 할 거냐고 셀레나는 책망하듯 물었다.

{겨우 나 때문에 더스틴한테 화를 낼 사람이 아니라는 걸 아니까 괜찮아요.}

셀레나 입장에선 어차피 우진은 한때 그냥 스쳐 지나가는 인연에 불과할 것이다. 사람에 대한 경중이 분명한데 우진 때문에 더스틴을 버릴 리도 없고 말이다.

{그건 알겠는데 내 입장과 기분은 생각하지 않나 봐요?}

{내가 왜 그래야 하죠? 내 친구는 더스틴이지 당신이 아니잖아요.}

순수하게 따져보면 우진이 보기엔 셀레나의 모호한 입장 표명이 가장 큰 문젯거리였다. 물론 더스틴에게 고백을 받을 때마다 거절했다고 하지만, 그 후의 행동이 깔끔하지 못했다. 어설프게 보여주는 관심과 애정은 더 많이 좋아하는 사람을 지배하는 힘이 되기도 한다. 더욱이 누구나 알 수 있게 더스틴에 대한 애정을 숨기지도 않으면서 지금의 관계를 계속 유지하는 것도 이해가 되지 않았다.

{나 때문에 당신이 더스틴을 달리 평가하지 않듯이, 당신 때문에 내가 더스틴을 다르게 볼 일은 없잖아요. 그만큼 내게 소중한 사람은 확실하다는 이야깁니다. 친구의 친구는 존중하지만, 그 사람이 내 친구를 힘들게 하면 밉죠.}

우진은 셀레나에게 자신이 중요한 게 무언지 확실히 했다. 그만큼 셀레나 역시 더스틴에게 자신의 마음을 분명하게 밝혔으면 싶었다.

{아끼는 만큼 상처 주고 싶지 않다는 건 알겠지만 더스틴도 성인입니다. 사람들이 그에게 바라는 '꿈꾸는 소년' 안에 당신까지 더스틴을 가두려고 하지 말아요. 상처를 치료하는 방법이 술밖에 없다고 생각하는 게 정상은 아니잖습니까?}

꿈꾸는 소년이 꿈꾸는 어른이 되는 건 자연스러워야 한다. 그 과정에서 생기는 성장통이 무서워서 성장하지도 않으려고 한다면, 당사자와 그를 아끼는 이들 중에 누가 더 손해일까.

{언제 왔어? 온 줄 알았으면 진작 빠져나오는 건데.}

우진과 셀레나가 만드는 심각한 분위기도 모른 채 더스틴이 두 사람 사이에 불쑥 나타났다. 사람들을 소개받고 인사하는 와중에도 그는 간간이 우진을 살피고는 있었지만, 잠시 중요한 대화를 하는 바람에 셀레나의 도착을 늦게 발견했다.

그녀를 보자마자 자리를 빠져나오려는 더스틴을 그의 부친은 굳이 붙잡지 않았다. 아들이 만나러 가는 사람이 보잘것없는 동양인 배우가 아닌 셀레나인 것을 알았기 때문이다. 오히려 잘 되기를 바라는 견해라 어서 가라고 어깨를 두들겨 줄 정도였다.

{온 지 얼마 안 됐어. 마침 네 친구가 혼자 있기에 우리끼리 먼저 인사했어.}

{벌써? 내가 소개해 주려고 했는데.}

{그럼 네가 다시 정식으로 소개해 주면 되잖아. 그게 뭐 일이라고.}

기회를 놓쳤다고 아쉬워하는 더스틴에게 우진은 정식으로 다시 소개받고 싶다고 말했다. 그도 그럴 것이 셀레나는 자기 이름만 말했지, 아직 성을 말하지 않은 상태였다. 이름을 불러도 좋다고 허락하기 이전에 제대로 예의도 갖추지 않은 상태였다.

{그래도 될까? 나는 내가 좋아하는 친구들을 서로 소개해 주는 거 아주 좋아해.}

오랜만에 셀레나를 만나서 들뜬 건지, 아니면 자기가 좋아하는 사람들이 이제야 만나게 되어서 기분이 좋은 건지 더스틴은 연신 싱글거렸다. 그를 보고 우진과 셀레나는 동시에 한숨을 쉬었고, 그 순간 두 사람의 시선이 마주치며 묘한 공감대가 형성됐다.

서로 알지 못하는 친구와 친구를 중간에서 인사시키고 사이 좋은 관계가 되기를 바라는 것은 문제가 되지 않는다. 오히려 그만큼 자기가 좋아하는 친구들끼리 친해졌으면 좋겠다는 순수한 마음이 느껴졌다.

하지만 이는 굉장히 일차원적인 사고였다. 친구와 친구는 물론 사업 파트너끼리도 서로 소개해 주는 데는 매우 신중해야 하고, 그만큼 믿음이 바탕으로 있을 때나 가능한 일이다. 그렇지 않으면 중간에서 양쪽에게 배신당할 수 있는 게 바로 중개자의 처지였다.

"저러다 중간에서 몇 번 배신당했을 것 같은데……."

우진이 저도 모르게 한국어로 중얼거리자 더스틴은 또 한국말 한다고 투덜거렸고, 셀레나는 눈에 이색을 띠었다. 그녀의 표정과 태도로 보아선 아무래도 한국어를 알고 있다는 느낌이 들었다.

{그럼 소개해 줄게. 여긴 한국에서 온 지니.}

{채우진이야. 아니면 우진 채로 소개해 줘.}

지니는 애칭일 뿐이지 이름이 아니었다. 셀레나가 이미 '채우진'이란 이름을 알고 있기도 했고, 무엇보다 애칭으로 소개되는 걸 방관하면 정체성을 버리는 일이었다.

우진의 정정에 더스틴은 다시 '우진 채'로 그를 소개했다.

{그리고 이쪽은 어릴 때부터 내 친구인… 셀레나 콘스차.}

친구 다음에 붙이고 싶은 말이 많았지만, 더스틴은 짧은 머뭇거림 사이에 많은 감정을 숨기고 셀레나를 소개했다.

{이제야 성을 아네요. 미스 콘스차… 콘스차?}

{응, 성도 참 멋있지?}

{혹시 콘스차가 그 콘스차?}

{무슨 콘스차를 말하는지 모르겠지만, 내 성이 콘스차인 건 맞아요. 콘스차 문화 재단의 이사장 셀레나 콘스차예요.}

자신의 성과 직업을 말하는 셀레나의 얼굴에 언뜻 유쾌한 빛이 스치고 지나갔다. 그녀가 자신의 성을 말하면 사람들의 반응은 언제나 한결같았다. '콘스차' 라는 성이 사람들에게 주는 것은 경외심이었다.

콘스차의 의미를 몰랐던 사람들조차 나중에는 크게 다르지 않았다. 가까이 가고 싶지만 두렵고 무서운 존재로 보았다. 그런 의미에서 콘스차란 이름에도 처음부터 지금까지 변하지 않은 유일한 사람이 더스틴이었다.

우진과 차분하고 진실한 대화를 나누고 싶었던 셀레나는 그래서 일부러 처음부터 성을 밝히지 않았다. 물론 외국인인 그가 '콘스차' 를 알지 못할 경우도 있겠지만, 지금 반응을 보니 말하지 않은 게 다행이다 싶었다.

{그렇다면 혹시 부친이…….}

사람들이 콘스차란 이름에 가지는 공경과 두려움은 그 성이 한때 뉴욕을 대표하던 마피아 대부를 상징하기 때문이다. 그리고 지금은 '올란도' 라는 무기 회사를 소유하고 있는 가문이란 점이 가장 컸다.

더스틴이 짝사랑하는 사람이 누구인지 알면서도, 언론에서 사진은 물론 사연조차 언급하지 못한 이유가 바로 그녀가 콘스차여서다. 웬만한 가문의 사람은 아닐 것으로 추측했지만, 그게 콘스차일 거라곤 우진은 상상도 못 했었다.

{아버지의 성함을 묻는다면 조르지오 콘스차, 그분이 내 아버지예요.}

그리고 콘스차 가문의 수장인 조르지오 콘스차의 장녀라는 게 그녀의 방패이고 무기였다.

비록 열 살에 부모님이 이혼해서 어머니를 따라 LA에서 살게 되었지만 아버지와 사이가 나쁜 건 아니었다. 아버지의 성을 그대로 썼고, 방학이면 뉴욕에서 지냈는데 그때마다 아버지는 함께 살자고 그녀를 설득했다.

딱히 부모 중 누구와 살아도 상관없었던 셀레나를 망설이게 하고 주저앉게 만든 것은 옆에 있는 햇빛 같은 친구였다. 그만큼 소중하고 늘 행복하길 바라는 사람 때문에 셀레나는 LA를 떠날 수가 없었다.

그러나 우진의 충격에 비하면 셀레나의 애틋함은 아무것도 아니었다.

한국의 김이박 정도는 아니어도 '콘스차'란 성을 한 가문만 사용하는 것은 아니었다. 혹시나 하는 바람, 아니면 적어도 그녀가 콘스차 가문의 방계이기를 바랐던 우진의 소원을 비웃기라도 하듯 셀레나는 조르지오의 딸이었다.

콘스차가 어떤 가문이고 그들이 무얼 하든지 우진이 무슨 상관이 있겠는가. 한때 마피아 대부의 자손을 만났다고 새삼 두려워할 일도 없었다.

다만 우진의 바로 이전 생애가 랜스키 콘스차였다는 게 이 상황을 우습게 만들었다.

특히 조르지오는 그 누구도 아닌 랜스키 콘스차의 친손자였다. 자식보다 더 아끼고 사랑했던 아이였다.

손자가 결혼하는 것까지 보고 증손주를 보기 전에 랜스키는 사망했다. 아마도 랜스키가 몇 년 더 살았다면 눈앞의 셀레나를 품에 안아보았을 것이다.

이런 소소한 것들을 상상하자 우진은 통제가 안 되게 심장이 쿵쾅거렸다.

그냥 전생의 일이었다. 원래 그랬듯이 지금의 우진과는 상관없는 별개의 삶에서 벌어졌던 인연이라 이성적으로 따지면 아무것도 아니었다. 이소현이나 김태화처럼 전생의 인연일 뿐, 채우진에게 영향을 끼칠 힘이 없었다.

그런데 이소현과 김태화의 경우, 그녀들 역시 전생이 아닌 현생의 인연으로 다시 만난 관계였다. 그래서 전생의 감정과는 별도로 그들을 대할 수 있었고, 감정과 이성이 동요할 이유가 없었다.

물론 우진도 가끔 전생의 손자였던 조르지오를 생각해 보곤 했다. 이전 생과 연결되어 아직 살아 있는 사람 중에서 가장 의미가 있는 존재였으니 당연했다. 그러나 이미 생물학적으로 남이었다. 기억이 있다고 해서 그것이 관계의 연속성을 의미하는 것이 아니라, 사진을 봐도 특별한 감정이 생기지 않았다.

조르지오를 검색하면 랜스키 사후 콘스차 가문이 어떻게 변화를 꾀하고 성장해 갔는지 과정을 알 수가 있었다. 그러나 우진이 관심이 있었던 것은 오로지 조르지오 하나였다. 콘스차 가문에 대해서도, 조르지오의 자녀가 3남 2녀라는 걸 알아도 굳이 그들의 이름과 얼굴이 궁금하지 않았다. 막말로 그냥 남이었다.

조금 진정이 되자 우진은 새삼스러운 시선으로 셀레나를 보았다. 처음 보았을 때 왜 알아보지 못했나 싶을 정도로 그녀는 랜스키를 많이 닮았다.

조르지오는 랜스키의 유언을 그대로 받아들여 재단을 만들어 문화 사업에 공헌하고 있었다. 마피아 사업은 접고 랜스키가 추진했던 무기 사업으로의 전환을 성공적으로 이루기도 했다. 진정한 돈 랜스키의 계승자라 불리는 조르지오의 행보는 음지를 벗어난 양지로의 완벽한 전환이자, 콘스차 가문의 새로운 개혁이었다.

그러나 우진은 누구보다 콘스차 가문의 본질에 대해 잘 알고 있었다. 근 30년 동안 콘스차를 이루는 외관은 변했어도 그들의 뼈대는 그대로일 터였다. 미국의 지하를 지배하던 이들이 그저 땅 위로 올라왔을 뿐이다. 하는 일이 세금 잘 내고 합법적으로 변화했다고 해서 지하의 괴물이 햇빛을 사랑하는 건 아니었다.

그런 의미에서 우진은 더스틴이 대단하단 생각을 했다. 아마도 그에게 있어 셀레나의 배경은 중요하지 않았을 것이다.

사랑이 죄는 아니지만 상대가 너무 나빴다. 셀레나 콘스차는 더스틴에게는 조금도 도움이 되지 않는 최악의 조건을 갖추고 있었다.

그제야 셀레나가 더스틴의 마음을 받아주지 못한 이유를 알 것만 같았다. 그녀도 잘 알 것이다. 저 금빛으로 찬란한 청년에게 콘스차라는 괴물을 입히면 어떻게 될지 상상만 해도 끔찍했다.

사람은 끼리끼리 만나야 하고 더스틴의 순수함이 상처받지 않기를 바라는 마음에서, 우진은 친구로서 이 관계를 반대하고 싶었다. 반대한다고 해서 영향이 있는 것도 아니고 그럴 만한 자격이 있는 것도 아니지만, 왠지 방해하고 싶었다.

{이건 내 눈에 흙이 들어와도 안 돼!}

우진은 더스틴을 똑바로 바라보고 외쳤다. 정말 이 만남은 찬성할 수가 없었다. 어느 누가 더스틴처럼 여자들에게 인기 많고 술 좋아하는 남자와 증손녀의 사이를 허락할까 싶었다. 셀레나의 가족이라면 더스틴은 반대할 수밖에 없는 조건들로 가득한 남자였다.

솔직히 말해서 셀레나가 너무 아까웠다.

"응?"

자연스럽게 흘러가는 의식의 흐름 속에서 우진은 방금 막 자신이 한 생각에 놀라 눈을 크게 떴다. 반대하는 건 처음과 마찬가지인데 어느새 두 사람을 바라보고 평가하는 태도가 묘하게 바뀐 것이다.

우진이 한 말을 들었으나 그 의미를 이해하지 못한 더스틴과 셀레나가 그를 빤히 보고 있는 와중에 우진은 깨달았다. 셀레나가 랜스키의 증손녀라는 것을 알게 된 순간부터 이성적인 사고와 잣대는 무의미해지고 말았다. 더는 그녀를 친구가 짝사랑하는 여자로 볼 수가 없게 된 것이다.

대신 우진은 냉정한 눈으로 더스틴을 감정하고 있었다.

그리고 아직 사귀지도 않은 두 사람 앞에서 우진은 '난 이 결혼 반댈세!' 부터 외치고 있었다. 더스틴은 증손녀 사윗감으로 절대 안 된다고 말이다.

$$\blacklozenge \quad \blacklozenge\blacklozenge\blacklozenge \quad \blacklozenge$$

LA의 거리는 우진이 기억하는 30년 전의 모습과 많이 달라 있었다. 건물은 그대로인 경우는 많지만 그곳의 쓰임이 달라져서 아예 다르게 변해 있기도 했다.

"예전엔 이곳이 사창가 거리였는데……."

뉴욕이 주 거주지이며 활동 무대였던 랜스키는 LA를 여러 번 방문한 적이 있었다. 그는 이곳 특유의 자유로움과 문화의 다채로움을 굉장히 사랑했다. 하지만 LA에 오면 만나야만 하는 인사 중에 꼭 이곳 거리로 랜스키를 데리고 오는 이가 있었다.

가업을 이어받으면서 특유의 결벽증 때문에 매춘 사업을 접은 랜스키에게 자신의 사업을 자랑하기 위해서였다. 매춘이 얼마나 많은 돈을 벌어오는지 눈으로 확인하고 마음을 고쳐먹으라는 의도이기도 했다.

당시 랜스키는 결벽증을 내보이면 지는 것 같아서 고상하지 못한 사업과 푼돈 팔이라고 매춘을 비하했다. 크게 틀린 말은 아니었지만, 상대는 굉장히 자존심 상해하며 그 반발로 더욱 랜스키를 이 거리로 초대했다.

드세고 천박했던 남자였다. 가까이 있으면 정제되지 않은 진한 시가 향과 위스키 냄새 때문에 나란히 있다 보면 머리가 아플 지경이었다. 그래서 더는 그를 보지 않을 방법으로 그의 자금줄을 막아버렸다.

실상 그의 주 수입은 마약이었다. 매춘은 마약의 유통을 점조직으로 이용하기 위한 도구에 지나지 않았던 것이다. 랜스키는 먼저 그의 마약 제조자들을 제거하고, 원료가 들어오는 모든 통로를 막아버렸다.

이 거리를 지배하던 자의 몰락으로 한때 이곳은 무법천지가 된 적이 있었다. 통제가 되지 않았으며 하루가 멀다 하고 일일천하로 주인이 바뀌었다.

랜스키는 멀리서 이를 관망하며 느긋이 와인을 마셨던 기억이 있다. 당시엔 화려한 네온사인과 분위기 있는 재즈 음악이 길거리를 장식했고, 숨이 막힐 것 같던 싸구려 향수가 후각을 마비시키던 이 거리에 대한 기억 중에 좋은 것은 거의 없었다.

그런데도 지금 이곳을 찾은 것은 셀레나를 만난 영향이 컸다. 그녀를 만나고 랜스키의 삶을 돌아보고, LA에 관한 기억을 찾다가 자연스럽게 발걸음이 이곳을 향한 것이다. 세월이 지난 만큼 이곳의 사정이 크게 변하였기에 가벼운 마음으로 찾을 수 있기도 했다.

이곳은 이제 사창가가 아닌 오래된 건물들이 추억을 파는 문화의 거리가 되어 있었다.

재미있는 점은 이곳을 이렇게 변화시킨 주체가 바로 콘스차 문화 재단이라는 것이다. 정확히는 셀레나가 이사장이 되면서 건설적으로 추진한 사업이기도 했다.

{능력도 좋아.}

우진은 저도 모르게 뿌듯한 표정을 한 채, 한때 LA의 할렘이었고 무법천지였지만 이제는 가난한 예술가들의 쉼터가 된 길거리를 구경했다. 카페와 식당들, 옷과 오래된 골동품을 파는 정체불명의 가게들, 작은 화방과 공방들을 지나던 우진은 한 건물 앞에서 걸음을 멈췄다.

다른 건물들은 1층에 여러 개의 작은 가게들이 있는 것과는 달리, 이곳은 1층 전체를 서점으로 사용하고 있었다.

"피앙세."

예전 이 자리에는 피앙세라는 술집이 있었다.

술과 여자를 팔고 그밖에도 손님이 원하는 건 무엇이든지 팔았다. 피앙세에서 살 수 없는 건 세상에 아무것도 없다는 말이 나올 정도였다. 그리고 랜스키는 이 거리를 방문한 모든 날을 통틀어 피앙세에서 처음이자 마지막으로 단 한 번, 사람을 샀었다.

정확히는 11살 남자애였다.

"L……."

사창가의 여자들에게서 태어난 아이들의 이름은 참으로 구차했다. 가게마다 태어난 순서대로 그냥 알파벳을 붙였다. 그렇게 Z까지 끝나면 다시 A로 시작했다.

거리에는 출생한 가게가 다른, 똑같은 이름을 가진 아이들 천지였다. A에서 Z로 끝나고 다시 시작하는 도돌이표가 그들의 미래를 의미하기도 했다.

결국은 태어난 곳을 벗어나지 못하고 어머니와 똑같은 삶을 살아야만 하던 아이들의 눈은 모두가 죽어 있었다. 이 거리를 찾던 대부분이 그랬듯 랜스키 역시 그런 아이들에게는 관심이 없었다.

그랬던 랜스키가 이곳에서 유일하게 관심을 가졌던 사람이 바로 L이었다.

L은 굉장히 흥미로운 소년이었다. 그 관심이 결국 피앙세의 사장에게서 L을 사게 했다. 피앙세에서는 돈으로 해결하는 게 가장 편한 방법이었고, 랜스키는 L을 위해서 기꺼이 돈을 지급했다.

그러고 보니 랜스키가 이 거리를 완전히 없애고 싶어 했던 이유 중 하나에 L도 속했었다. L이 자라면서 과거의 흔적을 지워주고 싶었던 나름의 배려이고 선물이었다.

이렇듯 누군가의 처절한 과거를 품었던 곳이 지금은 서점으로 변해 있었다. 서점은 중고 서적을 사고파는 곳으로, 오래된 책 냄새로 가득했다.

가게 안으로 한 발 내딛자마자 예전과 달라진 향기가 그를 반겼다. 더는 싸구려 향수와 위스키 냄새가 없었고, 끈적끈적한 목소리로 의미 없는 가사들을 흥얼거리던 엉터리 가수 대신에 엘튼 존의 노래가 오래된 라디오에서 흘러나오고 있었다.

손님이 가게 안으로 들어왔는데도 60대로 보이는 주인은 유독 편안해 보이는 소파에 등을 기대며 눈을 감고 있었다. 그러나 음악에 맞춰 까닥거리는 손가락을 보면 잠들지 않았다는 걸 알 수 있었다. 주인이 손님을 신경 쓰지 않았기에 우진도 편하게 서점을 둘러보았다.

책장과 책장 사이, 빈틈이 있는 곳조차 빼곡히 쌓여 있는 책들 사이를 조심히 지나면서 우진은 점점 안쪽으로 들어갔다.

한참을 들어가 이제는 책장으로 가득한 한쪽 벽을 마주 바라보고 섰다. 이곳은 원래가 피앙세에서도 구석에 있는 자리였다.

랜스키가 이곳, 피앙세 안쪽까지 들어왔던 적이 유일하게 한 번 있었다. 이유는 러시아의 마지막 황제인 니콜라스 2세가 소장했다는 권총이 이곳에 있다는 정보를 듣고서였다. 대체 그런 게 어떻게 이곳까지 오게 되었나 싶었지만, 피앙세였기에 한편으론 수긍이 갔다.

그런데 웃기게도 랜스키의 시선을 사로잡은 것은 아름다웠던 황제의 권총이 아닌 벽 구석에 써진 글귀였다. 시 같기도 하고 낙서와도 같았던 그 글은 벽 쪽 아래 거의 눈에 띄지 않는 곳에 있었다.

"아마 이쯤이었지."

우진은 쪼그리고 앉아서 그때의 위치를 가늠해 보았다. 11살 남자애가 벽에 쪼그리고 앉아서 연필도 펜도 없이 손가락에서 흐르던 피로 썼던 문구들. 철자와 문법이 맞지 않았어도 뜻은 알 수가 있었던 처절한 절규가 아직도 눈에 선했다.

{찾는 책이라도 있나?}

언제 왔는지 서점 주인은 우진의 옆에 서서 아래를 내려다보고 있었다. 그러나 그의 시선은 우진이 아닌 그가 바라보는 곳이었다.

{아닙니다. 그냥 구경하다가…….}

우진은 주인을 의식하며 책장으로 손을 뻗었다. 쭈그리고 앉아 있는 위치에서 시선을 조금 아래로 둔 채로, 낙서가 있었던 부분에서 책 한 권을 꺼냈다. 검은 바탕의 책 표지에 하얀 바탕체로 쓰인 책의 제목은 '백의 고백'이었다.

우진도 아는 소설이었다. 워낙에 유명한 소설이라 우진도 여러 번 읽으려고 도전한 소설이었지만 매번 삼분의 일을 넘기지 못했다. 감정적인 소비가 너무 심했고, 그로선 받아들이기 힘든 주인공의 광기에 끝내 포기하고 말았던 책이다.

하필 잡아도 이 책인가 싶다가 우진은 도로 넣지 않고 마저 꺼냈다. 예전에는 못 읽었지만 이제는 읽을 수 있을 것 같았기 때문이다.

나이가 들었고 세상의 경험만큼 받아들일 수 있는 이해의 폭이 커졌다. 막말로 전생의 랜스키의 삶만 봐도 이 소설보다 더 끔찍한 것들이 많았는데 못 읽을 이유가 없었다.

{그 책은 팔지 않는 거네.}

{팔려고 놔둔 게 아닌가요?}

팔지도 않을 책을 왜 가게에다 놔뒀는지 궁금해서 서점 주인을 올려다보았으나 그의 시선은 책에만 고정되어 있었다.

{가게에 있다고 해서 그게 모두 파는 물건인가?}

{맞는 이야기지만, 팔지 않는 소중한 물건은 따로 잘 보관해 두세요. 저 같은 손님이 또 있을 수 있으니까요.}

위치가 위치이다 보니 '백의 고백'은 웬만해선 손님 눈에 띄지 않을 위치에 있었다. 50년 전 L의 낙서와도 같았다. 그러나 랜스키가 그 낙서를 보았고 우진이 책을 발견했듯, 누군가도 이곳에서 이 책을 집지 말라는 보장은 없었다.

{그래서 살 텐가?}

서점 주인은 우진의 말에 처음으로 그에게 시선을 주었다. 온기 없이 차가운 회색 눈동자를 마주한 순간, 냉혈동물을 안은 듯 우진의 몸에선 찬기가 돌았다.

{아니요.}

{……}

{대신 여기서 읽고 가겠습니다.}

우진은 아예 자리에 주저앉으며 주인에게 양해를 구했다. 시간도 넉넉하고, 책을 샀는데 또 끝까지 읽지 못하고 접는다면 아까울 것도 같았다.

그런 우진을 보며 주인은 아무런 대답도 하지 않고 이내 돌아섰다. 팔지는 않겠지만, 이곳에서 읽는 것은 괜찮다는 무언의 승낙이었다. 서점을 찾는 이들이 이렇게 시간을 보내는 경우가 많아 주인 역시 크게 신경 쓰지 않는 듯했다.

우진은 책의 첫 장을 넘기며 옛날 '백의 고백'을 읽었던 당시의 감상을 되새기고 마음의 준비를 단단히 했다.

그러나 책의 도입부를 읽으면서 우진은 새삼 달라졌다는 것을 느꼈다. 그가 옛날에 읽었던 것은 '백의 고백'의 번역본이었다. 그런데 작가의 모국어인 영어로 바로 읽으니 느낌이 확달랐다. 번역본보다 더 잔인하고 광기 어린 표현들에 속이 울렁거리기도 했다. 사람들이 왜 이 소설에 열광하는지 도저히 이해할 수 없으면서도 우진은 그래도 책을 계속 읽었다.

어쩌면 가장 많이 변한 것은 바로 소설을 읽고 있는 우진 본인이었다.

어느새 예전에 그가 읽다가 포기한 부분에 다다르자 숨을 돌리기 위해 고개를 들었다. 처음 들어왔을 때보다 환해진 천장의 전등 불빛을 보고 시간을 확인해 봤다. 단숨에 3시간이 흘러 있었다. 창이 없어서 밖이 보이지 않았지만 이미 어둑해질 시간이었다. 몰두하며 읽다 보니 어느덧 시간이 이렇게 지나가 버렸다.

우진은 읽기 싫어서가 아니라 시간이 없어서 책을 덮어야만 했다. 책을 제자리에 꽂으면서 우진은 아쉬움에 더 읽고 싶다는 생각을 했다.

{다음에 와서 마저 읽어도 되나요?}

내일은 안 되고 며칠 후에 다시 와서 읽겠다는 우진의 물음에도 서점 주인은 아무런 반응이 없었다. 눈을 감고 꼼짝도 안하는 서점 주인에게 우진은 인사를 했다.

{안녕히 계세요. 다음에 또 오겠습니다.}

들어올 때 들리던 엘튼 존의 노래 대신에, 지금은 그의 등 뒤로 사라 브라이트만의 'Nella Fantasia'가 흘러나오고 있었다.

◆　◆◆◆　◆

우진이 두 번째로 서점을 찾은 날, 그는 안으로 들어가기 전에 간판 먼저 올려다보았다. 전날 호텔로 돌아가고 나서 서점 이름을 모른다는 걸 뒤늦게 깨닫고는 이번엔 서점 간판을 일부러 찾아본 것이다.

"2월 9일?"

재밌게도 서점 이름은 특정 날짜였다. 아마도 주인에게는 2월 9일이 특별한 날로 의미가 있는 날인 듯싶었다. 우진이 가게 안을 들어서자 주인은 이번에도 라디오를 틀고 의자에 앉아 눈을 감고 있었다.

{안녕하세요. 저 또 왔습니다. 책 좀 읽고 갈게요.}

여전히 아무런 반응을 보이지 않는 주인장을 지나 안으로 들어간 우진은 '백의 고백'을 찾아 다시 이어서 읽었다.

이렇게 두 번째로 찾아올 요량이면 그냥 책을 사는 게 더 나았을지도 몰랐다. 서점에 책 읽으러 간다는 말에 사람들의 반응도 하나같이 쓸데없는 짓을 한다는 투였다. 우진도 딱히 변명하지 않고 이에 동의했다. 오가는 시간이 아깝고, 서점 바닥에 주저앉아서 책을 읽는 자세도 불편했다.

그런데도 이런 선택을 하는 것은 책을 읽는 이 공간이 너무 완벽해서다.

옛날의 피앙세는 이제 없었다. 이곳에는 L도 없고 랜스키도 없었다.

이곳을 찾으면 세월이 흐른 만큼 변화한 세상을 만날 수 있었다. '백의 고백'을 읽는다는 것은 랜스키가 존재하지 않는 세계를 확인하고 싶은 핑계에 불과했다. 죽은 자의 기억이 감정을 불러내는 것을 막기 위해선 이곳보다 좋은 데가 없었다.

시간이 지나, 책의 마지막 삼분의 일 정도를 남기고 우진은 일어서야 했다. 다 읽지 못한 책을 도로 꽂아 넣고 대신에 다른 책장에 꽂힌 책을 아무거나 골라잡았다. 서점에서 책만 읽고 가는 게 미안해서 뭐라도 팔아줘야겠다 생각한 것이다.

아무렇게나 고른 3달러짜리 중고 서적을 사고, 며칠 후에 우진은 다시 서점을 찾았다.

{……?}

주인장은 우진이 내민 작은 바구니를 보며 미간을 찌푸렸다. 작은 바구니 안에는 알록달록한 포장지에 싸인 초콜릿으로 가득했다.

{오늘이 이곳을 찾는 마지막 날이라서요. 제가 내일 우리나라로 돌아가는데 고맙기도 하고, 마침 오늘이 2월 9일이기도 해서요.}

아직 촬영이 완전히 끝난 것은 아니었다. 앞으로 십여 일 동안 한국에서 남은 촬영이 있었고, 그 이후에도 LA에 다시 와야만 하는 일정이었다.

하지만 다시 이곳을 찾을 일은 없을 것 같아서 우진은 주인장에게 인사치레로 초콜릿을 준비했다. 곧 밸런타인데이이기도 하고, 서점 이름처럼 오늘이 2월 9일이라 일부러 챙긴 것이다.

카운터 한쪽에 바구니를 놓은 우진은 석상처럼 가만히 있는 주인장을 뒤로하고 다시 책을 읽기 위해 안으로 들어갔다. 다행히 남아 있는 부분이 오늘 안에 읽기 충분한 분량이었다.

확실히 어릴 적에 읽었을 때와는 느낌이 달랐다. 당시에는 문구를 그대로 해석해서 머리로 상상하는 바람에 읽기가 힘들었다.

그런데 이제는 읽는 내내 '왜?'라는 의문이 계속 떠올랐다.

왜 로이드는 이렇게 광기에 어리고 처절해야만 했을까.

알비노인 로이드가 세상에 적응하지 못하고 배척당했다는 이유만으로는 설득이 되지 않는다. 어쩌면 타고난 광인일 수도 있고, 환경에 의해 만들어진 범죄자일 수도 있었다.

한 장, 한 장, 넘길수록 많은 생각과 의문 때문에 책에 대한 이해가 깊어지면서 '어쩌면?'이라는 이해가 들었다.

그리고 소설은 겨우 마지막 장을 남겨두고 로이드의 심정을 독자에게 알려줬다.

나도 색(color)을 가지고 싶었어.

붉은 눈동자와 하얀 피부와 머리칼을 가진 로이드는 남들과 같은 색을 가지고 싶었을 뿐이었다.

그러나 타인의 피로 물들어진 손은 여전히 창백하고 하얗다. 어떤 것으로도 변하지 않는 자신의 색을 처절하게 알게 된 '백의 고백'이었다.

책을 덮은 우진은 멍해진 머릿속을 어찌지 못하고 오랫동안 그렇게 가만히 있어야만 했다. 두 손으로 책을 꼭 쥐고 있다가 등을 기대고 있던 책장을 돌아보았다.

이제는 없어졌을, 책장 너머 벽에 있었던 그 붉은 글자들이 떠올랐다.

{나는 L이 아니다. 그런데 아무도 그 이름조차 불러주지 않

는다.}

그 순간 우진의 위로 검은 그림자가 드리워졌다. 고개를 들어 보니 소리도 없이 주인장이 또 우진의 앞에 서 있었다.

그런데 늘 냉랭하고 무표정하던 주인장의 얼굴이 잔뜩 일그러져 있었다.

{너… 누구냐?}

# 남아 있는 사람들

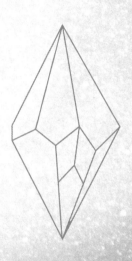

L이 태어난 곳은 '천사들의 위로' 라 불리던 거리에 자리한 피앙세라는 술집이었다. 천사의 위로와 피앙세, 아름답고 낭만적인 단어로 꾸며놓은 그곳에는 정작 천사와 사랑이 없었다.

　L의 마마는 피앙세에서 일하는 매춘부였다. 술과 마약이 없으면 하루를 버티지 못하고 발작을 일으키곤 했다. 그럴 때마다 어린 L은 바깥 눈치를 보며 그녀를 진정시키려 했지만 쉽지가 않았다. 약과 술로 끼니를 대신하며 앙상한 고목처럼 말라 버린 몸인데도 어린아이의 힘으론 도저히 막을 수가 없었다.

　그러다 결국 소동을 눈치채고 들어온 가드들에게 언어맞고 의식을 잃고 나서야 마마는 진정이 되었다. 진정이라 헤봤자 그냥 무작정 때려서 기절시켰다는 게 옳은 표현이었다.

어린 L에게 있어 세상이란 이랬다. 남들도 다 이렇게 사는 줄 알아서 특별히 불만이랄 것도 없었다. 어느 날 마마가 아침에 일어나지 못하고 가드들이 시트로 싸서 데리고 나갔을 때도 이번에는 우리 차례인가 보다고 덤덤하게 생각했다. 피앙세에서 일하던 다른 마마들이 그렇게 어느 날 갑자기 사라지고 더는 볼 수 없었던 것처럼 말이다.

죽음이란 의미도 모르고 L은 그렇게 건조하게 마마와 작별했다. 하루 정도 잠시 울적하긴 했지만, 당장 한 끼가 급했기에 가게 잡일을 돕다 보면 하루가 훌쩍 지나 있었다. 슬픔에 못지않게 그리움이란 단어조차 몰랐다.

L이 '피앙세'가 이상한 세계라고 깨닫게 된 것은 TV를 보면서부터였다. 어릴 때는 형과 누나들에게 밀려서 TV 가까이에는 가지도 못했다. 형 누나들이 방송을 보는 동안에는 그들이 해야 했던 잡일을 대신하는 게 어린아이들의 몫이었다.

그러다 어느 날, 형과 누나들이 가게에서 갑자기 사라지고 아이들이 TV를 차지하게 되었다. 처음으로 본 만화와 드라마에 아이들이 재밌어서 무작정 푹 빠진 것과 다르게, L은 피앙세와 바깥세상의 괴리를 깨닫고 의문을 품게 되었다. 드라마 속에 나오는 가족들이 피앙세에는 없었다.

드라마 속 세상을 알게 된 후로, 그전까진 한 번도 가지지 않았던 '왜?'라는 질문이 계속 L을 괴롭혔다.

왜 우리는 저들과 다르냐고 주위에 물어도 돌아오는 대답은 만화와 드라마는 현실과 다르다는 이야기였다. 왜 다르냐는 근본적인 의문이 피앙세의 아이들에게는 아예 없었다.

어느 날, 술에 취한 손님 한 명이 세상의 모든 진리는 책에 있다고 지껄이는 걸 듣고 L은 가게 안에 굴러다니는 책을 찾아보았다. 그러나 무슨 내용인지 읽을 수가 없어서 포기해야만 했다.

출생신고가 되어 있지 않은 L은 학교에 다니지 않았고 당연히 글도 알지 못했다. 그래서 아이들과 다퉈 교육 방송을 보고, 찢어진 신문을 가지고 다니면서 사람들에게 단어를 하나씩 물어봤다. 어른들이 귀찮아하면, 글을 좀 안다는 형들의 잔심부름을 해주는 대가로 얻어 배우기도 했다.

그렇게 해서 글을 배우고, 책을 읽게 된 L이 깨닫게 된 것은 자신에겐 미래가 없다는 것이었다. 자신만이 아니라 '천사들의 위로'라 불리는 거리에서 태어난 모든 아이의 운명이 같았다.

여자아이들은 마마의 길을 가고, 남자애들은 가드가 되거나 조직의 똘마니가 되어서 마약을 파는 일이나 하는 게 고작이다. 이것도 성인이 될 때까지 살아남아야지만 가능한 삶이었다.


"어제는 옆 가게의 L이 죽었어. 한 달 전엔 저 골목길 끝에 있던 L이 사라졌다더라. 이번엔 아마 네 차례일 거야."


어느 날 K가 L에게 무심코 한 말이었다. 딱히 겁을 주려거나 미워서 한 말이 아니었다. 그들에게는 매일같이 벌어지는 사건 중에서, 최근 다른 가게의 L들에게 생긴 일에 관해 말했을 뿐이었다. 조심하란 충고나 걱정도 아닌 이번엔 네 차례이니 미리 작별이나 하겠다는 인사에 불과했다. 이렇듯 그들은 건조하고 서로에게 무의미한 존재들이었다.

하지만 L은 그런 소릴 듣고 아무렇지도 않을 수가 없었다. 이제 죽음이 뭔지 알게 된 L은 살고 싶었고, 자신의 이름이 L이라는 게 너무나 무섭고 싫었다. 하루하루를 살며 내일이 오는 게 두려웠다. 그래서 혹여 어딘가에서 자신의 이름이 불릴까 긴장하며 살았다.

그리고 어느 날 깨달은 사실 하나, 누구도 자신의 이름을 불러주지 않는다는 걸 알았다. 야, 너, 꼬맹이가 피앙세에 있는 아이들의 이름이자 L을 부르는 호칭이었다.

마마가 살아 있을 당시에, 그녀가 간혹 제정신이었을 때면 다정하게 부르던 이름은 이제 아무도 불러주지 않았다. K조차 '네가 L이었지?' 정도로 언급했던 것이 다였다. 우습게도 여태 불러주는 사람도 없었는데 불릴까 봐 무서워하는 상황이었다.

한번 자각하자 한 번쯤은 마마가 불러주던 것처럼 누군가가 그렇게 자기를 불러주는 걸 듣고 싶어졌다.


나는 L이 아니다. 그런데 아무도 그 이름조차 불러주지 않는다.


깨진 술병을 치우다가 손가락에 피가 난 L은 가게의 구석 안쪽에 쪼그리고 앉아서 벽에 낙서를 했다. 펜과 종이가 없어서 지저분한 가게의 벽이 종이를 대신하고, 상처 난 손가락에서 흐르는 피가 펜이 되었다. 죽고 싶지 않아서 L을 부정하면서, 그 이름을 불러줬던 마마가 너무도 보고 싶었다.

이번에는 자기 차례일 거라고, 어른이 되기 전에 자신도 마마처럼 죽을 것이라 생각했던 L에게 미래는 없었다. 열한 살이었던 2월 9일, 그날이 될 때까지 말이다.

"네가 L이냐?"

2월 9일, 부엌에서 잔심부름하던 L을 가드가 찾을 때만 해도 이제야 그때가 왔나 보다 하고 생각하며 부들부들 떨었다. 그리고 피앙세에선 절대 볼 수 없었던 고급스러운 옷차림의 할아버지 앞에 불려 나갔을 때는 고개조차 들지 못했다. 할아버지가 L의 이름을 묻자 혀를 깨물며 눈을 꼭 감아버렸다.

참다못한 가드가 뒤에서 툭툭 치는 바람에 억지로 고개를 끄덕여야만 했다.

"L."

"……?"

그런데 할아버지는 그냥 L의 이름만 불렀다. 조금 이상하다고 생각해서 고개를 들어 할아버지를 보았다.

검은 머리카락 사이로 섞여 있는 은발이 꽤 멋스럽고 우아해 보였다. 멀리서 보았을 때는 흰머리 때문에 할아버지라 여겼는데 가까이서 보니 그렇게 나이 들어 보이지 않았다. L과 눈이 마주치자 할아버지의 보랏빛 눈동자가 생기 있게 반짝이는 게 마치 보석 같았다.

지금껏 이렇게 맑고 반짝이는 눈동자를 가진 사람은 본 적이 없어서 L이 멍하니 쳐다보자, 그는 웃으며 손가락으로 벽을 가리켰다.

할아버지가 가리킨 곳에서 자기가 썼던 낙서를 발견한 L은 기겁하며 어깨를 잔뜩 움츠렸다. 할아버지 옆에 있던 사장님의 얼굴이 일그러진 걸 보면 벽에 낙서한 게 문제가 된 모양이었다.

"깨끗이 지울게요."
"당연하지!"

L의 자백에 사장님은 언성을 높이며 식식거렸다. 그러나 할아버지가 오른손을 살짝 들어 보이자 이내 조용해졌다. 본능적으로 할아버지가 높은 분이라는 걸 눈치챈 L이 비굴한 표정을 지으며 용서해 달라고 빌었다.

"L."
"······."
"L."

할아버지는 용서나 야단 대신 계속 L의 이름을 불러서 처음엔 저 사람이 뭐 하나 싶었다. 그런데 전혀 자상하지도 않고 온기도 없는 그 부름에 이상하게 가슴속에서 뜨거운 것이 울컥하고 올라왔다.

그 열기는 계속 위로 올라가서 눈으로 빠져나왔다. 뚝뚝, 흘러내리는 눈물을 닦을 생각도 않고 L은 마마 이후 오랜만에 제 이름을 불러준 이를 올려다보았다.

L은 울면서 계속 고개를 끄덕였다. 어차피 죽는다면 누군가 이렇게 이름을 불러주는 이 순간이 가장 행복할 것 같았다.

외롭지 않은 죽음, 열한 살인 L이 상상하는 최고의 죽음이었다.

"이 아이는 얼마인가? 이거랑 같이 사지."

자세히 보니 할아버지의 손에는 굉장히 화려하고 아름다운 권총이 있었다. 그걸 사장님에게 보이며 L과 함께 살 테니 계산해 보라고 말했다. 어찌 된 사정인지 몰라 L이 주위를 둘러봐도 어린아이에게는 아무도 신경 쓰지 않았다.

사장님이 좋아하는 얼굴을 보면 분명 좋은 일은 아닐 것 같았다. 그가 기뻐하는 일치고 피앙세의 아이들에게 좋은 일이 생겼던 일은 한 번도 없었다.

침울해하는 L에게 할아버지가 가까이 오라고 손짓했다. 가기 싫은데 그렇지 않으면 여기서 바로 죽여 버릴 것 같아서 주저하며 그의 앞으로 걸어갔다.

가까이에서 보는 할아버지의 얼굴은 근엄하고 무서웠다. 자리에서 일어난 할아버지는 너무도 거대해서 괜히 주눅이 든 L은 고개를 푹 숙였다. 할아버지는 L의 턱을 들어 올려 눈을 마주 보게 했다.

"널 L이라고 부르는 건 오늘이 마지막일 거다. 그러니 이제 너는 L이 아니다."

L이 아니라고 부정했던 L의 이름은 그날을 마지막으로 더는 불리지 않았다. 그렇게 할아버지는 L의 이름을 불러준 마지막 사람이 되었다. 그의 손을 잡고 피앙세를 나온 그날 이후로 L의 삶에는 미래라는 게 생겼다.

◆　　◆◆◆　　◆

매년 2월 9일이 되면 일리야는 조금은 들뜨고 슬픈 기억을 품은 채로 하루를 보냈다.

자신의 생애에 처음으로 찾아왔던 행운과 기회는 그의 삶을 바꿔놓았다. 제대로 된 교육을 받으며 인간으로서 사는 삶을 누리게 되었다.

"왜 절 그곳에서 데리고 오셨어요?"

이런 질문을 하기까지 일리야는 많이 망설였다. 랜스키가 그를 피앙세에서 데리고 와 후원해 주었다지만, 그는 편하고 좋은 사람은 아니었다. 일리야에게 랜스키는 아버지이자 할아버지이길 바랐지만, 결국 신 같던 존재였다.

그에 비해 랜스키에게 있어 일리야는 그가 후원하는 예술가 지망생들 중 한 명에 지나지 않았다. 만날 기회도 그렇게 많은 편이 아니었다. 함께 식사라도 하는 날은 일리야의 생일이나, 대학교에 수석으로 입학한 특별한 날에나 가능할 정도로 늘 바쁜 분이었다.

이제 대학생이 된 일리야는 함께 식사하는 내내 마음이 들썩이고 기분이 좋았다. 그래서 평소 어려워하던 기운을 거두고 줄곧 궁금해하던 질문을 할 수가 있었다.

"넌 내가 그곳에서 이름을 알게 된 유일한 아이였으니까."

이름을 안다는 게 그 아이를 구할 명분이 되는지 일리야는 이해하기 어려웠다. 언제나 명석하고 늘 기대에 넘어선 결과를 보여주던 일리야가 멍한 표정을 짓자, 랜스키도 잠시 옛날 일을 회상하는지 입가에 잔잔한 미소가 어렸다.

"그 거리의 아이 중에서 살고 싶다고 말하는 아이는 네가 처음이었단다. 살려달라고 말하니 살려줄 수밖에."

"전 그때 그냥 울기만 했는데요?"

"그랬던가? 난 워낙에 귀가 시끄러워서 어쩔 수 없다고 생각했지."

랜스키는 어깨를 으쓱이며 고기를 써는 데 열중했다. 어쩌면 그날의 일은 랜스키도 이성적으로 설명하기 어려운 경우였던 것 같았다.

어느 정도 변덕이 섞인 그의 선택은 일리야에게는 놀라운 기적이었고, 랜스키는 자신의 결정을 한 번도 후회한 적이 없었다.

{그러면 된 거지.}

일리야는 자신으로 인해 랜스키가 얼마나 자랑스러워했고, 기뻐했는지 잘 알기에 이만하면 되었다는 생각이 들었다.

본격적으로 일리야가 명성을 쌓고 대문호가 되는 걸 보기 전에 사망했음에도, 랜스키는 일리야의 작품을 굉장히 사랑했다.

늘 은혜를 갚아야 한다는 생각을 했었다. 사실은 그에게 아들처럼 손자처럼 사랑받고 싶은 마음이 더 컸지만, 그건 너무 큰 바람이었다. 랜스키가 사랑했던 사람은 수십 년을 함께 산 부인도 아니었고, 많은 자식과 손주들도 아니었다. 가족이라 정의된 이들 중에 오로지 한 명, 손자인 조르지오뿐이었다. 그만이 랜스키에게 특별한 존재였다.

그리고 굳이 따진다면 랜스키가 아끼는 사람에 본인도 속한다고 일리야는 자신했다. 비록 조르지오가 받았던 친애와는 비교할 수 없지만, 냉정하기로 유명한 랜스키로선 이례적으로 일리야를 아낀 것은 사실이었다.

물론 그게 일리야의 재능에서 오는 후견인으로서의 자부심과 기쁨이라는 걸 알지만, 그 역시 애정에 속하는 마음이었다.

{그래도 당신은 내게 아버지였으니까.}

굳이 나이로 따진다면 조손 관계에 가까웠지만 일리야는 언제나 혼자서 생각했다. 당신이 나의 유일한 아버지라고.

그래서 2월 9일은 일리야에게는 생일이었다. 마음으로 느끼는 것뿐만 아니라 법적으로도 생일이 맞았다. 일리야는 출생신

고가 되지 않아서 진짜 생일을 몰랐다. 기억해 주는 사람은커녕 어떠한 기록도 없어서 랜스키는 그들이 만났던 날을 출생일로 정했다. 새로운 탄생이었고 진실로 생명을 얻은 날이었다.

나이가 들면 생일은 아무 의미가 없다는데, 일리야는 언제나 이날이 되면 싱숭생숭하면서 괜히 즐거웠다. 그래서 사람이 싫은 일리야조차 이날은 조금 너그러워졌다.

｛이것도 생일 선물이라면 선물이군.｝

일리야는 손님에게서 받은 바구니에서 초콜릿을 하나 꺼내 입에 넣었다. 커피와 함께 먹으니 달콤쌉쌀한 맛이 좋았다. 자연스레 손님이 들어갔던 안쪽으로 시선이 돌아갔다. 이곳을 찾는 대부분이 거기까지는 잘 들어가지 않는데 특이한 손님이었다.

저 손님은 처음부터 목적지로 정해놓은 듯 바로 안으로 들어갔다.

이상하게 신경이 쓰여 가보니 손님은 그날의 낙서가 있던 곳을 보고 있었다. 게다가 고른다고 꺼낸 책이 바로 '백의 고백'이었다. 일리야는 물론 손님조차 곤란한 표정을 지었다. 얼굴을 보면 별로 읽고 싶지 않은 게 역력했다.

'백의 고백'은 기호가 명백해서 엄청 싫어하거나 읽다가 포기한 이들이 많았기에, 손님 같은 반응은 흔했다. 읽고 가겠다는 손님을 비웃었는데 그는 며칠 후에 다시 찾아왔다. 두 번째로 왔을 때는 책만 읽고 가는 게 미안했던지 책을 사 갔는데, 우연히도 일리야의 세 번째 작품이었다.

그 책은 랜스키가 읽었던 일리야의 공식 발표작 중의 마지막 작품이었다. 알고 그런 게 아닐 테지만 손님은 꼭 랜스키와의 추억을 자극했다.

시간을 보니 슬슬 손님이 책을 다 읽을 시간이었다. 내일 고국으로 돌아간다 하고, 이렇게 선물까지 받았으니 무어라도 보답할 생각이었다.

자리에서 일어나며 일리야는 손님에게 그가 읽었던 '백의 고백'을 줘야겠다고 생각했다. 그 자리에다 꽂아놓은 '백의 고백'은 초판 1쇄라는 것 말고 특별한 의미는 없었다. 그마저도 1쇄는 아직 그에게 여러 권 남아 있었다. 그 자리를 차지하는 책이 '백의 고백'인 것이 중요하지 다른 것은 중요하지 않았다.

일리야는 오늘 같은 날은 자신도 누군가에게 선행을 베풀고 싶었다. 비록 상대방은 자신이 '백의 고백' 저자에게 직접 책을 받았다는 건 모를 테지만 말이다.

예상대로 손님은 책의 마지막 한 장을 남겨두고 있었다. 일리야는 조용히 건너편 책장에 등을 기대고 손님을 찬찬히 관찰했다. 시시각각 변하는 손님의 얼굴이 책에 대한 감상평을 대신했다.

마지막 장에 이르러선 충격을 받은 듯 멍하니 있는 손님을 보며 일리야는 작가로서 묘한 충족감을 느꼈다. 하지만 그의 고무된 감정은 이내 충격으로 변했다.

{나는 L이 아니다. 그런데 아무도 그 이름조차 불러주지 않는다.}

손님은 어언 50년 전에 L이 낙서를 썼던 그 자리를 뚫어지게 바라보며 중얼거렸다. 그 문장을 아는 자는 이 세상에 이제 일리야 혼자였다. 물론 당시 피앙세 안에 있던 이들 역시 그 문구를 읽어보았겠지만, 그들의 나이를 가늠하면 살아 있기가 힘들다.

딱히 자손에게 물려줄 명문도 아니었고, 그들에게는 한낱 의미 없는 낙서일 텐데 지금 저 손님같이 젊은 사람에게까지 전해질 이유가 없었다. 무엇보다 손님의 시선은 낙서가 있었던 곳을 정확히 짚고 있었다.

마치 그곳에 무엇이 있었는지 알고 있다는 듯이.

{너… 누구냐?}

인기척을 느끼고 고개를 든 손님을 노려보며 일리야는 질문했다. 대체 누구이기에 '우리'만이 아는 과거를 알고 있느냐고, 당장에라도 멱살을 잡고 따지고 싶었다. 하지만 너무 당황하면 사람이 아무것도 하지 못한다는 걸 새삼 깨달았다.

일리야가 동요하는 만큼 손님도 아연한 얼굴로 뚫어져라, 그를 보고 있었다.

초반엔 일리야의 격한 반응을 이해하지 못한 듯했다. 눈동자에 의문이 가득하던 손님은 일리야의 얼굴을 하나씩 뜯어보다가 갑자기 동요를 일으켰다. 당혹, 낭패, 격정 등이 버무려진 손님의 얼굴은 그러나 빠르게 진정을 찾아갔다.

그리고 아무것도 모르겠다는 얼굴로 고개까지 갸웃거리며 오히려 되묻는 것이 아닌가.

{누구냐, 라니, 제 이름을 물으신 겁니까?}

{아까 자네 입으로 했던 그 말. 어떻게 알았나?}

{제가 무슨 말을 했습니까?}

손님은 무구한 표정으로 눈을 깜박였다. 되려 일리야가 무슨 말을 하는지 도무지 이해가 되지 않는다는 듯 굴었다. 저게 만약 연기라면 당장 배우를 해도 되겠단 생각이 들 정도였다.

{나는 L이 아니다. 그런데 아무도 그 이름조차 불러주지 않는다고 방금 자네 입으로 말하지 않았나.}

{정말요? 정말 제가 그런 말을 했습니까?}

손님은 자리에서 벌떡 일어나 호들갑을 떨었다. 자기는 정말 아무것도 모른다면서 손으로 얼굴을 감싸며 몸을 부르르 떨었다.

{설마 또 귀신이 붙은 건 아니겠죠? 혹시 이곳이 옛날 무덤 터였나요?}

손님이 하도 야단을 떠는 바람에 일리야도 정신이 없었다. 지금 손님 얼굴에 깃든 것은 공포였고, 소름이 돋는다며 손으로 팔을 감싸고 주위를 두리번거렸다. 그리고 혼잣말처럼 계속 중얼거렸다.

{이런 말 하면 믿지 않겠지만 제가 예전부터 이랬어요. 뭐에 씐 듯 저도 모르는 헛소리를 할 때가 종종 있거든요. 그래도 미국에 와서는 안 그래서, 미국 귀신하고는 안 맞는 줄 알고 안심했는데 그게 아니었어! 정말 제가 이상한 소리 한 게 맞나요?}

{내 귀로 분명히 들었네.}

{에이씨! 또 했네, 했어!}

손님이 머리까지 쥐어뜯으며 괴로워하는 바람에 일리야는 두어 걸음 뒤로 물러났다. 너무도 절실하고 박진감 넘치게 반응하는 바람에 손님의 말이 진실인 것처럼 보였다.

글을 쓰기 위해 무작정 자료들을 수집하던 과정에서 일리야는 귀신에게 씐 현상을 보인 사람들의 이야기에 관해 들은 적이 있었다. 굉장히 흥미로운 주제라 그들의 증상과 원인을 따로 조사해 본 적도 있었다. 그래서 손님이 말하는 이야기는 일리야에게 그리 낯선 주제가 아니었다.

{무서워서 더는 못 있겠네요. 그동안 정말 감사했습니다. 책도 읽게 해주고, 잘 지내는 것 같아서 정말 안심입니다.}

손님은 일리야가 저지할 새도 주지 않고 그의 손을 잡고 흔들면서 횡설수설했다. 그리고 왠지 낯익은 미소를 보이며 잠시 그를 보더니 정식으로 작별 인사를 했다.

{다시는 이곳에 못 올 겁니다. 언제나 건강하고 행복하세요. 그리고 생일 축하드립니다.}

진심이 깃든 인사에 일리야는 잠시 머뭇거렸다. 그리고 그가 정신을 차릴 때쯤에 손님은 서점 밖을 나가고 있었다. 애초에 손님에게 책을 선물하려던 걸 기억해 낸 일리야는 손님을 붙잡으려다가 멈췄다.

{생일?}

분명 그는 일리야에게 생일 축하한다는 말을 했다.

일리야 터너의 생일이 2월 9일이라는 건 그의 팬도 잘 모르는 사실이었다. 공식적으로 생일을 언급했던 적이 없으니 그와 개인적인 친분을 가지지 않는 한 알 수 없는 사항이었다. 손님이 서점 주인과 일리야 터너가 동일인이라는 걸 아는지는 모르겠지만, 적어도 그의 생일을 알고 축하까지 했다.

이번에는 일리야가 소름 끼쳐 할 상황이었다. 정말 저 손님에게 귀신이라도 씐 건가.

그렇다면 과연 그 귀신은 누구의 혼일까.

{콜린!}

{네!}

{방금 그 청년 뒤를 쫓아가서 누구인지 알아봐.}

일리야는 언제나 그의 주변에 대기 중이던 비서를 불렀다. 싫어하는 그에게 셀레나가 강제로 붙인 비서였다. 평상시에는 서점 안쪽에 있는 듯 없는 듯 지내서, 일리야도 가끔은 그 존재를 까먹고 지낼 때가 있었다.

전혀 도움도 안 되는 인간을 왜 옆에 둬야 하는지 한심할 때가 많았는데 오늘 드디어 필요한 날이 왔다.

◆　◆◆◆　◆

서점을 뛰쳐나온 우진은 무슨 생각으로 호텔로 돌아왔는지 모를 정도였다. 이마에 땀이 흥건한 그를 보고 강호수가 놀라 물었는데 그냥 괜찮다고 가볍게 손만 휘휘 내저었다.

"삼십 년이나 지났으니 못 알아볼 수밖에……."

서점 주인이 일리야일 줄 우진은 상상도 못 했다. 자신을 빤히 쳐다보는 회색 눈동자를 보고서야 30년 전의 젊었던 그를 겨우 떠올릴 수 있었다. 갈색 머리칼에 난 흰머리를 치우고, 얼굴의 주름을 하나씩 지우고 나서야 우진이 아는 일리야 터너의 얼굴이 보였다.

"그냥 편안하게 집필 활동이나 할 것이지 그곳에서 왜 서점을 하고 있냐고."

랜스키가 그의 생애 가장 위대한 업적이 '일리야 터너'가 될 거라고 자신할 정도로 아끼던 소설가가 고작 중고 서점이나 운영하고 있을 줄이야. 그것도 옛 피앙세 터전에서 말이다.

악취미인지, 아니면 과거를 완전히 극복한 나머지 그조차 추억으로 삼고 즐기는 건지는 일리야 본인이 아니니 알 수가 없었다.

"그러고 보니 이걸 가지고 와버렸네."

우진은 서점에서부터 꼭 쥐고 온 책을 내려다보며 어쩔 줄 몰라 했다. 일리야를 알아본 순간, 열심히 연기하는 데 집중하는 바람에 계속 책을 쥐고 있다는 것도 의식하지 못했다.

우진은 침대에 걸터앉아서 '백의 고백'을 뚫어지게 노려보았다. 아마 이 책을 그곳에 꽂아둔 것은 일리야 본인일 것이다.

"L. 드미트리……."

모친이 슬라브계인 L의 이름을 지어줄 때 랜스키는 일리야와 드미트리 중에서 상당히 고민했다. 결국은 당사자에게 결정하라고 해서 선택받은 이름이 일리야였다. 당시 선택받지 못한 이름이 이렇게 성으로 쓰일지는 미처 몰랐다. 이제야 아귀가 딱딱 들어맞았다.

일리야의 초창기 문체에는 정제되지 않은 감정적인 부분이 너무 많았다. 습작으로 썼던 글을 제일 먼저 읽어보며 랜스키는 그 부분을 지적하곤 했다. 작가가 너무 감정을 과잉으로 보여주면 독자는 피곤하고, 글을 따라가기 바빠서 생각할 틈이 없다며 몇 번인가 고치라고 나무랐다.

점점 정제되어 가고 깔끔해지는 일리야의 글을 보며 흐뭇하면서 기특했다. 랜스키는 일리야가 작가로서 제일 정점에 서는 순간을 보지 못했음에도 그를 자랑스러워했다. 그만큼 작가로서 그의 성공을 확신했던 것이다.

조금의 의심과 불안감도 없이 온전히 그를 믿고 후원했다. 그래서 잊고 있었는데 '백의 고백'은 초창기 일리야의 문체와 비슷했다.

그보다 더욱 세련되고, 작가 본인의 감정을 주인공에게 대입해서 독자의 마음을 움직이게 할 수 있는 기교가 생겼다는 점에서 다르지만, 분명 일리야의 글이 맞았다.

'백의 고백'은 그 옛날 랜스키가 L의 낙서에서 느꼈던 감정들과 많이 닮아 있었다. 외롭고 혼란스럽고 분노로 가득한 소년의 눈동자가 보던 세상이, 바로 '백의 고백'이었다.

"몰랐는데 많이 힘들었나 보구나."

랜스키를 만나면서부터 일리야는 언제나 웃고 있었다. 그래서 과거와 상관없이 잘 지내는 줄 알았다. 여유로워진 생활과 마음껏 공부할 수 있는 환경이 생겼으니 불만이 생길 리가 없다고 단정했다.

우진은 랜스키를 통해서 보고 느낀 일리야에 대해서만 알고 있었다. 일리야 터너가 워낙에 신비주의에 싸여 있어서 랜스키를 벗어난 그에 대해서는 알 도리가 없었다.

그래서 우진은 일리야가 '백의 고백' 같은 소설을 썼다는 게 놀라운 한편 이해가 갔다. 당시 랜스키라면 절대 이해하지 못

하겠지만, 지금의 우진은 일리야가 느꼈을 외로움까지도 어느 정도 공감할 수 있었다. 열한 살 어린애에게 필요했던 것은 돈과 좋은 환경보다 애정이었을 것이다.

랜스키의 기억을 통해 본 일리야의 눈빛은 항상 그에 대한 기대와 애정으로 가득했다. 한 번이라도 자신을 돌아봐 주길 바라던 일리야를 착한 학생, 자랑스러운 피후견인으로만 생각했던 랜스키와는 애초에 애정의 종류가 달랐다.

"이 책을 어떻게 하나."

다시 서점으로 찾아갈 용기가 없던 우진은 '백의 고백'을 두 손으로 꼭 쥔 채로 한참을 고민했다. 우편으로 돌려주면 되겠지만, 왠지 이 책을 가지고 싶었다. 어쩌면 일리야가 랜스키에게 보냈을 편지이자 고백인 이 소설을 쉬이 포기할 수가 없었다.

이런 점에서 참 골치가 아팠다.

전생의 우진이라면 사람에 대한 애정이 거의 없어서 맺고 끊는 것이 자유로웠다. 하지만 가족을 사랑하고 사람을 이해하기 시작한 우진은 이런 것에 모질게 굴 수가 없었다. 상대의 마음을 알았기에 그에 보답하고 싶고, 비록 이제는 당사자가 아니라도 최대한 이해하고 보듬고 싶었다.

현재 우진의 심정을 가장 잘 보여주는 대상이 바로 셀레나였다. 정작 랜스키가 살아 있었다면 지금 우진이 그녀에게 느끼는 가족애를 증손녀에게 가졌을지 의심스러웠다. 어쩌면 사랑하는 손자에게서 본 첫 증손녀이니 조금은 남달랐을 것도 같았다. 하지만 장담하건대 단지 그뿐이었을 것이다.

랜스키와 우진은 이렇듯 확연히 다른 사람이었다. 그런데도 우진은 랜스키의 기억을 가지고 자신의 성격과 마음으로 전생의 가족에게까지 포용력을 발휘하고 있었다. 아무래도 다른 전생들과는 다르게 바로 직전의 삶인 데다, 그와 연관된 사람들이 아직 살아 있고 이렇게 만나게 되니 감정이 무 자르듯 싹둑 잘라내기 어려웠다.

재미있는 것은 이복남매인 채우라에게는 느껴보지 못한 애틋함을 셀레나에게 느끼고 있다는 점이다. 사랑했던 손자인 조르지오의 자식이란 단순한 이유 하나로 말이다.

"누구의 자식이란 게 이렇게 중요하구나."

현재로선 생부와 조르지오에 대한 마음은 비교 자체가 되지 않았다. 그리고 자꾸만 신경이 쓰이는 일리야까지.

우진은 '백의 고백'을 캐리어 안에다가 슬며시 집어넣었다. 책을 돌려주는 대신에 우편으로 책값을 보내줘야겠다고, 저도 모르게 변명처럼 중얼거리고 있었다.

◆　　◆◆◆　　◆

일리야는 우편으로 온 책값을 보고 피식 웃고 말았다. 원래 선물로 주기로 했던 책이었기에 이렇게 값을 받지 않아도 상관없는 일이었다. 그저 손님으로선 새 책값을 보내느니, 이미 다 읽은 낡은 책을 돌려보내는 게 이익이지 않았을까 하는 계산을 했을 따름이다. 책값과 동봉한 메모에는 귀국하는 일정 때문에 직접 책을 돌려주지 못하고 책값을 대신 보낸다고 쓰여 있었다.

철자 하나하나가 굉장히 정갈한 글씨체였다. 일리야가 아는 사람 중에 이런 글씨체를 가진 사람은 없었다.

{배우였군.}

메모를 내려놓고, 이번에는 콜린이 조사해 온 보고서를 읽으며 일리야는 눈썹을 살짝 찌푸렸다. 배우가 문제인 것이 아니라, 보고서 내용에 '채우진'이 굉장히 연기를 잘한다는 평가를 받고 있다는 대목이 거슬렸다.

며칠 전에 보았던 손님의 태도와 반응이 너무나 리얼해서 거짓이라 생각하기 어려웠다. 호들갑스럽기는 했지만, 귀신에게 씌었다며 공포에 떠는 눈동자와 불안한 목소리는 진실 같았다. 그래서 일리야는 짧은 시간 동안 손님의 기구한 사연을 목격한 기분마저 들었다.

그런데 만약 그것이 연기였다면?

자신이 보고 들은 것이 무엇인지 일리야는 혼란스러웠다. 물론 손님의 말이 진실일 수 있지만, 누구냐는 질문에 그를 올려다보며 시시각각으로 변하던 얼굴 역시 잊히지 않았다.

{그건 날 알아보는 눈빛이었어.}

돌이켜 그 장면을 계속 떠올려 보고서야 일리야는 확신할 수 있었다. 처음만 해도 손님은 서점 주인이 누구인지 몰랐다. 두 번째는 물론 마지막 방문 때도 시작은 여상했고 서점 주인을 대하는 일반적인 손님에 지나지 않았다.

일리야가 정체를 묻기 직전까지 손님은 분명 아무것도 몰랐다. 관찰하듯 일리야의 이목구비를 살펴보고 나서야 무언가를 깨달은 듯 눈빛이 변했다. 아마도 그 순간에서야 손님은 서점 주인이 누구인지 알아차린 게 분명했다. 하지만 당황하던 것도 잠시 손님은 이내 부산스럽게 굴면서 귀신 이야기로 분위기를 환기했다.

그날의 장면과 주고받았던 대화가 영상처럼 머릿속에서 재생되면서 일리야는 자신이 놓친 것이 무언지 하나씩 골라냈다.

{낙서와 생일… 그날 그곳에 있었던 건 누구였을까.}

정말 랜스키의 영혼이라도 찾아왔던 것인지, 아니면 손님이 무언가를 알고 그를 놀리는 것인지 일리야는 알고 싶었다.

사실은 유령이라도 랜스키를 만났으면 하는 게 소원이었다. 인터넷으로 랜스키의 이름을 검색하면 모두가 잔혹한 역사적인 사건과 평가가 전부였다. 이런 것은 일리야가 아는 랜스키가 아니라서 무의미했다.

랜스키는 무뚝뚝하고 정이 많지는 않았지만 누구보다 문화와 예술을 사랑하던 사람이었다. 성공할 가능성이 없는 무명의 예술가들에게도 후원을 아끼지 않았다.

"일리야, 네가 대중적으로 성공하지 못하더라도 넌 나에겐 이미 위대한 작가란다."

일리야가 출간한 첫 작품을 읽고 나서 랜스키는 그렇게 말했었다. 그때 보여줬던 온화한 미소가, 비평가들의 혹평에도 불구하고 일리야가 글을 포기하지 않고 계속 쓸 수 있게 한 원동력이 되었다.

과거에 즐거운 기억이 별로 없는 남자에게는 돌이켜 볼 추억도 별로 없었다. 그마저도 모든 순간에는 아버지와 같은 랜스키가 있었다. 끝끝내 놓지 못하는 것에는 다 이유가 있는 법이었다.

{그가 찍은 작품들에 대해서 알아봐.}

남은 건 시간이라 일리야는 손님의 작품이나 하나씩 감상할 생각이었다. 손님이 일리야의 소설을 읽었으니, 이번에는 자신이 손님의 작품을 감상할 차례였다.

◆　◆◆◆　◆

비서의 난처한 얼굴을 본 순간, 셀레나는 자신의 사무실에 누가 찾아왔는지 육감으로 알 수 있었다. 굳이 대답할 필요 없다는 뜻으로 고개를 까닥이며 그냥 안으로 들어갔다.

셀레나의 의자에 앉아서 서류를 보고 있던 조르지오는 딸의 등장에 눈가에 잔주름이 생기도록 눈웃음을 지었다. 올해 육십이 되는 나이에도 웬만한 청년보다 탄탄한 육체와 세월의 흔적을 찾을 수 없는 잘생긴 얼굴이었다.

서른 살이나 어린 애인과 함께 다녀도 예상보다 외모에서 위화감이 들지 않아서 셀레나도 처음엔 굉장히 놀랐다. 여자 쪽이 나이 들어 보이는 게 아니라, 그녀의 아버지가 지나치게 젊어 보였다.

{이 동네에는 웬일이세요? 이곳은 바람 냄새도 싫으시다면서요.}

{우리 달링이 LA에는 천사만큼이나 유령이 많다면서 공포

체험을 하고 싶다기에 왔다.}

LA에는 뜻밖에 유령이 나온다는 저택이 많아서 괴담과 함께 관광 명소가 된 곳이 많았다. 결국은 애인과 LA로 여행 왔다가 겸사겸사 딸을 보러왔다는 소리였다.

{그분은 아버지와 함께 있는 것 자체가 공포라는 걸 아직 모르나 봐요?}

셀레나는 책상 앞에 손님용으로 있는 의자에 앉으면서 비소를 날렸다. 증조할아버지 때의 악명은 아니더라도 조르지오 역시 절대 만만한 이가 아니었다. 딸의 비웃음에 조르지오는 유쾌하게 웃으며 고개를 끄덕였다.

{걔가 아직 어려서 세상을 잘 몰라. 뭐, 그게 마음에 들지만.}

그러면서 레드 마피아와 비교하면 우린 착한 구세군이라고 너스레를 떨었다. 셀레나가 보기에 그 레드 마피아와 직접 거래하시는 분이 할 말은 아니었다.

{곧 네 번째 어머니를 소개받는 건가요?}

{설마! 내가 십 년 전에 깨달은 진리가 세상에 미인은 참 많다는 거란다.}

십 년 전에 세 번째 결혼을 청산하면서 얻은 진리에 대해 말하는 아버지를 보며 셀레나는 가볍게 하품을 했다.

{그래서 경험자로서 하는 말이지만, 연애는 아무하고 할 수 있어도 결혼은 끼리끼리 해야 한다.}

웃는 얼굴이었지만 딸을 바라보는 조르지오의 눈동자는 서늘했다. 손으로 입을 가리고 무료하게 하품을 하던 셀레나는 그대로 굳어버렸다. 보랏빛 눈동자만이 아버지를 향해 무언의 경고를 보냈다. 더는 아무 말도 하지 말기를 바라던 그녀의 바람은 아버지의 다음 말에 의해 무참히 무너졌다.

{더스틴, 착한 아이지. 하지만 너무 유명해. 무능하고 보잘것 없는 것까지는 참아줄 수 있지만 너무 빛나면 쓸데없이 주위까지 환해지잖니. 우리에게 그런 빛은 필요 없다.}

그럼 너무 피곤하다며 조르지오는 혀를 찼다.

첫 번째 결혼은 사랑하는 여자와 했지만 15년을 가지 못했다. 정략적인 두 번째 결혼은 처가의 사업이 망하면서 끝을 맺었다. 세 번째는 외롭고 의무적으로 아내가 있어야 할 것 같아서, 착하고 아름다운 여자와 결혼했는데 가장 끔찍한 결혼 생활이 되고 말았다.

다양한 결혼 생활을 해본 결과, 조르지오는 결혼 자체에 별 의미를 두지 않게 되었다. 자식들의 결혼에도 간섭하고 싶지 않았다. 모두 자기가 알아서 인생을 꾸려 나갈 정도로 영리하고 능력이 있는데 굳이 정략결혼을 추진할 이유도 없었다. 조금 부족함이 있는 배우자를 만나도 자식들이 만족하면 되는 일이었다. 살다가 아니다 싶으면 머리 싸맬 필요 없이 이혼하면 끝이다.

그런데 셀레나의 상대로 더스틴 에반은 거부감이 들었다. 그의 조건이나 품성 등등이 문제인 게 아니라, 그가 필요 없이 너무 유명하다는 게 가장 큰 결함이었다.

{우리 하는 일이 주목받아서 좋을 건 없잖니.}

{우리가 아니라 정확히는 아버지 사업이죠. 우리 재단은 하늘 아래 부끄러운 짓은 하지 않아요.}

{그래서 이렇게 기를 쓰고 재단의 재정 자립도를 높인 거냐?}

조르지오는 셀레나가 오기 전까지 읽고 있던 서류를 손가락으로 톡톡 가리키며 웃었다. 콘스차 문화 재단은 무기 회사인 올란도의 재정 지원으로 유지되는 곳이었다. 이익 창출보다는 기부와 문화 사업 지원이 주축인 재단이라, 전적으로 올란도에 재정을 의존할 수밖에 없었다.

그러나 셀레나가 재단의 이사장이 되면서 상황이 조금씩 변했다. 그녀는 투자에도 신경을 쓰면서 점점 재단의 자립도를 높여갔다. 이런 식이면 십 년 이내로 재단은 올란도의 지원 없이 자립할 가능성이 컸다.

딸의 능력이 좋은 건 고무적인 일이지만 그 의도가 너무 뻔해서 웃음이 나왔다. 아버지에게 마음을 들킨 것 같아서 셀레나는 부러 짜증을 내며 부정했다.

{더스틴은 그냥 친구일 뿐이에요. 우리가 뭐 사귀기라도 했어요?}

{누가 뭐라고 했니? 난 네가 더스틴과 사귀는 걸 반대하는 게 아니야. 사귀고 싶으면 그렇게 해도 돼. 단지 결혼만 하지 말라는 거다. 그 말이 그렇게 어려운 말이냐?}

능청스러운 어조였지만 한마디 한마디가 모두 셀레나에게는 비수처럼 꽂히는 말이었다.

{비밀번호는 푸셨어요?}

{말 돌리지 마라.}

{돌리는 게 아니라 정말 궁금해서 묻는 거예요.}

하지만 셀레나는 공격을 받았다고 주눅 들거나 무서워서 숨는 형이 아니었다. 받은 만큼 상대에게 가장 아픈 데를 찾아 공박해야지 조금이라도 속이 시원했다. 아니나 다를까, 딸의 반격에 조르지오의 표정이 대번에 굳었다.

{못 푸셨으면 그냥 선생님께 도움을 청해보세요. 비밀번호를 알고 있는 분을 앞에 두고 뭐 하러 이십오 년을 고생하는지 모르겠네요.}

동정을 머금은 표정과 목소리로 셀레나는 아버지를 놀렸다. 문화 재단을 운영하고 사랑하는 친구가 배우이다 보니 날로 연기가 늘고 있었다. 비밀번호와 일리야 이야기만 나오면 조르지오는 흥분하면서 감정적으로 변했다.

생전에 랜스키에게는 여러 채의 안전 가옥이 있었다. 그중 특별히 아끼는 고서적과 그림 등의 수집품을 모아둔 저택이 하나 있었다. 건물 자체가 하나의 금고이자 수집품을 완벽하게 보관할 수 있게 개조한 미술관이었다. 그래서 들어가는 입구마다 비밀번호를 걸어놓는 등 보안에 무척 신경 썼다.

랜스키 사후 그 저택을 찾아간 조르지오는 비밀번호를 하나하나 풀어가며 안으로 들어갔다. 그런데 정작 가장 중심부인 수집품을 모아둔 곳의 비밀번호를 틀리는 사건이 일어나고야 말았다.

잊어버린 게 아니라 조르지오가 모르는 사이에 마지막 비밀번호만 바뀌었는데, 랜스키가 미처 손자에게 알려주지 못한 것이다.

랜스키는 노년에 감기로 며칠 고생하다가 그것이 폐렴이 되는 바람에 일주일 만에 사망하고 말았다. 가족은 물론 랜스키

본인도 예상하지 못한 갑작스러운 죽음이었다. 급격하게 나빠진 병세로 호흡이 곤란해지고, 기침 때문에 제대로 된 대화도 불가능할 정도였다. 경황이 없어서 안전 가옥의 비밀번호를 알려주고 할 틈이 없었다. 무엇보다 당시엔 그런 것을 생각하고 따질 분위기도 아니었다.

조르지오조차 안전 가옥을 기억해 낸 것이 할아버지의 사후 오 년이 지난 후였을 정도로 논의 밖의 사항이었다.

할아버지의 유지를 따르기는 했지만, 기실 조르지오는 문화와 예술에 큰 관심이 없었다. 그래서 할아버지의 수집품들에 대해서도 그저 값비싼 물건으로 취급할 따름이었다. 다만 할아버지가 어린 그를 데리고 구경시켜 주었던 당시의 기억이 참으로 좋게 남아 있었다. 그림과 서적 하나하나, 수집품마다 가지고 있는 사연과 취득 당시의 이야기를 듣는 게 좋았다.

조르지오는 할아버지는 안 계시지만 그때의 기분을 되살리기 위해 안전 가옥을 찾아갔다가, 마지막 난관에서 뜻밖에 고배를 마시고 말았다.

처음엔 할아버지가 가장 사랑하던 화가의 생일을 눌렀는데 아니었다. 분명 예전에는 그 번호였는데 조르지오가 모르는 사이에 다른 번호로 바꾼 듯했다. 두 번째는 신중하게 생각해서 할아버지가 애지중지하던 고서적을 구한 날을 적었다가 또다시 경고음만 들었다.

세 번의 기회에서 두 번을 그렇게 날려 버렸다.

마지막 남은 기회마저 틀리면 저택은 완전히 봉쇄되어 안에 있는 사람은 꼼짝없이 갇히고, 아무도 출입할 수 없는 상태가 된다.

그렇다고 비밀번호를 해체하는 게 꼭 불가능한 일은 아니었다. 족히 사십 년 전에 만든 기관 장치라 최신식 장비와 전문가들을 투입하면 해결 못 할 것도 없었다.

그러나 조르지오가 원하는 것은 수집품이 아니라 할아버지와의 추억이었다. 그깟 수집품 때문에 비밀번호를 알려는 게 아니었다. 전문가들에게 의존해서 비밀번호를 푼다는 게 마치 추억을 파괴하는 것처럼 느껴져서 조르지오는 자력으로 풀고 싶었다.

그 결과 이십 년이 넘는 동안 세 번째 도전을 시도조차 못 하고 있었다. 사실 두 번째 번호를 틀렸을 때만 해도 이 문제는 그렇게 심각한 건은 아니었다.

그런데 사건은 엉뚱하게도 일리야 터너 때문에 터졌다. 어쩌다 셀레나에게 사연을 전해 들은 일리야가 자신은 마지막 비밀번호를 알고 있다고 비웃은 것이다.

사정 이야기는 간단했다. 일리야의 창작 활동에 영감을 주기 위해 랜스키가 자주 그를 초대하면서 자연스럽게 비밀번호를 알게 되었단다. 말년의 랜스키는 예술 작품에는 관심이 없던 손자 대신 말이 통하는 일리야와 많은 시간을 함께하면서 즐거워했다.

{할아버진 처음에 비밀번호 하나하나마다 그 이유와 사연에 대해 말해주셨단다. 그런데도 난 할아버지가 비밀번호를 누를 때마다 예의상 고개를 돌렸단 말이다. 당연히 마지막 비밀번호를 바꾼 것도 알지 못했어! 그런데 그놈은 뻔뻔하게 그걸 보고

있었다는 게 말이 되냐? 그러면서 나한테 잘난 척을 해?}

{증조할아버지가 허락했으니 보셨겠죠.}

아버지가 흥분할수록 셀레나는 차분하게 반박했다. 연령대
가 비슷해서인지 조르지오와 일리야는 은근히 서로를 질투하
고 경쟁했다.

랜스키의 친손자라는 것만으로 그의 모든 애정과 자산을 물
려받은 조르지오, 빛나는 재능으로 랜스키의 관심과 신임을
받았던 일리야.

두 사람이 받았던 애정의 종류는 분명 달랐다. 각자의 자리
가 있었으니 당연한데도 그들은 상대가 받았던 것을 부러워하
고 질투했다. 아마도 자신은 절대 받을 수 없는 다른 성격의 애
정이었기에, 랜스키에 대한 그리움이 클수록 가질 수 없는 것
에 더욱 집착하는 듯했다.

{내가 그놈 도움을 받느니, 기관 장치에 갇히는 게 더 낫지…
그런데 설마 비밀번호가 2월 9일은 아니겠지?}

조르지오가 가장 걱정하는 것이 비밀번호가 일리야와 관계
된 숫자일까 싶어서다. 안전 가옥의 모든 비밀번호가 랜스키가
좋아하던 예술가들의 생일이었다. 마지막 관문의 예전 비밀번
호가 렘브란트의 생일이었던 것을 고려하면 전혀 가망 없는 추
측이 아니었다.

그리고 랜스키가 사망하기 직전에 가장 아끼던 예술인이 바
로 일리야였다. 첫 번째 작품은 문단에서 쓰레기라는 혹평을
받다가, 겨우 세 번째 작품에서야 인정을 받기 시작한 풋내기
였는데도 말이다. 지금의 일리야를 보면 결국 할아버지의 안목

이 맞았다는 걸 입증한 터라 대단하다 싶으면서 질투가 나는 건 어쩔 수가 없었다.

조르지오는 어릴 때부터 랜스키와 많은 곳을 다녔다. 그의 어깨와 무릎에 앉아서 중진들의 회의에 참석했고, 지금까지도 이야기로 전해오는 돈 랜스키의 본 모습을 가장 가까운 곳에서 보고 자랐다. 가장 사랑받는 자손이자 후계자였다.

그런데 언젠가부터 할아버지의 입에서 일리야라는 이름이 나오기 시작했다. 괄목할 인재로 정말 마음에 드는 글을 쓴다면서 웃던 할아버지의 모습은 조르지오가 여태 보지 못했던 다른 얼굴이었다. 그 미소를 본 순간부터 조르지오는 일리야가 마음에 들지 않았다.

{언젠가는 확인해 봐야 하잖아요. 한번 0209로 눌러보세요.}

뻔히 조르지오의 마음을 알면서 셀레나는 계속 약을 올렸다. 결혼 좀 반대했다고 얄밉게 구는 딸을 보며 조르지오의 눈이 가늘어졌다. 그가 감정적일 때는 어디로 튈지 몰랐다. 그게 가끔은 재앙이 될 수 있고 혹은 기회가 되기도 했다.

{우리 내기 하나 할까?}

{갑자기 무슨 내기요?}

{비밀번호를 알아오면 더스틴과의 결혼을 허락해 주마.}

{그따위 내기가 어디 있어요! 게다가 내가 언제 더스틴과 결혼한다고 했어요?}

아직 사귀지도 못했는데 무슨 결혼 이야기냐며 셀레나는 흥분해서 소리 질렀다. 무엇보다 고작 비밀번호 하나로 허락할 거면 지금은 왜 안 되냐고 따져 물었다.

{그건 고작 비밀번호 따위가 아니란다. 그런데 난 절대로 일리야 그 자식한테 부탁할 마음이 없거든. 그도 아마 내가 직접 찾아가 아부를 떨지 않는 한 절대 말해주지 않을 거다. 내 앞에서 의기양양 온갖 잘난 척을 하면서 겨우 가르쳐 주겠지.}

이는 조르지오 콘스차의 명예와도 연결된 문제였다. 한 번도 누군가에게 무릎 꿇은 적이 없던 조르지오는 고개를 숙이는 것조차 참을 수가 없었다. 그깟 비밀번호가 셀레나의 결혼에 영향을 미칠 수 있는 이유였다.

{그래도 이렇게 기회라도 주는 게 어디냐. 이쯤 되면 나도 굉장히 자상한 아버지지.}

전문가들을 부르는 대신에 이렇게 셀레나에게 마지막 기회를 주는 것도 그로선 굉장한 자비였다. 할아버지 이야기를 나누다 보니, 그분이 자신에게 그랬듯 딸에게도 기회라는 걸 주고 싶은 변덕이 생긴 것이다.

덕분에 점점 일그러지는 딸의 얼굴을 보며 조르지오는 크게 웃었다.

{그러다가 선생님이 아버지를 괴롭히려고 비밀번호를 알려주면 어떻게 하시려고 그러세요.}

적의 적은 동지가 될 수 있다는 것을 어릴 때부터 배운 셀레나는 샐쭉한 표정으로 반문했다.

{너는 네가 일리야를 잘 안다고 생각하지만 난 그를 사십 년을 넘게 알았단다. 그가 원하는 건 마음에 안 드는 사위 때문에 속상해하는 내 모습이 아니야.}

자리에서 일어난 조르지오는 셀레나의 미간을 손가락으로

살살 문질렀다. 저도 모르게 인상을 찌푸린 덕에 생긴 딸의 주름을 펴주며 그는 말을 이었다.

{아가, 그건 우리의 찬란하고 아름다운 추억이란다. 너무나 소중해서 남의 것이라도 빼앗아오고 싶은 시간 속의 이야기들이지. 가진 것은 꼭 쥐고, 뺏기기 싫어서 발버둥 치는 우리다. 그런 일리야에게 내 미래의 우울 따윈 관심이 없어.}

{더스틴이 아버지의 우울인가요?}

울적한 딸의 목소리에 조르지오는 잠시 마음이 흔들렸다. 오로지 사랑만으로 했던 첫 번째 결혼으로 그는 셀레나와 두 아들을 얻었다. 비록 나중에는 서로 지긋지긋해하며 원수가 되었지만, 사랑스러운 세 아이를 얻은 것만으로도 충분히 성공한 결혼이었다.

그 결혼을 위해서 조르지오 역시 당시 아버지와 많은 전투를 했다. 손자를 아낀 랜스키의 승낙이 없었다면 불가능한 조건의 결혼 대상이었다. 그런 어려움을 겪고 한 결혼이었음에도 무의미하게 끝나 버린 걸 보면 사랑이란 사실 별것이 아니었다.

그런데 자신의 딸이 그 무의미한 길을 가려고 한다. 그걸 아는데도 지금 이 순간 딸이 힘들어하는 모습을 보니 마음이 편하지 않았다. 아마도 할아버지 역시 그런 마음으로 손자의 결혼을 허락한 것이 아닌가 싶었다.

{네가 그의 근심이 될까 봐 걱정하는 거란다. 그로 인해 네가 슬퍼할까 봐서.}

콘스차가 지고 있는 피의 죗값은 결코 가벼워지지 않았다. 평범한 사람은 견디기 힘들어했고 때론 사랑하는 이를 원망하고 저주하게 했다. 언젠가 더스틴이 셀레나의 생모가 조르지오를 바라보던 눈빛으로 셀레나를 볼까 아버지로서 걱정이 될 수밖에 없었다.

그런데도 조르지오는 내기를 거는 모험을 걸었다. 저 완고한 일리야를 설득할 정도로 셀레나가 절박하고 결심이 확고하다면 아버지로서 그 마음을 인정해 주기로 했다.

조르지오는 그 언젠가 할아버지가 자신에게 해줬던 말을 딸에게 해주었다.

{모두 괜찮을 거다. 네가 지옥에 떨어졌을 때, 그 옆에는 내가 있을 테니까.}

아버지의 말에 셀레나는 눈을 감았다.

그들에게 천국은 너무 멀었다.

◆　◆◆◆　◆

지옥이 아닌, 매서운 한파가 몰아치는 한국으로 돌아온 우진은 괜히 몸을 부르르 떨었다.

{너 인기 엄청 많더라?}

서울로 가는 자동차 안에서 더스틴은 새삼스러운 시선으로 우진을 보며 말했다. 공항에서 피켓을 들고 우진의 이름을 외치던 수많은 인파에 조금은 질린 표정이기도 했다.

하지만 정작 우진은 더스틴을 보며 코웃음을 쳤다. 평소 더스틴이 달고 다니는 파파라치부터 전 세계적으로 분포되어 있는 팬을 보면 우진은 그와 비교가 되지 않았다.

{너에게 비할까.}

저번에 LA로 떠날 때 한차례 겪어본 전적이 있어서 우진은 이번엔 그때처럼 놀라지는 않았다. 하지만 저번보다 더 많아진 수를 보면 우진의 팬만 온 것은 아니었다.

{네 팬도 많이 왔는데 안 보였어?}

{보이긴 했지만, 네 팬들 사이로 한 명씩 점점이 있더라.}

어느 곳을 가나 먼저 팬부터 스캔하는 능력자인 더스틴은 자신의 팬이 너무 적었다며 앓는 시늉을 했다. 우진은 떨떠름한 표정으로 이곳은 한국이라고 답했다.

{즉, 내 본진이라고. 여기서 내가 너한테 지면 문제가 많지.}

{재작년에 영화를 함께 찍었던 일본 배우와 일본에 갔을 때는 내 팬이 더 많았어.}

2년 전에 찍었던 영화 홍보를 위해 일본에 갔을 당시엔 환영인파의 대부분이 더스틴의 팬이었다. 함께 출연한 일본 배우가 자국에서 꽤 유명한 배우라고 들었는데도 그랬다. 그리고 지금의 더스틴은 그 당시보다 더 유명해진 상태였다.

{화려한 과거구나.}

{그때가 좋았지.}

{그러고 보니 한국은 처음이지?}

{그런 의미에서 잘 부탁한다.}

한국에서의 일정은 십이 일 정도 되지만 스케줄이 빡빡한 편은 아니었다. 홍보를 위한 인터뷰와 방송 촬영이 잡힌 와중에 자유 시간도 제법 있었다. 레이폴드 감독이 지난 한국 관광에 대해 워낙 자랑을 늘어놓은 바람에, 덩달아 더스틴의 기대만 커진 상태였다.

{유감스럽게도 난 그사이에 결혼식과 콘서트 게스트로 참석하기로 해서 너보다 더 바쁠 예정이다.}

{결혼식? 친구가 결혼해?}

{아니, 일 관계로 아는 사람과 약속한 게 있어서 가야 해.}

황룡영화제 2부에서 상을 받으면 리포터인 김우형의 결혼식에 참석하기로 했던 약속을 이번에 지킬 차례였다. 다행히 그의 결혼식과 우진의 일정이 맞아떨어져서 참석하는 데 아무 문제가 없었다. 그리고 예전에 약속한 이형진의 콘서트에도 게스트로 참석할 계획이었다.

{한국의 결혼식이라. 나도 함께 가면 안 돼?}

남의 결혼식인데도 결혼이란 단어만 들어도 좋은지 더스틴은 호기심을 보였다.

{한국의 결혼식은 별로 재미없어. 친척들과 친구들, 그리고 일 관계로 아는 사람들이 모여서 예식 치르고 뷔페로 밥 먹고 끝이야.}

예식 끝나고 축가와 몇 가지 행사는 하겠지만 더스틴이 기대하는 파티 같은 결혼식은 아니었다.

{무엇보다 신랑이 연예 프로의 리포터라서 방송국 사람들과 연예인들이 대거 참석할 거야. 너 거기 갔다가 잘못하면 신랑한테 인터뷰당할 수 있어.}

우진의 우려에 더스틴은 더욱 재밌겠다며 결혼식에 꼭 참석하고 싶다고 뜻을 밝혔다. 더스틴의 참석은 김우형이 더 환영할 것 같아서 우진도 굳이 거부하지는 않았다.

{남의 결혼식에 참석할 생각하지 말고 본인 결혼이나 어서 하세요.}

{결혼하지 말라며.}

우진의 말에 더스틴은 샐쭉한 표정을 지으며 투덜거렸다.

{내가 언제?}

{셀레나하고 결혼하지 말라며. 나한테는 그게 그 말이야!}

{어차피 사귀지도 못할 거면서 결혼은 무슨.}

{너, 요즘 수상해.}

더스틴은 팔짱을 끼고 우진을 찬찬히 노려보았다. 파티에서 셀레나를 만나고 나서 우진의 태도가 미묘하게 달라졌다는 걸 그도 어느 정도 눈치를 채고 있었다. 그전까진 가망이 있든 없든 잘해보라고 응원해 줬다면, 지금은 그냥 포기하라며 대놓고 종용하고 있었다.

섭섭해하는 더스틴에게 전생 이야기를 할 수 없던 우진은 한숨을 내쉬며 근원적인 접근을 시도했다.

{그날 만나고 확실히 알겠더라. 셀레나는 확실히 너를 사랑해. 친구나, 조금 모자란 동생처럼 취급하는 게 아니라 널 정말 사랑하는 게 남인 내 눈에도 보였어.}

누가 Sunshine 아니랄까 봐 더스틴은 우진의 말에 얼굴이 환하게 빛이 났다.

{하지만 그녀는 셀레나 콘스차잖아.}

{너도 콘스차 가문을 싫어하는 거야? 우리 감독님도 콘스차 이야기만 나오면 치를 떨던데.}

{내가 싫어하고 말고가 중요한 게 아니야. 그녀가 널 사랑하

는데도 네 고백을 받아들이지 않는 그녀의 처지를, 너부터 이해해 보란 뜻이야.}

우진의 말에 침울해지는 것을 보면 더스틴도 어느 정도 예상하던 문제인 것 같았다.

{내가 많이 부족한 거 나도 알아.}

저절로 고개를 끄덕일 뻔한 우진은 가까스로 목에 힘을 주고 버텼다. 지금은 셀레나의 증조할아버지가 아닌 더스틴의 친구가 되어야 할 순간이었다.

{내 말은 그 뜻이 아니야. 콘스차가 아무리 양지에 나왔어도 그들의 일은 절대 빛 속에 있지 않아. 셀레나는 너를 보호하고 싶은 거야. 지금처럼 계속 네가 빛 속에서 빛날 수 있도록.}

셀레나가 마냥 아까워도 우진은 더스틴에게 거짓을 말하지 않았다. 그들 사이에 껴서 거짓으로 서로의 눈을 가리고 헤어지게 하는 게 증조할아버지의 애정은 아니라고 생각해서다.

두 사람은 진실을 알아야 했고 스스로 결정해야만 했다.

{너희는 서로에게 부족한 사람이 아니라, 자기가 상대에게 부족하다고 생각하고 있는 거야.}

한 번도 그런 식으로 생각해 본 적이 없는 더스틴의 눈동자가 크게 흔들렸다. 셀레나가 거절할 때마다 알았다고 몇 걸음 뒤로 물러나 버린 것은, 항상 자신이 그녀에겐 많이 부족하다고 여겼기 때문이다.

{콘스차란 이름으로 이뤄졌던 수많은 악행이⋯⋯.}

우진은 말을 하다가 잠시 숨을 골랐다. 그가 언급한 악행들의 대부분이 바로 랜스키에 의해 행해졌던 것들이라 가볍게 할 말이 아니었다.

{그건 아직도 남아서 콘스차를 평가하는 잣대가 되고 있어. 그렇다고 그들이 지금 완벽한 하얀 손수건인 것도 아니잖아. 너와 셀레나가 이루어진다면 콘스차에게 가해졌던 평가가 너에게도 가해질 거야. 그리고 콘스차는 너란 월드 스타 때문에 쓸데없이 세간의 주목을 받게 되겠지.}

콘스차는 아무도 무시할 수 없는 그들만의 제국을 이루었고 멋지게 성공했다. 과거야 어쨌든 지금은 버젓한 사업체로 부와 권력을 쥐고 있기에 더스틴의 부친도 아들이 셀레나와 잘되기를 바랐다. 하지만 그건 더스틴이 대중의 인기를 먹고사는 배우라는 걸 간과한 판단이었다.

반면 셀레나는 더스틴이 얼마나 자기 일을 소중히 하고 있는지 알기에 이를 보호해 주고 싶어 하는 게 보였다. 그녀는 자신이 더스틴의 오점이 되는 걸 바라지 않고 있었다.

{너희 두 사람은 이런 점을 극복하지 못한다면 영원히 평행선일 거다.}

{평행선이라… 그건 너무 슬프잖아.}

침울해진 더스틴의 등을 토닥여 주며 우진은 괜스레 짠한 마음이 들었다. 증손녀 사윗감으론 많이 부족해 보이지만, 참착하고 좋은 녀석이었다. 이런 사람을 평생의 반려로 맞아 살아간다면 분명 셀레나는 행복할 것이다. 사람이 살아가는 데 그것보다 중요한 것이 또 있을까 싶었다.

랜스키가 조르지오의 결혼을 허락해 줬던 것도 다른 이유가 없었다. 그저 내 아이가 행복하길 바라던 마음에서였다.

{플러스마이너스를 따지지 말고 가끔은 계산기를 놓고 살아가는 것도 좋겠지. 너희들의 문제는 너무 서로를 배려한다는 거야.}

{계속 부정적이다가 왜 또 태도를 달리하는데!}

{생각했던 것보다 내가 널 많이 좋아하는 것 같다.}

엉뚱한 대답이었지만 우울하던 더스틴의 입가에 미소가 어리기에는 충분했다.

{무슨 일이 있더라도 끝까지 그 미소를 잃지 않을 거라는 각오를 확실히 보여줘. 그렇지 않으면 넌 셀레나를 설득할 수 없을 거야.}

우진은 조르지오가 그렇게 사랑했던 아내와 이혼했단 사실에도 많이 놀라지 않았다. 랜스키가 그들의 결혼을 허락하면서 어느 정도 예상했던 일이기 때문이다. 사랑은 영원하기 어려웠고 결혼은 현실이었다.

"아프지 말라고 행복할 기회까지 뺏는 건 너무 잔인했으니까."

더스틴은 생각이 많은 와중에도, 또다시 모국어로 중얼거리는 우진을 보며 이번 기회에 한국어를 배워야겠다고 투덜거렸다.

우진은 문득 이 씩씩하고 상냥한 청년에게도 행복할 기회가 꼭 주어졌으면 좋겠다고 생각했다. 랜스키라면 부족함 많은 이 청년에게도 분명히 한 번의 기회는 줬을 것이다.

보드게임

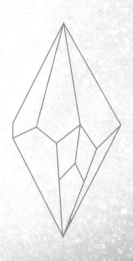

〈지난 2월 14일 연예 리포터인 김우형이 가람호텔에서 결혼식을 올렸다. 그러나 유감스럽게도 단연코 이날의 주인공은 하객으로 참석한 채우진이었다. 그는 작년 황룡영화제에서 김우형과 한 공약을 지키기 위해 결혼식에 참석해서 신랑 신부를 축하해 주었다.

주목할 점은 채우진이 세계적인 스타인 더스틴 에반과 동반했다는 점이다. 현재 영화 촬영 중인 두 사람은 더스틴 에반의 SNS를 통해 이미 친분을 과시하고 있었지만, 이렇게 결혼식에 파트너로 함께할 줄은 미처 예상하지 못한 일이었다.

김우형은 신랑이 아닌 리포터로서 자신의 결혼식에 참석한 하객들을 인터뷰하기 바빴는데 채우진과 더스틴 에반 역시 그에게서 벗어나기 어려웠다.

─심심하다며 따라온 거라 큰 의미는 없습니다. 이 기회에 한국

의 결혼식 문화를 보여주면 좋겠다 싶어서 겸사겸사 동행한 겁니다.

어떻게 더스틴과 함께 결혼식에 오게 되었냐는 김우형의 물음에 채우진은 위와 같이 답했다.

—그런데 주위에 커플들이 너무 많아서 빨리 가야겠네요.

하필 결혼식이 밸런타인데이라 채우진은 주위를 의식하며 멋쩍게 웃었다고 한다.

하지만 그는 예식이 끝나고 뒤이은 뒤풀이 행사 중반까지 자리를 지켰다. 더스틴 에반 역시 대화가 통하지 않는데도 결혼식에 참석한 다른 하객들과 거리감 없이 즐겁게 어울렸다는 후문이다.

채우진이 명환대군을 맡았던 '붉을 적(The red)'은 이번에 아카데미 외국어영화상에 노미네이트되어 유력한 수상 후보로 주목받고 있다. 현재 'Guardian angel'을 촬영 중인 채우진은 국내 촬영이 끝나면 영화제 참석을 위해 조만간 LA로 떠날 예정이라고 한다.

더스틴 에반은 월드 스타답지 않은 수더분하고 쾌활한 행보로 국내 팬들의 마음을 사로잡는 데 성공했다. 그는 현재 호텔이 아닌 채우진의 집에서 머물고 있을 정도로 끈끈한 우정을 과시하고 있다.

김우형의 결혼식에 참석한 이들의 자세한 뒷이야기는 이번 주에 방영하는 '연예가 보도'에서 집중적으로 다룰 예정이다.)


—이게 뭐야! 여기서 끊는 게 어디 있어? 어서 채우진과 더스틴의 썰을 풀어라. 그 끈끈한 우정, 우리도 좀 알자!

└김우형 결혼식은 '연예가 보도'가 단독 촬영하기로 해서 사진도 없고, 식장 안에 들어가지 않은 기자들도 자세한 이야기는 잘 모를 거예요. 어쩔 수 없이 방송을 봐야만 합니다.

─재수 없이 남자들끼리 무슨 결혼식을 같이 가. 둘이 사귀냐? 더럽게.

└더러운 건 너지! 넌 함께 다닐 친구도 없어서 방구석에서 이런 악플이나 달고 있잖아.

─김우형 결혼식에 참석한 사람들이 더스틴과 찍은 사진을 SNS에 올리고 있으니 그거라도 구경하세요.

└방금 보고 왔는데 우리나라 연예인들이 더스틴에게 압살당한 처참한 장면만 보고 왔네요. 그나마 채우진이 더스틴까지 평정해서 자존심은 지켰습니다.

└사진 보니까 솔직히 채우진과 더스틴은 완전 민폐 하객이던데요. 단체 사진 찍을 때 신랑 쪽에 섰는데도, 신랑은 말할 것도 없고 신부님이 지못미……

└그래도 신부가 세상을 다 가진 듯 웃고 계시더라고요. 저라도 그럴 듯.

─또, 또 설레발친다. 그냥 후보로 올랐다고만 쓰지 유력한 수상 후보라는 표현은 왜 달아? 그러다 못 타면 역시나 한국 영화의 한계 운운하려고?

└띄워줄 때는 왕창 띄우다가 떨어지면 이때다 싶어 밟으려는 수작이죠. 대놓고 채우진은 못 까겠지만 돌려 까기는 가능하니까요.


김우형은 밸런타인데이 저녁에 결혼식을 올렸다. 이런 특별한 날에 결혼하면 기념일은 평생 잊지 않을 것 같았다.

연인의 날에 하는 결혼식에 더스틴은 꽤 감명을 받은 듯 혼자서 미래를 설계하기도 했다.

{나도 밸런타인데이에 결혼해야겠다.}

{그 말은 적어도 올해 안에 결혼은 못 한다는 소리군.}

{생각해 보니 크리스마스가 좋겠어.}

{사람이 죽은 날보다 이왕이면 태어난 날이 결혼식으로 좋긴 하지.}

{맞아! 어차피 넌 그때도 솔로일 테니 데이트도 없고 가벼운 마음으로 내 결혼식에 놀러 와.}


처음 김우형의 결혼 날짜를 보고는 연인이 있는 사람은 참 곤란하겠다는 생각을 했다. 분명 밸런타인데이에 연인과 약속이 있을 텐데 저녁에 남의 결혼식에 참석해야 하다니 입장이 난처할 것 같았다. 특히 비밀 연애를 하는 연예인들은 아마도 김우형 욕을 제법 했을 것이다.

하지만 밸런타인데이에 함께할 연인이 없는 우진은 아주 가벼운 마음으로 결혼식에 참석했다. 더스틴은 그걸 빗대어 자신의 결혼식에도 우진이 걱정 없이 참석할 수 있을 거라고 '순수하게' 기뻐했다. 우진이 저주를 하라고 옆에서 노려보는데도 셀레나와의 결혼을 상상하는 것만으로 기쁜지 더스틴은 눈치도 못 챘다.

그런데 막상 결혼식에 와보니 배우자 혹은 연인과 함께 온 하객들이 은근히 많았다. 커플들 사이로 남자 둘이 멀뚱히 서 있는 것도 적잖이 겸연쩍은 상황이었다. 더욱이 우진이 함께한 상대가 더스틴 에반이었기에 그들에게 몰리는 시선이 장난이 아니었다. 그런 시선에 익숙하고, 사람 좋아하는 더스틴만 혼자 신이 나서 즐거워했을 뿐이다. 말이 통하지 않아서 우진을 통역사로 아주 잘 써먹기도 했다.

덕분에 결혼식 내내 둘이서 꼭 붙어 다녀야만 했던 게 '끈끈한 우정'으로 묘사되고 말았다. 우울한 우진을 대신해서 행복한 것은 기사를 읽고 신이 난 팬들이었다. SNS에서 두 사람이 친한 모습을 보여주긴 했지만, 영화를 위한 비즈니스 관계가 아닌지 의심하는 이들도 제법 많았다.

그런데 더스틴이 호텔이 아닌 우진의 집에서 지낸다는 사실과 개인적인 행사에도 동석한다는 게, 두 사람의 친분이 돈독하다는 방증이라 판단했다. 팬들로선 우진의 해외 진출도 중요하지만, 비즈니스 같은 메마른 관계보다는 사람들과 진실한 우정을 나누기를 바랐다.

특히 '삶, 그리다'에서 친구와 보여줬던 자연인으로서의 채우진이 보기 좋았던 팬들은 항상 그의 행복을 응원해 주었다. 뭐랄까, 성공하지 못해도 좋으니 건강하고 행복하게만 자라달라고 소원하는 듯했다.

{여긴 왜 이렇게 추운 거야! 오, 내 사진이다. 무슨 기사야?}

봄가을 날씨 같던 LA의 2월을 지내다, 한국의 한파에 적응이 안 된 더스틴은 목도리로 목을 꽁꽁 감싸며 입김을 호호 불었다. 그래도 자기 사진은 재빨리 감지하고 우진이 읽고 있는 기사를 번역해 달라고 졸랐다.

{어제 우리가 참석했던 결혼식 이야기. 우리가 같이 가서 놀랐다는 반응이 많아.}

{아아, 난 지금까지 어제처럼 재미있던 결혼식은 처음이었어.}

우진이 지루할 거라고 운을 뗀 것이 무색할 정도로 더스틴은 내내 즐거워했다. 그도 그럴 것이 신랑이 마이크를 들고 다니면서 하객들을 인터뷰하는 모습에 빵 터지고 말았다. 음식도 맛있었고 결혼식장도 아름다워서 무척 마음에 들었다.

{그런데 어제 엘리베이터에서 만났던 남자는 누구야?}

다만 결혼식이 끝나고 돌아가는 길에 엘리베이터에서 만난 중년 남자 때문에 우진의 기분이 좋지 않았다. 이야기를 주고받던 분위기로 봐선 모르는 사이가 아닌데도 더스틴을 소개하지 않는 걸 보면 그랬다.

우진은 한국어를 모르는 더스틴을 배려해서 누구와 만나도 항상 상대부터 소개해 주었다. 가끔 혼자서 중얼거리는 일은 있어도, 더스틴을 무시하고 다른 사람과 한국어로 대화하는 경우는 없었다.

그런데 어제 우진은 그에게 남자를 소개해 주지도 않았고, 몇 마디 대화를 나누고는 냉랭한 분위기만 풍겼다. 그래도 엘리베이터에서 내릴 때 중년 남자에게 정중히 인사하는 폼을 봐서는 무작정 무시할 사람은 아닌 모양이었다.

궁금했지만, 우진을 둘러싼 공기가 너무 삭막해서 어제 묻지 못한 것을 이제야 묻게 되었다.

{어릴 적에 알던 분.}

{별로 안 친한 사인데 친한 척 구는 거야?}

{그렇지, 뭐.}

{그럼 참 피곤하지.}

{그러게.}

궁금하기는 하지만 더스틴은 본능적으로 더는 묻지 않았다. 더스틴에게도 그런 관계의 사람들이 워낙에 많아서 우진의 마음을 어느 정도 이해하기 때문이다.

더스틴은 메이크업 때문에 자신을 찾는 스태프에게 대답하며 말없이 우진의 어깨를 두들겨 주었다.

{고마워, 위로가 된다.}

우진은 진심으로 더스틴에게 고마워했다. 유명인으로서 사람에게 이용당하고 배신을 당한 경험은 더스틴이 더했다. 굳이 길게 말하지 않아도 서로 이해하고 오가는 눈빛 속에는 위로가 담겨 있었다.

사실 우진이 어제 엘리베이터에서 만난 사람은 친부의 사람이었다. 사업적으로 친부의 오른팔 역할을 하며 현재는 가람호텔의 한국 지사장을 맡고 있었다. 바로 김우형이 어제 결혼식을 올린 곳이기도 했다.

결혼식 뒤풀이 행사 중반에 돌아가려는 우진과 더스틴에게 길을 안내하던 직원이 권해준 것은 VIP 전용 엘리베이터였다. 머뭇거릴 틈도 없이 더스틴이 바로 엘리베이터에 올라타는 바람에 우진도 그냥 타고 말았다.

그런데 몇 층 내려갔을 때 엘리베이터에 탄 사람이 바로 이석우 사장이었다. 그는 마치 기다렸다는 듯이 엘리베이터에 타자마자 우진에게 알은척했다. 한때 그를 삼촌이라고 불렀던 적이 있어서 우진도 마주 인사할 수밖에 없었다.

고개를 숙이면서 우스웠던 것이 작년에 우진은 이석우를 행사장에서 만난 적이 있었다. 그때만 해도 이석우는 우진을 알아보지 못했다. 거만하게 우진과 악수하던 눈빛은 전형적으로 딴따라를 보는 눈이었다.

그런데 언제 그랬냐는 듯 어제는 우진의 등을 두드리며 격려하고 친한 척을 했다.

"할아버지 일을 알고 있지? 몸도 안 좋으신데 자주 연락 좀 드려라. 그분이 널 얼마나 아꼈는지 어렸어도 기억은 할 거 아니냐?"

이석우는 영리하게도 우진의 할아버지를 언급했다. 한 번 쓰러지신 후에 현재 프랑스에서 요양 중인 분 이야기를 꺼내니 우진도 대놓고 반박할 수가 없었다.

친가와 연락하지 않고 지냈을 때는 몰랐던 소식을, 이제는 주위에서 알아서 알려주고 있었다. 그래서 친할아버지가 풍으로 오른쪽을 쓰지 못한다는 것도 최근에야 알았다.

친조부모님은 손주들에게는 나쁜 분이 아니었다. 엄격하고 전통적인 사고방식을 가지셨지만 친부와 달리 우진과 우희를 편애 없이 예뻐해 주셨다.

그렇지만 아들의 외도에 대해서는 며느리인 박은수에게 책임을 물었다. 네가 잘했으면 우리 아들이 바람을 피웠겠냐고 오히려 며느리를 힐난했다.

자기 핏줄에게만 관대하신 분들이었다. 우진과 우희가 어머니를 따라갔을 때도 어차피 채씨 집안사람인 것은 변하지 않는다고 어머니의 선택에 냉소를 보였다.

부모님이 이혼하고 우진과 우희는 몇 번 조부모님을 만나러

다닌 적이 있었다. 어머니는 남편이 싫다고 해서 시부모와 손주의 연까지 끊게 할 생각은 없었다. 하지만 몇 번 이어진 방문 후에 우진은 더는 조부모님을 만나러 가는 걸 거부했다. 계속 만났다가는 조부모님에 대한 좋은 기억은 사라지고 그분들을 미워할 것 같았기 때문이다.

그분들에게 아들이 소중하듯 우진과 우희에게는 어머니가 더 소중했다. 두 분이 아들을 선택했듯이 우진도 선택을 한 것 뿐이었다. 그렇게 단절된 시간 속에 각자의 삶을 살아왔는데 이렇게 돌아서 그들은 끊어진 인연을 다시 이으려고 했다.

엘리베이터에서 내리고 헤어질 때까지도 이석우는 한 번도 친부 이야기를 꺼내지 않았다. 그저 조부모님과 그 옛날 좋았던 시절에 대해서만 말했다. 친부와 하는 짓이나 접근 방식이 똑같았다. 하긴 그러니 수십 년을 함께 일해올 수 있었을 것이다. 사람은 끼리끼리 뭉친다는 걸 다시 한번 증명하는 예였다.

그런 의미에서 우진은 자신의 주위를 돌아왔다. 언젠가 강호수가 그보고 밝은 사람을 좋아한다고 평가한 것이 맞은 듯, 이번에 친해진 더스틴까지 취향이 참 한결같았다.

{지니, 준비됐어요?}

스태프가 부르는 소리에 우진은 자리에서 일어났다.

제작진은 우진과 더스틴보다 며칠 전에 입국해서 미리 촬영 준비를 해놓았지만, 배우들은 시차 적응과 인터뷰로 오늘이 돼서야 촬영을 시작할 수 있었다.

한국에서의 첫 촬영은 진과 로버트가 서울의 도심을 걷고 있다가 적들의 공격을 받는 부분이었다. 진행상으로는 진의 집으로 적들이 쳐들어왔던 내용의 앞부분이었다. 길거리에서 싸우기 때문에 오늘은 검이 아닌 택견으로 적들을 상대하는 신이었다. 그래서 우진에게 택견을 가르쳤던 사범님이 직접 현장에 와서 조언을 해주었다.

"항정치기를 할 때는 주먹이든 팔꿈치로 하든 상관없어. 상대의 목덜미를 잡고 목 뒤쪽을 그냥 밟아버린다는 느낌으로 과감하게 공격해. 활개뿌리기 할 때는 손등을 이용하는 게 좋겠다. 그게 그림이 더 있어 보이거든."

주로 화면에 잡혔을 때의 동작과 느낌, 그리고 감독이 원하는 대로 최대한 멋있게 나올 수 있는 각도를 중요하게 잡아주었다. 몇 번이나 모니터를 확인하며 우진의 위치와 동작을 취할 때의 느낌을 새겨주는 걸 마다하지 않으셨다.

배우들과 리허설을 끝내고 본격적인 촬영에 들어갈 때쯤에는, 반대편 인도는 구경 나온 사람들로 가득했다. 이미 현지 적응이 끝난 더스틴은 두 손을 흔들면서 사람들에게 호응하고 있었다. 쇼맨십 하나는 우진도 본받아야겠다고 생각할 정도로 훌륭했다.

그러나 시간을 확인하는 감독님을 본 우진은 더스틴의 목덜미를 잡고 촬영장으로 끌고 갔다.


오늘의 내용은 집 안에만 있기 갑갑하다는 로버트의 하소연으로 번화가를 거닐다가 처음으로 적들에게 공격을 받는 중요한 부분이었다.

무료한 진과 다르게 낯선 거리와 문화에 신기해하는 로버트의 모습은 연기라기보단 더스틴 그 자체였다.

촬영하면 할수록 더스틴은 로버트 역에 딱 부합한 배우였다. 캐릭터와 성격이 같은 게 아니라 사람마다 가지고 있는 특유의 분위기가 비슷했다. 더스틴의 밝음이 로버트의 천진함과 어울려져서 연기에 플러스로 작용했다.

나중에 음울한 캐릭터를 연기할 때는 불리하겠지만 현재로선 굉장히 유리한 것이 사실이었다. 그리고 진과 로버트의 캐릭터 조합이 상상 이상으로 좋아서, 카메라 밖에서도 나이에 상관없이 자연스럽게 더스틴과 친해질 수 있었다.

그 점은 항상 더스틴에게 고마웠다. 그리고 아마 진 역시 로버트에게 그렇게 느낄 것 같았다.

◆　　◆◆◆　　◆

{왜 나는 텔레파시가 안 되는 거죠?}

로버트가 억울해 죽겠다는 표정을 지으며 방금 막 길거리에서 산 아이스크림을 한 입 베어 먹었다.

{별로 쓸데도 없는데 뭘 그리 초조해하나.}

진은 햇빛이 싫은 듯 손으로 이마를 가리고 게슴츠레한 표정을 지었다. 이 활동성 좋은 젊은이와 같이 다니려면 여간 피곤한 게 아니었다. 진에게는 별로 색다를 것도 없는 거리가 뭐 그리 재미난지 싱글거리는 로버트가 신기하기도 했다.

한편 로버트는 진의 대답이 가진 자의 무관심으로 보여서 섭섭했다.

{실력이 없어서 못 가르쳐 주는 거 아니에요?}

{그 말도 틀린 말은 아니야.}

{오오~! 본인의 능력 부족을 인정한다는 겁니까?}

자존심 강한 수호자들은 절대 자신의 실수나 부족한 점을 인정하려 들지 않았다. 논리에 약한 로버트에게 말로 지는 상황에도 끝까지 고집을 피웠다. 그런데 진이 바로 고개를 끄덕이니 너무도 의외였다.

{내가 워낙에 천재라서 난 며칠 만에 바로 배웠거든. 그래서 너 같은 범재를 이해하고 가르칠 수 있는 능력이 나에겐 없어.}

금세 썩어 들어가는 표정을 짓는 로버트에게 조소를 날리던 진이 갑자기 동작을 멈추었다. 두 팔을 뒷짐 지고 하늘을 올려다보는 진의 모습에 로버트도 심각함을 느끼고 주위를 둘러봤다.

{어어~! 내 아이스크림~!}

진이 예고도 없이 로버트의 목덜미를 붙잡고 이동하는 바람에 그가 들고 있던 아이스크림을 놓치고 말았다.

두 사람이 사라지자마자 그들이 있었던 자리에는 커다란 불꽃이 폭탄처럼 떨어져 번화가는 한순간 난리판이 되고 말았다. 비명을 지르며 무작정 도망가는 사람, 굉음에 놀라 도망가는 것도 잊고 그 자리에 주저앉아 머리부터 감싸는 사람, 가스 배관이 터진 줄 알고 바로 신고부터 하는 사람, 그리고 불꽃과 함께 연기가 피어오르는 장면을 멍하게 구경하는 이들까지.

덕분에 진이 로버트를 데리고 연기처럼 갑자기 사라진 것을 아무도 눈치채지 못했다.

짧은 신 다음으로 이어진 장면은 한 블록 떨어진 곳으로 장소를 옮겨서 찍었다.

진이 로버트를 데리고 간 곳은 그들이 처음 있던 곳이 아닌, 사람들이 거의 보이지 않는 한가한 거리였다. 술집들로 가득한 거리에 사람들로 가득해지려면 아직 시간이 많이 남아 있었다.

{으윽, 목이… 숨을 쉴 수가 없어…….}

진에게 상의의 목덜미를 붙잡혀 이동한 바람에 로버트는 목이 졸려서 끙끙거렸다. 진이 옷을 놓아주자 중심을 못 잡고 갸우뚱거리면서 로버트는 크게 숨을 내쉬었다.

하지만 순간 등줄기에서 느껴지는 서늘한 기운에 본능적으로 몸을 옆으로 굴렸다. 검은 옷을 입을 자들이 나타나 검은 곤봉으로 로버트가 피한 곳의 허공을 갈랐다. 조금만 늦었어도 고스란히 곤봉의 공격을 받을 뻔했다.

{뭐야, 저 시커먼 것들은!}

{아마도 우리가 궁금해하던 그자들인 것 같다.}

어느새 두 사람을 둘러싼 십여 명의 정체 모를 자들을 둘러보며 진은 저들이 로버트의 전임을 살해한 자들이라고 예상했다. 그러면서 로버트와 적들을 번갈아 돌아보며 혀를 찼다. 저들로선 지금의 로버트를 제거하는 게 가장 가능성이 컸고 유리한 경우겠지만, 그 옆에 진이 있다는 것을 간과하는 큰 실수를 저질렀다.

{아이를 때리려면 먼저 보호자부터 확인했어야지.}

진은 앞으로 한발 나서서 먼저 공격을 개시했다. 일대다로 싸우는 와중에도 조금도 불리하지 않고 여유롭게 싸웠다. 진이 싸우는 모습은 처음이라 잠시 정신이 팔렸던 로버트도 이내 고개를 흔들고 혼돈의 도가니가 된 무리 속으로 끼어들었다.

{이것들이 날 무시했단 말이지!}

힘으로는 누구한테 절대 뒤지지 않는 로버트의 주먹 한 방에 적들이 멀리 날아갔다. 무술이나 싸움의 기술 따윈 필요 없이 투박하지만, 주먹을 날릴 때마다 시원하고 화끈한 멋이 있었다. 그의 옆에서 진은 그야말로 화려한 무술을 보여주고 있었다.

가볍게 품밟기를 하면서 적들에게 다가가 비각술로 무릎을 공격하고 손을 뻗어 상대의 목을 손아귀로 잡아 밀면서 뒤로 젖혔다.

진이 손등으로 가볍게 치자 적의 곤봉이 파사삭 소리를 내며 깨졌다. 상대가 당황한 틈을 이용해, 그의 얼굴을 손바닥으로 위에서 아래로 원을 그리듯 내려치고 항정치기로 적의 목덜미를 팔꿈치로 내리찍었다.


{으악!}

{NG!}

하지만 우진이 실전처럼 너무 강하게 찍어버린 바람에 상대가 고통에 찬 비명을 질렀다.

우진도 놀라서 동작을 멈추고 상대 배우의 상태를 살폈다. 목덜미 뒤쪽의 상의를 아래로 걷어보니 그 부분이 벌써 발갛게 부어올라 있었다.

{미안합니다. 내가 힘 조절을 잘못해서…….}

연기를 하면서 상대를 다치게 한 적이 처음이라서 우진도 경황이 없었다. 바로 의료진이 달려와서 온찜질을 해주자 상대 배우는 조금 살 것 같은 얼굴을 했다.

{병원에 가야 하지 않을까요?}

우진의 물음에 상대는 확인해 보듯 목을 휘휘 돌아보았다. 뻐근했지만 근육이 아플 뿐이지 뼈에 이상이 생긴 것 같지는 않았다.

{일단 촬영을 접을 정도는 아닙니다.}

목에 일단 파스를 붙인 그는 촬영을 계속해도 괜찮다는 뜻을 보였다. 우진도 힘 조절에 실패해서 그렇지 큰 부상으로 이어질 정도는 아니라는 건 알고 있었다.

하지만 가해자가 된 처지에서 그냥 넘어갈 수가 없었다. 자신 때문에 다쳤는데 제대로 치료도 받지 않고 바로 촬영에 들어가면 너무 염치가 없다고 생각했다.

그러나 우진이 더 말을 하려고 할 때, 상대는 눈빛으로 거부를 외쳤다. 절박하고 간절한 시선에 우진은 그만 입을 다물고 말았다. 그의 눈빛과 비슷한 눈을 본 적이 있었기 때문이다.

이는 예전에 '그림자의 도시'를 찍다가 우진이 다쳤을 때와 비슷한 상황이면서 처지와 결과는 다른 사건이었다.

그때 우진은 촬영을 중단하고 바로 병원부터 갔었다. 그리고 우진이 돌아올 때까지 당시 액션 배우는 굉장히 초조한 심정으로 시간이 가는 걸 지켜봤다고 했다. 혹시나 우진이 잘못되거나, 그가 기분이 나쁘다며 촬영에서 자신을 제외할까 봐 많은 걱정을 했다는 것이다.

그런데 오늘은 우진이 가해자가 되었는데 걱정은 오히려 피해자가 하고 있었다. 만약 그가 병원에 간다고 해도 촬영은 미뤄지거나 스태프들은 그를 기다려 주지 않을 것이다. 그를 빼고, 다른 배우를 투입해서 촬영을 계속 이어갈 테니 말이다.

단역배우의 처지는 어느 나라, 어느 시스템을 가지고 있더라도 거기서 거기로 비슷했다. 물론 그의 경우는 출연비와 병원비까지 모두 지급될 테니 경제적으로 피해는 없을 터였다. 그러나 얼굴을 내보이며 주조연과 맞상대하는 역할을 얻어내기란 할리우드에서는 결코 쉬운 일이 아니었다.

언제라도 대체될 수 있는 배우가 느끼는 두려움에 우진은 쓸쓸함을 참고 고개를 끄덕였다. 여기서 우진이 해줄 수 있는 일은 최대한 NG를 내지 않고 빨리 촬영을 끝내주는 것이었다.

다시 시작하는 액션 신을 앞두고 잠시 흥분을 잠재운 우진은 '진'이 가지고 있는 특유의 침착함과 절제미를 끌어올리도록 노력했다. 사생결단을 내듯이 싸우는 것이 아닌, 여유롭게 한 손은 뒷짐을 진 채로 한 손으로 적들을 하나씩 제거하는 모습이 마치 파리를 쫓듯 한가롭게 보이도록 말이다.

{Ready Action!}

다시 촬영을 재개하는 감독의 신호에 우진은 숨을 들이마셨다.

쓰러지거나 비틀거리며 바닥에 주저앉은 동료들을 보며, 그나마 상태가 가장 좋은 남자 하나가 굳은 얼굴로 이상한 주문을 외우기 시작했다. 반격의 기회를 얻으려는 적을 진은 가만히 지켜보았다.

실상 적에게 기회와 시간을 주는 것만큼 현실성 없고 어리석은 짓은 없지만, 진은 상대가 어떤 패를 가졌는지 확인하기 위해 지켜봤다. 무엇보다 적이 어떤 카드를 꺼내도 이길 자신이 있었다.

이런 계획과 자신감이 진의 표정만 봐도 뚜렷이 보였다. 그래서 로버트도 힐끗 진을 살펴보고는 조금은 느긋해진 얼굴로 마지막 남은 적이 하는 짓을 가만히 지켜보았다. 알아들을 수 없는 이상한 언어가 이어질수록, 적이 들고 있던 곤봉에서 검붉은 빛이 흘러나오면서 주문 같은 문양이 드러났다.

그러나 적은 마지막까지 주문을 완성하지 못했다. 그의 위로 순백의 슈트를 입은 여자가 하늘에서 내려와 그를 밟고 섰기 때문이다.

{안젤리카?}

{메두사?}

갑자기 하늘에서 내려와 적을 쓰러뜨리고 그를 밟고 선 여자는 바로 유럽의 수호자인 안젤리카였다. 바람에 나부끼는 검은 머리칼이 마치 살아 있는 것 같아 로버트는 그 모습에서 메두사를 연상했다. 작은 중얼거림이었는데 그 소리를 들었는지 로버트를 힐끔 노려본 안젤리카의 눈빛이 매서웠다.

안젤리카의 등장에 뒤에서 휘청거리며 겨우 버티고 있던 자가 품에서 마법 스크롤을 꺼내 찢었다. 스크롤이 찢어지자 거리에 있던 자들이 일제히 검은 연기처럼 흩어지듯 사라졌다.

아무래도 수호자가 세 명이나 모였으니 버티는 것보다 도주를 택한 듯했다.

안젤리카의 발아래 깔려 있던 자도 연기가 되어 사라진 건 당연했다. 밟고 있던 자가 사라지자 안젤리카는 훌쩍 뛰어서 진의 앞으로 다가왔다.

{마법인가? 옛날에 인간 중에서 저런 걸 썼던 무리가 있긴 했었는데.}

진은 안젤리카 대신, 스크롤을 사용하는 적들에게 흥미를 보였다. 곤봉에 그려놓은 주문 문양도 그렇고 예상외로 가지고 있는 재주가 많은 무리로 보였다.

{마지막까지 살펴봤으면 무슨 원리인지 알 수 있었을 텐데 누구 덕분에 기회를 놓쳤군.}

진은 갑자기 나타난 안젤리카가 고맙기는커녕 방해꾼 취급을 했다. 로버트 역시 옆에서 새침하게 고개를 끄덕였다. 정황은 몰라도 안젤리카가 하는 일은 다 마음에 들지 않는다는 표정이었다.

{그런 거 알아서 뭐 해요. 시간만 아깝게.}

적들을 얕잡아보는 안젤리카는 상대의 무기와 능력에 대해서는 별로 알고 싶어 하지 않았다. 로버트는 그런 그녀가 재수 없다는 듯 입술을 삐죽였다. 함께 지내는 동안 어지간히 사이가 틀어졌던 모양이다.

{그런데 여긴 웬일이지?}

{이 일 때문이죠. 어제 각지에서 동시에 공격이 있었어요. 우린 별일이 없었는데 진에게 연락이 되지 않아서 직접 와본 거

고. 이곳은 좀 늦었군요.}

{아마도 결계 때문에 우리 집 위치를 찾지 못했을 거야.}

진과 안젤리카의 대화를 옆에서 듣고 있던 로버트는 고개를 갸우뚱거리며 물었다.

{연락이 왜 안 돼요? 텔레파시로 하면 금방이잖아요. 혹시 거리가 멀면 안 되는 거예요?}

분명 예전에는 각 대륙에 있는 수호자들이 연락을 주고받는 방법으로 텔레파시를 이용했다고 드웨인에게 들은 적이 있었다. 자신을 앞에다 두고 저희끼리 텔레파시를 주고받던 것 때문에 로버트는 몇 번이나 빈정이 상하곤 했다.

하지만 개인적인 감정은 뒤로하고, 연락이 되지 않았다면 텔레파시를 나누는 데 모종의 방해나 문제가 생긴 게 아닌지 괜히 걱정되었다.

{아, 요즘 스팸이 많이 와서 무음으로 해놨더니……}

{예?}

로버트의 의문에 진은 생각이 났다는 듯 폰을 꺼내 확인했다. 오전부터 안젤리카와 다른 수호자들에게서 온 부재중 전화가 수십 통이었다.

{그럼 대륙 간의 텔레파시는?}

텔레파시에 미련과 집착을 보이는 로버트에게 진은 폰을 흔들어 보이며 무심하게 대답했다.

{이게 있는데 뭐 하러?}

오히려 진과 안젤리카는 로버트를 촌스러운 놈이라고 칭하면서 비웃었다. 수호자가 돼서 언젠가 사용하게 될 텔레파시를 기대하며 폰을 버린 로버트는 오늘도 그렇게 바보가 되었다.

◆　　◆◆◆　　◆

{Cut! OK!}

컷 사인을 받자마자 우진은 아까 다쳤던 배우에게 달려갔다.

{괜찮습니까?}

{조금 얼얼하기는 하네요.}

목을 매만지며 멋쩍게 웃는 상대에게 우진은 강호수와 함께 병원부터 가보도록 권했다. 다행히 이후로 그의 촬영 부분이 없었기에 이번에는 그도 거부하지 않았다.

{그런데 이름도 모르고 함께 일했네요. 난 채우진입니다.}

{아, 난 렉스, 렉스 베이커입니다.}

우진이 내미는 손을 마주 잡으며 렉스도 조금은 편안하게 웃었다. 강호수와 함께 병원으로 가는 렉스를 살피는 우진에게, 레이폴드 감독은 어차피 부상은 제작진에서 책임질 문제라 그렇게 신경 쓰지 않아도 괜찮다고 되레 그를 다독였다.

{저 때문에 다친 거니까요.}

부상이 미약하다고 제작진에게 맡기고 나 몰라라 하는 사람이 되고 싶지 않았을 뿐이다. 함께 일하는 동료를 대하는 자세에서부터 사람의 바탕은 완성되는 거라고 부모님이 누누이 말씀하신 것이 어느새 깊이 새겨진 탓이었다.

{서울은 춥네요.}

옆에서 안젤리카 역을 맡은 이렌느가 두꺼운 담요를 어깨에 걸치며 몸을 떨었다. 순백의 슈트 때문에 보는 사람마저 추워 보였는데 담요로 가리니 대번에 한기가 가신 느낌이었다.

평소 몸이 약한 그녀는 날씨에 따라 컨디션이 좌지우지됐다. 머리카락이 휘날리는 효과를 내기 위해 바람을 날렸을 때는 얼굴색 하나 안 변하고 연기하더니, 카메라가 꺼지니 바로 시름시름 앓았다.

{콜록, 콜록, 난 이만 호텔로 돌아갈게요.}

병색이 완연한 얼굴로 이렌느는 오늘 촬영이 다 끝났다며 미련 없이 현장을 떠났다. 큰 병이 있는 건 아니지만, 원체 타고난 체력이 약한 그녀는 해외 로케이션이 있을 때마다 이렇듯 병자가 되었다.

우진과 더스틴을 제외하고 수호자 중에서는 그녀만 유일하게 한국 촬영분이 있었다. 그마저도 몇 신 되지가 않아 몰아서 찍으면 일정이 짧아질 텐데 체력이 따라오지 못해서 그럴 수가 없었다.

시차 적응에 실패한 이렌느는 연기할 때와는 전혀 다르게 초췌한 얼굴로 호텔로 돌아갔다. 인터뷰는 물론 광고까지 포기하거나 뒤로 미룰 정도로 몸이 안 좋은 그녀를 위해, 촬영 스케줄을 굉장히 느슨하게 잡아놓아서 가능한 일이었다.

다음 촬영은 진이 차를 타고 도망가는 적들을 쫓는 장면이었다. 하지만 주로 스턴트맨들이 대신하는 신이 많았고, 우진은 차 위에 올라타서 몇 가지 액션을 취하는 장면만 찍으면 되었다.

스태프들이 자동차를 준비하는 동안 시간이 남은 우진은 촬영장을 찾은 팬들에게 다가갔다.

그가 가까이 오자 팬들은 기대하지 않았던 상황에 흥분해서 손을 흔들고 우진의 이름을 환호했다. 한쪽에서 이미 팬들에게 사인을 해주던 더스틴이 움찔 놀랄 정도의 소음이었다.

{어휴~! 어딜 가나 인기가 많아.}

우진이 한국은 본진이라 인기가 많은 게 당연한 일이라고 했지만, 더스틴이 보기엔 미국에서도 그의 인기는 남달랐다. 아직 미국 본토에선 생소한 신인이었지만 'The red'의 성공으로 우진을 알아보는 이들이 점점 늘고 있었다. 그리고 LA로 관광 온 많은 아시아인에게 우진은 이미 슈퍼스타였다. 인기라면 어딜 가나 지지 않는 더스틴마저 살짝 질릴 정도로 아시아인에게 우진의 인기는 상상을 초월한 수준이었다. 우진과 더스틴이 함께 있으면 대부분의 아시아인이 우진에게 몰려가는 것을 봐도 알 수가 있었다.

덕분에 한 번도 느껴보지 못한 질투라는 것도 느껴봤고, 초조하다는 게 무언지 깨닫기도 했다.

무엇보다 우진의 연기를 볼 때마다 부러우면서 자신이 뒤처지고 있다는 조바심 때문에 괴롭기까지 했다. 인기야 그럴 수 있지만 배우로서 연기가 뒤떨어진다는 건 그만큼 자괴감이 드는 일이었다.

더스틴은 한국에 오기 전에 셀레나에게 그런 심정을 솔직하게 털어놓은 적이 있었다. 다른 배우들이 그에게 느꼈을 자격지심과 질투를 새삼스럽게 자신이 느끼고 있다고 말이다.

"네가 최고의 배우는 아니니까."

"그, 그렇지?"

"응. 하지만 내게는 최고의 배우니까 괜찮아. 난… 네가 참 좋아, 배우로서."

이 한마디가 뭐라고, 더스틴은 그 후로 우진에게 아무런 질투심도 느껴지지 않게 되었다. 세상에 많고 많은 배우가 모두 똑같은 인기를 나눠 가지는 것도 아니고, 똑같은 연기를 하는 것도 아니다.

제각각 자기만의 연기를 가지고 자신이 추구하는 배우의 길을 가면 되는 것이다. 셀레나의 평이 진실이든 아니든 그녀의 응원 덕에 더스틴은 초조하던 마음을 내려놓을 수 있었고, 오히려 친구의 인기와 연기를 즐거운 마음으로 지켜볼 수 있게 되었다.

텅 빈 관객석이라도 셀레나만이 남아 있다면 더스틴은 기쁘게 무대 위로 올라갈 수 있었다. 솔직히 그에게는 반대의 경우가 상상하기도 싫은 악몽이었다.

셀레나에게 인정을 받은 후로 더스틴은 부쩍 연기에 자신감이 생겼다. 비록 배우라는 전제가 붙었지만, 셀레나에게 좋아한다는 말까지 들었는데 세상에 못할 일이 없었다.

우진이 촬영장에서 횡단보도를 건너 구경하고 있던 시민들에게 다가가자 사람들이 자석처럼 그에게 몰려왔다. 경호하는 스태프가 있기는 했지만 인상파인 강호수가 옆에 없어서 마침 접근성도 좋았다.

사람들이 도로 쪽으로 내려오려고 하자 우진은 서둘러 인도로 올라갔다.

그동안 더스틴 옆에서 그의 팬서비스를 배운 우진은 예전보다 더 친숙하게 사람들을 대하게 되었다. 사인을 해주고 사진도 함께 찍어주던 우진은 무리 중에서 낯이 익은 사람을 발견하고 저도 모르게 알은체를 하고 말았다.

"아! 소원바라기, 도시락!"

소원바라기에서 '그림자의 도시' 제작진과 배우들에게 도시락을 전달했을 때 왔던 멤버 중에 한 명을 알아본 것이다.

이름도 기억하고 있었지만, 여기서 이름까지 부르면 다른 팬들이 서운해할 것 같아서 우진은 눈치껏 모른 척했다. 역시나 우진이 알아봐 주자 당사자는 기뻐하고 주위에서는 부러워하는 게 보였다.

"저도 소원바라기예요!"

몇몇이 자신도 소원바라기 회원이라고 말하자 우진은 웃으면서 여기로 정모하러 왔냐고 답했다. 그러면서 우진은 특정인이 아닌 모여든 팬들에게 계속 말을 걸었다.

"촬영하는 거 구경 많이 했어요?"

"스태프들이 너무 많아서 잘 보이지도 않았어요."

"하긴 저도 처음엔 스태프가 너무 많아서 적응하기 힘들었어요. 그런데 춥지 않아요? 감기 걸리면 어쩌려고 옷들이 이렇게 가벼워요?"

"오늘 날씨 무지 좋잖아요!"

사람들의 대답에 우진은 하늘을 올려다보았다. 확실히 귀국

했던 날에 비하면 지금은 날이 따뜻한 편이었다. 그새 따뜻한 LA의 겨울에 익숙해진 것도 있고, 제작진과 배우들이 연신 춥다고 해서 우진도 어느 사이 세뇌가 되었던 모양이다.

새삼스레 따뜻한 햇볕과 바람에서 얼추 봄이 다가오는 게 느껴졌다.

"이제 가봐야겠네요. 조심해서 돌아가고 다음에 또 봐요. 그땐 여기 있는 분들 되도록 많이 기억할게요."

우진은 한 명만 알아본 것이 미안했던지 팔로 주위를 가리키며 다음에는 기억하겠다고 약속했다. 아닌 게 아니라, 주위를 빠르게 둘러보면서 사람들의 얼굴을 하나씩 기억하고 있었다. 개중에는 좋은 의미로든 나쁜 의미로든, 미처 아는 척만 안 했지 기억나는 얼굴들이 몇몇 있기도 했다.

촬영을 재개한다는 스태프의 신호를 받고 돌아가는 우진의 뒷모습에 아쉬움의 탄성이 물결처럼 흘렀다.

"까악! 1년도 더 지났는데 내 얼굴을 기억해 줬어!"

"그러게. 정말 머리가 좋은가 보다."

소원바라기의 대표로 혼자 간 것도 아니었고, 수줍음이 많아서 뒤로 물러나 있었기에 시간이 흐른 만큼 우진이 자신을 알아볼 줄은 상상도 못 한 일이었다. 그래서인지 너무 흥분해서 뒤도 보지 않고 뒷걸음질했다.

"까악!"

몇 걸음 가지도 못하고 뒷사람의 발에 걸려 넘어지고 말았다. 그리고 재수가 없으려니 머리 위로 누군가 식어버린 커피를 쏟기까지 했다.

"이게 뭐야?"

아메리카노가 아니라 시럽이 들어간 카페라테였는지 머리가 금세 끈적거렸다. 넘어지고, 끈적거리는 음료를 머리에 뒤집어썼는데도 이상하게 웃음이 나왔다. 아마도 채우진을 만나고 그가 자기를 알아봐 줬다는 기쁨이 이런 자잘한 불행보다 더 큰 것 같았다.

"이게 웃을 일이냐? 그런데 너한테 커피 쏟은 사람은 사과도 안 하고 사라졌네."

"사람들이 많아서 밀리다가 실수로 쏟은 거겠지. 본인도 아마 나한테 쏟은 줄 모르고 그냥 갔을 거야."

"그런가? 너 넘어질 때 바로 뒤에 있던 여자가 커피 캔을 들고 있는 것까지는 봤는데."

"바로 내 뒤였다면 나하고 발이 걸렸던 사람인가 보다. 내가 넘어질 때 그 사람도 휘청거렸나 봐."

워낙에 많은 사람이 한꺼번에 몰려서 이런 일은 비일비재라고 가볍게 여겼다. 목에 스카프를 하고 있어서 그나마 옷에 커피가 묻지 않은 것만도 행운이었다.

그녀가 손수건으로 머리카락에 묻은 커피를 닦아내는 모습을 멀리서 보고 있던 한 여자는 손에 들고 있던 커피 캔을 바닥에 내버렸다. 캔에 남아 있는 커피가 흘러나와 길바닥에 뿌려졌지만 그건 중요한 문제가 아니었다.

길 반대편으로 건너간 채우진은 이제 스태프들에게 둘러싸여 더는 보이지가 않았다. 그나마 가까이서 그의 얼굴을 보고 목소리를 들어서 잠시나마 행복했는데 그 시간이 너무 짧았다.

많지도 않은 시간을 수많은 사람과 나눠 가져야 한다는 아쉬움에 언제나 속이 상했다. 그래도 아주 찰나 동안 마주쳤던 시선에서 그가 자신을 알아보고 웃어줬다는 게 위안이 되었다.

"재수 없는 년 때문에."

아마도 남들의 시선 때문에 애써 그가 자신을 모른 척한 게 분명했다. 두 사람만 있었다면 그는 분명 다정하게 자기를 안아주었을 거라는 상상에 그녀는 분을 속으로 삭였다.

◆　　◆◆◆　　◆

이어지는 촬영으로 자동차 위에 올라타 자세를 잡고, 자동차 유리를 주먹으로 뚫고 그대로 운전자를 밖으로 꺼내는 등의 세부적인 장면들을 더했다. 조각조각 짧은 장면들이지만 요소마다 어떻게 이어 붙이느냐에 따라 영화의 질이 달라지는 중요한 부분이었다. 배우를 클로즈업하는 순간이 많기에 짧은 순간 몰입해서 연기해야 하는 것도 중요했다.

저녁을 먹고 늦지 않은 시간에 집에 돌아오자, 우진을 반기는 것은 더스틴에게 쪼르르 달려가는 동생의 모습이었다.

"넌 요즘 한창 바쁠 때 아니냐?"

우희는 본인이 희망했던 대로 수능 만점의 위엄을 달성했다. 하지만 이번 수능이 쉽게 나와서 만점자들이 십여 명이 넘었다.

조금은 빛바랜 상장이었으나 채우진의 여동생이 수능 만점을 받았다는 기사 하나로 목표는 이룬 셈이었다. 거기에 우진의 후배까지 되었으니 대학교 신입생으로 준비해야 할 것과 참가할 모임이 한창 많을 때였다.

{오빠는 한국말도 모르는 사람 앞에서 우리끼리 이야기하면 어떡해.}

우희는 우리 오빠가 이렇게 무신경하다면서 더스틴에게 대신 사과를 했다. 좋아서 헤죽헤죽 웃는 모양을 보며 우진은 저게 내 동생이 맞나 싶은 생각마저 들었다.

{죄송한데 나중에 시간 있으면 사인 좀 해주실 수 있어요?}

{사인?}

{네! 친구들한테 부탁받았거든요.}

{잠깐, 그 친구들은 내 사인은 필요 없다면서 왜 더스틴한테는 부탁하는 건데?}

우진은 우희가 친구들 부탁이라며 더스틴에게 사인을 부탁하자 어이가 없었다. 우희는 친구들 부탁으로 사인을 받아가는 걸 별로 좋아하지 않았고, 우희 친구들 역시 소수를 제외하면 우진의 사인에 집착하지 않았다.

그런데 더스틴의 경우 우희는 물론 그 친구들의 반응마저 우진 때와는 매우 달랐다.

{오빠 언제라도 받을 수 있잖아.}

대신 더스틴은 한국을 떠나면 언제 또 기회가 있을지 모르니 친구들이 사인을 원한다고 말하면서 콧방귀를 뀌었다.

{난 잡힌 물고기였어⋯⋯.}

허탈해하는 우진을 보며 더스틴은 오늘 하루 중 가장 기쁘게 웃었다. 하지만 우진을 잡힌 물고기 취급하는 사람이 집안에 또 한 명 있었다.

{더스틴, 내일 아침에 특별히 먹고 싶은 거 있어?}

{전 뭐든지 상관없어요. 맘이 해주는 건 다 맛있는걸요.}

{어쩜, 말도 참 예쁘게 하네.}

아들은 안중에도 없고 오로지 더스틴만 챙기는 어머니를 보며 우진은 잠시 말을 잃었다. 옆에서 저도 왔다고 인사해도 눈은 더스틴을 보며 알았다고 대답하실 정도였다. 최근에 어머니는 평소보다 일찍 퇴근해서 더스틴의 식사와 간식까지 챙겨주었다.

어이없어하는 우진의 옆으로 슬그머니 다가오신 아버지가 조용한 목소리로 작게 물었다.

"저 친구 언제 호텔로 돌아간다고 했었지?"

"아마 한국 떠날 때까지 우리 집에 있을 것 같아요."

"듣던 중 불행한 소리구나."

또 한 명의 잡힌 물고기인 아버지는 불퉁한 표정으로 고개를 저었다.

귀국한 날 우진의 집에 들러 인사하겠다고 따라온 이후로 더스틴은 아예 이 집에서 쭉 묵고 있었다. 삭막하고 외로운 느낌의 호텔보다 가정적인 우진의 집이 좋았던 것이다. 우진도 굳이 더스틴을 등 떠밀며 호텔로 보내지 않았다. 그의 성격상 분명 이국땅에서 보내는 첫날에 울적함을 이기지 못하고 술을 입에 댈 가능성이 컸다. 무엇보다 서울로 오면서 차 안에서 나눈 대화 때문에 더스틴의 속이 산란할 게 분명했다. 혼자 두기에는 불안한 부분이 너무 많았다.

셀레나와 더스틴에게 묘한 의무감이 생긴 우진은 그를 옆에다 두고 챙기게 되었다.

그리고 무엇보다 더스틴이 예약한 곳이 가람호텔이라는 점도 한몫했다. 김우형의 결혼식을 갔다 온 이후로 더욱더 그곳과는 거리를 두고 싶었던 우진은 더스틴을 호텔로 보내는 것을 포기했다.

"이상하게 우리 집 여자들한테 인기가 좋단 말이야."

어머니가 만들어주신 과일주스를 마시고 있는 더스틴을 보며 우진은 절레절레 고개를 저었다.

그가 말한 '우리 집 여자들' 중에는 셀레나도 포함되어 있었다. 이 당연하지 않은 사실을 우진은 너무도 자연스럽게 받아들이고 있었다.

◆　　◆◆◆　　◆

이형진은 DS와 계약한 이후로 작은 콘서트를 지속해 오고 있었다. 하지만 그가 작사 작곡했던 곡들로 만든 음반이 성공하면서 콘서트 규모를 키워야 하지 않겠냐는 의견이 나왔다. 소규모로 계속 진행하기엔 수요가 넘쳐서 티켓팅 전쟁이 벌어지고 있었기 때문이다.

콘서트가 열리는 극장을 큰 곳으로 옮기는 것은 불가피한 일이 되고 말았다. 세션의 인원을 늘리고 콘서트의 내용과 진행을 알차게 꾸민 후, 처음으로 열리게 된 콘서트의 게스트로 우진을 초대했다.

우진이 이형진의 콘서트에 나가고 싶다는 이야기는 방송에서도 나온 적이 있어서 언제라도 이상할 일은 아니었다. 그런데도 예고하지 않고 깜짝 게스트로 우진이 무대에 오르자 여기저기서 숨넘어가는 소리가 났다. 좌석에 앉아 있던 사람들이 들썩이며 자리에서 일어나 우진이 맞는지 다시 한번 확인하기도 했다. 한창 영화 촬영 중이라 그가 콘서트에 나오리란 기대는 아예 하지 않고 있어서 반가움이 배가 되었다.

"오늘의 깜짝 게스트로 채우진 씨가 오셨습니다. 여기 앉으세요. 노래 부르기 전에 우리 오랜만에 이야기나 나눕시다."

이형진은 우진에게 자리부터 권했다.

콘서트 자체가 정적이라서 이렇게 자리에 앉아 노래를 부르기도 하고 편안하게 서로 대화도 나누면서 진행하는 형식이었다. 채우진처럼 특별한 게스트가 참석하게 되면 형식에 구애받지 않고 토크쇼가 되기도 했다.

"안녕하세요. 채우진입니다."

"참 언제 봐도 예의 바른 청년이에요."

자리에 앉기 전에 우진이 관객을 향해 90도로 인사하자 이형진은 웃으며 말했다. 웃는 이형진에게서 여유로움이 느껴졌다.

그 옛날 활달하고 유쾌했던 이형진은 아니지만, 부쩍 어른이 된 것 같은 분위기가 안정적이고 차분했다. 부평초처럼 아슬아슬했던 모습은 벌써 옛날인 듯 아련했다.

"지금 긴장해서 그래요. 콘서트는 처음이라서 어떻게 해야 할지 모르겠거든요. 이렇게 앉아서 노래 부르면 되나요?"

"노래는 나중에 시킬 테니 조급해하지 말아요. 콘서트는 처음이긴 해도 '가면의 가왕' 무대도 서봤으니 곧 익숙해질 겁니다."

"그때는 가면으로 얼굴을 가렸잖아요."

손으로 얼굴을 가리키며 우진은 그때는 가면 덕을 크게 봤다고 넉살을 피웠다.

"먼저 축하부터 해야겠네요. 할리우드에서 영화도 찍고, '붉을 적'이 아카데미 후보에도 올랐죠. 이쯤 되니 저 같은 사람은 질투도 안 생기더라고요."

"모르죠. 내년엔 이형진 씨가 그래미 어워드에 오를지."

"미래라고 막 지르깁니까?"

"몇 년 전까지 우리 두 사람이 이런 무대에 함께 설 줄 누가 알았나요."

몇 년이 무언가. 이형진에게는 몇 개월 전만 해도 상상조차 못 한 일이었다. TM에 있을 때는 그저 친한 선후배 사이였던 우진과 이렇게 막역한 관계가 될지도 몰랐다.

"음반 낼 생각은 없나요? 개인적으로 우진 씨 재능이 너무 아깝다고 생각하거든요."

"곡 주실 거예요?"

"흐음, 이제 겨울 다 지나가서 난방비 걱정이 없거든요. 사람이 절실해야 곡이 잘 나오는데."

"얼마 안 있으면 곧 더워져요. 냉방비 벌어야죠."

우진이 힘내보라고 주먹을 불끈 쥐어 보였다. 한국에 돌아와서 인터뷰는 많이 했지만, 영화에 관한 이야기만 주로 했던 우진은 이형진과 신변잡기 같은 가벼운 소재부터 음악에 대한 생각 등을 허심탄회하게 나눴다.

어느새 긴장이 풀리자 우진은 예전에 직접 불렀던 드라마

OST '너에게서 부는 바람'을 부르고, 이형진과 만들었던 '첫눈'을 듀엣으로 함께 불렀다.

조금은 계절감이 지났지만, 두 사람이 만들었던 첫눈은 음원으로 나와 이번 겨울에 대중에게 많은 사랑을 받았다. 덩달아 첫눈이 오던 날에, 우진의 친구인 현민이 애인과 잘 만났는지 모르겠다고 인터넷에 화제가 되기도 했다.


콘서트가 끝나고 우진과 이형진은 물론, 관람석에서 콘서트를 구경했던 현민도 함께하면서 오랜만에 세 사람이 모였다.

"그 외국 친구도 오늘 데리고 오지. 김우형 결혼식에도 따라와서 오늘 볼 수 있을 줄 알았는데 아쉽다."

"그러게. 이번에 그분 얼굴 좀 구경할까 했는데."

이형진이 더스틴을 언급하자 현민도 고개를 끄덕이면서 은근히 이를 갈았다.

"오늘은 홍콩 잡지사하고 인터뷰와 화보 촬영이 잡혀서 바빠. 그런데 어째 목소리에 감정이 묻었다?"

"우리 자기가 우진이는 지나가는 돌 보듯 하더니, 더스틴인가 뭐시기를 보면 꼭 사인 받아오라고 하잖아."

"아… 그놈의 사인."

현민의 말에 우진은 저도 모르게 인상을 쓰고 말았다.

팬들은 더스틴이고 뭐고 오로지 우진밖에 없다는 식으로 굴었다. 더스틴을 그저 우리 지니와 친해서 정감 가는 외국 연예인쯤으로 취급했다. 그런데 우진의 가족과 그 주변인들은 반대로 더스틴을 슈퍼스타로 대했다. TV와 영화에서만 보던 사람을 눈앞에서 보고 놀라고 감탄하는 게 느껴졌다. 그래서 우진한테도 하지 않았던 연예인 대우를 그에게 하는 걸 보면 이상하게 마음이 싱숭생숭했다.

"희소성과 가치는 정비례하는 법이지."

조용히 우진의 하소연을 듣고 있던 이형진이 진지한 표정으로 읊조렸다. 인기의 롤러코스터를 타본 당사자로서 그는 주변 사람의 태도 변화로 연예인의 가치를 몸소 실감한 경험이 있어 그 기분을 잘 알았다.

물론 우진은 이형진과 경우가 다르지만, 연예인으로서 주변 사람의 반응에 민감해지는 건 당연했다. 가장 가까이서 매일 대하는 사람들의 태도로 자연스럽게 자신의 인기를 실감하는 게 보통이었고, 가족이라면 좀 더 무심하고 무덤덤한 반응을 보이게 마련이었다.

"하긴 나부터 우진이 네 사인은 필요 없으니까."

"내 사인과 프리허그로 돈 벌 계획을 세웠던 게 누구였더라?"

작년에 학과 과제로 비누와 포토북을 팔았지만, 현민은 우진의 사인과 프리허그 판매도 진지하게 기획했었다. 그런 주제에 자신의 사인을 깎아내리자 우진은 코웃음을 치며 현민의 아픈 구석을 찔렀다.

"그래서 그때 번 것으로 투자는 성공하셨습니까?"

늘 한국의 워런 버핏을 꿈꾸는 현민은 그때 벌었던 수익금을 주식에 투자할 거라고 했다. 지금쯤이면 그 결과가 나오고도 충분해서 물었는데 얼굴빛이 영 좋지가 않았다.

"또?"

이번에는 이형진이 반응을 보였다. 그가 현민에 대해 많이 아는 건 아니지만, 방송에서 보여준 모습과 만나면 하는 이야기를 들어보면 주식에 관한 정보와 지식이 상당했다. 그러나 항상 결과가 안 좋아서 능력보다는 운이 안 좋은 거라고 평가하고 있었다.

하지만 매번 이런 결과라면 현민의 운과 능력 모두를 의심할 단계가 온 것 같았다.

"네 멘토이자 롤모델인 분은 너 이러는 거 알기는 하냐?"

"어차피 그분은 날 알지도 못하는데, 뭐."

그냥 혼자서 존경하고 따르고 있다는 말에, 우진과 이형진은 한숨도 아까워서 그냥 웃고 말았다.

"대체 어떤 분이야? 혹시 책이라도 냈으면 읽어보게 소개나 해주라."

그래도 현민이 저럴 정도면 보통 사람은 아닐 것 같아서 우진도 누구인지나 알자고 물었다. 현민이 멘토라고 여러 번 언급하긴 했는데 누구인지 우진은 잘 몰랐던 것이다.

"책은 무슨. 그냥 평범한 분이셔. 원래는 가정주부였다는데 손을 대는 것마다 빵빵 터지면서 유명해지기 시작한 거야. 증권가에서는 미다스의 손으로 통하면서 이제는 완전히 큰손이 되셨는데 생각보다 나이도 많지 않아. 아! 그분이 이번에 TM 최대주주가 되면서 대표도 바꿔 버렸잖아."

현민의 말에서 비로소 흥미로운 주제를 찾은 우진과 이형진이 관심을 보였다. TM의 대표가 전문 경영인으로 바뀐 것을 알고 있었지만 자세한 내막은 그들도 몰랐기에 궁금해하던 차였다.

"TM에 작전 들어간 것 같다고 했잖아. 그게 그분이었던 모양이야. 작년 말 TM 주주총회 때 그분이 짠하고 나타나서 대표 해임안 통과시키고 지금의 전문 경영인을 대표로 올렸거든. 그러면서 검찰에다 스폰서 관련된 모든 조사를 적극적으로 돕겠다고 나서는 바람에 김석형은 완전 뭐 됐지."

아직 재판 중이지만 김석형의 미래는 암울 그 자체였다. 우진의 광고주들과 합의하기 위해 주식을 팔아버려서 나중에 TM을 통해서 재기하기도 힘들어졌다. 무엇보다 새로운 대표가 TM을 쇄신하기 위해 과감하게 스폰서가 있는 연예인들을 퇴출하고, 그와 관련된 회사 자료를 검찰에 모두 넘겨 버린 게 결정적이었다. 이로 인해 검찰은 명분을 가지고 원래 계획대로 일을 추진하고 있었다.

이번 사건은 예전처럼 부진하게 마무리가 되지 않고, 몇몇은 성매매 위반과 뇌물죄로 구속까지 된 상태였다. 그중에는 나라를 뒤흔들어 놓을 정도로 거물급 인사까지 속해 있어서 명단을 보고 우진도 놀랄 정도였다.

"하여튼 TM 대표가 바뀌고 자료가 검찰로 넘어가면서 발등에 불 떨어진 사람이 한둘이 아닌가 보더라."

"그래도 웬만한 사람은 다 드러나지 않았어?"

왠지 아직도 드러나지 않은 내막이 있다는 듯 말하는 현민에게 이형진이 의아한 듯 물었다. 현재 구속될 사람은 어느 정도 됐고, 재판 중인 걸로 아는데 새삼 발등에 불 떨어질 사람이 또 있나 싶었던 것이다.

"그게 이번에 터진 게 대부분 정치 쪽 인사라서 그래요. 기업 쪽에도 꽤 많을 텐데 그쪽은 안 건든 것 같더라고요. 특히 브로커에 대해서는 그냥 묻어둔 분위기래요."

현민은 말을 하면서 은근히 우진의 눈치를 보았다. 그가 말하는 브로커가 친부의 현재 부인인 김혜령이라는 걸 눈치챈 우진은 쓴웃음을 지으며 물었다.

"넌 그런 잡다한 지식을 어디서 얻어듣는 거냐?"

"내가 워낙 발이 넓잖아."

따지고 보면 현민이 정보를 얻을 곳은 많았다. 직접 정재계와 관련된 것은 아니지만, 그의 부모님이나 일가친척까지 들어가면 뒤에서 도는 정보쯤은 쉽게 얻을 수 있었을 것이다.

"브로커쯤 되면 다 보호막이 있겠지."

우진이 눈빛으로 브로커가 누구인지 안다는 듯 말하자 현민은 눈썹을 움찔하면서 손가락으로 볼을 긁적였다.

이런 이야기는 원래 둘이 있을 때나 해야 하는 건데, 어쩌다가 이형진과 함께 있는 자리에서 나와 말하기가 조심스러웠다.

"그게 그쪽도 지금 이혼 이야기가 나온다고 하더라."

"……?"

우진이 눈을 크게 뜨자 현민이 쓸쓸한 표정을 지으며 말했다.

"꼬리 자르기는 부부 사이에도 있더라고."

세상에는 아직 알려지지 않았지만, 알 만한 사람들 사이에선 김혜령이 이번 스폰서 사건의 주축인 브로커라는 소문이 돌고 있었다. 이런 상황에서 우진의 친부인 채무석이 가만히 있다면 그 역시 공범이 될 수가 있었다. 깔끔하게 관계를 정리하며 자신도 피해자 코스프레 하기에는 이혼만큼 좋은 게 없었다.

"너희들 지금 무슨 이야기하는 거냐. 왠지 내가 모르는 주제가 오고 간 것 같다?"

이형진이 자기도 좀 알자고 투덜거렸다. 우진은 대답 대신에 오늘 즐거웠다고 다음에 또 기회가 있었으면 좋겠다며 말을 돌렸다.

"나야 언제나 환영이지. 누구 씨가 워낙에 바빠서 문제잖아."

"바쁘죠. 나도 오늘에서야 이 녀석 얼굴을 봤는걸요. 그런데 다음 촬영지는 어디냐? 언론에서 언급하지 않아서 중구난방 의견이 많던데."

"알아서 뭐 하려고. 와서 더스틴 사인 받게?"

촬영지에 대해서는 대답할 처지가 아닌 우진은 그냥 현민을 놀렸다.

첫 촬영에서 사람이 너무 많이 모이는 바람에 다음 장소는 언론에 엠바고를 걸어놓은 상태였다. 어차피 촬영 준비 과정에서 자연스럽게 사람들이 눈치를 챌 테고, 굳이 기사가 나지 않더라도 인파가 몰리는 것은 막을 수가 없겠지만 함부로 말하고 다닐 사항도 아니었다.

◆　◆◆◆　◆

장소가 장소인지라 이번에도 대규모 인파를 막기는 어려웠다. 왜냐하면 아무리 겨울이라고 해도 촬영지가 해운대라면 사람들의 이목에서 벗어나기 어려웠기 때문이다.

{여긴 따뜻하네.}

더스틴이 두 팔을 활짝 벌리며 따뜻한 햇볕과 선선한 바람을 만끽했다.

그의 뒤로 넓은 바다와 하늘을 나는 갈매기들의 모습이 한 폭의 그림처럼 아름다웠다. 여기저기서 찰칵거리는 소리로 봐선 스태프들이 열심히 사진을 찍고 있는 듯했다.

우진도 가늘게 눈을 뜨고 하늘을 올려다보았다. 너무 날이 쾌청해서 오늘 찍을 내용과는 어울리지 않았다. 그나마 대자연의 반란에 맞서는 수호자의 모습은 CG로 연출할 수밖에 없었기 때문에 첨단의 촬영 기법으로 날씨와 무관하게 촬영을 진행할 수 있었다.

배우들은 주어진 배경과 어울리지 않게 맑은 하늘을 보며 눈살을 찌푸리고, 고요한 파도를 보며 쓰나미를 어떻게 처리할지 걱정하는 연기를 해야 했다.


오늘의 내용은 로버트가 수호자로서 자각하는 장면이었다.

거대한 쓰나미, 즉 지진해일이 해변과 가까운 곳에 자리한 아파트 단지와 번화가를 덮칠 위기였다. 점점 연안으로 다가오는 해일을 보면서 놀란 로버트와 다르게 진은 차분했다.

진은 인간들이 일으킨 전쟁과 자연의 법칙은 건드리지 않는다는 원칙을 가지고 있었다. 그건 대부분의 수호자 역시 마찬가지였다. 전쟁의 역사에 끼어들면 은연중에 모국의 편에 서게 되어 세계의 역사를 편향적으로 이끌어갈 위험을 차단하기 위함이었다.

대륙 간의 전쟁에 수호자들이 침묵하는 이유도 이와 같았다. 자칫하면 수호자들끼리 서로 감정이 상해서 '진짜 전쟁'을 일으킬 수 있기 때문이다.

자연도 마찬가지였다. 인간의 전쟁과 자연은 서로 비슷한 면을 가지고 있었다. 한 번 인위적인 개입이 들어가면 어디에서 나비효과가 벌어질지 몰랐다. 이곳의 재앙을 막자고 다른 곳에서 생길지도 모르는 희생을 눈감을 수도 없었고, 그렇다고 일일이 돌아다니며 다 막을 수도 없는 일이었다.

물론 최대한 피해를 줄이기 위해 노력하기도 하고 사람들을 구호하는 데 힘을 사용하지만, 지진해일 같은 거대한 자연의 반란을 막을 생각은 없었다. 그보다는 차라리 사람들을 대피시키고 건물들이 무너지지 않도록 최대한 능력을 발휘하는 편이었다.

그러나 로버트는 그러지 못했다. 저 멀리서부터 밀려오는 파도를 보며 막을 수 있다면 막아야 한다고 주장했다.

진과 로버트가 처음으로 의견 대립을 하는 부분이었다.

{저대로 모두 죽게 내버려 둘 거예요? 힘이 있는데도?}

{우리 힘은 자연의 법칙을 깨라고 있는 게 아니다.}

{그럼 왜 우리가 존재하는 겁니까? 지키지도 못할 힘이 무슨 소용이고, 수호자는 뭐 하러 있는 건데!}

아직 가진 힘도 온전히 사용할 줄 모르면서 로버트는 자신을 붙잡는 진의 손을 뿌리치고 바다를 향해 걸어갔다. 저런 거대한 해일을 막을 방법도 모르면서 무작정 온몸으로 부딪쳤다.

코피가 나고 꽉 다문 입술 사이로 핏물이 흘러나오는데도 버텄다. 부들거리는 손끝에서 나오는 황금빛 기운들이 파도를 붙잡고 막아냈지만 역부족이어서, 파도가 부서진 황금빛 파편들을 삼켜 버렸다.

아연해지는 로버트의 얼굴에 절망이 어릴 때에야 진은 고개를 내저으며 그의 옆으로 다가왔다.

{너의 선택이 어떤 결과를 만드는지 봐봐.}

진은 어느 때보다 차가운 목소리로 검을 들고 있었다. 너무도 차가워서 그의 기운만으로도 바닷물을 얼릴 수 있을 것 같았다. 진은 한 번 정도는 로버트에게 현실을 새겨줄 필요가 있다고 생각했다. 수호자의 힘과 역할이 무언지 말이다.

그래서 검을 들었다.

진은 검을 높이 들고 바다를 향해 내려쳤다. 검에서 흘러나오는 푸른빛이 파도와 엉키면서 한 방울, 한 방울 바다가 얼어붙기 시작했다. 높이 솟아올랐던 해일이 그대로 얼어붙자 진이 이번에는 바다를 향해 검을 꽂았다.

단단하게 언 바다에 검이 꽂히자, 그 자리에서부터 시작한 푸른빛의 선들이 얼음이 된 바다로 퍼져 나갔다. 푸른빛의 바다보다 더욱 푸르른 빛들이 얼음 속을 헤집을 때마다 파사삭 소리를 내며 깨지기 시작했다. 얼어붙은 해일이 다시 깨지는 장면은 작은 푸른 꽃잎이 흩어지는 듯한 장관을 만들어냈다.

그사이에 해일을 만들어냈던 지진의 영향력이 약해지면서 파도는 평소보다 거칠고 높은 정도의 해일을 만들어내다, 점차 사그라졌다.

지진해일이 소멸하는 장관을 마주 보며 로버트의 얼굴에 환한 미소가 어렸다. 순수하고 아름다운 청년의 열정이 이곳의 수많은 사람을 살려낸 것이다.

하지만 그의 미소는 오래가지 못했다.

{지진해일을 만들었던 힘은 그 반동을 이기지 못하고 반대편 일본 쪽으로 넘어갔다.}

{네? 그럼 그쪽으로 가서…….}

로버트는 당장에라도 일본으로 가려다가 멈칫했다. 그곳에 가서 막는다면 또 이곳은 어떻게 되는가 싶었다.

{그곳을 막는다면 또 이곳 아니면 근처의 어딘가로 가야겠지. 물론 그런 식으로 반복하다 보면 지진파는 약해져서 점점 소멸할 거다. 이미 일본 쪽으로 간 반동도 이곳보다는 많이 약해졌을 거야. 하지만!}

찬웃음을 머금고 있던 진의 입술이 일그러졌다.

{인간을 살리는 대신 그 피해는 모두 자연이 받을 거다.}

{그거야 어쩔 수 없는 일 아닌가요. 인간을 살리는 게 우리 일인데…….}

순진한 로버트의 대답에 진은 조금은 서글픈 시선으로 제자를 보았다.

{우리가 지켜야 하는 건 인간이 아니야. 인간은 그저 부수적인 선택 사항일 뿐이지.}

{그게 대체 무슨 소리예요? 그럼 우리가 지키는 건 뭔데요?}

로버트의 물음에 진은 눈을 감았다 다시 뜨며 수평선 너머로 시선을 준 채로 조용히 대답해 주었다.

{인간으로부터 이 지구를 지키는 거. 우린 방금 우리의 임무

를 저버렸다.}

기본적으로 수호자들은 인간을 지켜주고 보호했다. 하지만 자연과 인간이 대립하거나, 혹은 어느 한쪽은 선택해야 한다면 그 대상은 당연히 지구이자 자연이었다.

수호자가 되어 마냥 행복하고 좋기만 했던 로버트의 환상이 이 순간 와르르 무너졌다. 그와 동시에 깨달았다. 수호자들을 죽이기 위해 제 목숨을 파리처럼 내던지던 그들의 정체가 무엇인지.

그들은 수호자로부터 인간을 지키기 위한 자들이었다.

◆　　◆◆◆　　◆

촬영이 끝나자마자 더스틴은 육지를 향해 손을 흔들었다. 백사장 너머 도로 쪽에서 촬영을 구경하던 시민들도 그에게 손을 흔들어주는 게 보였다.

현재 두 사람은 바다의 수면 밑에 만들어놓은 다리 위에 있었다. 바다 위를 걷고 그 위에서 활약하는 장면을 찍기 위해 특별히 설치해 놓은 장치였다. 그래서 멀리서 보면 마치 바다 위에 서 있는 것처럼 보였다. 철썩이는 파도와 푸른 하늘 위를 날아다니는 갈매기들이 그림처럼 아름다웠다.

하지만 가까이서 보면 구두는 물론 바지까지 온통 젖어서 움직이려면 몸이 무거웠다.

{우리가 방금 뭘 했는지 사람들은 모르겠지?}

조금은 멋쩍은 더스틴의 물음에 우진은 크게 웃으며 고개를 끄덕였다.

{아마 뭔 짓일까 싶을 거다. 바다를 향해 손을 내지르고 검을 휘두르다가 둘이서 뭐라고 숙덕이는 거로 보일 테니까. 그보다 코피 좀 닦아라.}

우진의 말에 더스틴은 소매로 피 분장을 쓱쓱 닦아냈다. 육지에서 구경하는 사람들은 거리도 있겠지만, CG 처리하지 않은 연기 장면만 봐서는 오늘 촬영이 굉장히 시시해 보일 터였다.

{영화가 성공해야지 2편도 찍을 수 있을 텐데 수호자들이 다 이 모양 이 꼴이라서 너무 걱정이다.}

수호자들의 불완전성과 모순을 지적한 더스틴은 백사장에 서 있는 영화의 각본가인 휴 밀러를 노려봤다. 'Guardian angel'의 내용을 봤을 땐 시리즈물이 될 가능성이 컸다.

하지만 휴는 이에 대해 일언반구도 하지 않고 있었다. 아무래도 이번 편의 성공 여부에 따라 제작을 진행할 모양인 듯싶었다. 신중한 것이겠지만, 한편으론 자신감이 결여된 태도 같아서 못 미더운 구석이 많았다.

{네가 2편을 찍고 싶단 생각을 했다면 일단은 성공한 셈이네.}

더스틴처럼 작품이 아쉽지 않은 배우가 다음 편도 찍고 싶다면 우선은 자체적으로 합격점을 받았단 의미였다.

{말이 그렇게 되나? 하긴 이놈의 수호자들이 믿음직스러운 구석이 없고 뭔가 아슬아슬한데 계속 보고 싶거든.}

영웅이라면 본디 강하고 굳건해야 하는 법인데 'Guardian angel'에서는 그런 캐릭터가 없었다. 마치 나무 블록을 쌓아 놓고, 무너질 때까지 하나씩 빼내는 보드게임 같았다. 뒤로 갈

수록 초조하고 조마조마한데 막상 무너지면 개운한 그런 느낌이었다.

{영웅은 인간의 관점에서 바라보는 평가잖아. 영웅이 필요하지 않은 세상이, 수호자들이 궁극적으로 원하는 미래라는 걸 생각해 보면 답은 뻔하잖아.}

수호자들은 영웅이 되고 싶어 하지 않았다. 그들은 게임의 승자가 되는 것을 원하지 않았기에 무너지면 다시 시작하면 된다고 여겼다. 이 점이 그들의 불완전성을 여유로 덮고 매력을 발산하게 했다.

그런 의미에서 우진은 각본가로서 휴 밀러를 높이 샀다. 영화는 간단하게는 수호자와 적들의 대립에서, 영웅이 되고 싶어 하는 어린 제자와 영웅이 되기 싫은 스승의 갈등, 지키고 싶은 것과 지켜야만 하는 것 사이에서의 균형을 잘 잡고 있었다.

이 중에 하나라도 삐끗하면 와르르 무너지는 구조에서 굳건하게 버티고 있는 휴와 레이폴드의 균형 감각이 돋보이기도 했다.

언젠가 윤선 감독이 말했듯이 제작진이 제대로 된 판을 만들어놓으면 배우는 그 위에서 마음껏 놀면 되었다. 훌륭한 제작진을 만난다는 것은 그만큼 배우에게는 복이었다.

{그래도 영웅이 되고 싶었던 로버트에게 진은 스승이면서 진짜 영웅이었을 거다.}

더스틴의 말에 우진은 바다를 바라보던 시선을 거두고 그를 보았다.

{진을 만난 게 로버트에게 행운이었듯이, 너를 만난 나도 행운아인 게 분명해. 물론 넌 영웅이 아닌 내 친구지만.}

더스틴은 우진에게 오른손을 내밀었다.

오늘이 그들이 함께하는 'Guardian angel'의 마지막 촬영이었다. 두 사람이 앞으로 영화를 함께 찍을 기회가 있을지는 미지수였지만, 지금 이 순간의 그림이 영원히 남아 있을 것 같았다.

〔그건 나도 마찬가지야.〕

누군가에게 영웅이 되는 것보다 친구로 남는 게 더 어려울 때가 있었다. 그리고 동료에게 너와의 만남이 행운이라는 말보다 더한 찬사는 없었다.

그것은 행복한 배우가 되는 시작이었다.


•⋯◆ 별이 되다 4권 Crank up